LES CHAOS DE BRÉHAT

DU MÊME AUTEUR

Du terroir à la scène : la tradition de danse bretonne et le spectacle, War'l Leur, 1998

La Danse bretonne (avec Alain Pierre), Coop Breizh, 1999

Le Sonneur des halles, roman, Coop Breizh, 2004, Grand Prix du roman produit en Bretagne, 2005

La Musique en bandoulière, roman, Coop Breizh, 2005, Prix 2005 des Ecrivains de l'Ouest/Conseil général d'Ille-et-Vilaine

La Complainte de la grive, roman, Coop Breizh, 2006

L'Or de la Séranne, roman, Editions du Rouergue, 2007

« Un funeste manuscrit » in *Nouvelles de Bretagne*, Editions Livre et Lecture en Bretagne, 2008

Le Brodeur de la nuit, roman, Coop Breizh, 2008

La Guerre des Trotte-menu, roman, illustré par Daniel Goiset, Coop Breizh, 2009

La Miaulemort, roman, Presses de la Cité, 2010

Les Habits de lumière, roman, Coop Breizh, 2010

Le Bal des âmes perdues, roman, Presses de la Cité, 2011

La Parure du cygne, roman, Coop Breizh, 2011

La Maison des frères Conan, roman, Presses de la Cité, 2012

Les Moissonneurs de l'Opale, roman, Presses de la Cité, 2013

Au grenier, roman, Palémon, 2014

La Camarde, nouvelles, Locus Solus, 2014

Valse barbare, roman, Palémon, 2014

Le Dragon des Michelet, roman, Palémon, 2014

Les Coiffes rouges, roman, Presses de la Cité, 2014

L'Ombre de Claude, roman, Palémon, 2015

Petite Korrig, roman, Presses de la Cité, 2015

Le Triomphe des korrigans, roman, illustré par Daniel Goiset, Editions des Montagnes Noires, 2015

Les Chemins creux de Saint-Fiacre, roman, Presses de la Cité, 2016

Trois femmes en noir, roman, Presses de la Cité, 2017

Rappelle-toi, Eve, roman, Groix Editions & Diffusion, 2018, Prix du Roman Populaire 2018

Les Bâtards du diable, roman, Presses de la Cité, 2018

Les Brumes de décembre, roman, Presses de la Cité, 2019

Daniel Cario

LES CHAOS DE BRÉHAT

Roman

Terres de France

PRESSES DE LA CITÉ

92, avenue de France – 75013 Paris
ISBN 978-2-258-16322-5
Dépôt légal : mars 2020

Presses de la Cité
un département **place des éditeurs**

place des éditeurs

Avant-propos

La vedette s'est éloignée de l'embarcadère de l'Arcouest, au nord de Ploubazlanec. Une courte traversée vers Bréhat, une vision paradisiaque à mesure qu'on s'approche des deux grandes îles en face de la Côte de granit rose. Un archipel en fait, éparpillé dans une mer truffée d'écueils. Bréhat du Sud et Bréhat du Nord. Trois cent vingt hectares en tout et pour tout, un territoire que l'on doit explorer à pied, puisque le passage des véhicules est interdit. Il n'est pas besoin d'être un marcheur exceptionnel pour s'y aventurer. Sinon, à l'intention des moins ingambes, il existe des locations de bicyclettes.

Nous sommes sur la côte nord de Bretagne.

C'était un jour de novembre, l'arrière-saison. Je rédigeais ce récit, dont l'intrigue devait se situer à proximité d'un phare de pleine mer. Bien sûr, le premier qui vient à l'esprit est celui d'Ar-Men, mythique s'il en est. Mais tant d'écrits avaient déjà paru à son sujet, dont le roman exceptionnel d'Henri Queffélec, *Un feu s'allume sur la mer*, qui relate la construction malaisée et opiniâtre de la fameuse tour à la fin du XIXe siècle... Je n'aurais su être qu'un piètre écrivaillon face à un maître aussi talentueux.

Des phares, il en existe trois dans cette zone maritime : celui des Héaux-de-Bréhat, plus haut dans la Manche, celui du Paon, à la pointe septentrionale de l'île du Nord, et celui du Rosédo, à l'intérieur de cette même terre. Aucun ne correspondait au projet que j'entretenais. Alors, puisqu'il s'agissait d'une pure fiction, pourquoi ne pas inventer celui dont j'avais besoin ?

Ainsi est né l'Œil-du-Diable, érigé dans l'imagination de l'auteur au nord-est de l'île Lavrec. Je ne puis affirmer qu'il serait d'une utilité flagrante en un tel endroit. Que les spécialistes du Service des phares et balises veuillent bien me pardonner les éventuelles incohérences...

L'Œil-du-Diable... Un nom singulier pour désigner la lumière censée guider les navigateurs. Singulier, il l'est moins quand on sait que, dans le langage des gardiens de naguère – ceux d'avant l'automatisation –, les phares sur le continent se trouvaient au paradis, ceux sur les îles au purgatoire. Les quelques-uns comme Ar-Men, cramponnés sur un bout de roches en pleine mer, ne pouvaient se situer qu'en enfer.

Bréhat m'attirait depuis longtemps. En accostant à la plus basse des trois cales du Port-Clos, je savais déjà que je ne serais pas déçu. Les chaos étaient aussi magnifiques que le vantaient les dépliants touristiques, dessinant leurs silhouettes rudes, fissurées, empilées dans des équilibres improbables. Il faisait soleil en ce début d'après-midi, la palette offrait une clarté radieuse, dans des camaïeux roses, ocre et orangés. Mais ce qui allait me frapper le plus durant mon séjour, c'étaient les variations des couleurs au gré des lumières du ciel et en fonction des heures, s'éclairant ou s'assombrissant en quelques minutes, quand elles ne s'estompaient pas dans une brume soudaine…

… comme les humeurs des personnages que j'allais inscrire dans ce décor incomparable. L'intuition d'avoir fait le bon choix devenait une certitude qui s'est confirmée au fil de l'écriture.

Rien d'étonnant donc que les descriptions occupent une large place dans ce récit – je suis persuadé qu'un cadre aussi changeant, tour à tour accueillant et farouche, limpide et mystérieux, influe sur les dispositions psychologiques des résidents perpétuels aussi bien que sur celles des visiteurs occasionnels dont je faisais partie. Dans une fiction, cette étroite dépendance ne peut être qu'exacerbée : le paysage devient acteur du récit dans la mesure où il détermine non seulement les états d'âme des différents protagonistes mais aussi leurs décisions et leurs agissements.

Les lecteurs qui ont déjà guidé leurs pas sur les deux îles de Bréhat reconnaîtront je l'espère les lieux où se déroulent les événements. Pour ceux qui ne s'y sont pas encore risqués, je ne peux que les encourager à effectuer la traversée. Pas pour une journée, car ils manqueraient alors les images crépusculaires, les plus belles, quand dans la brume diaphane et aux premières obscurités les rochers se parent de nuances violacées. Ce sont les heures aussi où les sentiers appartiennent aux rares privilégiés encore présents sur l'île. Avec le départ de la dernière vedette, Bréhat se vide en effet de ses visiteurs pour recouvrer son aspect sauvage et livrer ses secrets au gré de la pénombre.

Un dernier conseil… Le service des vedettes bréhatines propose le tour de l'île aux passagers qui le souhaitent avant de les déposer au Port-Clos. Ce serait dommage de s'en priver…

Mais trêve de louanges, l'intention de cet ouvrage n'étant pas d'être un guide touristique, place au récit. Ainsi que le laisse entendre cet avant-propos, hormis ce phare inventé, j'ai voulu coller à la véracité des lieux. En revanche, les protagonistes sont entièrement inventés, et toute ressemblance avec des personnes ayant réellement existé ne saurait être que le fruit du hasard et relèverait de la plus pure coïncidence.

Prologue

Août 1987

Allumé à même la terre battue, le feu crépitait au milieu de la pièce humide. Les flammes, qu'attisait le vent engouffré par les ouvertures béantes, dansaient une gigue infernale. Traqués par la lumière roussâtre, les spectres de la nuit se recroquevillaient dans les encoignures. Les poutres rongées par l'humidité, le plafond avait cédé à son tour ; par le toit éventré s'enfuyaient les volutes de fumée, aussitôt dissipées par les bourrasques qui remontaient du large en écrêtant le flot. Des encadrements de la porte et des fenêtres ne subsistaient plus que quelques moignons pourris fixés par de longues pointes rouillées et tordues dans les joints entre le granit. Comme la plupart des maisons côtières, le *pennti* tournait le dos à la mer. Les marins de naguère n'étaient pas assez fous pour défier gueule ouverte les colères océanes.

Cette scène surréaliste se déroulait sur l'île de Bréhat, la partie du Sud, puisque ce que l'on appelait une île se répartissait en fait en deux grandes terres reliées par un petit pont nommé pompeusement « chaussée Vauban ». Mais à tout seigneur tout honneur, ce dernier y avait aussi érigé un fort. Autour s'éparpillait l'archipel, îlots et écueils, un chaos concassé par les colères du ciel et les fureurs de la mer.

Cette ancienne demeure de pêcheurs se trouvait à la pointe du Gardeno, une masure à l'abandon depuis des années, dont les pierres gangrenées par le vent mauvais et les embruns saumâtres menaçaient de s'effondrer d'un jour à l'autre. Elle n'accueillait plus personne, hormis Florimond et Quentin, adolescents inséparables, qui en avaient fait leur repaire nocturne. Alors qu'ils n'avaient que treize ans, eux n'avaient cure des histoires colportées au sujet de la bicoque, nulle peur de celui qui hantait les lieux, chaque nuit, disait-on. Sûr que c'était pas des bobards, affirmaient les braves gens avec un aplomb infaillible, on entendait le spectre jurer et pleurer à gros sanglots quand la lune était pleine. Ceux qui croyaient pas, ils avaient qu'à venir écouter s'ils avaient quelque chose dans le falzar ! Les plus superstitieux alléguaient même l'avoir vu de leurs yeux vu, une vision effrayante, émergée tout droit de l'enfer. A vouloir avoir raison coûte que coûte, on finit par s'inventer les preuves de ses propres affabulations.

Depuis les incursions de Florimond et de Quentin, les racontars se renforçaient d'un argument indéniable : le fantôme, sans doute flanqué de quelques démons, allumait des feux dans la bicoque. Ça, c'était pas des balivernes, puisque fumaient les tisons encore chauds le lendemain des sabbats !

Basile Kernin était le supposé fantôme. Pauvre vieux… L'aurait-il voulu qu'il en aurait été bien incapable. Propriétaire de la chaumine, son corps n'y avait été retrouvé que plusieurs jours après son décès, dans un sale état. La vieille femme qui avait eu l'honneur de la macabre découverte ne s'en était jamais remise. Faut dire que Soazig Loussouarn n'avait pas déjà l'esprit bien arrimé. Personne n'avait d'ailleurs voulu la croire quand elle avait déboulé en courant sur la place du bourg de Bréhat afin de donner l'alerte.

« Puisque je vous dis que c'est mon Fernand ! » criait-elle en agitant ses longues mains osseuses à hauteur de son visage parcheminé.

Fernand était son mari. Défunt lui aussi, mais déjà depuis un certain temps. Ce n'était pourtant pas la première fois que Soazig prétendait l'avoir reconnu. A sa décharge, il est vrai qu'elle n'y voyait plus très bien et qu'elle était restée agitée du bocal depuis que son bonhomme avait chuté dans les rochers, un peu plus loin, au lieu dit Krouezenn, un soir de rafales de vent et de rasades d'eau-de-vie conjuguées, les deux force cinq. Sans doute s'était-il rompu l'échine. Comment comprendre autrement qu'il ait été aussitôt emporté par les courants dont les tourbillons brassaient l'écume entre les écueils acérés ? Son corps avait disparu en quelques secondes dans les eaux noirâtres, sous les yeux épouvantés de sa pauvre épouse. Les profondeurs océanes ne l'avaient jamais restitué, on s'était résigné.

Sauf Soazig...

La veuve avait erré sur la côte des jours entiers, elle avait passé des nuits blanches à guetter son retour dans la nuit noire, des semaines interminables. Le drame s'était déroulé voilà trois ans, elle ne démordait pas de sa certitude. Elle croyait sans cesse discerner sa dépouille coincée dans quelque sombre anfractuosité entre les rochers, ou bien c'était son cadavre qui bombait le sable au fond de la crique, enseveli là par les naufrageurs de jadis, auquel cas les deux protubérances noires dans l'obscurité du crépuscule ne pouvaient être que ses pieds au bout de la sépulture. Sa vision la plus fréquente l'amenait à le découvrir au fond de l'eau, les yeux grand ouverts, attendant son épouse. A chaque fois, elle filait quérir du secours. Au début, un Bréhatin ou deux l'avaient accompagnée, puis même les plus charitables avaient compris que la pauvre femme avait du vent au grenier et qu'elle était victime d'hallucinations ; bientôt plus personne ne l'avait écoutée. Le patron du bistrot lui emplissait un petit verre de rhum pour la calmer. Quand elle l'avait lampé en deux ou trois gorgées, elle avait oublié pourquoi elle était là. Jusqu'à la fois suivante…

Le soir où Soazig était entrée par hasard dans la chaumine où gisait Basile Kernin, elle était revenue encore plus épouvantée. Elle avait fait irruption comme une possédée dans le bistrot sur la place du bourg. Dans sa voix flottaient des accents indubitables. En soupirant, le patron lui avait servi son remontant habituel. Elle avait secoué la tête avec véhémence, avait repoussé le verre sans l'avoir éclusé et repris ses lamentations :

« Puisque je vous dis que cette fois je suis sûre que c'est lui ! Dame, depuis le temps, il est pas beau à voir… »

Elle s'était arrêtée afin de reprendre son souffle, mais ses mains continuaient à parler pour elle.

« Pas beau comment ? avait demandé Firmin Cornou, qui buvotait un ballon de rouge sur le comptoir, à côté d'elle.

— Il a le visage tout rongé par les vers. Y en a même qui lui sortent par les yeux ! »

C'était la première fois qu'elle fournissait des détails aussi précis.

« Où qu'il est, ton bonhomme ? avait demandé le patron, pressé d'en finir avec cette enquiquineuse de première.

— Chez Basile. Le Kernin, vous avez quand même pas oublié que Fernand lui rendait souvent une petite visite ! Il est remonté de l'eau où il est tombé et il est revenu chez son ancien copain. Ça n'a rien d'étonnant !

— On croyait qu'il était mort... se permit une autre pratique avec un sourire goguenard.

— Maintenant oui, bien sûr qu'il est mort, puisque je vous dis que j'ai retrouvé le corps de son cadavre... »

Il n'y avait pas grande distance à parcourir jusqu'à la pointe du Gardeno. De guerre lasse, les deux clients avaient décidé de l'accompagner dans la nuit, l'un éclairant le chemin de la lampe torche que le tenancier leur avait prêtée, l'autre tenant un parapluie au cas où il se mettrait à pleuvoir. Bien que la plus âgée, Soazig marchait loin devant, et les autres peinaient à la suivre.

Basile était allongé sur le dos dans son *pennti*, les bras en croix au milieu de la pièce, à même le sol de terre battue, n'ayant pas eu la force de se hisser sur son lit pour se laisser couler dans les brumes de l'ivresse. Près de lui, entre les pieds des arrivants qui se bouchaient les narines, un autre cadavre, de verre celui-là, la bouteille de gnôle qui l'avait achevé.

« Tu vois bien, Soazig, que c'est pas Fernand. »

La vieille avait hésité longtemps avant de se résoudre à l'évidence, mais elle n'avait pas désarmé pour autant.

« Peut-être... Mais un jour il reviendra. Je sais que c'est pour bientôt. »

Depuis le temps qu'une telle issue était prévisible, personne n'avait été vraiment surpris du décès de Basile Kernin. Mais les bonnes gens n'aiment pas les endroits où expirent les misérables sans personne à leur tenir la main et à recueillir leur dernier souffle. A plus forte raison quand leur dépouille n'est découverte que plusieurs semaines plus tard. Paraît que n'ayant plus la force de monter au ciel l'âme est condamnée à errer dans le secteur...

Le Basile n'était pas un mauvais bougre, loin de là même, mais il était parfois « bizarre », comme on dit. Quand il n'avait pas trop bu, ne se lançait-il pas dans des prophéties étranges ? Il avait dû beaucoup lire dans sa jeunesse, peut-être même avait-il fait des études. Toujours est-il qu'il causait bien quand il s'en donnait la peine, avec des mots que parfois ses interlocuteurs ne comprenaient pas. Des oracles de la sorte, il en proférait tant que certaines de ses prévisions finissaient par se réaliser. Il n'en faut pas davantage pour affubler d'une réputation sulfureuse l'homme le plus brave. On lui prêtait des propos qu'il n'avait jamais tenus. Ainsi, le vieux marin aurait affirmé qu'après sa mort s'agirait pas de venir traîner autour de chez lui, il réglerait leur compte aux trop curieux, et en priorité aux morveux qui l'avaient emmerdé de son vivant. Lui qui aimait tant les gamins...

La rumeur avait fait son chemin, certains esprits crédules prétendaient avoir aperçu d'étranges ombres en train de rôder autour de sa demeure, ou à se déhancher sur l'estran en contrebas. D'autres avaient entendu des gémissements, reconnu la voix gutturale du disparu dans les bourrasques nocturnes du vent, ou dans le ricanement des goélands en pleine journée. Bref, aux yeux de tous la maisonnette était maudite, un lieu à éviter.

— Tu crois qu'il viendra cette nuit ?

— Oui, répondit Florimond.

— Tu es sûr ? demanda Quentin.

— J'en ai le pressentiment.

Il remit dans le feu une poignée de brindilles qui crépitèrent aussitôt en projetant des étincelles comme un bouquet d'artificiers.

Les deux gamins ne parlaient pas du revenant, auquel ni l'un ni l'autre ne croyaient. Non, ils étaient dans la chaumine du vieux Kernin pour autre chose. Singulière occupation au demeurant. Leur jeu favori était d'y allumer un feu et d'attirer ainsi les papillons de nuit, dont ils faisaient collection. Les paons, le petit et le grand, les sphinx, les smérinthes, aux écailles aux couleurs si chatoyantes, la laineuse du prunellier, les noctuelles, les géomètres, et tant d'autres. Dans une grande boîte protégée par une plaque de verre, ils conservaient les plus beaux spécimens de chaque espèce, fichés sur un fond de liège, avec dessous une étiquette calligraphiée à la plume. Mais il leur manquait celui dont le nom les faisait frémir, celui pour lequel ils continuaient à hanter la nuit cette ruine sinistre à l'insu des parents.

Le sphinx tête de mort.

La pièce s'emplissait d'élégants lépidoptères abusés par la clarté, leurs ailes délicates bruissaient en un chuchotement inquiétant. Quelques imperceptibles couinements sourdaient aussi de la nuée, semblables à ceux de minuscules souris, quand ils se sentaient pris au piège de la fumée que le vent rabattait par bouffées. Longtemps, les deux amis avaient cru rêver, un papillon, ça criait pas ! Pas tous, en effet, quelques-uns seulement, à condition de bien tendre l'oreille ils avaient dû se rendre à l'évidence. Les misérables bestioles à s'aventurer trop près du feu devenaient lucioles le temps de zigzaguer et d'être happées par les flammes dans un grésillement fatal.

Les garçons se figèrent. La main de Florimond se posa sur le poignet de Quentin.

— Tu entends ?

Un ronflement plus sourd, presque un vrombissement, faisait écho dans la pièce.

— Je t'avais dit, j'en étais sûr.

— Où il est ? demanda Quentin.

— Ne bouge pas, sinon il va fiche le camp.

Florimond fut le premier à distinguer le grand papillon.

— Là, tu le vois ?

Le sphinx voletait lourdement, mais il émanait de lui une puissance majestueuse qui impressionna les gamins. Leur créa aussi une certaine angoisse, mais c'était la consécration de leur passion d'assouvir enfin la curiosité qui les poussait vers ces ailes nocturnes, de la même façon que celles-ci étaient attirées par la lueur du feu ou la lanterne du grand phare voisin.

Quentin tremblait. Florimond s'ébroua de la fascination qui les paralysait. Il saisit l'épuisette qui servait à capturer les proies. Le papillon avait-il compris le sort qui lui était réservé ? Son vol se fit plus rapide, ses circonvolutions plus amples. Tout à coup, le bourdonnement s'interrompit. Les garçons s'immobilisèrent.

— Il est parti, fit Quentin d'une voix déçue.

— Impossible. Il s'est posé quelque part.

Ils se redressèrent lentement, scrutèrent les zones d'ombre où les flammes agonisantes continuaient à tortiller des évanescences spectrales. Un sphinx, ce n'était pas un petit insecte, un corps de cinq six centimètres, une envergure de treize, les ailes déployées. La pièce n'était pas bien vaste, mais son gris cendré se confondait dans la pénombre avec le grain des pierres marbrées de moisissure.

Effrayé, le papillon restait immobile.

— Il est là, murmura Florimond.

L'insecte se cramponnait dans l'interstice entre deux moellons. Florimond leva son filet. Il fallait l'attraper sans le blesser, sans abîmer ses ailes ni ses antennes, mais c'était surtout la tête de mort que tous deux brûlaient de contempler. Le cercle de métal s'approchait insensiblement. Au dernier moment, le sphinx reprit son essor. Fila vers une encoignure de l'autre côté. Où il trouva un nouveau refuge.

Une fois, dix fois recommença le manège. Les deux copains soupçonnaient une forme d'intelligence chez le misérable insecte, comme s'il anticipait l'agression et l'évitait à l'ultime seconde. A ce jeu-là, il s'affaiblissait pourtant, devenait pesant, se posait moins loin, avait du mal à replier ses ailes. Bientôt le sphinx n'eut plus la force de se dérober. Il plana jusqu'au sol en un vol impuissant, comme une feuille morte. Le filet l'emprisonna aussitôt.

— On l'a ! s'exclama Quentin.

A travers les mailles fines, les doigts de Florimond, crispés comme des serres, contraignirent le papillon.

— Passe-moi le chloroforme.

Le moment le plus cruel de la chasse. L'hallali, la mise à mort. Ils ne s'y livraient pas de gaieté de cœur, ils n'étaient pas des monstres, mais ils n'avaient pas le choix. Florimond souleva le bord de l'épuisette en tenant l'insecte collé au sol ; il glissa dessous le tampon d'ouate imbibé du somnifère donné par le pharmacien qui aimait bien les jeunes entomologistes. Les fragiles ailes frémirent, puis s'immobilisèrent.

Quentin avait déjà allumé la lampe torche et en braquait le faisceau lumineux sur la tête de mort. Le dessin en était encore plus impressionnant qu'ils ne l'avaient imaginé. Beaucoup plus que sur les gravures qui les avaient si souvent fait rêver.

— Il est beau, fit Quentin.

— Ouais, on a eu du pot, il est pas du tout esquinté. Passe-moi une épingle.

Les orbites creuses du dessin les défiaient, une impression désagréable. En veillant à ne pas perforer la face camarde, Florimond empala le papillon sur le flotteur de liège prélevé sur un vieux filet de pêche. Aussitôt, le sphinx reprit vie. Il se remit à battre des ailes en poussant de petits cris. Du feu, il ne restait plus qu'un lit de braises rougeoyantes. L'obscurité se réappropriait la pièce, les visages spectraux des complices grimaçaient dans les dernières lueurs.

— Il y a quelque chose qu'on a oublié de faire, remarqua Florimond.

Un rituel immuable à chaque fois qu'ils capturaient un papillon digne d'intérêt. Chacun saisit une autre épingle, et se l'enfonça lentement dans la paume en fermant les yeux et en serrant les dents. Une façon de demander pardon à l'être qu'ils faisaient souffrir en partageant sa douleur. En même temps, ils psalmodiaient la prière mise au point pour demander au dieu des papillons d'accueillir l'âme de celui-ci dans son paradis. Une goutte de sang perla de chacune des minuscules blessures.

Le vent avait forci, rendant la scène encore plus lugubre. Une angoisse sourde leur faisait battre le cœur, une sensation étrange qu'ils n'avaient jamais éprouvée, dont ils ne parvenaient à déterminer la raison. Quentin avait éteint la lampe, ils ne voyaient plus leur victime, en revanche ils entendaient toujours le vrombissement de ses ailes et ses infimes couinements.

— On… on aurait peut-être pas dû… bredouilla Quentin.

— Pas dû quoi ? répliqua sèchement Florimond.

— Pas dû l'attraper. Tu sais ce qu'on dit à propos des sphinx tête de mort…

— Des sornettes de pisseuses. Tu vas quand même pas croire de pareilles idioties ?

Florimond tentait de se rassurer, mais il était aussi impressionné que son camarade. Car c'étaient maintenant d'autres gémissements qui leur provenaient, mais du dehors ceux-ci, du large, du ciel boursouflé de nuages. Des ténèbres. De l'enfer.

— On… ferait mieux de rentrer, balbutia Quentin.

— Comme tu veux, répondit son camarade, soucieux de sauver la face et de masquer son anxiété.

Le faisceau du phare éclairait par intermittence le ciel au-dessus du toit. A chaque passage, la clarté de l'extérieur allumait dans le mur les yeux et la bouche d'une tête de mort encore plus effrayante. Il se produisit alors une chose terrible, de ce genre d'événements qui échappent à la raison. Au moment où Florimond se penchait pour le saisir, le sphinx se détacha du flotteur et s'envola par la fenêtre, emportant le pieu qui lui forait le thorax.

Ils n'auraient pu en jurer sur le moment, mais pendant longtemps ils furent persuadés d'avoir entendu alors un ricanement sardonique dans les bourrasques qui emportaient par-dessus la maison le papillon martyr qu'elles étaient parvenues à libérer.

— Tu crois qu'il va se venger ? demanda Quentin d'une voix méconnaissable.

Cette fois, Florimond ne répondit pas, mais il eut du mal à déglutir sa salive.

Ce fut le premier soir où les complices ne traînèrent pas. Pourtant, arrivés au logis de la mère Desbois, ils ne se sentirent en rien soulagés.

L'OURAGAN

1

Octobre 1987

Ambroise Corignan se réveilla en sursaut, tiré de son sommeil par des hurlements. Le même cauchemar, depuis plusieurs nuits, construit d'images bien réelles. Il se redressa sur son séant, ce n'était que le vent, mais un foutu vent. Plongé dans les ténèbres, il mit plusieurs secondes à réaliser où il se trouvait... La couchette où il était venu prendre un peu de repos, une sorte de cabine pareille aux lits-clos du siècle précédent. La migraine lui lancinait toujours les tempes comme s'il avait fait la fête toute la soirée, ce qui n'était pas le cas. De ses paumes crevassées par les filins et l'eau salée, il se frotta les yeux et le visage, un raclement de toile émeri sur sa barbe dure. Soudain il se rappela que son fils était seul à surveiller la lanterne en haut du phare.

— Nom de Dieu ! J'ai dormi combien de temps, moi ?

Il fit coulisser les portes. Dans l'obscurité il discernait la pendule fixée au mur. Deux heures. Voilà plus de deux heures qu'il s'était assoupi !

— Sacré imbécile, marmonna-t-il en se rajustant. Pourvu que...

Ambroise mesura alors pleinement la violence de la tempête, un véritable ouragan. S'il avait su... Mais ces enfoirés de la météo n'avaient pas prévu un pareil coup de tabac. De toute façon, quand ça avait commencé, Ambroise et son fils étaient déjà dans le phare.

On était le 16 octobre 1987, un vendredi. La veille, il faisait anormalement chaud ; en fin d'après-midi le ciel avait pris une drôle de couleur orangée comme on ne lui en avait jamais vu. Même les vieux marins, qui avaient pourtant une explication à toutes les fantaisies météorologiques, n'y comprenaient rien. Avec ça, on aurait dit que dans l'air flottait une fine poussière jaunâtre.

Le gardien n'avait pas voulu alarmer son gamin outre mesure, et puis le phare s'était montré jusque-là d'une résistance à toute épreuve. Ses pieds cherchèrent à tâtons les lourdes chaussures soigneusement rangées sur le plancher de chêne, afin d'être accessibles du premier coup à la moindre alerte. L'étage au-dessus hébergeait la salle des machines, celles-ci ronronnaient normalement.

Ambroise enfila l'escalier métallique qui y montait. Un moment d'inattention, et son pied droit ripa sur l'une des marches pourtant nervurées afin d'éviter ce genre d'accident. Il eut juste le temps de s'agripper à la rampe. Hormis les rugissements des éléments déchaînés, tout était en ordre. Lui tournant le dos, son fiston ne l'avait pas entendu venir. Recroquevillé sur un tabouret, les épaules voûtées et la tête en avant, il ne bougeait pas. Ambroise crut qu'il lui était arrivé quelque chose. Cela n'aurait rien d'étonnant : la loi des séries. Il posa sa lourde main sur son épaule. Aussitôt, Florimond sursauta, tiré de la somnolence où il avait coulé sans s'en rendre compte.

— Hein ! Que… qu'est-ce qu'il y a ? bredouilla-t-il en se redressant.

— Tout va bien ? demanda le père.

— Oui, oui, tout va bien. Je dormais pas, tu sais.

Ambroise remarqua alors que son caban était mouillé.

— Tu as mis le nez dehors, toi !

— Je suis monté là-haut pour voir si le phare éclairait bien, comme tu me l'as demandé.

— Je t'ai jamais demandé ça. Je t'ai juste dit de venir me chercher si tu remarquais quelque chose d'anormal.

— Je voulais voir comment ça fait, la lumière dans la nuit.

Ambroise se radoucit. A ses débuts dans le métier, la puissante clarté diffusée par l'énorme lentille de

Fresnel était l'un de ses émerveillements, un spectacle qui l'émouvait encore au plus haut point, qui lui faisait prendre conscience de l'importance de sa fonction. Comment tenir rigueur de sa curiosité à un gamin de treize ans ?

— Et alors ?

— T'avais raison. C'est vachement beau. Ça éclaire loin, dis donc, malgré la tempête !

— C'est le but. N'empêche, t'aurais pas dû monter sans me prévenir. J'espère au moins que t'es pas sorti sur la plate-forme. Avec le vent qui souffle comme un damné, tu aurais pu être expédié à la baille.

— J'ai jeté un coup d'œil, j'ai fait attention…

— Bon. A ton tour d'aller dormir. Mon lit doit être encore chaud, fais gaffe à pas mettre de l'eau partout.

— Je peux pas rester avec toi ?

Le père ne put s'empêcher de sourire. Sacré loustic, dans ses veines à lui aussi il coulait davantage d'eau salée que de sang. Il ferait un bon gardien, mais ce n'était pas le métier qu'il souhaitait à son garçon. Ni à personne d'ailleurs. Une frilosité singulière : si on avait demandé à Ambroise de recommencer, il aurait signé tout de suite, pas seulement parce qu'il ne savait rien faire d'autre, mais d'avoir le sentiment que c'était une vocation, une mission dévolue par une force qui le dépassait. De toute façon, la profession allait être complètement modifiée. Depuis 1950, une formation d'électromécanicien était nécessaire. Dans un proche avenir, on parlait d'électrifier la lanterne, plus besoin de nettoyer chaque jour tout le système du manchon à incandescence ni les verres de l'optique. Dans quelques années, les phares seraient même entièrement automatisés, disait-on. C'était déjà le cas de nombre de ceux construits à terre. Alors on ferait l'économie des gardiens à y séjourner afin d'en surveiller le fonctionnement. Ambroise était sceptique – il n'était pas le seul... Que ferait-on le jour où ça tomberait en panne, s'il n'y avait plus personne là-haut pour intervenir sur-le-champ ?

Florimond le regardait avec des yeux suppliants. Le père secoua la tête.

— Je préfère que tu ailles te reposer un peu. Il est tard, à ton âge on a besoin de dormir.

Le gamin haussa les épaules, mais se retint de rouspéter. Mission accomplie, Quentin avait lui aussi effectué sa part du contrat. A regret, il descendit les marches de l'escalier. Se dévêtit, ne conserva que son slip et son maillot de corps et se réfugia dans la cabine. A présent, malgré la tiédeur laissée par le père, il avait froid, il remonta la couverture jusque sous son menton, s'obligea à respirer calmement et à empêcher ses membres de trembler.

C'était la première fois que Florimond montait dans le phare, un univers qui l'attirait depuis des années ; sans un concours de circonstances exceptionnelles, le père aurait encore refusé de l'emmener. Dans le lit-clos régnaient les ténèbres totales ; les dernières nuits, le jeune garçon avait eu l'impression désagréable de se trouver enfermé dans un placard comme un vulgaire légume. Vaincu de fatigue, encore ivre de la tempête qu'il avait eu la témérité d'affronter, il se laissa couler dans le sommeil, où il rêva de papillons qui voletaient dans le faisceau de la lentille.

Le rêve devint cauchemar. Un énorme sphinx tête de mort tournoyait autour de sa tête. Le bourdonnement de ses ailes se rapprochait inexorablement. Florimond voulait s'enfuir, mais, paralysé, il lui était même impossible d'entrouvrir ses paupières collées par le sel. Quand il y parvint enfin, le funeste papillon se laissa chuter comme un fou de Bassan, l'épingle acérée qui le transperçait encore se ficha dans son œil. Il se réveilla en sueur, le cœur battant à cent à l'heure, eut du mal à se rendormir.

Ambroise grimpa l'échelle permettant d'accéder au brûleur et à l'intérieur du système optique. Dans son bain de mercure, la machine tournait régulièrement, tout était en ordre.

L'Œil-du-Diable. Erigé à partir de 1852 sur une étroite plate-forme en pleine mer au nord-est de l'île Lavrec, ce putain de phare portait bien son nom. Ce n'avait pas été une mince affaire de le construire sur un bout de roche battu par les vagues et balayé par le vent, les flots s'amusaient à contrecarrer avec une malignité surprenante le travail des ouvriers aux moments les plus inattendus. Il convenait encore de se méfier des lames de fond, sournoises et redoutables, même par mer d'huile. Afin de parer ces multiples dangers, les pierres avaient été taillées et les éléments assemblés sur l'île voisine. Au gré des marées et selon les caprices du ciel, les différentes pièces étaient ensuite transportées en barge sur les lieux. Douze ans de labeur, le phare ne fut mis en service qu'en 1864, mais une fois achevé, qu'il avait fière allure ! Un défi d'égaler l'Ar-Men de l'île de Sein, dont les gens de là-bas ne cessaient de se vanter, pour leur prouver que les Bréhatins et les Paimpolais n'étaient pas plus manchots que les Sénans !

La tour de l'Œil-du-Diable se dressait dans l'alignement du phare du Paon et de celui des Héaux-de-Bréhat, situé, ce dernier, à une dizaine de kilomètres plus au nord de l'archipel, à proximité de la pointe du sillon de Talbert. A eux trois, ils dessinaient une guirlande de feux qui délimitaient l'accès aux chenaux menant à la baie de Saint-Brieuc et évitaient aux embarcations nocturnes de venir s'enferrer sur les récifs.

Ambroise n'avait fait que prendre le relais de son père, quand celui-ci n'avait plus été assez ingambe pour effectuer le transfert de la vedette jusqu'au plateau. A vrai dire une sacrée gymnastique. Ce n'était pas le métier auquel se destinait Joseph Corignan. Lui, il rêvait d'être médecin, chirurgien même, mais suite à un revers financier ses parents n'eurent plus les moyens de lui en payer les études. De devoir renoncer à ses ambitions fit de lui un tout autre adolescent. D'un naturel expansif et enthousiaste, il devint taciturne, fuyant la compagnie, ne travaillant plus au lycée quand il n'avait d'autre choix que de s'y rendre. Il obtint cependant son baccalauréat, mais dut envisager un parcours professionnel différent, un métier où il serait coupé de ce monde que désormais il exécrait. Le problème, c'est qu'aucune autre perspective ne l'attirait...

Un jour, lors d'une promenade le long de la côte, Joseph contempla le phare d'un œil intéressé. Il se renseigna afin de savoir si quelqu'un travaillait au cœur de cette tour fichée sur les rochers au milieu de l'océan. Un gardien ? Là, il serait tranquille, se dit-il. La seule ombre au tableau était l'obligation de partager sa solitude avec un compagnon. Mais cette contrariété ne réussit pas à le dissuader. Il suivit la formation, pas bien compliquée du reste à l'époque. Il s'en sortit sans problème – les candidats n'étaient pas légion.

Malgré son peu d'appétence grégaire, Joseph se maria. Une jeune fille ni belle ni laide, pas trop bavarde, cela va sans dire. Ils eurent assez vite un petit garçon, leur seule progéniture. Le jeune gardien n'était jamais parvenu à vider l'abcès de son amertume, même si sa nouvelle profession lui plaisait. En souvenir de ses ambitions refoulées, il appela son petiot Ambroise, du prénom de celui que beaucoup dans le milieu médical considéraient comme le père de la chirurgie, Ambroise Paré.

La tempête ne faiblissait pas. Au contraire. Ambroise regrettait à présent d'avoir traîné le fiston avec lui. Il avait toujours résisté à ses supplications, et cela aurait continué sans la cascade d'imprévus en quelques jours, un fâcheux concours de circonstances comme on dit. Alors qu'il n'était installé dans la tour que depuis deux jours, l'un des deux gardiens tomba malade, une grippe carabinée, plus de quarante de fièvre. Pas d'autre solution que de le rapatrier à terre. C'était un lundi, le 12 octobre. Le Service des phares et balises avait appelé Ambroise Corignan dans la soirée. Lui, il n'était en repos que depuis le vendredi, mais il n'avait pas vraiment le choix – la sollicitation avait valeur de réquisition, puisqu'ils n'étaient que trois à assurer la rotation. Il n'avait accepté qu'à la condition de pouvoir rattraper le repos qui lui était dû. Il n'aurait pas affaire à des ingrats, le service lui avait promis de se souvenir de son dévouement. En attendant que se présente l'occasion, on lui avait proposé l'arrangement suivant : si Bertrand Lannuzel n'était pas rétabli le vendredi suivant afin d'assurer la relève, on lui trouverait un remplaçant dans les équipes des autres phares.

De toute façon, Ambroise avait besoin de se vider l'esprit. C'est alors que lui était venue l'idée d'offrir à Florimond le plus merveilleux des cadeaux. Ça tombait bien, c'était justement son anniversaire le mercredi. Quant au collège de Paimpol où il suivait ses études en cinquième avec son camarade Quentin, sa classe était partie en séjour linguistique d'une semaine en Angleterre, une expédition à laquelle les deux petits Bréhatins avaient refusé de participer. Autrement dit, il ne prendrait pas de retard au niveau des cours.

Le gardien malade s'appelait Bertrand Lannuzel. Le troisième de l'équipe, c'était Benoît Apparton, un chic gars, qui ne verrait aucun inconvénient à ce que le jeune garçon passe quelques jours dans le phare. Bien vu, Florimond avait bondi de joie. Dans la minute suivante, il avait couru prévenir son copain Quentin que le lendemain à l'aube il accompagnait son père dans l'Œil-du-Diable.

« T'oublies pas ce qu'on a convenu, hein ? »

Ce mardi matin-là, la vedette partie de Paimpol était passée prendre Corignan et son fils à la cale de l'embarcadère, la n° 3, autrement dit celle la plus au sud, celle que les passagers devaient rejoindre à marée basse au prix de vingt minutes de marche. Le bateau en question s'appelait la *Marijo*, sans doute le nom de l'épouse de l'un de ceux qui l'avaient affrétée. Ambroise et son fils avaient sauté à bord. Il faisait beau, le cœur en fête le père chantonnait, le gamin sifflotait en se donnant des allures de marin aguerri. La remontée le long de l'île Logodec s'était effectuée normalement. Jusque-là, rien d'exceptionnel. C'est lors du transfert que la situation s'était gâtée. Un accident, comme il en arrive parfois. C'était même miracle que de tels pépins ne se produisent pas plus souvent.

Par une mer aussi calme, le commandant Charles Le Dortz n'avait eu aucun mal à positionner la vedette au pied du rocher, à l'aplomb du câble qui servait à la manœuvre. La pomme de touline qui permettait de saisir le hale à bord et de l'embraquer avait atterri dans la baignoire du premier coup, sans assommer personne – trois kilos quand même, s'agissait pas de se la prendre sur le coin du nez ! L'embarcation et le phare étaient reliés, à présent.

Il revenait à Ambroise de monter le premier. Un jeu d'enfant, un exercice périlleux pourtant, il fallait se mettre à califourchon sur le « ballon », un énorme pouf empli de kapok suspendu par un croc au cartahu, le filin descendant du phare. Sur le plateau, les deux gardiens actionnaient le treuil, l'un de toutes ses forces, son compagnon avec moins d'allant, épuisé par la fièvre. Ambroise parvenu là-haut, le malade fut descendu au moyen du même appareillage. Maintenant c'était au tour de Florimond de monter. Il avait reçu les conseils paternels : les jambes écartées sur le siège, une main au-dessous du croc auquel était accroché le ballon, l'autre sur le câble, il n'avait plus qu'à se laisser porter. Facile à dire, mais le cœur lui cognait fort dans la poitrine au moment où il s'éleva au-dessus des vagues et des rochers. Il s'obligeait à conserver les yeux ouverts, un paysage magnifique se dévoilait tout autour de lui à mesure qu'il prenait de la hauteur, mais il était trop ému pour s'en délecter.

L'ascension dura moins d'une minute. La pogne puissante du père agrippa le col de son ciré et le souleva afin de l'aider à enjamber la rambarde et de le poser à côté de lui.

— Tu vois, je t'avais dit, ça s'est bien passé.

Le fiston s'efforça de sourire afin de masquer la frousse qui le faisait encore trembler, mais il ne parvint qu'à esquisser une grimace pitoyable.

— J'ai... même pas eu peur... bredouilla-t-il avec une forfanterie touchante.

— Eh ben, toi, t'es un sacré courageux, fit Benoît en riant. Nous, on a tous eu une trouille bleue la première fois, presque au point de faire dans son froc. Et je peux te dire que maintenant encore, on n'est pas très fiers, surtout quand la mer est mauvaise. C'est vrai que c'est pas le cas, aujourd'hui.

C'est à ce moment-là que se produisit l'accident, sans doute dû à l'inattention de plaisanter avec le gamin. Il restait à monter une caisse de vivres, placée dans un grand sac étanche. Au moment de la réceptionner, Benoît Apparton regardait le fils de son collègue en hochant la tête, il eut la malencontreuse idée de poser la main sur le câble qui s'enroulait sur le tambour du treuil. Il poussa un hurlement terrible. Ambroise tourna aussitôt la manivelle dans l'autre sens, mais le mal était fait.

Un accident idiot, même pour un débutant. Benoît se tenait le poignet, tandis que de ses doigts le sang pissait dru. Blême, il dut s'appuyer à la rambarde pour ne pas s'affaisser.

— Ça va ? s'inquiéta Ambroise.

A bord de la *Marijo*, le patron et son matelot avaient deviné qu'il s'était produit quelque chose de grave. Ils hélèrent les deux gardiens. Ce fut Ambroise qui répondit :

— Je crois bien que vous allez avoir un passager supplémentaire pour faire route terre ! Benoît s'est amoché la main et pas qu'un peu...

Celui-ci commençait à récupérer, mais le sang coulait toujours. Une fracture était à craindre. De toute façon, avec une blessure pareille, il était hors de question de rester au phare. Un bandage afin de stopper l'hémorragie au plus vite, puis l'hôpital, une radio, dans le meilleur des cas la main serait immobilisée plusieurs jours.

— Je peux pas te laisser seul, Ambroise, c'est... pas légal... bredouilla le malheureux.

— Je suis pas seul, puisque j'ai mon fils.

— C'est pas pareil. Il a que treize ans, et il est pas habilité...

— T'inquiète. C'est que jusqu'à vendredi, ils m'ont promis, au bureau. Avec le temps qu'il fait, ce sera une partie de plaisir.

Ambroise l'aida à enfourcher le ballon.

— Donne-moi un coup de main, Florimond.

A eux deux, ils actionnèrent le treuil, tandis qu'en

bas l'on tirait le hale à bord afin de le garder tendu. Benoît s'accrochait tant bien que mal au câble de sa main valide. Au moment d'atteindre la vedette, il vira de l'œil ; sans ses compagnons à l'empoigner il serait tombé à l'eau.

— Il faut aviser le service ! lança le patron à Corignan en manœuvrant. De notre côté, on va les prévenir.

— Pas de problème, je leur envoie un message.

Déjà la *Marijo* s'éloignait – il n'est jamais bon de traîner trop près des rochers.

— Seul avec ton fils ! s'exclama le responsable du service qui répondit à la radio. Pas sûr que ce soit très réglementaire.

— Il a treize ans quand même, c'est un sacré bonhomme, je t'assure, et puis c'est pas pour longtemps.

— Et s'il t'arrivait quelque chose à toi aussi ? Jamais deux sans trois, tu connais le proverbe...

— Des bêtises de bonnes femmes, les proverbes. De toute façon, vous n'avez personne d'autre sous la main.

Un profond soupir. C'est vrai qu'ils n'avaient guère le choix.

— Je préviens le directeur.

Corignan était un gars sérieux. Trop content d'un arrangement aussi commode, le patron ferma les yeux.

C'est ainsi que Florimond et son père se retrouvèrent seuls pour trois jours dans l'Œil-du-Diable, ce qui n'était pas pour leur déplaire. Ambroise fit d'abord visiter les lieux à son fils, celui-ci n'était jamais parvenu à imaginer comment pouvait être aménagée une construction aussi élancée, ronde de surcroît, et qui de loin paraissait d'une étroitesse extrême. Comment l'on pouvait vivre là-dedans…

Ils pénétrèrent d'abord dans le vestibule fermé par une lourde porte de chêne, renforcée à l'intérieur de deux épaisses barres de bronze, afin de résister aux coups de boutoir des plus fortes tempêtes. Ainsi nommée par les gardiens eux-mêmes, c'était la pièce sous laquelle se trouvaient les réservoirs d'eau potable, que l'on faisait monter grâce à un savant système de canalisations. C'est là aussi que se trouvait la douche. Pour accéder aux étages, il fallait emprunter l'escalier métallique qui occupait une bonne partie de l'espace. Ils parvinrent tout d'abord dans la cuisine, étrangement identique à celle d'une maison ordinaire sauf que le mur était circulaire, une table, des chaises, une gazinière avec un four, quelques placards afin de ranger la vaisselle. Ainsi que le tableau électrique : si le système optique n'était pas encore électrifié, on ne s'éclairait quand même plus à la bougie ou à la lampe à pétrole. Au-dessus, c'était la chambre.

Florimond s'étonna : où étaient les lits ? Le père souriait, lui désigna les deux curieuses armoires à dormir superposées, le seul endroit où chaque gardien pouvait goûter à un minimum d'intimité. Mais le garçon était pressé d'arriver à la raison d'être du phare. Toujours par le même escalier, ils traversèrent une salle un peu particulière, dont l'utilité n'était pas évidente. Ambroise expliqua que dans cette pièce-là on se réunissait parfois pour discuter, notamment lors des visites officielles. Très rares, en raison des acrobaties à effectuer afin d'accéder à la plate-forme.

Avant-dernier étage de la tour : la salle des machines, le poumon du phare. Et le groupe diesel qui servait à recharger la batterie au cadmium alimentant le convertisseur afin de fournir le courant alternatif nécessaire au poste émetteur-récepteur et à l'éclairage des occupants. Avec le compresseur, ils faisaient un tel vacarme que Florimond dut se boucher les oreilles.

— T'arrives à dormir avec un bazar pareil ? demanda-t-il à son père.

Celui-ci ébouriffa les cheveux blonds de son fils.

— Avec l'habitude, on l'entend plus. Et puis, tu sais, quand c'est la tempête, le vent et les vagues font encore davantage de boucan. Mais je vais te dire une chose, le bruit que tu entends là, c'est rien à côté de la corne de brume. Cette saloperie-là, ça beugle plus fort qu'un troupeau de vaches.

— Tu t'en sers souvent ?

— Seulement quand il y a de la brume, aussi bien de jour que de nuit. Tu comprends, les bateaux ont besoin d'être guidés, et avec tous les rochers qui entourent les îles...

Florimond ne parvenait à masquer son impatience.

— C'est là-haut ?

— Ouais, c'est au-dessus de nos têtes que se trouve la lumière. Viens, petit curieux, je vais te montrer.

Florimond écouta à peine les explications techniques du fonctionnement proprement dit, cette histoire d'éjecteur par où circulait le mélange d'air comprimé et de pétrole qui brûlait dans un manchon d'amiante, dont l'incandescence constituait la source de lumière. A peine dressa-t-il l'oreille et esquissa-t-il une moue admirative quand le père parla de températures atteignant treize cents à quatorze cents degrés. Il ne prêta pas davantage attention au poids qui actionnait le mécanisme d'horlogerie faisant tourner la lentille de l'optique, un poids qu'il fallait remonter à l'aide d'une manivelle toutes les cinquante-cinq minutes. Ce qui l'attirait comme les papillons par une lampe, c'était la lanterne. Déjà il grimpait au risque de se rompre le cou. Le père le rappela à l'ordre, lui intima de l'attendre.

Florimond marqua un temps d'arrêt avant d'émerger dans la galerie qui faisait le tour de l'appareillage optique. Les vitres étaient occultées par des rideaux. Ambroise dégagea la vue. Cette fois, l'ado fut impressionné pour de bon ; le spectacle était magnifique. A trente-cinq mètres de hauteur, il se trouvait perché au-dessus du monde. Mais il ne voyait toujours pas d'où provenait la lumière. Le père le laissait sciemment mariner, attendait qu'il demande, ce qui ne manqua pas de se produire dans la minute suivante. Alors Ambroise ôta la housse qui protégeait le système proprement dit, la lentille de Fresnel apparut, un énorme diamant aux multiples facettes.

— Tu vois, c'est ça, l'œil du diable...

Le garçon était sidéré.

— Pourquoi on l'appelle comme ça ?

Ambroise haussa les épaules.

— Les gens sont superstitieux, tu sais, surtout ceux qui travaillent à la mer, les marins et les gardiens comme moi. La vie n'est pas la même dans tous les phares, ils ne sont pas aussi dangereux les uns que les autres.

— Celui-ci est dangereux ?

— Ceux qui ont été construits comme le mien sur un bout de rocher, on dit que c'est l'enfer. Ceux qui se trouvent sur une île, c'est le purgatoire.

— Et ceux qui sont sur le continent, c'est... ?

— Le paradis, ouais, t'as tout compris.

— Et toi, tu préfères être en enfer ?

— Au début, si on m'avait demandé mon avis, je crois que j'aurais choisi de rester au paradis. Maintenant, je ne changerais pour rien au monde.

— Tu serais pas un peu fêlé ?

Le père sourit.

— Pas qu'un peu... Il faut être fou pour vivre dans un phare pendant plusieurs jours en plein hiver. Mais le vrai métier, c'est ici qu'on peut l'exercer, et rien qu'ici, cerné par la mer. C'est un combat de tous les instants, une lutte à mort quand c'est la tempête. Crois-moi, ça en vaut la peine.

— Il y aura une tempête pendant que je suis là ?

— C'est pas prévu et je te le souhaite pas.

— Pourquoi ? Je serais comme toi, j'aurais pas peur.

— Mais qui te dit que j'ai pas peur ? La vraie aventure, c'est justement d'avoir peur. Le bonheur d'être vainqueur après chaque coup de tabac, sain et sauf si tu préfères, ne vaut la peine d'être vécu que si tu as eu la frousse au point d'avoir la gorge sèche, les tripes qui se nouent et les mains qui tremblent. Une fois que t'as connu ça, tu peux plus t'en passer.

Florimond regardait son père avec de grands yeux admiratifs.

— Si le phare tombait en panne...

— C'est très rare, parce qu'on le bichonne tous les jours comme ce qu'on a de plus cher au monde, mais c'est déjà arrivé. C'est pour ça qu'il y a toujours un gardien dans le phare et même deux au cas où il y aurait un qui se trouverait mal, comme celui qu'on vient de rapatrier. Si la lumière s'éteint, il alerte aussitôt la station, où quelqu'un veille toute la nuit. Dans la minute qui suit, les bateaux sont prévenus par radio qu'ils ne peuvent plus se fier à la lanterne qui les guide d'habitude.

Le père et le fils étaient redescendus dans la salle des machines. Dès la tombée de la nuit, à l'heure précise prévue par le service, Corignan avait allumé le phare après avoir pris le soin de vérifier tout l'équipement. Il ne disait rien, mais il craignait qu'avec la grippe de Lannuzel ses prédécesseurs n'aient pas fait le nécessaire. Apparemment tout fonctionnait normalement. Ils étaient restés silencieux un long moment, écoutant les entrailles de la merveilleuse mécanique qui prodiguait la lumière, qui avait sauvé tant de vies.

— Faut quand même qu'on mange quelque chose, dit Ambroise.

Tiré de sa rêverie, le fiston sursauta.

— J'ai pas vraiment faim.

— Tu dis ça, mais quand tu verras ce que j'ai prévu, je suis sûr que tu diras pas non. T'as oublié que c'est ton anniversaire demain ?

Florimond éclata de rire.

— Bien sûr que non, mais je pensais pas qu'on pourrait le fêter dans un phare…

— C'est pas un restau, c'est sûr, mais on arrive à manger correctement. Je vais te préparer une bonne omelette avec des pommes de terre au four, bien croustillantes comme tu les aimes. Pour le dessert, j'ai acheté trois gâteaux, je pouvais pas prévoir que Benoît se serait blessé. Dame, j'ai pas prévu de bougie.

Une complicité d'homme qui faisait chavirer le cœur du père, surtout après les récents événements. Pour le gamin, cette haute tour perdue au milieu des flots était loin d'être l'enfer.

Le séjour se déroula dans cette allégresse jusqu'au jeudi. Ce soir-là, ils finissaient de dîner quand le vent se leva, d'un coup, sans signe annonciateur. Ambroise, en train de faire la vaisselle, s'immobilisa, une assiette entre les mains. Les sourcils froncés, l'air inquiet.

— Diantre... Ça, c'était pas prévu.

Florimond se précipita aussitôt à la fenêtre, de verre et de bronze, solidement encastrée dans le granit. Essuyant la vitre épaisse de la manche de son pull, il essayait de voir cet imprévu qui l'émoustillait au plus haut point. Malgré la nuit, il apercevait les vagues enragées, recouvertes d'écume comme autant de bêtes furieuses. Le ciel était noir, mais l'ado pouvait distinguer les nuages tourmentés qui défilaient juste au-dessus de la tour à une vitesse folle, dont les plus bas se dilacéraient contre elle.

— Tu crois que ça va être une véritable tempête ?

— Ça m'en a tout l'air. Reste à espérer que ça va pas durer, sinon on va être bloqués ici plus longtemps que prévu.

— Chouette.

— Ouais... C'est pas ce que tu diras si ça se met à chahuter pour de bon.

La cuisine rangée, le père et le fils étaient remontés dans la salle des machines. C'est à ce moment-là qu'Ambroise avait commencé à avoir la migraine.

— A tous les coups, le Bertrand Lannuzel m'a refilé sa cochonnerie...

Il avait tenu jusqu'à minuit, n'oubliant pas de remonter à échéance régulière le poids qui commandait le mécanisme d'horlogerie assurant la rotation de la lanterne.

« Tu vois, expliquait-il en même temps à son garçon. S'il m'arrivait quelque chose, c'est un truc qu'il faut surtout pas oublier, sinon la lumière arrêterait de tourner. »

N'en pouvant plus, il dit à Florimond qu'il descendait jusqu'à la cuisine se faire chauffer un bon grog et prendre une dose d'aspirine.

— Repose-toi un peu, si tu veux... proposa le fiston.

Ambroise, c'est pas l'envie qui lui manquait, mais c'était pure inconscience de laisser la responsabilité du phare à un gamin aussi jeune alors que la tempête était maintenant déchaînée.

Ambroise soupira. Une demi-heure, au pire une petite heure. Après ça irait mieux, pour sûr...

— Tu crois que tu saurais ?

— De toute façon, il n'y a rien d'autre à faire que d'écouter.

— Et de remonter le poids.

— Oui, c'est pas trop difficile...

— Bon... Je vais m'allonger un instant. Tu viens

me réveiller à une heure. Une heure, tu m'entends ? Pas une minute de plus. Et avant bien sûr si quelque chose te paraît anormal. Même un petit rien du tout. Tu m'as bien entendu ?

Florimond tapota sur la montre à son poignet.

— Tu peux compter sur moi...

Ambroise ne s'était réveillé qu'à deux heures.

La tempête se calma au petit jour, mais souvent ces hypocrites accalmies ne présagent rien de bon. Ambroise ruminait les conséquences qu'aurait pu avoir son imprudence, mais Florimond était un bon garçon, débrouillard, il n'avait jamais eu de vrais problèmes avec lui depuis que sa mère était décédée. Comme il était fier de se voir confier une telle responsabilité !

Ambroise regarda l'heure, encore cinq minutes et il allait pouvoir éteindre la lanterne à l'heure précise prévue dans le tableau de service. En cas de temps trop mauvais – et s'il faisait donc trop sombre –, il était autorisé à prolonger la lumière de vingt minutes, une décision qui relevait de son propre chef, mais qu'il devait justifier dans le compte rendu mensuel. Aujourd'hui, ce ne serait pas nécessaire.

Après un dernier coup d'œil à sa montre, Ambroise ferma la vanne d'alimentation du brûleur. En quelques secondes, celui-ci s'éteignit, le manchon d'amiante cessa d'être incandescent. L'Œil-du-Diable était endormi. Le protocole à respecter l'occuperait une bonne partie de la matinée. Première chose à faire, stopper la machine de rotation et laisser la lanterne s'immobiliser, puis descendre les vérins vissés dans le plateau soutenant l'optique afin de bloquer la cuve à mercure et de pouvoir travailler à l'intérieur sans risquer de la faire déborder. Ensuite il conviendrait de nettoyer les vitres entourant la lanterne, afin que les marbrures de sel ne nuisent pas à la bonne clarté du faisceau la nuit suivante, puis la lentille elle-même, avec délicatesse, de crainte de la rayer.

Ambroise grimpa sur la plate-forme supérieure et s'aventura sur la galerie extérieure. Le vent en rafales lui gifla le visage. Au large, la mer était grosse, furieuse, le ciel bouché ; du côté de la terre, ce n'était guère plus rassurant, les vagues venaient se fracasser sans répit contre les rochers. Il se pencha par-dessus la rambarde afin de vérifier s'il en était de même au pied du phare. L'écume moutonnait à la surface de l'eau, s'accumulait dans les failles, s'envolait en tourbillons. Un paysage dantesque.

C'est alors qu'Ambroise crut discerner une forme entre deux rochers, dont la pâleur d'ivoire tranchait avec la noirceur du goémon et de l'eau. Il se frotta les yeux, se pencha pour mieux voir. Non, il ne se trompait pas, c'était un corps dénudé dont il ne distinguait que le dos, une femme de toute évidence, vu le galbe des hanches. Il se redressa, effaré.

— Mon Dieu... Il fallait bien que ça arrive.

2

Quelques semaines auparavant,
le samedi 19 septembre 1987

Ambroise possédait un petit canot à moteur, à bord duquel il aimait bien taquiner le bar, qui abondait dans les eaux tumultueuses autour de Bréhat. Il connaissait des coins où il était le seul à se risquer. Ce samedi-là, il rentra au port en fin d'après-midi, plus tôt que d'habitude. Il affichait sa mine des mauvais jours – c'est vrai qu'il était bredouille, une fois n'est pas coutume. Il se hissa sur le ponton et y amarra son embarcation.

— Tiens, voilà le grand navigateur…

La voix avait retenti dans son dos. Il fit volte-face. Séraphin Brégent, un vieux marin de la marchande, qui occupait sa retraite à arpenter les côtes découpées des deux îles, à le croire incapable de couper le cordon invisible qui le reliait à l'océan.

— Grand navigateur, c'est vite dit. Je suis pas allé bien loin.

Trente-sept ans, Ambroise était en pleine force de l'âge. Râblé, sans véritable embonpoint, juste un peu de bedaine, qui tendait son chandail et sa vareuse. Les cheveux grisonnants toutefois, ce qui le vieillissait, mais il restait bel homme, surtout quand il arborait son costume du dimanche... Alors il ressemblait à ces yachtmen qui à échéance régulière descendaient de l'Angleterre sur les côtes nord de Bretagne.

— Où t'as mis ta caisse de poisson ?

— Aujourd'hui, j'ai rien pris.

— Comment ça se fait ? Julot est rentré tout à l'heure. Même lui qui attrape jamais rien d'habitude, il en avait toute une flopée. Pour te dire, radin comme il est, il m'en a donné deux, et des beaux.

— Du bar ?

— Ben oui. Je vois pas ce que ça pourrait être d'autre.

— Tant mieux pour lui, fit Ambroise en commençant à traverser le terre-plein.

Brégent le suivit.

— Tu devais pas être dans le bon coin, sinon, un pêcheur de ton calibre, t'aurais fait un malheur.

— C'est ça, j'étais pas où il fallait.

Séraphin voyait bien que son copain, d'humeur maussade, n'avait pas envie de causer.

— Quelque chose qui va pas, Ambroise ?

— Non, rien. Pourquoi veux-tu que ça n'aille

pas ? Je suis fatigué, je suis rentré que hier du phare, j'ai pas eu le temps de vraiment me reposer.

— Pourtant t'as pas grand-chose à foutre, dans ta tour. Personne pour t'emmerder à part les goélands et les cormorans.

— Il faut quand même surveiller la lanterne, et au cas où tu saurais pas, c'est la nuit qu'on l'allume. C'est même pour ça que je suis payé. Maintenant, tu m'excuseras, il faut que je rentre, Janet doit m'attendre, je lui ai promis de pas être trop tard et elle va s'inquiéter si elle me voit pas arriver.

Du temps de sa jeunesse, Brégent était un bon vivant et il aimait bien pousser la chansonnette dans le carré de l'équipage.

— L'amour, l'amour, se mit-il à fredonner en s'arrêtant, la main droite posée sur le cœur.

Déjà, Corignan avait disparu dans la rue longeant le cimetière.

— M'est avis que ça doit pas tourner rond dans le ménage, marmonna Séraphin avec des hochements de tête éloquents. Tu parles, une Anglaise et un Breton…

Ambroise Corignan et Janet Bridgeton habitaient un pavillon plutôt modeste, à quelque cinq cents mètres au nord du bourg, au lieu dit Krouezenn, un peu en retrait de la pointe Penn-ar-Biz. Une vue dont l'Anglaise ne se lassait pas, un privilège qui l'avait en partie décidée à partager l'existence du gardien de phare, ainsi que la sincérité de son amour. Férue de botanique, elle avait la main verte et vaquait le plus clair de son temps dans le jardin devant la maison ou dans le potager à l'arrière. Ce jour-là, elle sarclait les plates-bandes en façade, de chaque côté de l'allée gravillonnée.

A la vue de son compagnon, Janet se redressa ; de son index droit elle rangea la mèche qui de la tempe gauche lui dégoulinait sur le front, un geste devenu machinal, même lorsqu'un peigne en écaille maintenait la boucle rebelle.

— Betty est restée en ville ?

Ambroise s'efforça de paraître naturel.

— Betty ? Non, pourquoi ?

— Je pensais qu'elle était avec toi.

— Faut croire que non, sinon elle serait là.

— Tu ne devais pas l'emmener faire un tour en mer, vu qu'il faisait beau ?

— Oui, c'est vrai. Ça me revient maintenant que tu le dis, mais au dernier moment elle a changé d'avis. Elle préférait se promener seule. Tu la connais mieux que moi, c'est ta fille... Elle est plutôt imprévisible.

— C'est bizarre qu'elle ne soit pas rentrée, il ne va pas tarder à faire nuit... J'espère qu'elle ne s'est pas égarée.

— Elle a dix-sept ans. Cela fait bientôt un an qu'elle est là maintenant, elle connaît bien le secteur à force de vadrouiller.

Janet se raisonna.

— C'est vrai, mais quand même...

— Bon. Je vais me changer. Je dois empester la marée comme un vieux phoque.

— Tu n'as rien pêché aujourd'hui ?

— Non. A dire vrai, j'ai pas beaucoup insisté. T'en as pas marre de manger du poisson ?

— Le bar, non. C'est délicieux.

Janet parlait un français très académique, appris pendant ses études universitaires à Oxford, agrémenté d'un accent délicieux qui ajoutait à son charme britannique. Elle était mince, d'un blond tirant sur le roux. Aussi quand sa crinière battait au vent, on l'aurait crue coiffée d'une flamme. Betty avait les mêmes traits fins, une peau diaphane qui craignait le soleil, mais elle, elle était résolument rousse. Dix-sept ans, une charmante demoiselle qui fuyait les garçons, dont elle faisait tourner la tête. Qui fuyait tout le monde en fait, et dont aucun Bréhatin n'avait eu la chance de contempler le visage plus de quelques secondes, dissimulé de surcroît sous son épaisse chevelure.

Ambroise soupira et se réfugia dans la maison. Il prit une douche, se regarda dans la glace, retardant le moment d'affronter de nouveau Janet. Quand il sortit de la salle de bains, elle était campée devant la maison face à la rue remontant du bourg. Le soleil commençait à décliner.

— Elle n'est toujours pas revenue ? s'obligea Ambroise.

Janet secoua la tête en signe de dénégation. Elle

avait les traits douloureux de l'angoisse. Elle déglutit sa salive.

— Ce n'est pas normal. Je suis sûre qu'il lui est arrivé quelque chose.

— Mais non... Tu as toujours tendance à tout dramatiser. Betty aura rencontré quelqu'un, une copine avec qui elle sera restée discuter. Peut-être qu'elles sont allées prendre un verre ensemble...

— Tu racontes n'importe quoi ! Tu sais bien qu'elle n'a pas d'amies ici. Et si elle avait fait une mauvaise rencontre ? Hein ? Tu le dis toi-même, il y a des jeunes voyous à traîner tout le temps d'un bistrot à l'autre et pas des plus finauds, pour certains d'entre eux, quand ils ont bu un coup de trop.

Elle se tourna vers Ambroise ; si doux d'habitude, les yeux clairs de l'Anglaise fulminaient.

— Fais quelque chose toi aussi, au lieu de rester planté là comme un idiot !

— Qu'est-ce tu veux que je fasse ? Comment veux-tu que je sache où elle est passée ?

Janet poussa un profond soupir.

— Tu pourrais peut-être aller voir au bourg.

— Tu crois pas que tu fais beaucoup de cinéma pour pas grand-chose ? On va ameuter tout le monde. Entre-temps, elle sera revenue et on aura l'air malins.

— Si tu veux rien faire, moi je vais me renseigner.

Ambroise maugréa, mais il la connaissait, sa Janet, tout de suite affolée dès qu'il s'agissait de sa fille et alors têtue comme une mule, une mule anglaise de surcroît... Il n'avait d'autre solution que de l'accompagner.

Janet descendait la rue à vive allure. Ou elle boudait ou elle était trop inquiète pour parler, toujours est-il qu'elle ne proféra pas un traître mot tout le long du trajet. A quelques mètres dans son dos, Ambroise ne fit aucun effort pour engager la conversation, le silence l'arrangeait bien.

La place était déserte. De temps à autre, les portes des estaminets laissaient échapper des bouffées de rumeurs, des cris, des rires, des éclats de vie. Janet ne s'y arrêta pas, elle enfila à droite de l'église la route qui serpentait jusqu'à la grève. Elle s'avança sur le terre-plein d'où Ambroise était remonté deux heures auparavant, se planta face à la mer. Lui, se tenait en retrait, les mains dans les poches, les yeux fixés sur le bout de ses gros souliers. Janet scrutait les flots en marmonnant, sans doute suppliait-elle sa fille de revenir si elle était partie par là. Au bout de quelques secondes, elle fit demi-tour. La nuit était tombée à présent, la lumière du phare balayait le ciel par intermittence par-dessus l'île Lavrec. Elle remonta comme une folle le chemin inverse jusqu'au cœur du bourg. Ambroise suivait à distance.

— Eh bien, qu'est-ce que tu attends ? Va leur demander s'ils ont vu Betty.

Des paroles ponctuées d'un geste ample en direction des seules boutiques encore allumées à cette heure, les débits de boisson.

Des bistrots, il y en avait quelques-uns au bourg, autour de la place et dans les rues avoisinantes. Ambroise se dirigea vers le Shamrock, l'un des plus fréquentés. Au moment d'en pousser la porte, il se retourna vers Janet.

— Tu m'accompagnes pas ?

— Non, je t'attends là. Demande bien s'ils ont vu Betty.

Un dernier chaland était accoudé au comptoir, Brégent. Ambroise faillit faire demi-tour. Trop tard, l'autre l'avait vu.

Séraphin n'avait pas bu que de l'eau, pas d'eau du tout en réalité. Celui-ci afficha un sourire de satisfaction, il ne s'était pas trompé au sujet des relations entre le gardien du phare et la British.

— Qu'est-ce tu fais là, Ambroise ? s'enquit-il avec une hypocrisie consommée. T'as été foutu à la porte de chez toi parce que t'as rien pêché aujourd'hui ?

Ambroise préféra sourire que se fâcher. Le patron fut surpris de voir un pareil client à cette heure tardive.

— Des ennuis, Corignan ?

— Non, c'est Janet. Sa fille n'est pas rentrée, elle est inquiète. Je voulais savoir si vous l'aviez vue dans l'après-midi.

— Tu sais, Ambroise, je serais pas sûr de la reconnaître.

— Elle est rousse, rouquine, si tu préfères.

— Oui, ça je sais. Mais quand même…

— Elle a trouvé un amoureux, jolie comme elle est, gouailla Séraphin. Moi-même si j'avais vingt ans de...

— La ferme, Séraphin ! le coupa le patron. Tu vois pas que c'est sérieux ?

— Je disais ça...

— Eh bien, ne dis rien, intervint Ambroise à son tour. Ça nous fera des vacances.

— Non... On l'a pas vue. D'ailleurs, il n'est pas rentré grand monde de la journée. Il y a des fois où je me demande si ça vaut encore le coup d'ouvrir en dehors de la saison touristique. Toi et Janet, vous craignez quelque chose de grave ?

— Moi, non. Mais tu connais les bonnes femmes, surtout quand elles sont des mères. Dès qu'elles voient plus leur fille, elles croient qu'il leur est arrivé malheur.

— Tu bois quelque chose ?

— Non, Janet est restée dehors. Je vais pas la laisser poireauter plus longtemps.

Ce fut la même chose dans les autres troquets. Pour peu qu'on la connaissait, personne n'avait vu Betty Bridgeton de la journée. Ambroise n'insistait pas. L'inquiétude de Janet croissait d'un échec à l'autre.

— Si tu veux bien, on va rentrer maintenant, fit son compagnon en sortant de l'hôtel Bellevue, où personne ne se souvenait non plus d'avoir vu la demoiselle. Tu vas voir, elle sera à nous attendre à la maison quand on va arriver.

Quand l'angoisse investit le cœur d'une mère, celle-ci se raccroche à la première bouée à sa portée.

— Tu dois avoir raison. Viens vite. Je suis folle de me mettre dans des états pareils.

Mais Betty n'était pas là. Ambroise ne savait plus que dire.

— Demain, si on n'a toujours pas de nouvelles, je te promets qu'on ira voir les gendarmes à Paimpol. Viens, il faut prendre un peu de repos. Tu veux pas manger quelque chose ? Moi, j'ai faim.

Elle le regarda avec des yeux horrifiés.

— Tu as faim ! Je sais pas comment tu as le culot de me débiter une horreur pareille. Va dormir si tu veux. Moi je serais incapable de fermer l'œil, et encore moins de manger. Je vais attendre au cas où elle reviendrait pendant la nuit.

Ambroise ne répondit pas.

3

Ce fut en effet une nuit difficile, autant pour Janet Bridgeton que pour Ambroise Corignan, pas pour les mêmes raisons. Les heures s'égrenaient, Betty ne revenait pas, sa mère la guetta jusqu'à l'aube, tantôt dans la cuisine, tantôt sur la route en façade. Aux premières lueurs, elle fila du domicile, fureta partout, dans les lieux où s'imprimaient de sa fille les images les plus fortes, les souvenirs de bonheur. Aucune trace de Betty. Elle revint en courant au logis. Ambroise s'était fait chauffer un fond de café. Aux yeux affolés de sa compagne, il n'eut pas l'audace de lui en proposer, ni de lui demander des nouvelles de sa fille. Se laissant tomber sur l'autre chaise, Janet bouscula le bol, dont le contenu se répandit sur la table.

— Betty n'est pas... s'étrangla-t-elle.

Ambroise secoua la tête en endiguant d'un torchon la marée au bord de la toile cirée.

— Non, pas encore...

Electrique, Janet ressortit de plus belle, se posta au bout du chemin, persuadée de voir sa fille surgir de la brume d'un instant à l'autre, préparant déjà les reproches qu'elle lui adresserait pour un si long silence, les larmes de soulagement qu'elle verserait en la serrant contre son cœur. Aucune silhouette, Janet redescendit dans la petite anse qu'on appelle la grève de l'Eglise, en raison de sa proximité avec le saint édifice. Comme la veille, elle fixa les flots de longues minutes, puis elle secoua la tête d'un air désespéré. Des gars du coin effectuaient les derniers préparatifs à bord de leur canot avant de partir en mer. Personne à Bréhat ne connaissait vraiment la compagne du gardien de phare, une Anglaise coquette. Aussi les marins se demandaient-ils ce que pareille femme fichait là à une heure si matinale dans une tenue aussi négligée, l'air affolée de surcroît. Janet s'enhardit à leur demander s'ils n'avaient pas vu Betty.

— Betty ?

— Eh bien, oui, Betty ! Ma fille !

Ils échangèrent des regards intrigués.

— Pourquoi ? Il lui est arrivé quelque chose ? demanda l'un d'eux.

— Non… Enfin… Elle n'est pas rentrée hier soir. Alors je m'inquiétais. Je me disais peut-être…

— Non, on l'a pas vue. Pas moi, en tout cas.

Les autres confirmaient en préparant leurs lignes et leurs appâts.

— Elle sera restée dormir chez une copine. A

cet âge-là, les filles, ça pense qu'à s'amuser, et ça oublie de prévenir les parents.

Les épaules de Janet s'affaissèrent, son regard se voila de larmes, qui coulèrent sur ses joues. Jamais elle et sa fille n'avaient été séparées, surtout depuis les terribles événements qui les avaient contraintes à quitter l'Angleterre. Elle remonta du bourg, le cœur et les pieds lourds. Soudain, un éclair de lucidité, après la croix de Kerano, un bosquet, un banc de pierre sur lequel Betty réfugiait ses mélancolies, une guérite de douaniers plus loin vers la côte, où elle ressassait les malheurs de son adolescence, où elle se disait qu'elle avait malgré tout le droit d'être encore heureuse. Fatiguée, la pauvrette s'y serait endormie. Surprise par la nuit, elle avait eu peur de rentrer dans l'obscurité.

Animée d'un espoir insensé, Janet se précipita. Inspecta les lieux. Rien non plus. Alors il ne lui resta plus qu'à arpenter les rues, n'osant quand même frapper aux portes. Elle apostropha les passants, intrigués de ce que leur voulait cette femme avec un drôle d'accent et aux yeux traversés d'éclairs de folie.

— Votre fille ? Comment vous dites ?

— Betty Bridgeton.

— Elle est rouquine, c'est ça, hein ?

Janet acquiesça d'un signe de tête.

— Non, on l'a pas vue. De toute façon, on aurait du mal à la reconnaître. C'est pas pour dire, mais elle est plutôt farouche, votre fille.

C'était un dimanche matin, quelques commerces s'ouvraient quand même, elle se faufilait parmi les clients, leur passait devant.

— Ma pauvre Janet, qu'est-ce qui vous arrive ? s'étonna la patronne de la boulangerie de la place.

— Betty, vous n'avez pas vu Betty ?

Alors elle dut expliquer encore, à nouveau endurer les efforts charitables de ces bonnes âmes afin de la rassurer, subir les mêmes hypothèses.

— C'est pas à vous qu'il est besoin de dire la frivolité des jeunes d'aujourd'hui !

— Pas Betty, s'insurgeait Janet. Betty, elle n'est pas comme les autres. Je suis sûre qu'il lui est arrivé quelque chose.

— En ce cas, il faut prévenir les gendarmes.

C'était en effet tout ce qu'il lui restait à faire.

— Si vous la voyez...

— Oui, bien sûr, on lui dira que vous vous inquiétez à son sujet.

— C'est ça. Dites-lui que je me demandais où elle était passée. Si vous sentez qu'elle n'est pas bien, prévenez-moi.

— On n'y manquera pas, madame Bridgeton.

Janet ne parvenait à écarter l'idée effroyable que les souvenirs avaient refait surface, Betty n'avait plus eu la force de les affronter, elle avait replongé dans le dégoût de sa propre personne, elle avait...

A moins qu'elle ne soit rentrée depuis tout ce temps. Janet refit le chemin inverse en trottinant, épuisée, le souffle court, un point de côté dans les raidillons les plus sévères, s'interdisant de ralentir.

Ambroise l'attendait.

— Le café est encore chaud. Tu ferais bien d'en boire un peu, tu as le ventre vide.

— Comment peux-tu penser à de pareilles banalités alors que ma fille est en danger ?

— Arrête. Si tu manges rien, tu vas pas tenir le coup.

Elle était révoltée par une telle insouciance.

— Je n'ai pas faim. Tu aurais quand même pu m'accompagner au lieu de rester là à ne rien faire.

— Tu as raison, j'aurais dû. Tu veux qu'on retourne ensemble au bourg voir si on la trouve ?

— Non… Enfin, si… Les gens m'ont dit… Il faut que tu me conduises dans ton canot à la gendarmerie de Paimpol. Ils ont peut-être eu des nouvelles, eux.

Ambroise n'avait plus la possibilité de se défiler. Il empoigna sa veste et sa casquette, suivit Janet. Bien que très courte, la traversée fut douloureuse, silencieuse.

Le planton à l'accueil de la gendarmerie remarqua aussitôt l'agitation extrême de Janet. Par-dessus son épaule, il jeta un coup d'œil interrogatif en direction d'Ambroise. Celui-ci paraissait gêné.

— Ma fille, Betty… bredouilla Janet. Depuis hier soir, on est sans nouvelles.

Le gendarme lui demanda de décliner son identité

et celle de la disparue, qu'il nota sur une fiche. Il s'éclipsa quelques minutes, le temps d'expliquer à ses supérieurs qu'une drôle de bonne femme, avec un accent anglais, prétendait avoir perdu sa fille. Il revint.

— L'adjudant va vous recevoir. D'ici là, asseyez-vous.

Deux chaises contre le mur dans l'étroit vestibule. Ambroise se posa sur la plus proche, il fit signe à Janet d'en faire autant. Avec des gestes d'automate, elle n'obtempéra que pour se relever trente secondes plus tard.

— Où est-ce qu'elle a bien pu passer ?

Renonçant à la calmer, Ambroise se contenta de hausser les épaules. On vint les chercher.

— Si vous voulez vous donner la peine...

Contrarié d'être dérangé un dimanche, l'adjudant considérait lui aussi Janet d'un œil circonspect.

— Reprenons calmement depuis le début si vous voulez bien, madame...

Il consulta la fiche sur son bureau.

— Bridgeton, intervint Ambroise. Janet Bridgeton.

— C'est ça, oui... Qu'est-ce qui vous arrive, madame Bridgeton ?

Janet avait posé ses mains sur ses genoux afin de les tenir tranquilles.

— C'est Betty...

Elle ravala ses sanglots. L'adjudant avait du mal à masquer son impatience.

— Betty, c'est sa fille... se permit encore Ambroise.

— Ce n'est pas la vôtre ?

— Non. Nous ne sommes pas mariés, nous ne vivons ensemble que depuis un an.

— Elle a quel âge, Betty ?

— Dix... dix-sept ans, balbutia Janet.

— Mon collègue me disait qu'elle a disparu. C'est bien ça ?

— En effet. Depuis hier, on ne l'a pas revue.

— Elle ne doit pas être bien loin. Je pense que vous vous alarmez un peu vite. A dix-sept ans, ce n'est plus tout à fait une enfant. Vous n'avez aucune idée de l'endroit où elle aurait pu passer la nuit ?

— Elle n'a jamais dormi ailleurs qu'à la maison. De toute façon, elle nous aurait prévenus.

— Elle n'a pas un petit ami ?

— Pas que je sache...

— Vous savez, elle a peut-être rencontré un garçon, elle n'a pas encore voulu vous en parler. De la timidité, peur qu'on se moque d'elle...

— Et elle aurait déjà passé la nuit chez lui ?

— Cela n'aurait rien d'étonnant, les ados sont souvent imprévisibles. Et... et... de plus en plus libres.

Janet eut un haut-le-corps.

— De là à coucher avec un garçon qu'elle ne nous aurait pas présenté...

— Elle ne serait pas la première...

Offusquée au plus haut point, Janet se tourna vers son compagnon.

— Dis quelque chose, toi aussi ! Tu connais Betty, tu sais bien qu'elle n'est pas une dévergondée. Ni une cachottière...

Ambroise était au supplice.

— Ce n'est plus une enfant. L'adjudant a raison, on ne peut pas savoir tout ce qu'elle pense, elle nous dit pas tout, même à toi.

Janet secouait la tête, ne pouvant se résoudre à une telle abomination.

— Vous êtes anglaise, n'est-ce pas ?

— En effet.

L'adjudant esquissa un sourire triomphant.

— Il y a longtemps que vous êtes en France ?

— Un an, mais j'avais appris votre langue avant de venir m'installer ici.

— Votre fille a gardé des relations de l'autre côté de la Manche ?

Janet ne put réprimer un frisson, sa mine se renfrogna.

— Non. Personne.

— Vous en êtes bien certaine ?

— Pourquoi vous me demandez cela ?

— Elle n'avait que seize ans quand elle a quitté ce qui était son pays de naissance, si je comprends bien. A cet âge-là, elle s'était fait forcément des amis, des filles et des garçons. Elle a peut-être eu envie de les revoir.

Janet secouait la tête avec véhémence à chacun des mots de l'adjudant.

— Elle me l'aurait dit.

— Je peux savoir pourquoi vous avez émigré ?

— Des problèmes de couple. Mon mari et moi, on ne s'entendait plus. J'ai préféré mettre un peu de distance entre nous.

— C'est le moins qu'on puisse dire, ironisa le gendarme. Pour l'instant, vous allez rentrer chez vous. Dans la plupart des cas, les jeunes gens qui font une petite fugue ne mettent pas bien longtemps à se rendre compte de leur inconscience. Je suis persuadé que d'ici ce soir votre fille sera revenue au gîte.

— Et si elle ne revient pas ?

— Alors, nous aviserons. Attendez demain matin avant de retraverser. Si vous n'avez pas de nouvelles, nous lancerons un avis de recherche. En France et en Grande-Bretagne s'il y a lieu. Vous avez une photo de votre fille ?

Janet cligna des paupières, ses yeux s'agitèrent en un regard effaré.

— Non…

— Vous n'avez aucune photo de votre fille !

Le gendarme paraissait trouver cela ahurissant.

— Nous avons tout laissé en Angleterre quand nous sommes parties. Depuis, nous n'avons pas fait de photos. On n'y a pas pensé, on n'en a pas eu besoin…

— Sans photo, cela ne va pas être facile de la retrouver. Enfin…

4

Il se tenait contre la rambarde qui ceignait la galerie supérieure du phare. Les jointures de ses doigts devenaient douloureuses à force de serrer la barre froide du métal. Il tremblait de tout son corps. Pas seulement à cause de l'arrière-garde de l'ouragan qui soufflait en rafales forcenées comme s'il n'avait pas encore fait assez de dégâts. Non, pas seulement... Ses yeux restaient rivés sur la silhouette nue coincée parmi les rochers en contrebas du phare. Cette image, il avait prié pour que jamais elle ne prenne réalité. Folle utopie de croire le ciel enclin à se montrer clément.

Il était dit en effet que la vie ne serait jamais charitable avec le gardien de l'Œil-du-Diable, lui réservant toujours une vacherie lorsqu'il se croyait quitte avec le destin. Il n'était pourtant pas exigeant, Ambroise Corignan, il se serait contenté de quelques miettes de bonheur. Mais non... Ainsi il était resté veuf à vingt-quatre ans, au moment où au firmament de la félicité il se croyait béni des dieux. Il s'était marié avec Valentine Moselle l'année précédente. Pouvait-on imaginer épouse plus douce et plus jolie ? Pas lui en tout cas, follement amoureux dès les premières minutes.

Trois mois après les épousailles, le ventre de la jeune femme s'arrondissait, ses traits s'adoucissaient. Il est de futures mères que le masque de grossesse enlaidit en les vieillissant, leur tavelant la peau comme aux pommes reinettes de l'automne. Pour Valentine, ce fut l'inverse. La maternité l'épanouit, lui dessina un visage de madone comme on en admire aux icônes des églises. Ses yeux en amande gagnèrent en profondeur, révélant la limpidité de son âme. La tendresse à l'égard de son mari n'y perdait en rien, annonciatrice de celle qu'elle préparait pour son enfant. Leur relation physique n'était plus toutefois la même dans le secret de l'alcôve conjugale, moins ardente, plus précautionneuse pour la graine germant entre ses flancs. Flore, un prénom qui évoquait les fleurs, ainsi s'appellerait le bébé si c'était une fille, l'espoir farouche de Valentine. Si c'était un garçon – le vœu le plus cher d'Ambroise –, ce serait Florimond.

« A condition que tu fasses pas de lui un gardien de phare, avait plaisanté Valentine.

— Pourquoi ? C'est un beau métier...

— Sauf qu'il est absent trop longtemps pour son épouse.

— Tu es malheureuse quand je suis pas là ?

— Non... Enfin si, mais pas trop, parce que je sais que tu vas revenir et que chaque jour qui s'écoule me rapproche de toi. Mais j'ai peur trop souvent...

— Peur de quoi ?

— Peur du vent qui s'acharne contre le phare, peur de la mer qui t'entoure, peur qu'une vague t'emporte et alors de ne plus jamais te revoir.

— Tu sais bien que je suis prudent...

— La prudence n'est pas toujours plus forte que le danger. Les gens qui habitent sur la côte se signent en regardant le phare quand c'est la tempête.

— Quand il y a du tonnerre et des éclairs aussi, ou qu'ils ont vu une ombre dans le chemin qui longe le cimetière, ou entendu miauler de façon bizarre un misérable chat noir. Je te dis pas, si c'est l'effraie qui crie pendant la nuit !... »

Valentine n'était pas superstitieuse, elle n'aimait pourtant pas entendre son bonhomme parler ainsi.

« Il faut pas rire de tout. Il y a des choses qui échappent à la raison, que personne ne peut comprendre. »

Il l'embrassait, la chahutait gentiment :

« On croirait entendre une vieille bigote ! »

Elle secouait la tête d'un air chagrin.

« Pourquoi tu dis ça ? Je ne crois pas en Dieu. Enfin, pas vraiment. Cela ne m'empêche pas de me poser certaines questions.

— Un jour, je t'emmènerai avec moi dans le phare. Tu verras par toi-même que tu n'as aucune raison de t'inquiéter.

— Je veux bien, mais il faudra patienter encore un peu. »

Il faisait le naïf.

« Ah bon ! Pourquoi ? »

Elle entrait dans son jeu :

« Parce que je n'ai pas envie de me retrouver seule dans ta tour de malheur avec deux gaillards de ton espèce. Dieu sait ce que vous me feriez, toi et ton acolyte. Et puis comment j'irais là-bas ? »

Elle riait.

« Tu as oublié que je suis enceinte ? »

Le ciel écouta Ambroise : ce fut un garçon.

L'accouchement se déroula sans le moindre problème. La sage-femme félicita la jeune mère pour son courage. Lui affirma qu'elle était de constitution favorable à mettre bas toute une nichée.

— Pour l'instant, je vais m'occuper de celui-ci. Quand il sera en âge de trottiner tout seul, Ambroise et moi, on pensera peut-être à lui offrir une petite sœur.

Le jeune papa avait demandé à décaler la rotation afin de pouvoir bénéficier d'une semaine supplémentaire avec sa nouvelle famille. Mais ils n'étaient que trois à assurer le service à l'Œil-du-Diable : deux dans le phare, l'autre au repos à terre. Depuis quelques mois, des progrès avaient été accomplis quant aux rythmes de travail : de vingt jours au phare et dix à terre, l'on était passé à quatorze jours en mer, suivis de sept de repos. Une amélioration que la direction ne manquait pas de rappeler à ceux qui se permettaient encore de revendiquer. Autant dire que changer le tour de garde n'était pas dans l'air du temps et que l'on ne s'y résolvait que pour raison de force majeure.

Ce n'était pas le cas. Ambroise n'avait pas insisté.

Le gardien n'eut jamais autant de réticences à rejoindre sa prison de granit que le vendredi suivant. Valentine lui fit promettre cent fois de redoubler de vigilance.

— J'ai pas envie que Florimond soit déjà orphelin, lui dit-elle en le fixant au fond des yeux.

— Ne dis pas n'importe quoi, tu finirais par nous porter la poisse.

— Je croyais qu'on pouvait plaisanter de tout.

— C'est que j'ai pas envie de vous quitter, toi et notre petit bonhomme.

Pendu au sein de sa mère, le bébé resplendissait de bonne santé.

— Goulu comme il est, tu vas pas le reconnaître à ton retour. C'est une vraie sangsue.

Le moment était venu de rejoindre la cale. Il étreignit longuement Valentine, l'embrassa avec une fougue inhabituelle.

— Et Florimond, tu lui dis pas au revoir ?

Si, bien sûr, mais il était encore maladroit avec le

nourrisson, peur de lui faire mal, de le laisser choir d'entre ses bras. Il le prit avec d'infinies précautions, lui parlant en feutrant sa voix, persuadé que le petiot le comprenait, puisque ses lèvres suintant du lait de sa mère grimacèrent un vague sourire. Ambroise posa un bisou sur son front velouté.

— Il est beau, il sent bon, déclara-t-il en le redonnant à Valentine.

— Va vite maintenant, le gronda celle-ci. Autrement je te laisserai plus partir.

Il saisit son balluchon, s'éloigna la mort dans l'âme, une détresse inconnue jusque-là.

Les premiers jours au phare se déroulèrent normalement. Le temps était incertain ; par moments la mer grommelait, mais cette vacharde-là n'était jamais vraiment contente ; le vent gémissait, mais il était bien rare que lui aussi ne pleurniche pas, même quand le soleil lui réchauffait les ailes. A l'époque, Ambroise faisait équipe avec deux vieux briscards, dont l'un était proche de la retraite. Trottignon avait l'humour salace, développant la faconde des individus persuadés d'être drôles, trop sots pour deviner que leurs interlocuteurs ne consentent à rire qu'afin de leur faire plaisir. Les semaines après le mariage, Ambroise avait déjà eu droit à quelques trivialités de sa part quant à leurs ébats. Des conseils, tout aussi élégants, sur la façon de s'y prendre afin de faire l'épouse crier grâce et grimper au septième ciel. Des propos à l'allure de spécialiste dans le domaine érotique alors que, vu son physique et sa bêtise, rares avaient dû être les donzelles à se pâmer entre ses bras.

Cette bordée-ci, le Jean-Louis en question taxait son collègue d'être un sacré lapin. Première année de vie commune, et il y avait déjà un drôlet à chialer dans son berceau.

— Je serais toi, je ferais attention. A ce train-là, tu vas pas être long à en avoir toute une ribambelle à te courir entre les pattes.

Ambroise n'avait pas encore de poste émetteur personnel. En l'occurrence, il mesurait la pleine utilité de ce genre d'équipement. Il aurait voulu obtenir à chaque instant des nouvelles de Valentine et du petit.

Le matin du troisième jour, Trottignon dut le réveiller alors qu'il venait de s'assoupir dans sa couchette.

— C'est Ludo, il veut te parler. Je sais pas ce qu'il a, mais il a pas l'air en forme. T'as fait une connerie ?

Ambroise s'extirpa de sa caisse à dormir. Il bâilla à s'en décrocher la mâchoire, se frotta énergiquement le visage.

Ludovic Letourneur était tout sauf un emmerdeur. Préposé à la radio, il veillait sur les hommes des phares dont son service avait la responsabilité comme s'ils avaient été de sa famille. Trottignon, il le considérait un peu comme son père, mais seulement les jours où celui-ci n'était pas trop pesant.

— Il t'a rien dit d'autre ? demanda Ambroise.

— Non, c'est à toi qu'il voulait causer. Je lui ai dit que je venais te chercher. Il a demandé que tu le rappelles au plus vite.

Inquiet, Ambroise fronça les sourcils. Il se leva et fila dans la salle de l'émetteur. Letourneur devait attendre, il répondit tout de suite.

— On va venir te remplacer.

C'est vrai qu'il n'avait pas l'air dans son assiette.

— C'est pas encore la relève. Qu'est-ce qui se passe ?

— Il faut que tu rentres chez toi au plus vite.

— Valentine ? Le bébé ? Parle, enfin...

— La vedette est déjà partie, on t'expliquera.

Trottignon se tenait sur le pas de la porte.

— Des ennuis ?

— Il a pas voulu me dire. Il doit y avoir un problème à la maison. Le service envoie quelqu'un pour me remplacer.

Le patron de la vedette affichait une mine aussi renfrognée. Ambroise sentait croître son angoisse. Il essaya de savoir. L'autre répondit qu'il n'était au courant de rien. De toute évidence, il mentait. Inutile de s'acharner à lui tirer les vers du nez, une vraie carpe quand il avait décidé de se taire.

Le directeur du Service des phares et balises en personne guettait sur le quai l'arrivée de l'embarcation.

— Corignan, il va vous falloir du courage.

— Le petit, il lui est arrivé quelque chose ?

— A lui, non.

— Valentine... alors ?

— Hélas, oui.

— Elle est malade ?

— Elle était malade en effet.

— Elle n'est quand même pas...

L'homme lui posa une main sur l'épaule et le fixa droit dans les yeux.

— Ce sont les voisins qui l'ont retrouvée ce matin. Le médecin vous expliquera.

Ambroise sentit tout vaciller autour de lui ; si le directeur ne l'avait retenu, à n'en pas douter il aurait basculé en arrière dans le flot.

— Et le petit ? redemanda-t-il.

— Il va bien, lui. Ce sont ses pleurs qui ont alerté les voisins. La porte n'était pas fermée. Quand ils ont découvert votre épouse, il était trop tard.

Accompagné du directeur, Ambroise tituba jusque chez lui. Ce ne pouvait être qu'un cauchemar, il allait se réveiller entre les bras de Valentine, se délecter de son odeur de femme après une nuit de sommeil, ce parfum sauvage quand elle bougeait et se lovait contre lui, qui le faisait la désirer aussitôt avant sa grossesse. Mais la maison se rapprochait, et rien ne se produisait.

Qu'elle était belle, Valentine, sur son lit de mort ! Fou de douleur, ne parvenant à appréhender l'atroce vérité, Ambroise demanda à rester seul avec elle. Il s'agenouilla sur le plancher, posa sa joue sur la main qui l'avait si souvent caressé, déjà froide, se mordit les lèvres pour ne pas hurler et laissa libre cours à ses sanglots.

La fièvre puerpérale, un accès foudroyant, une infection pendant l'accouchement, lui avait expliqué le docteur. C'était assez rare. La faute à pas de chance.

5

Ambroise en avait voulu pendant longtemps à son putain de boulot. S'il avait été au chevet de sa femme la nuit du drame, il aurait appelé le médecin à temps, elle serait encore de ce monde. Tout ce malheur pour que des inconnus ne drossent pas leur bateau à la côte. Sa vie à lui venait de faire naufrage, définitif, plus sûrement au fond que lestée d'une ancre de plomb.

Puis son aversion s'était noyée dans les tourbillons entre les écueils, les bourrasques du vent en avaient dissipé les derniers nuages. Il avait refait surface, surpris de seulement pouvoir respirer, d'avoir un cœur à battre encore. Il comprit alors que, quels que soient les aléas de son existence, le phare le tiendrait prisonnier, de corps et dans sa tête.

Au bout du compte, d'un lieu qu'il exécrait l'Œil-du-Diable devint son refuge. La mort rôdait dans la maison. Au logis conjugal ne remontaient de Valentine que des images macabres. Sous sa lanterne au milieu de la mer, le gardien ressourçait des souvenirs plus souriants. Hormis son compagnon, qui avait appris à respecter ses longs silences, personne ne l'empêchait de penser à elle, de pleurer s'il en avait envie, de lui parler à voix basse sans être pris pour un cinglé.

Ambroise n'eut aucun membre de sa famille pour l'épauler au cours de cette terrible épreuve. Son père était décédé, les poumons rongés par le sel aussi sûrement que ceux des mineurs par la poussière de charbon – c'est du moins ce qu'affirmait Joseph Corignan les dernières années de sa vie, pour excuser le tabac, sa drogue depuis l'adolescence, une dépendance contre laquelle son épouse lui avait toujours fait la guerre.

« Un jour, tu finiras avec un cancer, mais ce sera trop tard pour venir te plaindre ! »

La funeste prédiction s'était réalisée. Libérée de son boulet de mari qui empestait la cigarette, ne supportant plus la fatale beauté de la mer, Jacqueline Corignan avait quitté la Bretagne. Elle avait dû se trouver un compagnon pour écouler ses derniers jours, un homme toujours à portée de main et surtout plus docile. En quelque sorte, elle avait tiré un trait sur sa vie antérieure. C'était la seule explication, puisqu'elle avait cessé de donner de ses nouvelles et n'avait répondu à aucune des lettres de son fils.

En revanche, les parents de Valentine étaient présents aux obsèques, effondrés. Lors de la dernière veillée mortuaire, ils s'étaient proposés pour s'occuper de l'enfant. Ambroise les aimait bien, son Florimond serait élevé de la meilleure façon, mais ils habitaient du côté de Nantes. Malgré une bonne volonté réciproque, si loin de son gamin, Ambroise aurait été privé de tout ce qu'il lui restait de Valentine. Les beaux-parents n'avaient pas eu le temps de s'attacher à leur petit-fils, ils n'avaient pas insisté, soucieux aussi sans doute de couper les ponts avec le gardien de phare, qu'ils tenaient en partie responsable du décès de leur fille, à cause de son fichu métier.

Ambroise n'avait pas mesuré les conséquences d'une ingratitude aussi illégitime, il n'avait plus qu'à se débrouiller avec son petiot...

Moins de cinq cents habitants à vivre sur l'île, tout le monde se connaissait plus ou moins, les Desbois étaient de véritables amis, ils lui rendirent visite le lendemain des funérailles. Une famille aisée, le père était patron-pêcheur, la coquille Saint-Jacques rapportait gros. A quarante ans, Louise Desbois venait d'avoir elle aussi un garçon, un vrai miracle, elle se croyait infertile. Par chance, l'enfant n'avait pas souffert de cette grossesse tardive. De robuste constitution, la mère possédait dans le corsage de quoi rassasier deux bébés et même davantage. Elle qui s'était mariée pour fonder une famille nombreuse, à son âge ce ne serait plus possible. Affligée par la mort de Valentine, elle proposa de prendre le petiot en nourrice, ça lui ferait au moins deux garçons. Accablé de douleur, Ambroise ne refusa pas une offre aussi providentielle.

Les premières semaines, le gardien récupérait son fils quand il était à terre. Il s'en occupait tant bien que mal, le changeait et le langeait de son mieux, mais Florimond ne trouvait pas son compte dans le biberon que le père s'acharnait à lui faire ingurgiter. La seule solution pour le petiot avant de dépérir, c'était de rester vivre chez sa nourrice.

Quand l'enfant fut sevré, Ambroise n'éprouva pas le besoin de le reprendre. Les Desbois avaient le sentiment de faire œuvre de charité, Florimond prisait de plus en plus la compagnie de Quentin, qu'il considérait comme son frère. La situation resta en l'état jusqu'à l'arrivée de Janet Bridgeton.

Ambroise avait trente-six ans. On était au mois de juillet 1986, le lundi 14. Florimond avait douze ans, Valentine était donc décédée depuis autant d'années. Le veuf n'avait pourtant entretenu aucune autre liaison. Bien sûr, il lui était arrivé de se retourner sur une jolie silhouette dans la rue ou de laisser son regard s'attarder sur les formes généreuses d'une naïade prenant le soleil, mais il se rattrapait aussitôt, le cœur brûlé de remords plus sûrement que par un fer rougi au feu. Comment oublier sa chère Valentine ? Il l'aimait toujours aussi fort, du moins dans son souvenir qu'il appliquait à ressusciter, mais au fil des années l'image s'estompait dans la brume.

Ce jour-là, Florimond avait insisté pour que son père l'accompagne à la fête du bourg. Il vivait toujours chez les Desbois, mais ne rechignait pas trop à séjourner de temps à autre dans la maison paternelle. Frères de lait, Quentin et lui étaient plus inséparables que des utérins. Mais le fils Desbois était un colosse, surtout à côté de son copain, plus petit et plus mince, sans être pour autant un freluquet.

Il faisait beau. Ambroise dégustait à petites gorgées une bière dans le jardin devant la maison. Une table, une chaise, sa terrasse à lui. C'était dans ces moments-là que Valentine lui manquait cruellement. Les voisins se rendaient au bal suivi d'un feu d'artifice, ils saluèrent Corignan au passage.

— Alors, Ambroise, tu viens pas t'amuser avec les autres ?

Il secoua sa main en éventail, avec un sourire d'une infinie tristesse.

— Non, non... Pas le cœur à faire la fête. De toute façon, je suis fatigué.

Il avait tort de vivre en ermite. Si Valentine avait pu lui parler, sûr qu'elle lui aurait conseillé de ne pas rester là à se morfondre, que ce ne serait pas offense à son souvenir de prendre un peu de bon temps. Il finissait son verre quand les gamins étaient arrivés sans crier gare, à cent à l'heure comme d'habitude.

Florimond avait conservé une affection intacte pour son père. En âge à présent d'avoir conscience de sa morosité chronique, il ne parvenait à être totalement heureux.

— Allez... Viens avec nous ! lança-t-il en passant derrière sa chaise et en posant les mains sur les épaules paternelles.

Pris au dépourvu, Ambroise sursauta.

— Holà, doucement, jeune homme ! Tu pourrais au moins me dire bonjour avant de me sauter sur le poil comme un beau diable !

Florimond effleura les joues râpeuses de son père d'un rapide baiser.

— Il a raison, monsieur Corignan, renchérit Quentin. Ce serait vachement chouette de venir avec nous sur la place du bourg. Ils sont en train de griller des sardines, vous sentez pas l'odeur ?

Pour confirmer ses propos, Quentin humait comme un chien de chasse en quête de gibier.

C'est vrai que ça sentait bon, et le vent portait par bouffées les flonflons de la musique que distillait une sono.

— Paraît qu'ils ont engagé un groupe de chants de marins. Tu boiras un coup avec tes copains, insista Florimond.

— Vous avez vu dans quel état je suis ? Ce matin, j'ai même pas pris le temps de me raser. Il faudrait encore que je me change pour ne pas passer pour un vagabond...

— Et alors ? T'en as pour cinq minutes.

Florimond le bousculait sciemment. Grand cœur

comme son père, il avait dans les yeux un je ne sais quoi de tendresse qui lui rappelait Valentine.

— Je t'en prie. T'es jamais d'accord pour me faire plaisir. Je finirais par croire que t'as honte avec moi !

— Qu'est-ce tu vas chercher ! Tu sais bien que tu es ce que j'ai de plus cher au monde.

— Alors faites-lui plaisir !

Quentin avait autant de jappe que son copain. Ambroise se laissa prendre au piège de l'affection, un rets des mailles duquel il ne pourrait se dépêtrer que par une nouvelle ingratitude.

— Bon, il sera pas dit que je suis un mauvais père. Descendez toujours, je fais un brin de toilette et je vous rejoins.

— Tu dis ça et au dernier moment, je te connais, tu vas encore changer d'avis.

— Non, cette fois, promis juré, je tiendrai ma parole.

Florimond n'était pas convaincu, mais Quentin s'impatientait.

L'archipel ne comptait pas moins de cinquante îles dont la plupart n'étaient que des îlots. Sans parler des écueils qui truffaient le dédale des passes. Les marins croyaient dur comme fer y reconnaître des silhouettes, celles d'animaux fantastiques, d'hommes ou de femmes, tirées des plus modestes rochers aussi bien que des chaos monumentaux par un sculpteur phénoménal et invisible.

Le bourg de Bréhat se trouvait sur le flanc est de l'île sud, la plus habitée. L'église y dressait son édifice ; plus bas que la croix de Kerano s'allongeait le bâtiment de l'école avec ses fenêtres encadrées de briques rouges, une condition nécessaire pour que la vie n'émigre pas vers le continent. Une place centrale y était aménagée, lieu convivial qui servait de terrasse aux débits de boisson. L'été, les bistrotiers devaient y multiplier les tables aux heures d'affluence. C'est là que se tenaient les fêtes bréhatines et notamment le bal du 14 juillet.

Ce soir-là y était dressé un podium avec des oriflammes tendues au-dessus, que faisait claquer la brise du large. Torturé par le sentiment de trahir Valentine autant que par l'idée d'affronter la communauté en liesse, Ambroise s'était arrêté à l'entrée de l'esplanade. Il n'y comptait pourtant que des amis, qui s'étaient évertués eux aussi à l'extirper de la détresse où il se complaisait.

On avait vu la silhouette campée au milieu de la rue. Surprise générale. Ambroise n'avait plus le choix. Il remonta son pantalon et vérifia le boutonnage de sa veste. Une tenue remisée depuis son veuvage. Il se présenta à l'entrée de la place. Pure coïncidence, la musique s'interrompit. Dans le silence soudain, Ambroise se crut la cible de tous les regards.

Florimond avait lui aussi aperçu son père, il n'en croyait pas ses yeux. Il se précipita au-devant de lui avant qu'il ne fasse demi-tour.

— Tu peux pas savoir comme ça me fait plaisir !

— Je t'avais promis. Mais c'est bien en effet pour te faire plaisir.

La sono reprit, détournant l'attention de la foule. Sur le côté ouest, des barils coupés en deux servaient de barbecues, installés là pour que le vent du large ne rabatte pas la fumée sur les gens en train de faire la fête. De l'autre côté, sur des tréteaux, étaient alignées des tables recouvertes de papier blanc, achalandées par les estaminets de la place. Là se tenait la majorité des hommes, un verre à la main et l'autre à la hanche, ou accompagnant de gestes amples la parole débitée. Parmi eux, nombre de marins considéraient le gardien de phare comme leur sauveur. Certains le surnommaient d'ailleurs Moïse, celui qui guidait son peuple au milieu des flots. Corignan en riait :

« Faudrait pas croire que je vais vous ouvrir la mer pour vous permettre de rentrer à pied sec ! »

Ambroise Corignan, on ne le voyait au bourg que pour remonter la rue à grandes enjambées, la tête basse, comme s'il en allait de son honneur de refuser la fraternité des copains. Pensez donc que de le compter parmi eux, ceux-ci furent légion à lui offrir un verre.

Retrouvant la saveur de la chaleur humaine, Ambroise ne refusa pas. Il estima cependant de bon aloi de s'excuser :

— C'est le gamin, il a insisté. Si j'avais refusé, je crois bien qu'il m'aurait fait tourner en bourrique.

La sono continuait à crachoter ses airs à la mode, pendant que le groupe de chants de marins installait son matériel et sortait ses instruments. Quelques jeunes gens gesticulaient et se déhanchaient au milieu de la place, sur l'espace prévu pour les danseurs. Florimond et Quentin en étaient, Ambroise observait son fiston avec une émotion tangible.

— Ce sera un beau jeune homme, apprécia Ernest Le Floch, un brave gars toujours le cœur sur la main.

Bien de sa personne au demeurant, sérieux et courageux, Ernest n'avait pourtant jamais trouvé à se marier. Trop gentil avec les femmes, alléguaient les machos de service. Les gonzesses, ricanaient ces derniers avec un air entendu, il faut leur rabattre le caquet dès le premier jour si vous les voulez aimantes et fidèles. Des propos de comptoir que les mêmes fiers-à-bras se gardaient bien de déblatérer devant leurs légitimes.

— Oui, convint Ambroise. Il ressemble à sa mère.

— Je me souviens plus très bien comment était ta Valentine, mais t'auras beau dire, il a quand même quelque chose de toi. Je sais pas, sa façon de marcher, de se tenir, de parler…

— Si ça peut te faire plaisir… Moi je vais grignoter une sardine. Si le cœur t'en dit…

— Très peu pour moi, répondit Ernest en esquissant une grimace dégoûtée. C'est plein d'arêtes qui se fourrent entre les dents et qui grattent la gorge. Les sardines grillées, c'est bon pour les touristes.

Les chanteurs avaient fini de régler leurs micros et leurs instruments. Le présentateur local les annonça avec des propos aussi laudatifs que s'il s'était agi de vedettes du show-biz. Les Copains du quai, tel était le nom du groupe. Venus de Paimpol, ils s'étaient même produits en dehors de la région. Où ? mystère. Ils étaient quatre, un guitariste et un banjoïste dont le médiator coinçait par moments. C'étaient aussi ces deux-là qui chantaient. En retrait, un accordéoniste diatonique poussait et tirait convenablement le soufflet. En fond de scène un percussionniste tapait comme un sourd sur sa caisse claire et sa cymbale en actionnant du pied la mailloche de sa grosse caisse.

Les groupes bretons étaient de plus en plus nombreux à se découvrir cette vocation chorale, avec plus ou moins de bonheur. Premiers atouts pour séduire le public, l'apparence : pour pousser les chansons à virer et à haler, il fallait des gueules de marins, et la tenue vestimentaire adéquate, pantalon rouille, pull rayé, bonnet effiloché ou casquette avachie. Un foulard noué autour du cou ne gâtait rien. Parfois même des sabots achevaient le portrait, mais la plupart s'en dispensaient à cause du bruit sur les planches. Ne faisons pas la fine bouche, à défaut de chanter tout à fait juste, les gaillards avaient du coffre, et surtout, autre ingrédient incontournable, l'accent rocailleux approprié :

ces goualantes de bordée n'étaient pas des cantiques de nonnes en passe de prononcer leurs vœux.

Le concert commença enfin, entrecoupé de commentaires bon enfant truffés de clichés folkloriques, dont certains parvenaient à faire sourire les spectateurs.

Ambroise dégustait une sardine calée sous son pouce sur une épaisse tranche de pain noir. Il avait l'art de lever les filets entre les arêtes souples. Les plus aguerris – et les moins adroits aussi – mâchonnaient le petit poisson en entier – aucun n'en était jamais mort, ni même ne s'était étouffé.

Corignan avait fini son énième verre. Pas moyen de refuser, s'agissait pas de faire affront. Un peu gris, il retrouvait ses marques au sein de la joyeuse compagnie. Il traversa le public pour aller chercher un autre demi, le dernier, se promettait-il, qu'il paierait avec ses deniers, celui-là. Puis il entreprit de revenir manger un morceau afin d'éponger les excès de houblon : les merguez, il aimait bien aussi. C'est à ce moment-là que l'aperçut Séraphin Brégent, depuis peu en retraite. Posté sur sa droite, il héla Ambroise. Le verre à la main, celui-ci pivota dans la direction de la voix. Un peu vite sans doute, car son bras heurta quelqu'un qu'il aspergea de bière.

6

Un petit cri, un regard apeuré de biche effarouchée. Ce fut cette fragilité manifeste qui séduisit Ambroise autant que le physique de la femme qui se tenait face à lui. Pourtant elle était belle, avec ses cheveux frisés d'une blondeur fauve, ramassés sur les tempes par des peignes d'écaille, ses yeux clairs, tantôt gris ou bleus, aussi changeants que la mer selon la couleur du ciel.

— Je vous demande pardon. Quel maladroit je fais...

— Ce... n'est rien, balbutia-t-elle. C'est moi, je me suis trouvée en travers de votre chemin.

Son accent finit de lui faire chavirer le cœur.

— Vous êtes tachée. Je vais demander un peu d'eau à la buvette, si vous voulez.

— Non... Laissez, je vous dis. La bière, ça ne tache pas. Dans quelques minutes, ce sera sec et il n'y paraîtra plus.

— Je vous offre quelque chose afin de me faire pardonner ?

Elle gardait les yeux baissés, un pâle sourire éclaira son visage. De toute évidence, elle hésitait. Il avait envie de lui dire de ne pas avoir peur.

— Je veux bien.

Ambroise avait conscience de sa gaucherie. L'impression d'en faire trop, de ne pas être naturel, mais il avait oublié comment parler à une femme, si tant est qu'il l'ait jamais su.

— Vous n'êtes pas d'ici ?

Elle hocha la tête, l'air toujours aussi gênée.

— Comment vous avez deviné ?

Elle se moque de moi, pensa-t-il.

— Je sais pas, votre accent...

— C'est vrai que ce n'est pas celui de Bretagne. Du moins de cette Bretagne-ci...

Il ne comprenait pas, elle eut pitié de son air ahuri.

— La Grande-Bretagne, là-bas, de l'autre côté de la Manche. Je suis anglaise.

— Je me disais aussi... Vous êtes en vacances ?

— Non, même pas. Je me suis installée ici pour quelque temps. Avec ma fille.

Ça y est, se dit Ambroise. Te fais pas d'illusions, pauvre idiot, elle est pas libre.

— Excusez-moi si je suis indiscret, mais votre mari ne vous a pas accompagnée ?

La mine de la belle Anglaise s'assombrit en une seconde.

— Je vous en prie, ne parlons pas de mon mari. De toute façon, nous sommes séparés.

Depuis le début de la conversation, la silhouette de Valentine se précisait dans la mémoire d'Ambroise, sentinelle redoutable à guetter sa réponse.

— Moi aussi, j'étais marié... bredouilla-t-il cependant pour vaincre le fantôme si cher à son cœur.

Elle posa sur lui ses grands yeux clairs.

— Vous aussi, vous êtes séparé de votre épouse ?

Il faillit mentir afin de signifier que son cœur était libre de tout souvenir.

— Non, elle est morte.

— Mon Dieu... Excusez-moi...

Entre-temps, ils étaient rendus face à la buvette. Ambroise lui demanda ce qu'elle désirait.

— Je ne sais pas... Un jus de fruit, un verre d'eau...

— Un Coca ?

— Oui, c'est très bien.

Ambroise l'observait, essayant de deviner son âge. Elle buvotait à petites gorgées. Elle n'était pas si jeune qu'il l'avait cru au début, en témoignaient quelques rides imperceptibles au coin des paupières et aux commissures des lèvres. Ou alors, elle avait beaucoup souffert. Il la sentait sur la défensive.

— C'est bon ?

— Oui, j'avais soif.

Il avait le pressentiment qu'elle lui échapperait

à la première occasion. Dès qu'elle aurait fini son verre et qu'il cesserait de lui parler.

— Vous êtes à Bréhat depuis longtemps ?

— Non, nous sommes arrivées il y a un mois.

Elle hésitait encore à s'inscrire dans l'échange.

— Comment est morte votre femme ? se décida-t-elle au prix d'un effort tangible.

Honteuse de sa maladresse, elle essaya aussitôt de rattraper son indiscrétion.

— Vous n'êtes pas obligé de me répondre, vous savez. Cela ne me regarde pas.

— Valentine est décédée moins d'un an après que nous nous sommes mariés. Elle attendait un bébé, l'accouchement s'est bien passé, mais un accès de fièvre l'a emportée quelques jours plus tard.

— C'est affreux. Le bébé, c'était une fille ou un garçon ?

— Un garçon. Il s'appelle Florimond, il a douze ans. Et votre fille ?

— Betty en a seize. Elle n'aime pas trop la compagnie, c'est pour elle que je suis venue ici ce soir. Pour l'obliger à sortir un peu et qu'elle se fasse des amis.

— Elle est où ?

La femme n'hésita pas une seule seconde.

— Là-bas. Parmi les gens en train d'écouter le concert.

Ambroise comprit que tout en discutant avec lui elle gardait un œil sur sa fille. Une inquiétude qui lui parut démesurée. Qui l'intrigua. Elle posa son verre encore à moitié plein, se dressa sur la pointe des pieds.

— Tenez, c'est elle, là-bas, avec les cheveux roux.

A sa chevelure, Ambroise repéra aussitôt la demoiselle. Contrairement à ce que venait de dire sa mère, elle se tenait à l'écart des spectateurs. Florimond et Quentin devaient avoir eu pitié d'elle, ils l'avaient rejointe afin de discuter, c'était bien dans leur tempérament d'intégrer une nouvelle venue à la communauté. Ambroise fit remarquer à la mère en compagnie de qui se trouvait sa fille.

— Le destin est parfois surprenant, répondit-elle d'un ton désabusé.

Ambroise avait de plus en plus de mal à la cerner.

— Vous logez où ?

— Un maison louée à une agence de Paimpol. Je suis venue à Bréhat parce que j'éprouvais le besoin de m'isoler. Il n'est pas de meilleur refuge qu'une île, n'est-ce pas ?

Soulagé qu'elle s'enhardisse à lui parler plus volontiers, Ambroise se garda de lui faire remarquer que celle de Bréhat était plutôt très fréquentée ; en revanche, il lui fit part de son étonnement qu'une Anglaise parle aussi bien le français.

— J'ai fait mes études à l'université d'Oxford. Cela m'a d'ailleurs valu le métier que j'exerce.

— Je peux savoir ?

— Je traduis des romans d'une langue à l'autre.

Je vais pouvoir travailler en France sans aucun problème.

— Ça vous rapporte de quoi vivre ?

Elle haussa les épaules.

— J'avais besoin de faire quelque chose afin de ne pas me sentir inutile.

Le concert continuait. Sollicités par les chanteurs, les spectateurs beuglaient « Jean-François de Nantes » en claquant dans les mains plus fort que des lavandières essorant leurs draps à coups de battoir.

La nuit commençait à tomber. L'obscurité envahissait le paysage.

— Et vous, quel est votre métier ? Marin, je suppose comme la plupart des hommes qui vivent ici.

Devant les tables de la buvette, tous deux se trouvaient face à la direction de la mer. Au moment précis où elle posait cette question, le phare s'alluma, diffusant sa lueur dans le ciel par-dessus les toits.

— Venez. Si vous voulez bien, je vais vous montrer quelque chose.

Se méprenant sur ses intentions, elle eut aussitôt un mouvement de recul.

— Une promenade dans la nuit ? Vous n'y pensez pas...

— Non, non... C'est pas ce que vous croyez. Accompagnez-moi juste sur la grève de l'Eglise, c'est à deux pas. Il faut pas avoir peur de moi, vous savez.

— Je n'ai pas peur, mais quand même... L'église a une grève ?

— C'est le nom de la crique plus bas que la maison du bon Dieu. Venez.

Elle le suivit, à distance respectable. Méfiante. Ils débouchèrent sur un terre-plein recouvert à marée haute. En face, l'île Lavrec, et, derrière, l'Œil-du-Diable.

— Vous voyez la lumière là-bas ?

— Oui...

Ils étaient seuls à présent. Elle paraissait encore plus angoissée. Il ne savait comment la rassurer.

— Vous savez ce que c'est qu'un phare ?

— Oui...

Elle se détendit un peu.

— Je vais vous confier quelque chose, j'ai toujours été fascinée par ces feux sur la mer. Depuis que je suis toute petite, j'ai toujours rêvé de rencontrer un gardien de phare. Ce doit être un métier merveilleux de guider les gens pendant les tempêtes. Et passionnant.

Jouait-elle les naïves ou était-elle sincère ? Ambroise souriait.

— Je vous amuse, n'est-ce pas ? Vous me trouvez ridicule. Pourtant je vous assure que c'est la vérité.

— Non, je me moque pas de vous, mais vous parliez tout à l'heure du destin. Il se trouve que je fais partie de l'équipe qui s'occupe du phare que vous apercevez là-bas, l'Œil-du-Diable. C'est ma semaine de repos, sinon, je serais là-bas.

Cette fois, ce fut au tour de l'Anglaise de penser que l'homme à ses côtés se payait pour de bon sa tête d'étrangère. Pourtant, il n'en avait pas l'air.

— Vous êtes sérieux ?

— Pourquoi je vous mentirais ? Je m'appelle Ambroise Corignan. Vous pouvez demander à tous ceux qui sont sur la place à faire la fête, ils vous confirmeront que c'est la vérité. Mais vous, je sais même pas votre nom.

— Janet Bridgeton. Mais il faut que j'aille voir maintenant ce que fait Betty. Elle n'a encore que seize ans, je n'ai pas envie qu'elle fasse de mauvaises rencontres dans la nuit.

— Elle est avec mon fils.

Elle ne répondit pas. Déjà elle se hâtait vers la place.

7

Florimond dormait à poings fermés. Il avait entrouvert les portes du lit-clos, oppressé par les ténèbres qui lui inventaient des cauchemars. Ambroise lui jeta un rapide coup d'œil en traversant la chambre circulaire. Horrifié, il dévala l'escalier, espérant avoir mal vu, avec la tempête qui défigurait le paysage. Il n'eut pas conscience d'enfiler la cuisine, déboucha dans le vestibule. Il libéra la porte donnant sur la plate-forme inférieure. La tempête était loin d'être calmée. Bien qu'essoufflé, le vent hurlait encore comme un damné. Ambroise ne se souvenait pas d'une mer aussi mauvaise. Il s'avança contre la rambarde, scruta les vagues en furie. Le pied du phare disparaissait dans une épaisse mousse grisâtre que brassaient les bourrasques, arrachant des nuées floconneuses qui voltigeaient dans l'air ; on aurait dit qu'il neigeait dru. Aucune trace de la silhouette entraperçue de la galerie supérieure, il se sentit soulagé. Allons... Une hallucination de plus, rien d'autre, c'était fréquent d'avoir les sens abusés dans cette tour infernale.

Ambroise s'apprêtait à remonter afin de rassurer son fils quand, levée au large par le vent, une vague encore plus énorme s'enfla et s'avança vers le phare. Avant d'envelopper le promontoire, elle balaya la surface de l'eau. Non... Il ne s'était pas trompé.

Le lundi 14 juillet 1986

Ambroise suivit Janet jusqu'à la place. Le premier souci de celle-ci fut de vérifier où était sa fille. Quand elle l'eut repérée, elle se retourna vers lui. Dans ses yeux se lisait son angoisse.

— Nous allons rentrer maintenant.

— Vous n'attendez pas que soit tiré le feu d'artifice ?

— Non, il est trop tard. Betty va prendre froid.

Il faisait plutôt chaud, ce n'était qu'un prétexte. Comment signifier à cette inconnue sa farouche intention de la revoir sans passer pour un vil séducteur ? Face à face, le temps s'arrêta. Apparemment, elle retardait elle aussi le moment de s'en aller.

— Un jour, si vous voulez, je vous ferai visiter mon phare, proposa-t-il avec une gaucherie d'adolescent.

— Ce doit être dangereux d'y monter.

— Je serai là, je vous protégerai. En attendant, cela me ferait plaisir de vous revoir...

Elle réprima un haut-le-corps.

— Me revoir ? répéta-t-elle en fronçant les sourcils.

Il craignit d'être allé trop vite.

— Vous ne devez pas encore connaître tous les coins et recoins de Bréhat. Vous verrez, c'est magnifique. Je veux bien vous servir de guide. A vous et à votre fille. Le problème, c'est que je reprends mon service vendredi prochain.

— Pour longtemps ?

— Deux semaines.

— Vous restez tout ce temps dans votre tour au milieu de la mer ?

— C'est mon métier. Je sais que ça va me paraître plus long maintenant que...

Une fois de plus, sa phrase était restée en suspens. Elle sourit, charitable. Comme pour l'encourager à continuer.

— Cela vous dirait qu'on se revoie avant que je parte ? s'enhardit-il.

Elle recula, aussitôt désemparée.

— Je vous promets que c'est sans arrière-pensée.

— Vous allez trop vite. Je ne vous connais pas. Laissez-moi le temps d'y réfléchir.

Cette fois, c'était déjà la fin du rêve. Elle eut conscience de sa déception.

— Après, quand vous serez revenu, concéda-t-elle.

— Comment vous retrouver ?

— J'habite dans une petite maison avant le pont...

— Le Pont-ar-Prad ? On l'appelle aussi la chaussée Vauban...

— Oui, c'est ça. Maintenant je vais récupérer ma fille.

Après le feu d'artifice, Ambroise Corignan rentra en flottant sur un nuage. Bien que réticente, la belle Anglaise ne lui avait pas signifié une fin de non-recevoir. La vie allait-elle enfin lui octroyer une seconde chance ? Ecartant ses remords, il se persuadait qu'il n'était nullement question de remplacer Valentine, celle-ci tenait une place indéboulonnable dans la mémoire du gardien. Mais au bout de douze ans de fidélité post-mortem, était-il encore obligé de lui sacrifier son existence ? Il se laissa couler avec délices dans le sommeil ; à son réveil, il se dit qu'il s'était bercé de douces illusions.

Janet interrogea sa fille au sujet de Florimond. A sa grande surprise, celle-ci déclara l'avoir trouvé plutôt sympa.

Dès son retour du phare, Ambroise s'empressa d'aller rôder autour de la maison de Janet. Le guettait-elle ? Il n'eut pas longtemps à attendre. Le lendemain ils se promenaient tous les deux le long de la côte. Heureux comme un pape, Ambroise se croyait l'objet de tous les regards. Il n'avait pas tort. Nombreux avaient été ceux surpris de voir le gardien boire un coup sur la place du bourg. Bien entendu, quelques curieux l'avaient vu s'éclipser vers la côte en compagnie de l'Anglaise, à propos de qui on ne savait pas grand-chose, sinon qu'elle venait de débarquer avec une adolescente qui devait être sa fille. Depuis leur arrivée, les langues allaient bon train, c'était louche une femme sans bonhomme avec une gamine de cet âge-là. Maintenant, on comprenait mieux, la gourgandine était venue chercher un mec à Bréhat. C'est pour ça qu'elle était au bal du 14 juillet. Elle rencontre le gardien de l'Œil-du-Diable ; quand elle apprend qu'il est veuf, elle lui met le grappin dessus, et quinze jours plus tard elle fricote ouvertement avec lui ! En voilà une qui perdait pas son temps, avec ses airs de pas y toucher…

Janet Bridgeton n'était pas une intrigante à l'affût d'une aventure. A aucun moment jusqu'alors et pour rien au monde elle n'aurait envisagé de refaire sa vie, mais la bonhomie fruste de cet îlien l'avait troublée, comme la souffrance qui émanait de sa personne et la spontanéité avec laquelle il lui avait parlé de sa défunte épouse. De toute évidence, il n'était pas un coureur de jupons. Elle avait une fille, lui un garçon, une conjoncture propre à les rapprocher. Ils mirent cependant plusieurs semaines à franchir le cap de l'amitié, retardant une intimité dont tous deux éprouvaient le profond désir, mais qui leur créait aussi une angoisse irrépressible. Ni l'un ni l'autre n'avaient connu d'expériences en dehors du mariage. Leur vie de couple s'était toutefois interrompue dans des circonstances différentes, et ils n'en conservaient pas les mêmes souvenirs. A la fois heureux et dramatiques pour Ambroise, tout aussi douloureux pour Janet, mais sans réelles éclaircies.

Au début, ils se contentèrent de se tenir la main comme des adolescents. Il la prenait entre ses bras avec chasteté, une étreinte à laquelle elle se dérobait bien vite. A ce petit jeu, il était à craindre que leur sentiment réciproque ne se dilue en camaraderie. Après ce serait trop tard, ils n'oseraient plus. Conscient des frayeurs de l'Anglaise, Ambroise s'enhardissait à pousser ses avances, parce que c'était dans la nature des choses de ne pas en rester là s'ils entendaient parcourir ensemble un bout de chemin, une hypothèse qu'elle acceptait quand il lui en parlait. Vint le jour de leur premier baiser. Au bout du compte, Ambroise fut le plus coincé, incapable d'évacuer la culpabilité de trahir Valentine. Janet était assez fine psychologue pour deviner l'angoisse de son compagnon, de savoir que pour accéder à son cœur elle devrait d'abord écarter le fantôme qui en interdisait l'entrée. Dont elle aussi avait une peur bleue.

L'étape fatidique se produisit au domicile d'Ambroise. Sans que ce soit prémédité, ils avaient pourtant l'intuition que cela se passerait ce soir-là. Le gardien de phare avait préparé le dîner. Il n'avait jamais été très bon cuisinier. A quoi bon mijoter de bons petits plats alors qu'il vivait seul ? A plusieurs reprises, Janet lui avait confié adorer le poisson. Le matin il avait pris la mer dans son canot. D'emblée, à peine engagé dans les tourbillons, il ferra un bar de plus de deux kilos. Il s'empressa de faire route terre, il avait du ménage en retard. Il mit des draps propres au lit où personne que lui n'avait dormi depuis douze ans. Il se rasa de près, se lava, en guise de parfum une touche d'eau de Cologne, une coquetterie ridicule à ses yeux, mais il ne se reconnaissait pas dans ce trentenaire qui avait le culot de jouer les jolis cœurs.

Tout était en ordre. Ambroise dressa la table, sur laquelle il n'osa quand même étaler la belle nappe brodée par Valentine pendant leurs fiançailles, quand elle constituait son trousseau. Il mit une bouteille de sancerre au frais. Il ne lui restait plus qu'à attendre. Il alla faire un tour sur les cales de l'embarcadère. Il dut essuyer encore quelques quolibets. Pour qui donc s'endimanchait-il un jour de semaine ? De plus hardis lui demandèrent ce qu'il avait fait de sa connaissance. D'humeur trop guillerette pour se fâcher, il bredouillait une réponse évasive, avec un sourire bourru, un geste de la main tout aussi éloquent. Mais il s'éloignait avant d'engager la conversation.

Janet arriva en avance sur l'heure prévue. Déjà d'une élégance naturelle, elle aussi faisait montre de coquetterie. Il déposa un baiser rapide sur sa joue, elle s'efforça de sourire, de ne pas se crisper, mais ses yeux trahissaient son émotion. Les effluves de son parfum rappelèrent à Ambroise celui de Valentine. Une contrariété aussitôt dissipée, mais qui n'échappa pas à Janet.

Le poisson était prêt, saupoudré d'herbes aromatiques. Appétissant. Elle lui en fit le compliment.

— Il est tout frais. Je l'ai pêché ce matin.

Il faillit rajouter : « Rien que pour toi… » Mais c'eût été la fadaise de trop.

— Tu n'allumes pas le four ? s'étonna-t-elle.

Pour que la chair du bar soit savoureuse, il fallait respecter à la lettre la température et le temps de cuisson.

— Pas encore, c'est trop tôt.

Non qu'il soit pressé de la prendre entre ses bras, mais rien de ce qu'ils pourraient vivre avant l'étreinte inéluctable ne serait naturel. Il posa les mains sur ses épaules. Elle savait ce qui allait se passer, s'efforçait de l'accepter. Ils restèrent un long moment silencieux, unis par le seul lien de leur regard.

— Pour quelle femme je vais passer à tes yeux ?

— Pour la femme que j'aime, même si je n'ai pas encore osé te le dire. La première avec laquelle je me sens bien si longtemps après.

Il l'attira à lui ; elle tremblait. Si Janet avait connu la jouissance physique dans les bras de son mari, ce n'avait jamais été avec un sentiment de plénitude, plutôt un tourbillon des sens dont elle était sortie à chaque fois dans un état de profonde tristesse, sans que son étalon condescende à la consoler.

Ambroise s'efforçait de masquer sa propre angoisse.

— Viens, murmura-t-il à l'oreille de Janet, d'une voix émue.

Elle se laissait faire, vivant une situation irréelle, dans laquelle elle n'aurait jamais pensé se retrouver.

Il l'aida à ôter son gilet, qu'il abandonna sur une chaise de la cuisine. Dans la chambre, une main derrière sa nuque, il prit l'initiative de l'embrasser. Cette fois, ce fut un vrai baiser, qu'il fit durer longtemps sans qu'elle ferme les lèvres, sans qu'elle les lui dérobe.

Délicieux entre ses bras, le corps menu ne tarda pas à éveiller le désir d'Ambroise. Son membre dressé contre le ventre d'une si noble personne lui parut soudain d'une incongruité extrême. Un verrat en rut, il recula. Décidée à présent elle aussi à aller jusqu'au bout, elle le retint contre elle, lui signifiant ainsi qu'elle avait pleine conscience de son émoi et qu'elle ne le refusait pas. Se faisant violence, elle prit même l'initiative de déboutonner son chemisier, qu'elle laissa glisser derrière elle.

Ce fut au tour d'Ambroise d'hésiter, bloqué par la peur de ne pas être à la hauteur – quoi qu'elle en dise, une femme si belle avait dû connaître des partenaires bien plus expérimentés. Pressée de vaincre ses dernières pudeurs, craignant sans doute aussi de faire machine arrière, elle dégrafa son soutien-gorge et attira le visage de son compagnon contre sa poitrine. Elle avait trente-neuf ans, des seins menus, doux comme des oisillons, dont les mamelons se dérobèrent sous les joues râpeuses de l'homme avant de se loger entre ses lèvres. Quand il eut compris la caresse qu'elle attendait, elle fit glisser sa jupe d'une main, tout en gardant de l'autre la tête de l'homme contre sa peau. Puis sa culotte de dentelle coula sur le plancher de la même façon qu'une fleur perd ses pétales. Alors elle l'attira vers le lit, s'assit sur le bord afin de l'aider à se dévêtir à son tour.

Ambroise flottait dans un état second. Nue, Janet lui paraissait encore plus belle. Au moment de se livrer au regard de l'homme qu'elle acceptait, elle ne parvenait à se détendre, gardait les jambes serrées en une obstination douloureuse, les mains posées en coquille sur ses seins. Il saisit ses poignets, l'amena avec douceur à remonter les bras au-dessus de sa tête.

— Tu es très belle, tu sais.

Les paupières mi-closes, Janet secoua la tête en signe de dénégation. Son corps étiré en longueur, sa poitrine ne saillait pas davantage que celle d'une adolescente juste pubère. Elle était parcourue d'imperceptibles frémissements, comme si elle avait froid. Il comprenait qu'il s'agissait de ne pas la brusquer, de la laisser décider de la suite le moment venu. Elle ouvrit les yeux. Y luisaient des lueurs affolées. Elle déglutit sa salive.

— Regarde-moi bien. Regarde la vilaine fille que tu as eu le malheur de rencontrer.

Janet s'obligea à desserrer les jambes. La flamme rousse au bas de son ventre devenait plus drue et plus fauve à l'amorce du sillon ourlé. Figé dans une attente contemplative, Ambroise ne la désirait plus avec la même turgescence. Il n'osait la caresser, ayant peur de rompre le charme, peur aussi de griffer cette peau si tendre de ses mains calleuses, de l'écorcher de ses ongles durs. Consciente du désarroi de son compagnon, vainquant ses propres réticences, elle l'attira à lui avant qu'il ne renonce, sans brusquerie, avec toute la tendresse dont elle était capable. Dont elle-même avait besoin.

Une girandole d'images se mit à tourner dans la tête du gardien de phare. Certaines restaient nébuleuses. Une autre en revanche s'imposait avec une netteté absolue, un visage si cher dont le regard sévère l'effrayait à présent. Valentine, elle choisissait mal son moment pour se rappeler à lui.

— Prends-moi... le supplia Janet.

La voix s'infiltra dans son obnubilation. Ambroise sursauta, se raidit, ce n'était pas celle de Valentine, mais d'une inconnue. Il se prit à trembler. Janet le fixa, intriguée par le faciès angoissé au-dessus d'elle.

— N'aie pas peur... murmura-t-elle.

Ces quelques mots lui firent recouvrer conscience de la réalité.

— Excuse-moi...

Elle lui saisit la main.

— Ne t'excuse pas. Je sais ce que tu ressens.

— C'est la première fois depuis…

— Moi aussi.

Elle l'attira sur le lit à côté d'elle, l'amena à s'allonger, se lova contre son flanc puissant.

— Ne t'inquiète pas. On ne fait de mal à personne. Oublie Valentine le temps que nous soyons heureux. Tu ne crois pas que nous l'avons bien mérité ?

C'étaient les mots qu'il attendait, inscrits depuis longtemps dans le tréfonds de sa conscience, mais qu'il n'avait jamais eu l'audace de formuler. Ambroise sentit son cœur s'apaiser, le manège dans son cerveau cessa de tourner. Elle avait raison, il se conduisait en parfait idiot à s'entêter dans un passé révolu. Il l'embrassa, se recula afin de la contempler, laissa ses mains parcourir son corps parfait, elle se raidit quand ses doigts s'aventurèrent dans la toison de son ventre, pour se détendre aussitôt quand la caresse se précisa. Son désir ressourcé, il s'allongea sur elle. Ils firent enfin l'amour, avec douceur et ivresse, sans perdre conscience l'un de l'autre. Soulagés d'avoir franchi le cap, ils surent alors qu'ils s'aimaient pour de bon.

En compagnie de Janet, Ambroise apprit ce qu'il croyait connaître de la relation charnelle, ce que sa trop courte union avec Valentine ne lui avait pas enseigné. Celle-ci était trop jeune pour braver les interdits et se livrer à son mari sans retenue, lui pour passer outre à des pudeurs qui ne demandaient qu'à être vaincues, pour la décider à faire ce qu'elle espérait. Valentine s'était trouvée enceinte trop tôt, future mère avant d'avoir appris à être amante.

Le mois suivant, faisant fi des commérages, l'Anglaise s'installait avec sa fille chez le gardien de phare.

— Et Florimond ? s'étonna très vite Betty.

Ambroise fronça les sourcils.

— Elle a raison, intervint Janet. Maintenant que je suis là, je peux m'occuper de lui.

— Il n'est pas malheureux chez les Desbois.

— Sans doute, mais c'est ton fils, c'est lui ta vraie famille. Il ne va pas comprendre que Betty et moi nous nous soyons invitées chez son père alors que lui reste tenu à l'écart.

Ambroise essuya une larme. Il avait depuis longtemps le sentiment de se conduire comme un lâche en n'essayant pas de récupérer son fils.

— Vous avez raison. On serait bien, tous les quatre.

C'était sans compter avec un garçon au caractère déjà si affirmé. Tiraillé entre deux tendresses aussi sincères, il mit plusieurs jours à prendre une décision que son père ne voulait pas lui imposer. Quel que soit son choix, il ferait de la peine à l'un des deux êtres qu'il chérissait le plus au monde. L'idée de vivre avec cette Anglaise le séduisait d'autant plus que sa fille était jolie. Mais aussi affable était Janet, elle resterait pour lui une étrangère, près de qui il ne trouverait pas ses marques les semaines où son père serait de service. Et puis, que dirait Quentin, avec qui il avait toujours entretenu une complicité sans faille ? Qui le considérait comme son frère.

— Maman Louisette ne comprendrait pas... répondit-il à son père le jour où celui-ci lui demanda ce qu'il comptait faire.

Maman Louisette, c'était ainsi que le gamin appelait naguère sa nourrice, un surnom affectueux qu'il ne prononçait plus depuis longtemps. A juste titre il la considérait comme sa vraie mère : elle l'avait élevé comme s'il était de son sang.

Emu aux larmes, Ambroise serra son fils contre lui.

— Tu es un brave et bon garçon. Je n'ai pas envie de t'obliger.

— Quand tu seras à terre, je viendrai passer quelques jours avec vous.

— Tu as raison, comme ça tout le monde sera content...

8

Octobre 1987

Ambroise accrocha l'échelle de corde à l'un des montants de la rambarde. Le seul moyen d'accéder au socle rocheux sur lequel était fixé le phare. Une manœuvre dangereuse, à n'effectuer qu'en cas d'extrême nécessité. Il la déroula. De deux ou trois violentes tractions, il vérifia qu'elle était bien arrimée et enjamba la longue barre métallique qui faisait le tour de l'édifice. Il commença à descendre, posant les pieds sur les planchettes de bois qui servaient de barreaux. Le vent hurlait, le balançant le long de la paroi comme un misérable insecte au bout d'un fil arachnéen. Il dut marquer une pause de crainte de lâcher prise, attendre que s'atténuent les bourrasques, mais les nuages noirs qui bouchaient l'horizon, la mer se débattant comme une bête enragée, rien ne laissait espérer une accalmie. Il continua le périlleux exercice, parvint au bas de l'échelle. Les semelles de ses bottes cherchèrent leurs appuis à tâtons sur les rochers, en veillant à ne pas riper sur les goémons échevelés. Il attacha à l'échelle le « bout » récupéré au passage dans le vestibule et en fit une boucle autour de sa taille, une précaution supplémentaire pour ne pas être emporté par une lame.

Ambroise ne retrouva pas tout de suite le cadavre. Il était là pourtant, coincé à plat ventre entre deux récifs, une taille fine, une croupe galbée. Il ne s'était pas trompé, une jeune femme dans le plus simple appareil. Son premier regard fut de vérifier sa chevelure. Rousse, Betty, c'était bien elle. La pauvre… La mer s'était décidée à rendre sa dépouille.

Ambroise s'approcha. Voilà bientôt un mois qu'elle avait disparu. Elle semblait pourtant ne pas avoir trop souffert de son séjour prolongé dans l'eau. Il lui prit le bras afin de la retourner, la relâcha aussitôt. La chair était tiède, pas celle d'une morte. La jeune fille avait tressailli, elle respirait encore. Il croyait vivre un cauchemar, ou être témoin d'un véritable miracle. Il se redressa afin de recouvrer ses esprits. Ce n'était pas possible, Betty ne pouvait être vivante si longtemps après !

Etait-ce elle, d'ailleurs ? Ambroise souleva le corps, l'allongea sur un plat de roches moins exposé au vent et à la pluie. Difficile d'être catégorique, elle avait le visage entaillé de fines estafilades. Il se souvint alors de l'avoir vue une fois au sortir de la salle de bains, enveloppée dans une grande serviette – elle était d'une pudeur maladive. Quand elle s'était sentie observée, elle avait poussé un cri et s'était réfugiée dans sa chambre. Une brève apparition, mais un détail avait retenu l'attention d'Ambroise Corignan : elle présentait une minuscule tache de naissance en haut du bras droit. Il n'avait pas eu le temps de bien voir, mais il avait cru y reconnaître une petite fleur. Il vérifia le bras, la peau à cet endroit avait été arrachée sur plusieurs centimètres.

Ambroise hésitait sur la conduite à tenir. De toute façon, il ne pouvait la laisser là, mais aurait-il la force de la remonter sur la plate-forme avec le seul moyen de l'échelle de corde ? Réveiller Florimond, lui demander son aide, il était costaud. Le retint l'idée d'exposer la nudité de la malheureuse à un gamin de treize ans, un réflexe idiot. Tant pis, il devrait se débrouiller tout seul, il défit la corde autour de sa taille, empoigna le corps et le chargea en travers de son épaule, les jambes retombant sur sa poitrine. Il entama l'escalade. La rescapée ne réagissait en aucune façon, Ambroise sentait la chaleur de sa hanche contre sa joue. Il serrait contre lui les cuisses souples de son bras droit, se guidait de l'autre main. Il assurait ses appuis sur les minces planchettes en se retenant de respirer, se hissant au prix d'infinies précautions. Une bourrasque plus forte fit pivoter l'échelle, il dut attendre qu'elle se désentortille avant de poursuivre l'ascension.

La pluie redoubla d'intensité, lardant l'épiderme

de la jeune fille. Une sensation douloureuse, elle gémit. Ambroise n'en revenait pas, malgré ce qu'elle avait enduré, elle était sur le point de recouvrer conscience. Il redoubla d'effort avant qu'elle ne s'agite pour de bon. En haut de l'échelle, il lança sa main libre au-dessus de sa tête, agrippa la rambarde. Il s'alloua quelques secondes de répit afin de récupérer – si près du but, ce serait idiot de retomber en arrière. Il posa le corps à cheval sur la barre métallique, passa bien vite de l'autre côté et le récupéra aussitôt. Il ne traîna pas davantage sur la plate-forme, transporta la miraculée dans le vestibule, où il l'allongea sur une bâche. Puis il referma la porte et la cala aussitôt de crainte que les gifles de la tempête ne l'arrachent de ses gonds.

Alors Ambroise prit le temps d'examiner la jeune adolescente. Impensable que ce soit la fille de Janet. Les cheveux roux, pourtant. Il n'avait guère eu l'occasion d'évaluer les formes de Betty, mais pour autant qu'il pouvait en juger la morphologie pouvait être la sienne. Il écarta les mèches collées sur son visage. Bien qu'égratigné, c'était le même ovale, le même petit nez pointu, et le menton présentait lui aussi une légère fossette au milieu. Une ressemblance pour le moins troublante...

Se sentant soudain dans la position d'un voyeur, Ambroise eut pitié de la nudité de la rescapée, il ôta son ciré et son pull, lui enfila celui-ci tant bien que mal. La tête brinquebalait d'un bord et de l'autre, les membres paraissaient désarticulés.

— Qu'est-ce que tu fais ?

La voix dans son dos fit sursauter Ambroise, comme s'il était pris en faute.

Florimond. Il s'était réveillé, était monté dans la salle des machines. N'y ayant pas trouvé son père, il était descendu.

— Je me demandais où tu étais passé.

Le garçon découvrit alors la jeune fille allongée sur la bâche dépliée, perdue dans le pull trop grand qui lui descendait à mi-cuisse. Il s'approcha afin de mieux voir par-dessus l'épaule de son père.

— Mais... on dirait Betty !

— Tu crois ? laissa tomber Ambroise.

— Où elle était ?

Le père peinait à trouver ses mots.

— Je l'ai retrouvée dans les rochers, dehors. Au pied du phare.

Florimond s'était agenouillé à côté d'elle.

— Qu'est-ce qu'elle faisait là, dans la tempête ?

— Je serais bien incapable de te le dire.

— C'est marrant, elle a le même pull que toi.

— C'est le mien. Elle était... Enfin... Tu comprends, elle n'avait rien sur elle.

— Elle était nue ? Comment elle a fait pour venir jusqu'ici ?

Ambroise secoua la tête.

— Avec ce temps pourri, c'est en effet incompréhensible...

— C'est Janet qui va être contente ! Tu as pensé à la prévenir ?

— Je préfère attendre avant de lui faire une fausse joie.

— Une fausse joie... qu'est-ce que tu racontes ?

Ambroise hésita encore.

— Je suis pas sûr que ce soit Betty.

Florimond observa la jeune fille toujours évanouie avec attention.

— Pourquoi voudrais-tu que ce soit pas elle ?

— Voilà un mois qu'elle a disparu. Si elle était tombée à l'eau, elle n'aurait pu survivre pendant tout ce temps... Tu l'as dit toi-même... Avec la tempête...

Florimond dévisageait son père d'un air intrigué, surpris de son embarras.

— En tout cas, elle lui ressemble. Tu as vu ses cheveux ?

— Beaucoup de filles ont les cheveux de cette couleur-là.

— On dirait que t'es pas content de la retrouver...

Ambroise n'eut pas loisir de réagir à cette dernière remarque. Les paupières de la jeune fille dévoilèrent un regard halluciné. Puis dans ses yeux fulgurèrent des éclairs épouvantés quand elle découvrit le visage de l'homme au-dessus d'elle. Celui-ci eut un mouvement de recul, elle l'avait reconnu.

— Qui êtes-vous ? demanda-t-elle en anglais.

La voix avait le même accent.

— Vous comprenez le français ? demanda Ambroise.

Elle hocha la tête.

— C'est moi, Florimond, Betty ! intervint le jeune garçon. Et lui, c'est Ambroise, tu sais bien le compagnon de ta mère, le gardien de phare…

Elle les fixait à tour de rôle. Elle entreprit de se redresser. Un réflexe fatal, aussitôt elle dut se pencher sur le côté afin de vomir. Elle ne recracha que de l'eau, de la bile. Pliée en deux, de longs spasmes lui parcoururent le corps, elle suffoquait. Ambroise lui tint l'épaule.

— Là, doucement. Prends ton temps…

Elle haletait. Visiblement épuisée, le souffle rauque, elle se laissa glisser en position allongée, ses yeux se révulsèrent, elle sombra de nouveau.

9

Florimond aida son père à remonter la jeune fille dans la chambre. Il lui tenait les chevilles. Trop ample, le pull bâillait et remontait sur ses hanches. Le jeune garçon ne détournait pas le regard. C'était la première fois qu'il lui était donné d'examiner le sexe d'une femme. Au début de son séjour dans la maison paternelle, il lorgnait Betty. Il la trouvait belle, il se plaisait à imaginer son corps sous ses vêtements. Dès que les yeux de Florimond se posaient plus bas que son cou, la petite Anglaise s'éclipsait en roulant des yeux furibonds. Ce n'était pas de la perversité de la part du jeune garçon, rien de plus qu'une curiosité légitime à l'adolescence. De toute façon, il avait vite compris que la fille de Janet était d'une pudeur maladive, qu'il n'avait pas intérêt à se permettre la moindre privauté.

C'était quelques semaines après l'installation de Janet et de sa fille chez Ambroise. Un matin.

Florimond avait douze ans, cette nuit-là il avait dormi au domicile paternel. Sans que ce soit intentionnel, il surprit Betty dans le cabinet de toilette dont elle avait oublié de fermer la porte à clef. Il faisait chaud à l'étage, même la nuit. Contrainte de vaincre sa pudibonderie pour ne pas transpirer comme un bœuf, elle ne portait qu'un simple tee-shirt, qui lui descendait toutefois jusqu'aux genoux. Au lieu de s'excuser, de refermer et de s'en aller, le gamin resta pétrifié sur le seuil, comme un benêt. Des images atroces se bousculaient dans la tête de la jeune Anglaise, ce n'était plus un enfant qu'elle voyait, mais des visages avides imprimés à jamais dans sa mémoire. Dans ses yeux flambaient des éclairs de folie. Elle se dressa face à lui, armée de la paire de ciseaux avec lesquels elle égalisait les pointes de ses cheveux. Florimond eut le réflexe de s'enfuir, il trébucha, s'affala dans le couloir. Blême, le regard halluciné, Betty se rua sur lui, le maintint au sol entre ses genoux. Elle brandit les ciseaux comme un poignard. Il crut qu'elle allait l'égorger. Soudain elle vacilla. Puis son visage se défripa de sa haine, son bras retomba. Ses yeux recouvrèrent leur éclat normal.

— Qu'est-ce que tu fais là ? demanda-t-elle d'une voix étrange.

— Rien, j'ai glissé, je suis tombé. Tu as cru que je m'étais fait mal, mais t'inquiète pas, ça va mieux.

Elle prit conscience alors de sa position incongrue

sur Florimond, de l'indécence de sa tenue. La paire de ciseaux tremblait entre ses doigts.

— Qu'est-ce qui s'est passé, mon Dieu ?

Betty s'était relevée, réfugiée dans le cabinet de toilette, qu'elle avait pris soin cette fois de fermer à double tour.

Ils traversèrent la cuisine, reprirent l'escalier. La jeune fille se désarticulait entre leurs mains. C'était Ambroise qui supportait le plus clair de la charge, il s'arrêta quelques secondes pour souffler. Le père porta les yeux sur son fils. Celui-ci eut un haut-le-corps, honteux d'être surpris dans une contemplation si mal à propos. Il faillit lâcher les chevilles.

— Fais attention ! le réprimanda Ambroise. A quoi tu penses ?

— A rien, répliqua bien vite Florimond, le rouge aux joues.

Ils parvinrent à la chambre.

— On va la mettre dans le lit où tu dormais. Elle a froid, la couche doit être encore tiède.

Ambroise glissa le buste de la belle endormie dans la cabine. Le garçon en fit de même avec le bas du corps. Le père remonta aussitôt la couverture sur elle, pas seulement dans l'intention de la réchauffer.

— Reste près d'elle, je vais descendre à la cuisine préparer du café pour quand elle reviendra à elle.

Pauvre Betty ! Florimond avait le droit à présent de la contempler sans qu'elle se dérobe. Son visage était couvert d'ecchymoses, elle avait dû souffrir le martyre. C'était en effet pur miracle qu'elle soit encore en vie. Sa respiration était faible, par moments son souffle devenait inaudible, paraissait même s'interrompre. Elle est en train de partir, se disait Florimond. Puis les lèvres frémissaient, le faible chuintement reprenait, ténu comme une brise de printemps.

Ambroise remonta avec une casserole fumante, un bol, une serviette et un paquet de compresses sous le bras.

— Elle est toujours évanouie ?

— Elle a du mal à respirer. Elle va pas mourir, dis ?

— Je crois pas... Si elle devait être morte, ce serait déjà fait. Tu veux me rendre un service ?

Florimond se contenta d'acquiescer d'un hochement de tête, les yeux rivés sur le visage de l'adolescente, comme s'il voulait percer le mystère de ce qui lui était arrivé.

— Va me chercher une cuvette d'eau froide.

Ambroise continuait d'étudier les traits de la jeune fille. Elle avait les bras le long du corps. Par moments ses doigts griffaient la couverture, comme si elle souffrait encore. Le gardien posa une main sur la sienne, la poitrine se gonfla en une profonde inspiration, sa tête oscilla sur l'oreille, mais ses paupières restèrent closes. Florimond revint avec l'eau demandée.

— Approche le tabouret et pose la cuvette.

Ambroise dilacéra les fibres d'une compresse avant de la mouiller. Avec délicatesse, il se mit à nettoyer les plaies, d'abord celles du front en écartant les cheveux. Elles n'étaient pas très profondes. Au fur et à mesure, il chassait le sable collé par de légers tapotements de côté. Les traits de la jeune fille se crispaient quand il insistait.

— Là… murmurait l'homme. S'agirait pas que ça s'infecte.

— Va doucement, s'insurgea Florimond. Tu vois bien que tu lui fais mal !

Ambroise nettoya ses lèvres, aux commissures desquelles étaient collées des traces de vomi. Puis il s'occupa des joues, des égratignures superficielles – il y avait moins de dégâts qu'il n'y paraissait au premier abord. Ce qui n'empêcha pas la jeune inconnue de grimacer de plus belle. Le retour à la conscience était imminent.

Les traits apparaissaient à présent avec davantage de netteté. A force de la détailler, Ambroise n'était plus sûr de rien… Bien qu'incroyable, ce pouvait être Betty en effet. Elle poussa un gémissement, son corps se raidit sur le matelas. Les paupières s'entrouvrirent. Elle tourna la tête d'un bord et de l'autre. Quand elle vit l'homme et le garçon face à l'ouverture du lit-clos, un vague sourire se dessina sur ses lèvres. Florimond se dit que cette fois elle les reconnaissait.

— Betty ? murmura-t-il.

Les sourcils de la jeune fille se froncèrent, la peau de son front se plissa, ses yeux affolés fixèrent Ambroise.

— Tu t'appelles pas Betty ? demanda à son tour le gardien.

La respiration de la demoiselle s'accéléra.

— Je ne sais pas...

— Comment ça, tu sais pas ! s'exclama Florimond.

Ambroise fit signe à son fils de freiner ses ardeurs. La malheureuse faisait des efforts pathétiques pour se concentrer. Des larmes lui perlèrent aux paupières, coulèrent sur ses tempes, parmi ses cheveux roux.

— Je ne sais pas, je ne sais plus...

— N'aie pas peur. Nous sommes là pour t'aider, ça va te revenir. Tu peux nous raconter ce qui t'est arrivé ?

Elle s'immobilisa, fouillant à nouveau sa mémoire.

— Prends ton temps...

Un profond soupir. Elle toussota. Ambroise craignit qu'elle ne soit victime d'un nouvel accès de nausée.

— Je ne sais plus...

— Tu sais pas comment tu es arrivée jusqu'ici ?

— C'est où, ici ?

— Tu es sur un phare qui s'appelle l'Œil-du-

Diable, au large de l'archipel de Bréhat. Ça te dit rien, Bréhat ? insista Ambroise.

Elle avait la mine d'un enfant sur le point d'éclater en sanglots.

— Non... Ma tête est vide... J'ai peur.

Elle parlait un français remarquable avec l'accent anglais. Comme Betty.

— Je me rappelle avoir vomi, c'est tout.

— C'est pas grave, la rassura Ambroise. C'est normal, après ce que tu as vécu. Il faut te reposer maintenant, tu es épuisée.

Il était perplexe.

— J'y pense, tu as peut-être faim ? Tu veux manger, boire un peu de café ?

Elle ne répondait pas.

— Va donc chercher la boîte de biscuits. Il faut que Betty... qu'elle grignote quelque chose pour reprendre des forces avant de dormir.

Il avait dit « Betty » sans réfléchir, comme s'il se résignait à l'évidence. Mais il s'était repris aussitôt. Elle n'avait pas réagi. Il emplit à moitié le bol, tira de sa poche le morceau de sucre et la cuiller. Touilla le breuvage.

— C'est encore un peu chaud. Fais attention à pas te brûler.

Il l'aida à se redresser dans le lit-clos. Elle se laissait manipuler comme une enfant. Il porta le bol à ses lèvres. Elle aspira une gorgée qu'elle déglutit avec peine.

— Là, tu vois... l'encourageait-il avec une affection toute paternelle.

— Ça tourne dans mon estomac. J'ai peur de vomir encore.

— Ce serait pas bien grave. Si tu peux pas te retenir, il y a la cuvette. Tu as dû avaler des litres d'eau de mer avant d'arriver ici.

Elle haussa les épaules.

— J'ai un grand trou noir dans ma tête. Il y a du vent, du vent qui hurle comme un fou dans mes oreilles, des vagues me sautent dessus. Je ne peux plus respirer, je me laisse emporter. Après, je ne sais plus. Avant, non plus.

— Tu étais sur un bateau, dans une barque ?

— Je ne sais pas, je vous dis.

Florimond revint, posa les biscuits sur le tabouret.

— Ta mère ? Tu te souviens quand même de ta mère ? demanda-t-il.

Elle secoua la tête d'un air désespéré.

— Janet, ça te dit rien ? Janet Bridgeton. Elle est anglaise, comme toi, vu comment tu parles...

— Laisse-la tranquille, intervint Ambroise. Elle va se reposer. J'ai à faire là-haut. Avec ce temps du diable, s'agirait pas que la lanterne tombe en panne.

— Tu veux un coup de main ?

— Tu serais pas d'une grande utilité. Je préfère que tu restes là, au cas où elle aurait besoin de quelque chose.

Florimond se retrouva seul avec la demoiselle.

Elle s'agitait dans son lit. Au bout de quelques minutes, elle n'y tint plus :

— J'ai... envie... balbutia-t-elle.

— Envie de quoi ?

— Envie, envie... Tu comprends bien, quand même...

— Ah oui...

Le phare n'était pas équipé de sanitaires. Entre hommes, la pudibonderie n'était pas de mise, les gardiens se soulageaient dans un seau hygiénique qu'ils gardaient dans le vestibule pendant la journée et remontaient dans la chambre pour la nuit. Cela ne signifiait en rien qu'ils vivaient comme des sauvages, chacun respectait dans ces moments-là l'intimité de son collègue. Après usage, le contenu était vidé à la mer de la plate-forme inférieure et le seau rincé dans le flot au bout d'une corde.

— Viens, je vais t'aider...

La jeune fille se tortilla jusqu'au bord de la couchette, le pull remonta. Cette fois, Florimond détourna le regard, surpris en même temps d'une telle insouciance de la part de l'adolescente d'habitude si pudique. Elle se retrouva assise, les jambes ballantes en dehors de la caisse.

— Montre-moi où c'est...

Elle essaya de se lever, tout se mit aussitôt à chavirer. Florimond la retint par le bras avant qu'elle ne s'affaisse sur le plancher. Il l'aida à se rasseoir, sur la chaise cette fois.

— Le mieux, c'est que j'aille chercher ce qu'il faut en bas. En attendant, tu bouges surtout pas.

Il revint avec le seau, se tourna le temps qu'elle s'y soulage, l'aida à se recoucher. Elle ferma les yeux.

10

Habitué aux tempêtes qui assaillaient le phare à échéance régulière, souvent d'une violence extrême, Ambroise Corignan n'avait pas eu pleine conscience de l'ouragan qui avait dévasté la Bretagne cette nuit du 15 au 16 octobre 1987. Car il s'agissait bien d'un ouragan avec des pointes de vent à plus de deux cents kilomètres à l'heure, ouvrant dans la péninsule armoricaine des travées où plus un arbre n'était debout, où les toits s'étaient envolés. De mémoire de Breton, même les plus anciens ne se souvenaient pas d'un tel cataclysme. Ceux qui avaient bourlingué dans des pays éloignés, où les tornades étaient monnaie courante, affirmaient que ce coup de tabac-ci n'avait rien à envier aux déchaînements des éléments tropicaux. Au petit jour, les côtes présentaient un visage de désolation. Leurs amarres rompues, éventrés sur l'échine des rochers, les bateaux avaient été drossés à la côte, soulevés même pour certains jusqu'à l'intérieur des terres par une force inouïe. Tout le long du littoral, les hangars étaient disloqués. Bien entendu, l'électricité était coupée dans la majeure partie de la région, les liaisons téléphoniques interrompues. Les services météorologiques n'en menaient pas large : ils n'avaient pas vu le coup venir, ou du moins en avaient minimisé les signes annonciateurs. Le plus fort de la tempête s'était produit au milieu de la nuit, ce qui avait limité les éventuels curieux et par voie de conséquence le nombre des victimes.

L'archipel de Bréhat n'avait pas été épargné.

Janet Bridgeton vivait des moments épouvantables. Depuis le départ de son compagnon, sa santé mentale s'était aggravée. De toute la journée, elle ne put se résoudre à rester enfermée. Elle descendait au bourg, en arpentait les rues, errait le long des côtes. Dans sa tête aussi s'annonçait une sacrée tempête... Quelle idée de s'être exilée avec sa fille sur cette île du diable ! Quelle folie de s'être acoquinée avec cet homme qui ne se souciait que de sa petite personne ! Et de son phare... Les Bréhatins compatissaient à la voir déambuler, ils détournaient la tête avant qu'elle ne s'approche, redoutant qu'elle ne leur demande encore s'ils savaient quelque chose au sujet de la disparue.

Les avis de recherche n'avaient rien donné. A bord des vedettes, personne ne se souvenait d'avoir embarqué Betty. Les gendarmes de Paimpol avaient insisté : une jeune fille avec une chevelure de cette couleur, ça se remarque, quand même ! Comme s'il était du devoir des passeurs de se souvenir de tous leurs clients ! De toute façon, si la jeune Anglaise voulait fuguer, elle portait certainement un bonnet afin de passer inaperçue !

Ce jeudi 15 octobre, le temps s'arrêta à partir de midi. Le ciel prit une curieuse teinte orangée – on saurait par la suite que c'était dû aux nuages remontant du Sahara et chargés d'une fine poussière. Le décor de l'archipel en devenait féerique. Pas un souffle de vent, une moiteur étouffante dans laquelle l'île se retenait de respirer, les gens aussi, se demandant ce qui se tramait. Rien de bon, à entendre les pessimistes de service, qui hochaient le chef avec une mine des plus inquiètes.

Ce genre de conjoncture perturbe les sujets atteints de démence, ou y précipite ceux sur le point d'en être affectés – les services psychiatriques des hôpitaux peuvent en témoigner. L'angoisse de Janet croissait au fil des heures. Dans sa poitrine oppressée, son cœur prisonnier tambourinait comme un beau diable. En pleine hallucination lui parvenaient des cris, des murmures, des gémissements. Ce n'étaient bien sûr que les criailleries inquiètes des volatiles marins – plus futés que les spécialistes de la météo. Pour la pauvre mère, c'étaient ceux de sa fille. Elle scrutait les alentours afin de la localiser, faisait soudain volte-face, sommait la misérable de se dévoiler, la suppliait de revenir. De la voir soliloquer, on se retournait sur son passage, on compatissait à son infortune.

Dans l'obscurité du crépuscule, le paysage prit une allure encore plus alarmante. Le camaïeu se renforça de nuances mordorées, avec des subtilités que la palette d'aucun peintre n'aurait pu égaler. Et toujours cette quiétude anormale pour un secteur côtier où vagabondait en permanence au moins un soupçon de brise.

Il n'y avait pas que Janet à étouffer chez elle. Tout le long de la côte, les îliens surveillaient le firmament, auquel ils n'accordaient depuis belle lurette aucune confiance. Ce soir-là, le démon était encore en train de leur mijoter une de ces bizarreries dont il avait le secret. En fait, le vent ne se leva qu'après dix-huit heures. Quelques chiquenaudes de diablotins, se dirent les badauds, soulagés. Vaguement déçus, aussi : à condition de ne pas en payer les pots cassés, les hommes et les femmes sont ainsi faits qu'ils aiment bien assister aux colères naturelles.

Au bourg, les plus dépités se consolèrent en allant boire un verre dans les bistrots de la place, les autres rentrèrent chez eux. Personne ne se doutait que c'était l'avant-garde d'une armada éolienne des plus redoutables…

Janet Bridgeton se retrouva bientôt seule sur les routes désertées. Au bord de la crise, dans son cerveau effaré ça chahutait ferme. Elle sentait de plus en plus fort la présence de Betty. Dans les heures à venir, il allait se passer quelque événement capital. Une intuition, une certitude, la logique des déments. Acculée au fond de l'abîme, comment admettre en effet que la vie continue son train-train quotidien ? Chaque désespéré souhaite que se produise un événement exceptionnel, un séisme, un raz-de-marée, que la terre alentour se fissure et engloutisse tout le monde, le malheur de ses semblables constituant une compensation à ses propres tourments. Si c'était l'apocalypse, tant mieux, se disait-elle. Ce serait l'occasion de rejoindre sa fille.

Le vent fourbissait ses armes. Au lieu de regagner leurs gîtes respectifs, les oiseaux déployaient toujours les accents blancs de leurs fantômes célestes. L'Anglaise suivait leur vol sans les voir. Puis, n'ayant plus d'autre solution que de rentrer, elle se mit à sangloter, redoutant les longues heures d'insomnie impuissante.

La véritable tempête sévit aux alentours de vingt-deux heures. L'archipel enregistrait la plus forte amplitude de marnage après la baie du mont Saint-Michel. Par chance, c'était un faible coefficient de marée, sinon c'eût été une véritable catastrophe. Aux alentours de minuit, les plus violentes rafales atteignirent quand même les cent soixante-quinze kilomètres à l'heure.

L'ouragan gagnait en puissance, faisant vibrer portes et fenêtres. Les charpentes craquaient. Ce n'étaient pas les hurlements de ce vent-là qui empêchaient Janet de trouver le repos. Dehors s'amplifiaient les supplications de sa fille. Elle n'y tint plus. Avant de sortir, elle eut le réflexe d'empoigner son ciré dans le vestibule. Au passage, elle saisit aussi celui de Betty, persuadée cette fois de la retrouver. Dès qu'elle en actionna la poignée, la porte d'entrée s'ouvrit à la volée et la projeta en arrière contre la cloison, où elle manqua de s'assommer. Consciente d'avoir provoqué des forces phénoménales, elle tenta de refermer après être sortie, dut s'arc-bouter pour tirer le battant qui pesait des tonnes.

Les nuages défilaient à une vitesse vertigineuse. Janet titubait face aux démons qui lui décharnaient le visage de leurs griffes salées. Elle ne renonçait pourtant pas, certaine qu'au bout de cette furie se trouvait Betty, que là-haut se livrait un combat titanesque entre les forces qui lui avaient ôté sa fille et d'autres, tout aussi occultes, qui avaient entrepris de la lui rendre. Elle parvint sur la côte, se risqua sur un surplomb qui dominait les rochers. La surface de la mer n'était plus qu'un vaste moutonnement. Le vent chargé de sable lui piquetait la peau. Comme pour la punir de sa témérité, l'ouragan forcit encore. Les boutons de son vêtement ne résistèrent pas à ses tentacules qui s'infiltraient par la moindre ouverture afin de la dépouiller, jusque dans ses narines, ses oreilles, ses lèvres pourtant closes. Un coup de boutoir encore plus violent la fit basculer en arrière, elle roula dans une fondrière, perdit connaissance.

11

Ambroise Corignan finissait de nettoyer le système optique. Le vent s'était acharné toute la nuit sans discontinuer avec une violence inouïe. L'épaisseur du sel déposé sur les vitres lui avait donné du fil à retordre. Il jeta un dernier coup d'œil à la cuve de mercure, tout était en ordre. Il était temps d'appeler le Service des phares et balises. Le poste émetteur-récepteur était installé dans la cuisine à cause du vacarme des machines. Florimond suivit son père. Le silence total, même pas les grésillements inévitables quand la liaison était défectueuse. Pour une sacrée tempête, c'en était une…

— T'arrives pas à les joindre ? demanda Florimond dans son dos.

— Ouais, ça passe pas. Ou ils dorment ou ils sont tous morts.

— Tu voulais leur dire pour Betty ?

Ambroise ne répondit pas.

— Je recommencerai plus tard. Retourne donc

avec notre petite sirène. Si elle dort, la réveille surtout pas.

— Si elle dort pas, qu'est-ce que je fais ?

— Rien.

Ambroise hésita.

— Surtout, l'embête pas à lui poser trente-six questions. Elle avait l'air très perturbée tout à l'heure. Laisse-la reprendre ses esprits. Il sera bien assez tôt de parler quand la mémoire lui sera revenue.

Ambroise remonta dans la salle des machines. Florimond s'arrêta dans la chambre. Les portes coulissantes du lit-clos où reposait la jeune fille étaient entrouvertes. Depuis tout à l'heure, elle n'avait pas bougé. A nouveau, il eut peur que son cœur n'ait pas résisté. Retenant son souffle, il écouta, elle respirait paisiblement. Il s'installa sur une chaise à proximité, fier en fait du rôle de garde-malade que lui avait dévolu son père.

Ambroise... Depuis ce matin, il était bizarre. Vivant chez les Desbois, Florimond ne pouvait prétendre le connaître vraiment, mais il n'était pas dans son état normal. Ces doutes par exemple à propos de celle qui reposait à côté. Qui pouvait-elle être sinon Betty ? Son peu d'enthousiasme aussi à rassurer Janet en lui annonçant que sa fille avait été retrouvée, ne serait-ce que pour lui éviter de sombrer dans la démence...

La journée s'écoula lentement. Ambroise et Florimond déjeunèrent sur le pouce. Ils proposèrent un bol de bouillon à la rescapée, elle en avala une cuillerée qu'elle faillit régurgiter aussitôt. Exténué, sachant qu'il devrait encore veiller la nuit suivante, Ambroise se réfugia dans la couchette supérieure afin de faire la sieste. Dans la soirée, il essaya encore de joindre le service, sans plus de succès.

Florimond était trop excité pour se reposer. Après le dîner, il se campa sur une chaise afin de veiller sur sa protégée. Au bout de quelques heures, il finit par s'assoupir, le buste penché en avant, les coudes posés sur ses genoux. Il n'eut pas conscience de glisser de sa chaise sur le plancher. Il rêva encore de papillons, avec des évanescences morbides. Des lumières clignotaient, les insectes ne savaient plus où aller, ballottés dans la tempête. Quentin se tenait à côté de lui, aussi effrayé que son camarade.

Un gémissement. Florimond émergea. Il faisait presque jour, il avait dormi longtemps malgré l'inconfort de sa position. Betty se réveillait.

— Ça va mieux ?

— Qui est là ?

La voix était chargée d'angoisse.

— C'est moi, Florimond, tu sais bien, le fils du gardien du phare où tu te trouves.

— Florimond… balbutia-t-elle.

— Ben oui, Florimond… Ça va faire un an que nous nous connaissons maintenant. T'as pas oublié quand même…

— Faut croire que si.

Allons bon... Ça s'arrange pas...

— Tu as besoin de quelque chose, Betty ?

— Pourquoi tu m'appelles comme ça ?

— Parce que c'est ton nom, tiens ! Comment veux-tu que je t'appelle autrement ?

S'installa un long silence. Puis :

— Je ne sais pas...

— Tu sais pas comment tu t'appelles ! ne put s'empêcher de s'exclamer une fois de plus Florimond malgré les recommandations de son père.

Elle laissa échapper un long soupir.

Ambroise les avait entendus parler. Son pas pressé retentit sur les marches de l'escalier métallique, ses jambes apparurent. A la vue de la jeune fille assise sur le bord de son lit, il marqua un temps d'arrêt.

— J'ai l'impression que ça va mieux. Vous étiez en train de discuter ?

— Oui... Betty a bien dormi.

— Ah... Tu te souviens que tu t'appelles Betty...

Elle secoua la tête.

— Non... Betty, c'est un joli prénom... En attendant que je sache qui je suis, je veux bien m'appeler Betty si ça peut vous faire plaisir...

Ambroise sortit une paire de chaussures en caoutchouc d'un placard.

— C'est certainement trop grand, mais c'est mieux que de te balader pieds nus.

A deux, ils guidèrent la demoiselle dans l'escalier

jusqu'à la cuisine. Pendant qu'elle petit-déjeunait, Ambroise prit son fiston hors de portée de voix.

— Elle t'a rien dit d'autre ?

— Non, elle en est toujours au même point. Elle a perdu la mémoire, mais elle n'a pas l'air cinglée.

— Ça n'a rien à voir. On va lui donner de quoi s'habiller un peu plus décemment. En attendant, rejoins-la et essaie de la faire manger. Elle a besoin de reprendre des forces.

12

La liaison avec le continent fut rétablie dans la soirée du samedi. Les techniciens avaient réparé au plus vite l'antenne endommagée et mis en service les générateurs. La mer serait grosse encore quelques jours. Pas question pour la *Marijo* d'accoster à l'Œil-du-Diable. Les Phares et Balises étaient inquiets au sujet de la tour et de ses occupants bien entendu, mais aussi – et peut-être encore plus – de se savoir en faute... Si quelque malheur s'était produit, quelle inconscience d'avoir laissé la surveillance à un homme accompagné d'un gamin de treize ans !

Florimond venait chercher un verre d'eau pour leur pensionnaire. Il fut le premier à percevoir les grésillements de la radio. Il grimpa illico chercher son père, affairé dans la salle de l'optique.

Ambroise entendait mal, assez toutefois pour deviner le soulagement de celui qui appelait.

— Dieu merci, vous êtes vivants... Vous n'avez pas trop souffert avec la tempête ?

— Ça a cogné dur, mais on est habitués.

— Ici, c'est un véritable carnage.

— A ce point-là ?

— Un ouragan. Il n'y a pas d'autre mot. Un phénomène d'une ampleur exceptionnelle, au dire des spécialistes de la météo. Enfin... spécialistes...

— Ils n'avaient rien vu venir ?

— Penses-tu... A se demander ce qu'ils fabriquent. Payés à se tourner les pouces, si tu veux mon avis.

Ambroise pensait à Janet.

— Sur l'île, il y a des victimes ?

— Pas à ma connaissance, mais le téléphone est coupé et on n'a pas de nouvelles. L'électricité aussi, il va falloir ressortir les bonnes vieilles lampes à pétrole. Les installations n'ont pas trop de dégâts ?

— A première vue, non. La lanterne a fonctionné normalement durant la tempête. Hier matin, j'ai tout nettoyé comme d'habitude. La nuit dernière, aucun problème non plus, tout me paraît en ordre.

— Tant mieux. Il ne faut pas relâcher la vigilance, au cas où ça recommencerait.

— Tu as raison, la mer est encore mauvaise. Et la relève que vous m'aviez promise ?

— Hier matin c'était pas possible. Aujourd'hui ça allait un peu mieux, mais il va falloir encore patienter.

— C'est que j'ai mon fils avec moi. Il doit retourner au collège lundi matin...

— C'est pas la peine de te prendre la tête au

sujet de ton gamin, les liaisons avec Paimpol sont interrompues jusqu'à nouvel ordre. La mer est couverte de débris, c'est trop dangereux de s'y risquer.

Florimond écoutait, campé dans le dos de son père.

— Bon, je vais te laisser…

Le garçon se pencha à l'oreille de son père.

— Betty.

D'un geste agacé, Ambroise lui fit signe de ne pas l'embêter. La liaison fut coupée.

— Betty… Pourquoi tu lui as pas parlé d'elle ?

— Tu as entendu comme moi. Tu crois pas qu'ils ont d'autres chats à fouetter, après le coup de tabac qu'ils ont essuyé ?

— C'est pour Janet. Depuis le temps qu'elle se fait du mauvais sang, ç'aurait été sympa de la rassurer.

— On verra plus tard. Puisque tu te soucies autant de Betty, va donc voir si elle a besoin de rien.

Janet Bridgeton avait été retrouvée au petit jour. Elle gisait dans l'excavation où le vent l'avait projetée au plus fort de la tempête. Les hommes qui la découvrirent pensèrent tout d'abord qu'elle était morte. Bien qu'inconsciente, elle respirait encore. Ils la ramenèrent au bourg, le médecin l'examina. Réchauffée, elle ne mit pas longtemps à recouvrer ses esprits.

— Où elle est passée, Betty ? Tout à l'heure, elle était avec moi.

Le toubib ne comprenait rien.

— Mais qui donc, madame ?

— Qui voulez-vous ? Ma fille, pardi…

— Vous êtes sûre que c'était elle ?

— Je suis quand même capable de reconnaître ma fille ! Je suis sa mère… Faudrait pas me prendre pour une folle.

Un de ceux qui l'avaient secourue se trouvait encore au cabinet. Il haussa les épaules.

— Non, on n'a pas pris le temps de fouiller partout, mais il n'y avait personne. Pas avec elle, en tout cas.

— Qu'est-ce que vous faisiez sur la côte avec une pareille tempête ? demanda le médecin.

— C'est Betty, je vous dis. Elle m'appelait, alors je suis allée la chercher. Sinon, vous pensez bien que je ne serais pas sortie.

— Vous l'avez vue, elle vous a parlé ?

— Comme je vous vois là et comme je vous parle aussi.

Les yeux de la pauvre mère étaient traversés d'éclairs hébétés. Le docteur était au courant de ses égarements, la nuit extrême qu'elle venait de passer n'avait pas arrangé son état mental.

— Je vais vous prescrire un tranquillisant et vous allez vous reposer, vous devez être épuisée. On va vous ramener chez vous.

— Et Betty ?

— Quelqu'un va retourner voir si on la retrouve

à l'endroit que vous nous avez dit, et on la préviendra que vous l'attendez.

Au phare, la rescapée récupérait à une vitesse stupéfiante. Ce soir-là, le gardien ouvrit deux boîtes de raviolis. « Betty » avait faim, même très faim, et ce fut un plaisir de la voir s'alimenter, animée de la volonté de reprendre des forces. Aux petits soins avec elle, Florimond prévenait le moindre de ses gestes. Mais ce n'était pas la seule raison pour laquelle il la fixait. En séchant, ses plaies s'étaient couvertes de croûtes sous lesquelles le jeune garçon s'efforçait de vaincre ses doutes, de croire au miracle. Elle avait enfilé un pantalon deux fois trop grand, serré à la taille par une longueur de corde en guise de ceinture, une culotte bouffante qui lui donnait l'allure d'un zouave. Elle avait troqué le pull contre une chemise de Benoît Apparton, de carrure moins imposante qu'Ambroise.

Soudain, l'estomac révulsé, elle arrêta de s'empiffrer, se leva en portant la main à la bouche. Elle fila par l'escalier descendant au vestibule. Florimond se proposa aussitôt de l'accompagner.

— Laisse-la donc tranquille. Il est des circonstances où une jeune femme préfère être seule.

Elle remonta quelques minutes plus tard et reprit sa place à table.

— Ça va mieux ? demanda Ambroise.

Livide, elle esquissa un sourire d'une tristesse infinie.

— J'ai la tête qui tourne, j'ai vomi, ça va passer.

— C'est normal. Il serait prudent d'aller te reposer.

— Tout à l'heure. Depuis hier je n'arrête pas de dormir, je n'ai plus sommeil.

S'installa un long silence. Les yeux écarquillés, elle contemplait la sauce figée dans son assiette. De temps à autre, ses épaules se soulevaient en un geste impuissant, elle soupirait. Visiblement, elle s'efforçait de remettre de l'ordre dans ses idées, mais son cerveau était noyé dans un épais brouillard. Au bout de quelques minutes, elle prit conscience de l'inconvenance de son attitude, du malaise qu'elle provoquait chez ses hôtes, elle s'extirpa de sa torpeur, les fixa l'un après l'autre avec insistance, essayant encore et encore de se souvenir. Aussitôt Ambroise s'immobilisa. En revanche, Florimond lui adressa un large sourire encourageant, mais aucune lueur ne s'alluma dans les prunelles de la demoiselle, elle baissa les yeux.

Pendant que le père et le fils finissaient de dîner, Betty se plaça devant la fenêtre de la cuisine. L'épaisse vitre était marbrée de sel à l'extérieur. Elle tenta en vain de l'essuyer de la manche de son ample chemise, y colla son front. Dehors la tempête se permettait encore quelques turbulences. Des nuages bas effilochaient de vieux linceuls sur un fond de lactescence morbide. La mer était toujours parcourue de crêtes d'écume, à croire qu'une force mystérieuse continuait à brasser les eaux par en dessous.

Le paysage s'obscurcissait, Ambroise décida d'anticiper l'heure d'allumer la lanterne. Il se dirigea vers l'escalier montant à la salle de l'optique. Florimond se leva aussitôt afin de l'accompagner.

— Tu viens avec nous ? Tu vas voir la lumière du phare, lança-t-il à leur pensionnaire.

— Je veux bien, murmura-t-elle d'une voix morne.

Ambroise soupira.

— En ce cas... Fais quand même attention où tu mets les pieds. Ce serait trop bête de te blesser maintenant.

Le gardien monta le premier. Florimond invita Betty à suivre Ambroise, et lui ferma la marche au cas où sa protégée n'aurait pas la force de gravir les escaliers. Se déplaçant comme une somnambule, elle posait ses pieds au hasard. Le gardien s'occupait déjà de la procédure habituelle, des réflexes incrustés en lui, même dans les circonstances les plus dramatiques. A tâtons, il saisit la boîte d'allumettes, qu'il fallait remettre toujours à la même place en cas de pépin. Le manchon alimenté par le mélange d'air et de carburant ne tarda pas à crépiter. Tenant la main de Betty, Florimond écarquillait des mirettes d'enfant et il s'escrimait à lui faire partager son enthousiasme. Elle observait la manœuvre d'un œil distrait.

— Regarde ! Ça y est ! Tu peux pas savoir comme ça éclaire loin…

Elle acquiesça d'un hochement de tête. Elle avait présumé de ses forces, elle bâilla à s'en décrocher la mâchoire.

— Tu vois bien que tu es fatiguée ! s'empressa Ambroise, comme s'il voulait se débarrasser d'elle. Redescends avec Florimond. Il faut aller dormir.

A contrecœur, il obéit à son père.

— Demande-lui si elle veut boire quelque chose de chaud avant d'aller se reposer ! lança Ambroise tandis qu'ils étaient encore dans l'escalier.

13

Ambroise se prépara à une nouvelle nuit blanche. Son gamin se proposa de le remplacer.

— Demain, j'aurai tout le temps de me reposer. Si le service apprenait que j'ai confié la responsabilité du phare à un gamin de ton âge pendant l'ouragan, ils seraient fichus de me flanquer à la porte.

Il marqua une pause.

— Et ils n'auraient pas tort.

Florimond n'insista pas, content finalement de rester avec la jeune inconnue. Elle s'était installée dans la couchette du haut afin d'être plus tranquille. Quand il se glissa dans la sienne, elle dormait à poings fermés.

La tempête rendit les armes pendant la nuit, sans doute écœurée elle aussi par toute cette gabegie. Au matin, les rochers ne retrouvèrent pas leurs radieuses couleurs. Le soleil lui-même ne hasarda que de timides rayons entre les derniers nuages.

Un ciel de traîne, auquel il ne fallait pas se fier, devaient ronchonner les vieux Bréhatins.

La jeune fille fut la première à ouvrir les yeux. Réveillé par le mouvement au-dessus de lui, Florimond vit apparaître tout d'abord une paire de jambes dans la fente des portes entrouvertes du lit-clos, puis ses hanches sous sa chemise retroussée. La vision ne dura qu'une seconde, mais la houppe du ventre nu le troubla au point d'éveiller son désir, une pulsion physique récente qui le bouleversait. Il attendit que son émoi physique ne soit plus apparent avant d'émerger à son tour. Lui tournant le dos, elle s'apprêtait à enfiler le pantalon qu'on lui avait prêté. Il eut l'occasion de contempler ses reins et, avant que ne les masquent les fronces de tissu, ses fesses lisses et fermes. Décidément, c'était beau, le corps d'une fille...

— Tu as bien dormi ?

Peinant à reprendre ses esprits, elle le dévisagea d'un air étrange.

— Oui, à peu près...

Le jour s'était levé, Ambroise avait éteint la lanterne. De la salle de l'optique, il les avait entendus parler, il s'empressa de descendre. Il affichait la mine des mauvais jours. Il les regarda à tour de rôle. Ses yeux s'arrêtèrent sur la jeune fille.

— Alors ?

Elle ne répondait pas.

— Elle a bien dormi, si c'est ça que tu veux savoir, la suppléa Florimond.

L'attitude d'Ambroise le laissait perplexe.

— Quand est-ce qu'ils vont venir nous chercher ?

— Je sais pas... Pourquoi ? Tu es pressé ? Depuis le temps que tu voulais venir à l'Œil-du-Diable...

— Il n'y a pas moyen de savoir ? insista Florimond.

— Mais si... Je vais les appeler.

— Maintenant ?

— Oui... Maintenant... Tout à l'heure... Enfin, quand j'aurai le temps et que je l'aurai décidé. Il n'y a pas d'urgence. Faut d'abord que je nettoie tout le bazar là-haut.

— C'est pour Janet. La pauvre, elle était si malheureuse d'avoir perdu Betty... Quand elle apprendra la bonne nouvelle, elle va être soulagée.

La jeune fille suivait l'échange.

— Janet ? demanda-t-elle.

— C'est ta mère, fit Florimond. Tu te souviens pas de qui est ta mère ?

Puis il se tourna vers son père.

— Quand Betty va revoir Janet, je suis sûr que la mémoire va lui revenir.

— Tu en sais des choses, toi... marmonna le gardien. Quand t'auras fini de te prendre pour un médecin... Je retourne m'occuper de l'optique et après, promis, j'essaierai de joindre le service.

— Je viens avec toi.

Cette fois, Ambroise s'énerva :

— Non ! Ça suffit, maintenant, de fourrer ton

nez partout. Je sais ce que j'ai à faire. Vous deux, vous restez là jusqu'à nouvel ordre.

La voix avait claqué, le ton était péremptoire. Le regard mauvais, Ambroise les planta au milieu de la chambre. Betty se laissa tomber sur la chaise.

— C'est de ma faute…

— Tu vas quand même pas regretter de ne pas avoir été noyée ?… Je sais pas ce qu'il a. Il est mal vissé. C'est rare de le voir de mauvaise humeur, ce doit être à cause de la tempête.

Le gardien du phare revint une heure plus tard. Toujours aussi maussade. Il descendit à la cuisine, remonta au bout de quelques minutes.

— Tu les as eus ?

— Oui.

Le fils regardait le père, espérant une suite.

— Et alors ?

— Ils cherchent des remplaçants. Ils viendront nous récupérer en fin d'après-midi.

De toute évidence, le cœur n'y était pas.

— Tu leur as parlé de Betty ?

— Oui… Non… C'est pas la peine d'ameuter tout le monde.

— Janet… Ce serait quand même bien de la prévenir.

— Ce sera encore mieux de lui faire la surprise quand on arrivera. Elle n'en sera que plus heureuse.

La vedette se positionna vers dix-sept heures au pied du phare. La mer était encore grosse, le patron

Le Dortz redoubla de précautions, de crainte de se faire drosser contre les récifs. Ambroise expédia la touline, qui atterrit à bon port malgré le vent. Le hale à bord fut embraqué aussitôt entre l'embarcation et la plate-forme inférieure de la tour.

— Aide-moi pour la manivelle, intima Ambroise à son fils.

Il revint à Bertrand Lannuzel de monter le premier, à califourchon sur le ballon. Il était encore fébrile. A la vue de la jeune fille derrière les Corignan, attifée comme un épouvantail, un cri de stupéfaction lui échappa.

— Je croyais que vous n'étiez que tous les deux ? Qu'est-ce qu'elle fait là ?

— On l'a retrouvée au pied du phare, le lendemain de la tempête. Et toi, t'es remis de ta grippe ? biaisa Ambroise.

— Oui... ça va mieux. Vous savez qui c'est ?

— C'est... commença le jeune garçon.

Ambroise le fusilla du regard.

— On sait pas trop, on est sûrs de rien. On verra quand on sera rentrés. A toi, Florimond, de descendre, maintenant.

La demoiselle observait la manœuvre avec une appréhension évidente, mais elle ne protesta pas quand son tour fut venu. Tout au plus trembla-t-elle quand ses doigts se crispèrent autour du cartahu, mais elle ne ferma pas les yeux. Le Dortz eut la même réaction que Lannuzel quand il découvrit la jeune femme. Florimond comprit que son père n'avait prévenu personne. Cette fois, il tint sa langue. Benoît Apparton s'installa sur le ballon. Finalement, sa blessure s'était révélée moins grave qu'il n'y paraissait, le service n'avait pas jugé nécessaire de lui trouver un remplaçant. Il avait quand même la main bandée.

— Fais gaffe de pas faire la même connerie que l'autre jour ! lui lança le patron au moment où il s'élevait dans les airs.

— Ça risque pas, répondit Benoît en se retournant. Une fois, ça m'a suffi.

Il ne restait plus qu'Ambroise à réceptionner. Par moments, le vent glapissait encore et les vagues se creusaient.

— Traîne pas, Corignan, fit Le Dortz en tenant la barre. Je crois bien que c'est en train de se gâter.

Ses paroles furent couvertes par la rumeur de la mer. Le gardien glissa lui aussi sans encombre le long du filin. Déjà le patron mettait les gaz et prenait le large, pendant que les deux hommes de la relève remontaient le hale à bord.

LE RETOUR DE BETTY

14

Janet Bridgeton se tenait droite sur l'embarcadère, face à la mer. On aurait dit une statue dans le vent, ou bien l'une de ces cartes postales sur lesquelles le photographe immortalisait les femmes de marins guettant le retour de leurs époux, dans le style de la Paimpolaise façon Théodore Botrel. De cet endroit elle ne pouvait pourtant voir déboucher la vedette de la relève, obligée de contourner la pointe de l'île avant d'accoster au Port-Clos.

C'était un des gars du Service des phares et balises qui lui avait téléphoné, le dimanche après-midi, afin de la prévenir du retour de son compagnon. Une initiative personnelle, et malheureuse, encore un qui aimait bien Ambroise Corignan et était persuadé de lui rendre service. Il est vrai qu'il ne pouvait deviner que la pauvre mère avait l'esprit chaviré depuis la disparition de sa fille, et encore moins que son état s'était aggravé. Janet avait passé en effet des jours épouvantables depuis le départ d'Ambroise, encore plus délirants après sa divagation la nuit de la tempête. C'était d'ailleurs incompréhensible que le médecin l'ait laissée seule à son domicile. Jamais elle n'avait autant tutoyé la folie. Encore heureux qu'elle n'ait pas commis l'irréparable afin de rejoindre sa fille dans l'au-delà.

Le téléphone sonne, Janet ne réagit pas, son regard vide posé sur le combiné. On insiste, elle décroche. Ambroise rentre dans la soirée, lui dit une voix inconnue. Elle est prise de frénésie.

— Il est parti chercher Betty et il revient avec elle ! J'en étais sûre, mais personne ne voulait m'écouter...

Aux accents de sa voix éraillée, son interlocuteur avait compris qu'il venait de commettre une gaffe. Il était trop tard pour rattraper le coup, elle avait raccroché.

Janet était déjà dans le vestibule. Elle avait quand même eu la présence d'esprit de passer son imperméable, mais elle s'était précipitée comme une folle sans le boutonner, les cheveux au vent. Quelques minutes plus tard, elle déboulait en bas de l'embarcadère, essoufflée, le cœur battant à cent à l'heure. Affichant l'allure d'une mendiante. Il lui restait plus de trois heures à attendre.

En face de Janet se découpaient les côtes du continent, séparées de l'île par un bras de mer d'à peine deux kilomètres. La surface de l'eau frémissait encore. Çà et là flottaient des immondices entre lesquelles il fallait être un bon marin pour louvoyer, des morceaux de caisses, des plaques de tôle, des branches portant encore des feuilles mordorées.

La *Marijo* apparut enfin au large de Men Joliguet. Aussitôt Janet se mit à trépigner sur le ciment ruisselant entre les touffes de goémon arrachées aux rochers. Dressée sur la pointe des pieds, elle cherchait sur le pont du bateau la silhouette tant espérée. Intuition ou prémonition ? Elle était sûre de sa présence. Les vieux Bréhatins à flâner sur l'embarcadère la regardaient se démener comme une possédée. Attendaient la suite. Ils n'avaient rien d'autre à faire que jouer les badauds.

Ambroise n'avait pas desserré les lèvres de toute la traversée. Les yeux baissés sur ses mains, il paraissait compter ses doigts joints sur ses cuisses, serrés au point qu'en blanchissaient les articulations. Perdu dans ses pensées, il ignorait les deux jeunes gens assis face à lui. Qui se taisaient.

Florimond n'était plus sûr de rien, sinon que son père lui cachait un secret de la plus haute importance. Son enthousiasme retombé, malgré sa rousseur et le fait qu'elle soit anglaise, lui aussi entretenait à présent de sérieux doutes quant à l'identité de la demoiselle.

Dans la tête de Betty également, cela gambergeait ferme. Ses idées erraient toujours dans un brouillard épais. Le plus angoissant, c'était de n'avoir la moindre idée de qui elle était. Ces deux hommes s'efforçaient de l'aider, surtout le plus jeune, mais elle avait beau fouiller dans son cerveau, ils restaient pour elle de parfaits inconnus. *Betty*, l'appelait le garçon, avec plus ou moins de conviction. Ce prénom ne lui disait rien. Mais elle n'aurait pu jurer non plus que ce n'était pas le sien.

La police ? Pourquoi pas... Si elle n'était pas la dénommée Betty, ce serait la seule solution. Ils effectueraient des recherches : ils trouveraient certainement trace d'une disparition. Pourtant quelque chose lui murmurait que ce n'était pas la bonne stratégie, un obstacle imprimé dans son subconscient...

Betty ne quittait pas des yeux l'eau entre les rochers. L'onde écumante giflait la coque de la vedette qui jouait au yo-yo au gré des vagues. A force de se creuser la cervelle la titillèrent les premières pointes de la migraine. De toute façon, on allait bientôt accoster. Elle soupira, cessa de se torturer. Au bout du compte, que pouvait-elle faire sinon attendre le déclic ? Alors, il serait temps d'aviser.

La hauteur de la marée permettait d'accéder à la cale n° 2, à mi-chemin entre les deux autres. Même dans l'anse du Port-Clos ça secouait encore, Le Dortz dut s'y reprendre avant de se ranger le long du quai. Les cordes d'amarrage furent passées dans les anneaux rivés de place en place dans le ciment, une à l'avant, l'autre à l'arrière. Florimond s'était levé, il fut le premier à apercevoir Janet. Il lui adressa un signe de la main. Ambroise avait lui aussi reconnu sa compagne. Quel idiot était allé la prévenir de son retour ? Il attrapa la manche de son fiston et le tira en arrière sans ménagement afin de le contraindre à se rasseoir.

— Qu'est-ce qu'il y a ? Je fais rien de mal.

Surpris de la violence de sa propre réaction, Ambroise mit quelques secondes à trouver la réponse.

— Une fois de plus, tu veux aller trop vite, s'empêtra-t-il à voix basse de crainte que la jeune fille ne l'entende. Tu sais combien Janet est perturbée, ce n'est pas le moment de lui provoquer un choc émotionnel trop violent, elle risquerait d'en perdre la raison définitivement…

Sorti de la cabine de pilotage, Le Dortz s'étonna de les trouver encore assis.

— Vous avez pas l'intention de débarquer ? Vous voulez peut-être que je vous ramène là-bas ?

— Non, non… marmonna Corignan. Te tracasse pas, on débarrasse le plancher.

Ambroise n'avait plus le choix. Il se leva, fit signe à Florimond, qui n'osait plus bouger, d'en faire autant.

— Viens, dit-il à la jeune fille.

Le face-à-face était maintenant inévitable. La lumière déclinait, Janet se frotta les yeux, elle n'était pas sûre de reconnaître la silhouette entre les deux hommes. Dans une bourrasque plus forte voltigèrent les mèches de Betty, lui dessinant une crinière léonine. Le cri terrible de Janet fit sursauter les badauds sur le quai.

Ainsi, cette femme débraillée au visage hagard était supposée être sa mère... Betty s'immobilisa, effrayée par l'impression de malheur qui émanait de sa personne. Redoutant à présent d'affronter la vérité, elle retint ses compagnons. Elle passa ses doigts en peigne dans ses cheveux. De la même teinte.

Florimond se tourna vers Betty. Les sourcils froncés, il observait son visage, s'attendant à ce que la mémoire lui revienne.

— J'ai pas que ça à faire... ronchonna le patron. Faut que je reparte à Paimpol. Avec cette chierie de temps, j'aimerais autant que ce soit avant la nuit.

— Viens, maintenant. Tu as entendu, le bateau doit repartir, dit Florimond.

Betty ne bougea pas pour autant. Janet s'avança en tremblant. La bouche entrouverte, elle écarquillait les yeux, trop loin encore pour distinguer les traits sous la chevelure rousse.

Les Bréhatins ne connaissaient de la fille de l'Anglaise que la couleur de sa chevelure. Aussi pensèrent-ils que c'était bien cette fille-là qui s'apprêtait à descendre sur la cale. Mais pourquoi diable était-elle attifée comme un clown ? Ce n'était pas encore le carnaval !

N'osant croire en son bonheur, Janet tremblait de plus en plus. La silhouette de la demoiselle aurait-elle été perdue au milieu d'une foule d'une centaine de personnes, elle n'aurait eu d'yeux que pour elle. Elle s'approcha du bateau, scrutant le visage de la jeune fille.

15

Ambroise gardait un œil angoissé sur les deux femmes qui se dévisageaient à distance. Tout allait se jouer en quelques secondes. La réaction de Janet serait décisive – une mère devait quand même reconnaître sa fille sans la moindre hésitation ! Lui prenant la main, Florimond guida Betty sur le marchepied de l'embarcation. Elle n'était plus qu'à quelques mètres de la compagne de son père.

Janet essuya ses yeux emplis de larmes. De ses lèvres suintait un filet de salive, elle bredouillait des paroles inintelligibles, sans doute des bribes de prière afin que son Dieu n'ait pas la cruauté de l'abuser en la laissant croire en la résurrection de sa fille. Des prières pour que celle qui arrivait soit bien Betty. Après tout, les miracles, n'était-ce pas l'affaire du Tout-Puissant ?

Ambroise se retenait de respirer. La scène se figea. Soudain Janet se précipita et étreignit la jeune fille comme une désespérée. Elle pleurait, hoquetait, reniflait.

— Tu es revenue... Je savais bien que tu reviendrais, ahanait-elle, la voix lourde de sanglots.

Bouleversée par une effusion aussi manifeste, Betty ne savait quelle attitude adopter.

Ambroise se tenait à l'écart, anéanti. La raison la plus élémentaire interdisait d'admettre que cette fille soit Betty Bridgeton. Et pourtant... la certitude poignante de Janet, la démonstration puissante de son amour maternel, lui-même n'était plus sûr de rien. Il secoua la tête. De toute façon, ce serait peine perdue d'expliquer sa méprise à Janet... En pleine crise d'hystérie, elle n'écouterait pas. Ou sombrerait dans la folie.

Janet se désenlaça de la miraculée et, sans lui lâcher les épaules, recula la tête afin de mieux la contempler. Son visage grimaça, elle plissa les paupières, resta bouche bée.

Ça y est, se dit Ambroise. Elle a pris conscience de son erreur...

— Qu'est-ce qui t'est arrivé, ma pauvre chérie ?

Les badauds observaient la scène. Horriblement gênée de se donner en spectacle, Betty était désemparée. Elle ne ressentait aucune empathie filiale pour cette femme censée être sa mère. Janet effleura avec tendresse les croûtes sur sa joue.

— Comme tu as dû souffrir...

— Ce n'est rien, fit Betty en se dérobant. Juste des égratignures.

L'une des curieuses s'adressa à Ambroise : lui et Janet, ils avaient de la chance ! Faudrait pas oublier d'aller prier à l'église afin de remercier le bon Dieu. Et même de mettre un cierge.

— Où est-ce qu'elle était passée ? se permit une autre commère.

Tout ce qu'Ambroise dirait à présent revêtirait une importance capitale. Détromper Janet en présence de cette poignée de curieux ne ferait que compliquer la situation.

— On sait pas trop. Je l'ai retrouvée dans les rochers au pied du phare avant-hier matin, juste après la tempête.

— Mais pourquoi elle était partie ?

Ambroise haussa les épaules.

— Allez savoir ce qui se passe dans la tête des jeunes filles… Elle est tellement fatiguée qu'elle se souvient plus de rien.

La mascarade avait assez duré. D'un signe de tête, il indiqua à son fils la jetée cimentée qui remontait de l'embarcadère.

— Venez, dit-il aux deux femmes. Il est temps de rentrer à la maison.

Ambroise évita le cœur du bourg. Les sentiers étaient pourtant boueux après les violentes pluies des derniers jours, le vent s'époumonait encore par intermittence, cet itinéraire côtier ne faisait que rallonger le trajet, une fatigue supplémentaire pour la rescapée. Conscient de l'anormalité de la situation, Florimond préféra garder le silence.

Le crépuscule assombrissait le paysage. Ambroise marchait loin devant, à grandes enjambées. Les yeux rivés sur le sol, il faufilait ses lourdes chaussures entre les touffes de bruyère de l'automne, faisant crisser au passage les minuscules clochettes. Derrière lui se pressaient Janet et Betty. Alors qu'elle était la plus affaiblie, Janet soutenait sa fille, le bras passé autour de sa taille, trottinant dans les hautes herbes sur le bas-côté afin de lui laisser libre l'étroite bande du sentier. Florimond louvoyait entre son père et les deux femmes, pareil au chien qui ne sait qui suivre, de son maître ou de sa maîtresse, et s'assure sans cesse de la présence des deux en jappant de l'un à l'autre.

La curieuse procession longea la grève de l'Eglise, remonta par le Gardeno avant de rejoindre la maison du Krouezenn. Janet ne pouvait s'empêcher de parler à sa fille, tantôt en français, tantôt en anglais, comme si leur langue d'origine était de nature à souder davantage leurs retrouvailles.

— Ce n'est pas notre maison à vrai dire, expliquait-elle à mesure qu'elles approchaient. C'est celle d'Ambroise, mais je suis sûre que tu vas être contente de la retrouver.

Betty ne répondait pas, Janet continuait :

— Tu n'as peut-être pas envie de me le dire, mais je me demande où tu étais passée durant tout ce temps-là.

Le silence, Janet insistait :

— Toi, il y a quelqu'un qui t'a fait des misères. C'est Ambroise ou Florimond ? Tu sais, tu peux tout me dire, je suis ta mère, et tu peux compter sur moi pour prendre ta défense. Ambroise n'est pas un mauvais bougre, mais il est parfois maladroit, comme tous les hommes.

— Je ne me souviens de rien avant qu'ils m'aient retrouvée parmi les rochers.

Janet haussa les épaules en riant.

— C'est embêtant, mais il ne faut pas te tracasser. Maintenant que tu es avec moi, cela va te revenir, et alors tu me raconteras.

Submergée par la débauche de tendresse aussi sûrement que par les vagues de la tempête, Betty ne répondit pas. Elle n'était plus qu'une marionnette, embarquée malgré elle dans un scénario ahurissant.

Un raidillon précédait la maison du gardien de phare. Le souffle court, Betty avait des jambes de plomb. Ambroise était déjà rendu au but. Il se retourna : les deux silhouettes confondues se déhanchaient au bas de la pente. Il soupira, se redressa, fourragea dans ses cheveux et assura sa casquette, un geste machinal quand il était embringué dans une situation inextricable, mais il n'avait jamais vécu pareil imbroglio. Elles approchaient, pitoyables, leur chevelure rousse collée sur les tempes. Elles se ressemblaient, certes, mais quand même…

Florimond se plaça à côté de son père afin de les attendre. Celui-ci posa une main sur son épaule.

Elles étaient encore trop loin pour entendre ce qu'il avait à lui dire.

— Est-ce que tu crois toi aussi que c'est Betty ?

Le gamin sursauta, leva les yeux vers Ambroise.

— Pourquoi tu me demandes ça ?

— Parce que j'ai besoin de ton avis. Alors ?

— Je sais pas. Au début, oui, mais maintenant, je sais plus. Ou alors elle a bien changé, c'est peut-être possible après ce qu'elle a vécu pendant la tempête.

— Donc tu es d'accord avec moi, c'est pas Betty ?

Le garçon soupira.

— Janet a pourtant l'air de croire le contraire.

— Oui… Mais tu vois bien qu'elle n'est pas dans son état normal. Elle était tellement malheureuse d'avoir perdu Betty qu'elle a envie que celle-ci soit sa fille. Tu es assez grand pour comprendre ça.

— Qu'est-ce qu'on fait alors ?

— C'est pour ça que je voulais te parler. Pour l'instant, on dit rien. Ça ferait trop de peine à Janet de découvrir la vérité. Quand elle ira mieux, j'espère qu'elle se rendra compte elle-même de la confusion.

— Qu'est-ce qu'on fera alors ?

— Je sais pas. Il est fort probable de toute façon que la malheureuse qu'on a recueillie retrouve la mémoire avant que Janet reprenne pied dans la réalité. Alors la décision lui appartiendra.

16

— Voilà, nous sommes arrivés, fit Janet.

Betty se prêtait au jeu avec une docilité surprenante, consciente de la perturbation mentale de la pauvre femme, se demandant si celle-ci n'avait pas raison au bout du compte. Une éventualité qui lui faisait froid dans le dos.

— Tu te rappelles quand même que c'est ici que tu habitais, avec moi, ta maman ?

Betty préféra ne pas répondre, de crainte d'aggraver la détresse de Janet. Celle-ci prit Ambroise et Florimond à témoin. Eux baissaient la tête.

— Vous allez voir que ça va lui revenir, une fois dans sa chambre ! Viens, ma chérie, je vais te montrer.

Déjà elle entraînait l'adolescente, débordant d'une énergie à laquelle rien ni personne ne pouvait résister. Désemparés, le gardien et son fils se retrouvèrent devant le logis. Silencieux. Coincés dans une nasse infernale. Plus un bruit à l'intérieur de la maison.

— Tu dois avoir envie de prendre une bonne douche et de te changer toi aussi, fit Ambroise. Mine de rien, avec ce foutu vent, on est imprégnés de sel comme deux vieilles morues.

Janet se tenait dans la cuisine. Apaisée, elle rayonnait d'un bonheur qui en toute autre circonstance aurait fait plaisir à voir. Elle préparait le dîner.

— Vous avez faim, les hommes ?

— On est surtout fatigués, bougonna Ambroise. On va faire un brin de toilette si t'y vois pas d'inconvénient.

— Je vais cuisiner des pâtes avec des tranches de bacon. Betty adore ça, vous vous souvenez ?

— Demain, il faut que je retourne chez Quentin, intervint à son tour Florimond.

— Tu n'es pas bien avec nous ? s'exclama Janet, désireuse de partager sa joie.

— Si, bien sûr, mais les Desbois doivent se faire du souci. Ils savaient que j'étais dans le phare, et avec la tempête…

— Pour la toilette, vous allez devoir patienter. Betty occupe la salle de bains. Dieu sait dans quelles conditions elle a vécu pendant tout ce temps. Enfin… Bientôt elle sera en mesure de nous le dire.

Pour Janet, la vie reprendrait comme avant. Florimond retournerait chez la femme qu'il considérait comme sa mère. Pour lui aussi, rien n'aurait changé. En revanche, pour Ambroise plus rien ne serait jamais pareil. Il allait vivre des jours difficiles, c'était le prix à payer.

Ses ablutions terminées, la nouvelle Betty descendait les escaliers. Elle avait passé un jean et un tee-shirt de celle dont elle prenait la place. De la voir habillée avec une tenue qui lui était familière, Janet récupérait sa fille pour de bon. En revanche, pour les Corignan père et fils l'inverse paraissait encore plus évident.

— Si vous voulez vous refaire une beauté, ne traînez pas. Le repas va bientôt être prêt et nous on a faim, n'est-ce pas, Betty ?

Janet répétait sans cesse le prénom de sa fille. Pour se persuader que c'était elle ou pour combler le vide sonore des derniers jours ? Ces moments noirs sans personne à qui parler, sauf le fantôme de la disparue, à qui elle s'adressait à voix haute dans ses pics de démence.

Un sourire d'une tristesse infinie. Le silence. Betty se sentait pourtant plus détendue, mais une angoisse sourde la tenaillait, dont elle n'arrivait pas à cerner la véritable raison. Elle se posa sur une chaise du bout des fesses, avec la réserve d'une étrangère.

— Pas là, fit Janet en riant. Cette chaise-là, c'est celle du patron. Il a beau être gentil, il a des principes, il va te tirer les oreilles si tu lui voles sa place.

— Viens, Florimond, fit Ambroise, qui n'en pouvait plus de ce babillage insipide, de cette bonne humeur qu'il recevait comme une torture. Elles doivent avoir beaucoup de choses à se dire.

— Certainement, claironna Janet. Et des choses que vous n'avez pas besoin d'entendre.

Ce fut un dîner singulier. Janet mobilisait une parole que personne n'avait le cœur à lui disputer. Elle causait pour tout le monde, s'adressant en priorité à sa fille, ne la quittant pas des yeux, sans prendre, elle, le temps de s'alimenter alors qu'elle avait l'estomac vide depuis plusieurs jours.

— Mange donc, ma chérie. Tu as besoin de reprendre des forces.

Dans les rares accalmies qu'elle accordait à Betty, Janet interrogeait Ambroise et Florimond sur les jours passés dans le phare. Ressassant des questions auxquelles elle avait déjà les réponses.

— Comme ça, c'est toi qui l'as retrouvée dans les rochers le matin après la tempête ?

— Je te l'ai déjà dit, marmonna celui-ci sans lever le nez de son assiette.

— Encore heureux que tu l'aies vue avant qu'elle ait fini de se noyer. Et elle n'avait rien sur elle, c'est bien ça, n'est-ce pas ?

Ambroise poussa un profond soupir.

— A quoi bon reparler de tout ça... Elle était à poil, oui, si c'est ça que tu veux savoir !

Ignorant la trivialité de la formule, Janet posa la main sur le poignet de sa fille.

— Tu ne sais vraiment pas ce que tu avais fait de tes vêtements ?

Excédée elle aussi, Betty secoua la tête en évitant son regard.

— C'est incroyable. J'espère que tu lui as donné bien vite de quoi s'habiller et que Florimond ne l'a pas vue alors qu'elle n'avait rien sur elle.

Celui-ci piqua du nez.

— Qu'est-ce que ça aurait changé ? s'insurgea Ambroise. Tu crois pas qu'on avait autre chose à penser ?

— Il a raison, se permit la jeune fille. De toute façon, cela ne m'aurait pas dérangée outre mesure.

Janet eut un haut-le-cœur.

— Oooh… Pourtant, tu n'aimes pas ça, d'habitude.

Elle resta silencieuse quelques secondes, imaginant la scène avec dégoût. Elle jetait des regards en coin sur Betty, ne parvenant pas à comprendre son impudeur. Puis elle domina son indignation. Recouvra sa bonne humeur.

— Tu veux encore des pâtes ? Si tu le souhaites, je peux te frire une tranche ou deux de bacon. Il en reste un paquet entier dans le frigo.

— Non, je n'ai plus faim.

— Il faut reprendre des forces, je t'ai dit. Je t'ai préparé ton dessert préféré, de la crème au chocolat.

Janet frétillait sur sa chaise. Le regard encore incertain, sa voix s'éraillait par moments, mais c'était d'avoir trop scruté les ténèbres et de s'être égosillée contre les démons qui lui avaient ravi sa fille. Elle se leva, empila à la va-vite les assiettes, posa les couverts par-dessus. Avant d'arriver à l'évier, fourchettes et couteaux tintèrent sur le carrelage.

— Aidez-moi, aussi, au lieu de rester là à me regarder comme des idiots !

Puis elle s'adressa à Betty en riant :

— Tu vois, ils n'ont pas changé pendant ton absence.

— Laissez, c'est à moi de vous aider...

— Voilà maintenant qu'elle me vouvoie ! Depuis quand une fille ne tutoie pas sa mère ?

— Arrête, Janet, je t'en prie, se permit Ambroise. Tu oublies les épreuves qu'elle vient de traverser. Laisse-la reprendre ses repères.

Janet posait déjà quatre ramequins sur la table.

— Attendez, j'ai oublié les petites cuillers.

Betty goûta la crème du bout des lèvres. La bouche entrouverte, Janet guettait sa réaction. La jeune fille ne paraissait pas enchantée.

— Elle n'est pas bonne ? Trop sucrée, peut-être, ou pas assez de chocolat ? Pourtant je l'ai préparée comme d'habitude, comme tu l'aimes.

— Elle est parfaite, mais je vous... je *t*'assure que je n'ai vraiment plus faim. Je crois que je vais aller me coucher.

Ambroise et Florimond échangèrent un regard entendu.

17

Janet était allongée à côté de son compagnon. Elle n'arrêtait pas de gigoter en silence. Lui feignait de dormir déjà, redoutant qu'elle ne réactive son débit verbal. Et c'est ce qui se produisit.

— Tu ne dors pas ?

Il soupira. Se retint avant de répondre.

— J'étais sur le point de m'assoupir.

— Je voulais te dire...

— Vas-y, je t'écoute maintenant que tu m'as réveillé.

— Non... C'était juste pour te remercier de m'avoir ramené ma fille.

— C'est ce que tout homme sensé aurait fait à ma place.

— Quand même... Tu lui as sauvé la vie.

Sur des charbons ardents, Ambroise pesait chacun de ses mots.

— Faut croire que son heure n'était pas venue.

Elle a quand même eu beaucoup de chance de ne pas être engloutie par la tempête.

— Tu es sûr qu'elle ne t'a rien dit ?

— Rien dit à propos de quoi ?

— De tous ces jours où elle a disparu. Je n'arrive pas à croire qu'elle n'ait plus aucun souvenir.

— C'est pourtant le cas, marmonna-t-il en soupirant plus fort.

Janet n'en tint aucun compte.

— Comment tu peux expliquer ça, toi ?

— Je suis pas médecin. Elle a dû être ballottée par les vagues, roulée parmi les rochers…

— Oui, comme tu viens de le dire, c'est une chance qu'elle n'ait pas été noyée. Mais de là à avoir tout oublié…

— Paraît que ça arrive aux gens qui ont subi un gros traumatisme. En tout cas, c'est ce qui lui arrive, à elle.

Janet réfléchissait, taraudée par l'image de sa pauvre fille en pleine tourmente, nue. Un détail qui la bouleversait au plus haut point. Elle revint à la charge :

— Tu ne crois pas qu'on devrait la faire examiner par un médecin ?

— Pourquoi ? Elle a l'air de récupérer normalement.

— Oui… Mais…

— Mais quoi encore ?

— Elle ne s'est quand même pas déshabillée toute seule. Elle a peut-être été violentée avant d'être jetée à l'eau. Je ne sais pas, moi, mais ce n'est pas normal qu'elle n'ait rien eu sur elle quand tu l'as retrouvée.

— Si elle avait été forcée par un salaud, elle en souffrirait physiquement. Ou alors, c'est qu'elle était consentante.

— Qu'est-ce que tu racontes ! Betty a toujours été sage, ce n'était pas... Elle n'a jamais...

Janet ne trouvait plus les mots.

— Sage, je veux bien, mais tu oublies ce que tu m'as raconté, les véritables raisons pour lesquelles vous avez quitté l'Angleterre...

— Ce n'était pas pareil... Tu sais bien qu'elle n'y était pour rien.

— Il est temps de dormir maintenant, tu veux bien ?

S'ensuivit un long silence. Aucun des deux ne pourrait trouver le sommeil, lui contraint dans son impasse, elle trop exaltée d'être sortie du gouffre. Jusqu'à la disparition de Betty, leur amour n'avait pas faibli, l'été indien, davantage de tendresse que de fougue, mais toujours autant de plaisir au bout de l'étreinte. Rassérénée, Janet se crut obligée de renouer avec Ambroise, par désir mais aussi afin de le remercier d'avoir sauvé sa fille. Elle se tourna sur le flanc, se glissa tout près de lui.

— Je me sens bien avec toi, tu sais, murmura-t-elle à son oreille.

Il eut pitié d'elle, passa un bras par-dessus ses épaules. Les lèvres de Janet s'épanouirent aussitôt au creux de son aisselle, tandis que sa main descendait vers son ventre en l'agaçant de ses ongles. Des avances auxquelles d'habitude il n'était pas insensible, mais il ne la désirait pas, pas le moment, pas le cœur à faire l'amour. Il bloqua son poignet.

— Non, s'il te plaît. Pas ce soir...

— Pourquoi ? Tu ne m'aimes plus ?

— Je suis fatigué, je t'ai déjà dit. C'est encore trop tôt après tous les événements que nous venons de vivre, tu crois pas ?

Déçue, elle retira sa main, se tourna en un mouvement brusque vers l'autre côté. Il ne fit rien pour la retenir.

Dans la chambre voisine, Betty gardait les yeux grand ouverts. Elle s'efforçait de provoquer l'éclair qui dissiperait la brume, de soulever la chape de plomb qui lui obturait l'esprit. Depuis quarante-huit heures, les événements lui avaient déferlé dessus en une cascade infernale. Des rochers au pied du phare, la voilà parachutée dans une cellule familiale qu'une femme à moitié folle s'acharnait à lui faire intégrer à tout prix. Où malgré sa bonne volonté ne lui apparaissait aucun repère. Que les deux hommes ne lui rappellent rien, quoi de plus normal ? Si elle avait bien compris, elle n'était supposée les côtoyer que depuis un an, mais sa prétendue mère... Si celle-ci lui faisait pitié, avec sa profusion de tendresse, ni la profondeur de son regard ni les accents de sa voix n'éveillaient chez la jeune fille le moindre souvenir, ni la moindre compassion.

Betty était encore plus inquiète à son propre sujet. Quelle angoisse terrible de ne pas savoir qui elle était ! Même pas son âge. Allait-elle rester désormais prisonnière de l'enveloppe d'une étrangère, endosser la personnalité qu'on lui imposerait ? Si elle ne recouvrait pas la mémoire, serait-elle contrainte de se reconstruire avec un cerveau de nouveau-né ?

Elle ferma les yeux. Derrière ses paupières se pressèrent aussitôt d'autres images, tout aussi angoissantes. Qu'elle soit Betty ou non, le corps dans lequel se débattait sa conscience était le sien. Or elle s'était retrouvée en pleine nuit dans le plus simple appareil... Une angoisse terrible : avait-elle été violée ? Elle glissa la main au creux de son ventre. Si elle avait été forcée, elle devrait avoir encore mal, mais elle ne ressentait rien. Aucune douleur, en tout cas.

Le sommeil se refusait avec obstination. Betty se leva. Evitant de faire craquer le plancher, elle se dirigea vers la fenêtre dont elle écarta le rideau. La tempête s'était calmée, mais du paysage sous la nuit émanait une tristesse infinie, un champ de bataille après un combat dévastateur. A travers l'oscillation des pins scintillait le miroir plus clair de la mer, constellé de points noirs, les rochers, les écueils.

Une île. Un territoire restreint par définition. Une prison ?

La gorge sèche, soudain fébrile, Betty s'appuya

au mur de crainte de chanceler. Une barre douloureuse lui bloquait la respiration. Et si tous ces gens-là s'étaient mis d'accord pour lui jouer une atroce comédie afin de la persuader d'être la fille de cette Anglaise, pour la simple raison qu'elle aussi était rouquine ?

L'évidence devenait flagrante… La dénommée Janet – mais était-ce son vrai nom ? – en faisait trop pour être sincère, *ma chérie* par ci, *ma petite fille* par là, *tu ne te souviens de rien ?…* Le gardien de phare et son fils, c'était du pareil au même. Ces deux-là affirmaient l'avoir découverte dans les rochers, mais rien ne prouvait qu'ils disaient la vérité. Ses ecchymoses pouvaient très bien être le résultat des violences qu'ils lui avaient fait subir. Ils la déshabillent, ils la violent. Prenant conscience de leur abomination, ils n'ont pas toutefois le courage de l'éliminer. Alors ils la droguent – il existe, paraît-il, des substances qui annihilent la mémoire, qui décérèbrent ceux qui les ingurgitent et permettent d'abuser d'eux à sa guise.

Un autre détail renforça sa suspicion : elle n'avait pas eu loisir d'inspecter la maison, mais elle n'avait vu aucune photo de la dénommée Betty. Dans les pièces de vie commune, après tout, pourquoi pas ? Mais une jeune fille de son âge – dix-sept ans, si elle avait bien entendu – accroche toujours au mur de sa chambre un cliché de son minois, pose un de ses sourires encadrés sur sa table de chevet ou sur la commode. Là, rien. Comme par hasard, aucun cliché de la demoiselle qu'on voulait qu'elle soit.

L'oppression, l'angoisse… S'enfuir, mais pour aller où dans la nuit ? Demain, aux premières lueurs du jour… Elle s'obligea à respirer lentement.

Soucieuse de liberté, Betty ouvrit la fenêtre. Aussitôt l'assaillit la rumeur sourde de la houle, un ronflement continu et monocorde. La brume noyait le paysage. Achevant son angoisse, à intervalles réguliers retentissait le hurlement lugubre d'une bête blessée. Au loin apparurent des silhouettes fantastiques, leurs ombres se rapprochaient, s'élargissaient. Prise de panique, Betty porta les mains à ses lèvres pour s'empêcher de hurler. La chambre se mit à vaciller, les ténèbres se déployèrent jusqu'à la submerger, elle tituba jusqu'au lit avant de perdre connaissance.

18

Betty se réveilla avant l'aube, pas certaine d'avoir dormi en fait. Un peu quand même. Pour preuve, elle avait fait des cauchemars ; elle le savait aux battements sourds de son cœur, à sa gorge sèche comme un lendemain de bamboche, à sa chemise de nuit trempée de sueur alors qu'il faisait frisquet.

Des cauchemars, une faculté curieuse pour un esprit déserté, forcément construits de souvenirs antérieurs. Elle se concentra afin d'en exhumer le contenu, mais, hormis la certitude d'en avoir été victime, aucune image ne remonta de la sépulture qui lui faisait office de cerveau.

Betty resta un long moment assise sur le bord du lit, les épaules voûtées, les jambes ballantes, les mains posées sur le bord du matelas au bout de ses bras tendus. Elle s'efforça de faire le point. Elle se rappela avoir été victime pendant la nuit d'un délire de persécution. Un gardien de phare, son fils, un ado plutôt benêt, une Anglaise dont la fille avait disparu, quel intérêt auraient ces gens d'apparence ordinaire à lui vouloir du mal ? Ou alors pour quelles mystérieuses raisons ?

La chambre présentait un ameublement simple, ni laid ni joli, une commode et une armoire en bois clair, une tapisserie bleu pastel, dont elle se demanda si c'était sa couleur d'origine ou si elle était délavée. Peu de choses en fait. Une tenture quand même, qui masquait la fenêtre et dont les embrasses pendouillaient contre le mur. Un tissu aux grandes fleurs, comme on les aimait naguère. Jadis, naguère, des termes appris tant bien que mal pour une Anglaise, mais bannis de sa conscience, vidés de leur signification – son champ rétrospectif se limitait à avant-hier... Un constat rassurant cependant : possédant encore la mémoire des mots, elle n'était pas amputée de la faculté du langage. Tout espoir n'était pas perdu.

La chemise la gênait, le sentiment odieux que lui collait à la peau la pelure d'une autre. Elle la fit passer par-dessus sa tête, la bouchonna et l'expédia au pied du lit. Une glace murale occupait l'encoignure à droite de l'armoire. Elle se leva, s'observa, détailla ce corps qu'elle ne reconnut pas davantage. Du bruit à travers la cloison, la chambre contiguë était occupée par Florimond. Un gamin gentil, qui la regardait avec de grands yeux niais. Il n'habitait pas chez son père. Une situation étrange, mais existait-il dans cette famille quelque chose qui ne le soit pas ?

La salle de bains se trouvait sur le palier. Betty jeta un coup d'œil dans l'armoire, s'emmitoufla dans un peignoir, fragile à présent dans sa nudité. En sortant, elle tomba nez à nez avec Florimond. Celui-ci baissa les yeux, l'air gêné. Coupable ? se demanda Betty.

— Tu... as bien dormi ? balbutia-t-il.

— Moyen. J'ai fait des cauchemars.

— Ah bon ? Lesquels ?

— Je ne sais pas. Ils sont partis rejoindre mes autres souvenirs, envolés, évanouis, évaporés.

— Tu te souviens toujours de rien ?

Elle haussa les épaules.

— Même pas de ce qui s'est passé la nuit de la tempête ?

La remarque intrigua Betty : pourquoi précisément cette nuit-là ?

— Non. Pour l'instant, c'est toujours le vide absolu. Je peux faire ma toilette si ça ne te dérange pas ?

— Bien sûr. Mon père et Janet doivent déjà être en bas. Ce sont des lève-tôt, surtout mon père, à cause du phare.

Ambroise avait mal dormi lui aussi, un bol de café vite fait, une tartine de pain à peine beurrée. Pas le temps de s'asseoir, envie de voir personne, besoin d'être seul pour faire le ménage dans sa tête. Janet dormait encore quand il s'était levé, il s'éclipsa avant qu'elle ne sorte de la chambre.

Après s'être douchée, il revint à Betty de choisir les vêtements qu'elle allait enfiler. Elle explora l'armoire, elle n'avait que l'embarras du choix. Dans la penderie de jolies robes trahissaient une coquetterie évidente, mais de toute évidence elle ne s'y sentirait pas à l'aise. Les étagères derrière l'autre porte débordaient de tenues plus décontractées, pantalons, shorts pour l'été, tee-shirts à profusion, ornés de motifs originaux, très colorés ou d'une sobriété exemplaire. Le jeans de la veille et l'un des tee-shirts, ce serait très bien. Des sous-vêtements, difficile de s'en passer. Le soir précédent, elle avait puisé dans le tiroir de la commode sans réfléchir. Soigneusement pliés et rangés, les petites culottes se trouvaient d'un côté, les soutiens-gorge de l'autre. Elle les compulsa comme les livres d'une bibliothèque. Deux ou trois strings, des dentelles transparentes, en rupture avec le portrait pudique que Janet avait dressé de sa fille au cours du dîner, de sages cotonnades plus conformes.

Betty se retenait de respirer, espérant que de ces chiffons si délicats entre ses doigts sourde quelque souvenir, éprouvant le sentiment de violer le jardin secret d'une inconnue. La crainte aussi d'être souillée par les humeurs intimes d'une autre femme.

Janet préparait le petit déjeuner de sa fille. Radieuse, soulagée d'avoir reconstitué sa petite famille. Sa première question, en anglais, fut la même que celle de Florimond. Cette fois, Betty mentit : elle avait passé une bonne nuit.

— Tant mieux. J'étais sûre que tu retrouverais tes marques avant longtemps. Tu as bien fait de t'habiller comme hier soir. Décontracté, c'est ce qui te va le mieux.

Janet prit sa fille par les épaules, elle inspecta son visage, Betty lui dérobait ses yeux.

— Tes égratignures sont en train de cicatriser. Encore un jour ou deux, et il n'y paraîtra plus.

Soudain, Janet s'immobilisa, son visage se figea. Malgré sa certitude inébranlable, un doute venait de lui traverser l'esprit.

— Ton bras, murmura-t-elle.

Betty la dévisagea, se demandant ce qu'elle voulait.

— Tu as toujours ta petite rose ?

— Une rose ? Quelle rose ?

— Eh bien, eh bien... La tache de naissance en haut de ton bras droit. Tu sais bien quand même, tu ne veux pas me la montrer ?

Intriguée, Betty remonta la manche de son tee-shirt. Se souvint alors d'avoir été blessée aussi en cet endroit.

— Qu'est-ce qui t'est arrivé ?

— J'ai dû m'écorcher dans les rochers pendant la tempête. D'ailleurs il va falloir changer mon pansement.

Janet bondit sur l'occasion.

— Bien sûr. Attends-moi là, je vais m'en occuper.

Betty se laissa tomber sur une chaise, saoulée par cette compassion qui reprenait de plus belle. Déjà revenait Janet, avec de quoi la soigner. Elle décolla avec douceur la longueur d'adhésif.

— C'est Ambroise qui t'a posé ça ?

— Oui...

— Ça se voit.

Sur plusieurs centimètres, la peau avait été arrachée. Il était impossible de vérifier s'il existait un quelconque nævus en cet endroit.

— C'est dommage, c'était une toute petite rose, très jolie, fit Janet en découpant une nouvelle longueur de sparadrap et un carré de gaze stérile. Tu te rappelles pas ?

Cette fois la jeune fille ne put masquer son agacement.

— Non. Je ne me souviens toujours de rien ! Pas la peine de me le demander toutes les cinq minutes.

Sans s'offusquer, Janet finit de poser le pansement.

— Ne t'énerve pas, je te comprends. Mais j'ai tellement envie que tout redevienne comme avant, rien de plus. Tu as faim, je suppose ?

Betty s'obligea à faire bonne figure.

— Si on veut. Je suis encore barbouillée après...

Elle ne trouva pas les mots.

— Après quoi ?

— Je ne sais pas... Après le temps que j'ai dû passer dans l'eau, toute celle que j'ai avalée.

— Mange ce que tu veux, je t'ai préparé des œufs et du bacon.

Finalement, Betty s'alimenta de bon appétit. Elle ne traîna pas dans la cuisine après avoir débarrassé la table et rincé son bol. Besoin de s'enfuir de cette maison.

— Je vais me promener.

Aussitôt la mine de Janet se renfrogna.

— Tu es sûre ?

— J'ai envie de prendre l'air, de me remuer un peu.

— Tu n'as pas peur de t'égarer avec ta mémoire qui te joue des tours ?

— De toute façon, nous nous trouvons sur une île si j'ai bien compris. Au pire, j'en ferai le tour.

— Fais attention sur la côte. Il y a des endroits dangereux. S'agirait pas de te blesser de nouveau dans les rochers.

Betty promit de ne pas commettre d'imprudences. Au moment où elle ouvrait la porte, Janet la rappela :

— Prends ton ciré, des fois qu'il se mettrait à pleuvoir !

19

Betty se sentit aussitôt soulagée de s'être extirpée des murs qui l'étouffaient. Elle se retourna, la maison du gardien n'avait pourtant rien d'une unité carcérale, banale, du genre plutôt coquette même, de ces pavillons que la plupart des gens qualifieraient d'accueillants. A droite de l'entrée, sous la mansarde de Betty, se situait la cuisine. Le rideau de la fenêtre était soulevé en oblique à mi-hauteur. Dans la pénombre ainsi dévoilée se dessinait la silhouette de Janet. Le pan de dentelle retomba aussitôt. Tiens donc... se dit la jeune fille. On dirait qu'elle est en train de me surveiller. De m'espionner ? Elle ressentit le désir impérieux de s'éloigner.

Hors de vue, Betty s'obligea à vider ses poumons, les remplit à ne plus rien pouvoir inhaler ; elle retint sa respiration jusqu'à éclater ; le sang lui monta au visage et lui battit aux tempes ; des papillons grisâtres et rougeâtres voltigèrent au fond de ses globes oculaires. Alors, d'un coup, elle relâcha sa tension en se pliant en deux en avant. Elle ravala la nausée qui lui remontait dans la gorge... Elle se demanda aussitôt la raison d'un exercice aussi singulier, désagréable en tout cas. Ce n'était pourtant pas la première fois qu'elle s'y livrait, des réflexes d'avant – une manie d'adolescente à tendance maso ? –, son corps gardait une mémoire imprimée en dehors de sa conscience.

La jeune inconnue partit à l'exploration du territoire où elle était censée avoir vécu. Les routes étaient jonchées de branches arrachées aux arbres, des hérissons d'aiguilles de pin roulaient encore sur la chaussée et sur les bas-côtés. A nouveau s'imposa l'impression de la nuit précédente, un paysage dévasté, un spectacle de désolation. En coïncidence avec l'état de son cerveau ? Le vent et la pluie lui avaient-ils lessivé les méninges en y pénétrant par ses oreilles ?

De quel côté diriger sa déambulation ? Betty espérait que l'instinct d'orientation commun à toutes les espèces animales guiderait ses pas et lui révélerait des lieux familiers. Les routes, les bosquets, les vallonnements vers la mer dont s'enflait la rumeur, le décor restait toujours aussi opaque.

Betty emprunta la route du nord. Bientôt un panneau lui indiqua *Pont-ar-Prad.* Une langue étrangère, ni du français ni de l'anglais. Un pont toutefois, un moyen d'élargir ses horizons – de s'évader ? Elle ignorait qu'il s'agissait du passage obligé entre deux pièges, Bréhat du Sud, Bréhat du Nord, deux territoires étriqués entourés d'écueils acérés qui lui interdisaient de s'échapper.

Un univers différent. Les paysages s'élargissaient, devenaient des landes aux ajoncs emmêlés de fougères. S'y faufilaient de place en place des sentiers nervurés d'arêtes rocheuses et de racines torses, ou des sentes à peine visibles, pratiquées par les lapins de garenne ou des promeneurs peu scrupuleux de l'environnement et qui coupaient au plus court d'une côte à l'autre.

La partie septentrionale paraissait épargnée par la tempête. Du moins, faute d'arbres à écheveler, ses exactions en étaient-elles moins perceptibles. Très vite essoufflée, Betty se réfugia dans l'une des échancrures qui morcelaient l'estran, grignoté à pleines dents par de gigantesques rongeurs marins.

Au large, des bateaux jouaient à cache-cache derrière les îlots. Betty pressait son cerveau de toute la force de sa volonté, de la même façon qu'elle aurait procédé avec un citron pour en faire exsuder le jus. Assise à même les galets usés qui truffaient cette partie nord de la côte bretonne, elle s'imprégnait du décor. Les passes étaient éclairées d'une lumière diaphane, l'automne mordorait le gigantesque chaos de teintes chaudes. Déplacées par les nuages, des ombres rougeâtres et mauves couraient entre les îlots. Les blocs de granit étaient empilés en un équilibre défiant la raison. S'y dessinaient des faciès burinés de boucaniers, de corsaires ou de pirates, peu importe, pétrifiés en pleine action, ils se ressemblaient tous d'avoir bourlingué des siècles durant avant d'échouer dans ce cimetière paradisiaque.

Betty laissait vagabonder son imagination. Des pareilles roches avaient à coup sûr été accumulées là par quelque fée soucieuse de séduire les aventuriers en errance au milieu des flots. Ou alors c'était l'œuvre maléfique de sinistres sorcières, afin de mieux tromper leurs naïves proies et de les attirer dans le dédale de leurs canines aiguisées. Par quelque force occulte, de toute façon. On les aurait dites saupoudrées d'or – du lichen en fait, des parmélies répondant au nom savant de xanthories. Un décor aussi mirifique ne s'oublie pas – Betty était persuadée de ne l'avoir jamais contemplé.

Elle eut tout à coup la sensation d'une présence dans son dos, juste au-dessus d'elle. Retenant son souffle, elle évita de bouger, se croyant en danger. L'impression persistait sans que personne ne se manifeste. Elle se leva, fit volte-face dans le même mouvement. Une ombre furtive disparut à travers les buissons d'épines-vinettes et de prunelliers, puis s'éloigna le crissement caractéristique des fougères écrasées par un pas pesant.

Le cœur lui battait la chamade, une sueur huileuse lui mouillait le dos. De quoi ou de qui Betty devait-elle avoir peur ? L'étrange angoisse ne se dissipait pas. Au bout de quelques secondes, elle la mit sur le compte de la tension de ces dernières heures. Se souvint de sa paranoïa de la veille. Le soleil entre les branches, ou un promeneur en train de contempler le paysage, rien d'autre. En tout cas, rien de nature à l'alarmer de la sorte.

Betty se calma. Une telle féerie inclinait à la mélancolie, les larmes lui montèrent aux paupières. Elle s'allongea sur une langue de sable, ferma lentement les yeux, laissant la brise lui caresser le visage. Autant son sommeil avait été agité la nuit précédente, autant elle éprouva aussitôt une profonde sérénité. Elle coula dans une douce somnolence où enfin les cauchemars la laissèrent en paix.

Combien de temps dormit-elle ? Une heure, ou deux. Un petit vent frisquet la réveilla. Elle se redressa, regarda autour d'elle, personne. Elle n'avait pourtant pas été abusée avant de s'assoupir. Un homme la suivait en effet, et il était revenu sur ses pas après avoir failli être surpris. Il n'avait cependant pas osé descendre, tentant de discerner le visage de la jeune fille à travers les buissons afin d'en détailler les traits. Il n'en avait pas eu le temps. Quelqu'un dans le sentier. Il s'était aussitôt accroupi afin de se dissimuler : une silhouette lourde, trapue. Un inconnu, mais hormis Betty et Janet, il ne connaissait personne sur Bréhat, pour la simple et bonne raison qu'il n'y avait jamais mis les pieds. Il préféra lever le camp avant que sa présence ne soit éventée une seconde fois.

Ambroise Corignan tentait de calmer la tempête dans son crâne en allant au bout de ses forces physiques. Lui n'avait pas aperçu le voyeur. Il déboucha à l'aplomb de la demoiselle au moment où celle-ci remontait de l'estran. Trop tard pour l'éviter. Il lui adressa un sourire gêné. Celui avec lequel elle lui répondit n'était guère plus naturel. Muets tous deux, chacun observait son vis-à-vis, chacun fouillant dans sa mémoire. Ce fut Ambroise qui rompit le silence :

— Vous vous promenez ? demanda-t-il gauchement.

Il la vouvoyait alors qu'il l'avait tutoyée jusque-là. Un détail qui fit froncer les sourcils à la jeune fille.

— Je visite les lieux que je devrais connaître.

— Oui… C'est le meilleur moyen pour que la mémoire vous revienne.

— Si elle doit me revenir un jour…

— Ça finira bien par arriver. Sinon, il faudra consulter un médecin. Il existe certainement des médicaments pour le trouble que vous rencontrez.

— Avant de devenir complètement folle sans doute…

— Ce n'est pas ce que je voulais dire.

Ils restèrent un moment silencieux.

— Vous avez peur de perdre la raison ?

— Par moments j'ai l'impression d'avoir été droguée.

Elle le fixait avec une attention soutenue, essayant en vain de capter son regard.

— Quelle drôle d'idée… Par qui ?

— Je ne sais pas. Par celui ou ceux qui m'ont déshabillée avant de me jeter à la mer.

— Vous pensez qu'ils étaient plusieurs ?

— Je ne sais pas, je dis ça comme ça. C'est juste une hypothèse...

Une question taraudait la demoiselle :

— C'était vous qui me regardiez, tout à l'heure ?

— Quand ça, « tout à l'heure » ?

— Je ne sais pas, je me suis endormie entre-temps. Il y a une heure ou deux.

Ambroise lui adressa un regard intrigué.

— Ici ?

— Oui... Pendant que je me reposais sur la plage en contrebas.

— Si j'avais été à vous regarder, je vous aurais signalé ma présence. De toute façon, ce ne peut être moi, je viens de remonter de l'embarcadère, je suis allé voir les dégâts commis par la tempête. Par la même occasion je suis passé vérifier si mon canot n'avait pas trop souffert.

— Ah ! Donc ce n'était pas vous...

— Pourquoi, il y avait quelqu'un à vous surveiller ?

— Je ne suis pas sûre d'avoir bien vu.

— Allons, vous vous faites des idées... Je vais rentrer. J'en connais une autre qui ne va pas tarder à se faire du mouron si on la laisse seule trop longtemps. Janet a failli devenir folle pendant ton absence. Si je peux me permettre, ne la fais pas attendre trop longtemps. Sinon, elle va croire que tu as disparu une fois de plus, et elle risque de sombrer de plus belle.

Il la tutoyait à nouveau, s'adressant à la Betty que Janet considérait comme sa fille. Elle se demanda qui elle était au bout du compte, l'Anglaise qu'il vouvoyait ou celle qu'il tutoyait ?

— Rassurez-la. Dites-lui que vous m'avez vue et que j'ai encore besoin de me détendre. Qu'elle n'a pas d'inquiétude à se faire. Ou ne lui dites rien, ce sera mieux.

Lassée de jouer la comédie, Betty planta Ambroise et reprit son exploration de l'île.

20

Dans la partie nord, moins étendue que sa sœur méridionale, les habitations se raréfiaient. N'apparaissaient par-ci par-là que quelques toits entre les houppiers des arbres qui ceignaient l'enclave de riches propriétaires. Ceux-ci, îliens du Sud ou du Nord, tous les touristes les enviaient. Paisibles hors saison, grouillantes d'une foule bigarrée du printemps jusqu'à la fin de l'automne – jusqu'à six mille cinq cents visiteurs certains jours d'été quand même –, les îles de Bréhat offraient en effet aux visiteurs occasionnels une vision de rêve ; pour les résidents à temps plein, s'avéraient-elles aussi hospitalières les longs mois d'hiver ?

Les voitures étant interdites, les autochtones devaient se déplacer à pied ou à vélo tractant une carriole jusqu'aux rares commerces, parfois achalandés avec parcimonie, peu ou prou de distractions pour les adolescents, n'ayant d'autre choix que de prendre le bateau chaque matin, parfois avant l'aube, sur l'une des cales exposées au vent et aux embruns, pour se rendre au collège ou au lycée de Paimpol, ou d'y être pensionnaires. Les Bréhatins insensibles depuis longtemps aux clichés touristiques ? Ce n'était pas impossible et pourtant, pour rien au monde, aucun d'entre eux n'aurait déménagé… Ils avaient leur île au fond des yeux et aussi ancrée dans le sang que les gènes ancestraux.

Florimond et Quentin faisaient partie de ces jeunes gens. Le collège de Paimpol, les deux ados l'aimaient bien, ils ne se plaignaient pas trop de ce régime d'allers-retours quotidiens, sauf peut-être les rudes matins où la vedette s'amusait à jouer les balancelles dans les vagues arrogantes. Ils seraient entomologistes ! Une lubie commune, décidée comme ça, sur un coup de tête un soir où les papillons pullulaient dans la maison du fantôme, attirés par leur feu dérisoire comme les navigateurs par le phare de Corignan. Sans se poser la question de savoir si c'était un vrai métier ni, si c'était le cas, des études à entreprendre. Depuis la tempête, ils ne s'étaient pourtant plus risqués dans la masure en ruine.

Florimond et Quentin étaient donc frères de lait, une cocasse façon de désigner une parenté de circonstance, tant ils étaient différents. A croire que les mamelles de la mère nourricière ne leur avaient pas prodigué les mêmes vitamines. Bien sûr, ils ne s'étaient pas privés des inévitables frictions entre jeunes coqs à mesure qu'ils grandissaient. Un coup d'ergot et de bec par-ci par-là, et les voilà réconciliés, appliqués à chercher un compromis sans que la fierté de l'un comme de l'autre y laisse trop de plumes.

Florimond était le plus futé, Quentin davantage terre à terre, plus primaire pourrait-on dire. Ils se protégeaient mutuellement, l'un d'avoir le verbe facile, l'autre les muscles éloquents quand les mots du premier ne suffisaient pas à régler le conflit avec un troisième larron. Ou face à une flopée de petits cons qui les traitaient de pédés.

La personnalité de Louise Desbois n'était pas étrangère à cette complicité plus indéfectible que s'ils avaient été utérins : de tempérament consensuel, sans jamais se fâcher pour de bon, elle avait réussi à leur inculquer que la colère et la force étaient les pires ennemies de l'amitié. Que les horreurs verbales laissaient autant de cicatrices que les brutalités physiques.

L'arrivée de Janet Bridgeton et de sa fille avait cependant modifié la donne. Betty avait fait irruption dans leur camaraderie alors que les titillaient déjà les incertitudes de l'adolescence. D'emblée s'était immiscée entre eux une forme de jalousie, sans que ni l'un ni l'autre en ait conscience. La jeune Anglaise était jolie, bien fichue sans appas outranciers, sa rousseur accentuait son côté mystérieux. Les troublait.

Florimond détenait un avantage : avec Betty, ils étaient presque d'une même famille, sans pour autant qu'une éventuelle relation entre eux présente un quelconque caractère incestueux. Quentin la trouvait lui aussi fort à son goût, il aurait volontiers inscrit son nom sur le carnet de bal. Bref, ni l'un ni l'autre ne se privaient de la lorgner comme lors de leur première rencontre, le jour du bal du 14 juillet sur la place du bourg.

Contrairement à ce qu'avait affirmé Janet à Ambroise, sa fille n'avait pas apprécié de se faire aborder par une paire de loustics aux sourires maladroits et qui évaluaient en douce ses avantages naturels avec l'espoir de les caresser le moment venu, sinon de leurs doigts, du moins de leurs yeux. Le peu de jours que Florimond passait chez son père, il eut l'occasion de vérifier la pudeur maladive de la demoiselle. N'ayant aucune expérience dans le domaine amoureux, il se dit que ce devait être un trait féminin commun aux adolescentes. Il avait compris que ce n'était pas une attitude normale le jour où elle avait failli l'égorger avec une paire de ciseaux. Il avait fait part de sa mésaventure à son camarade, ne serait-ce que pour le mettre en garde. Un moyen aussi de se la réserver en ôtant toute illusion à son unique rival.

Betty mit une bonne demi-heure pour rejoindre l'extrême pointe nord de l'île. Elle découvrit alors le phare du Paon fiché sur les rochers, auquel ne menait qu'une étroite allée cimentée, défoncée de place en place par les assauts des tempêtes.

Un phare, un autre phare, se dit-elle, une silhouette trapue, un édifice plus accueillant que celui au pied duquel elle avait échoué. Elle s'y hasarda, gravit l'escalier menant à l'esplanade sur laquelle était posée la tour. Le sol était constitué d'un curieux assemblage de galets ronds fichés sur la tranche dans le ciment et dessinant des arabesques, fruits du hasard ou de la fantaisie des maçons. Un muret courait tout autour afin d'assurer la sécurité des promeneurs. Malgré son extrême désarroi, Betty fut de nouveau impressionnée par la beauté du site. De là elle dominait un chaos du plus bel effet. La mer attaquait sans cesse les rochers, même par grand soleil et sans vent notoire, une lutte grandiose et inlassable, vouée par avance à la défaite pour les deux belligérants.

Betty restait là, immobile, hors du temps, en proie à une nouvelle phase de prostration, où son cerveau lui semblait d'une vacuité extrême. Elle épluchait le paysage, en vain. Au loin, vers le sud, se dessinait la tour du phare du dénommé Ambroise. Comment s'appelait déjà cette pointe orgueilleuse qui se hissait afin de percer la nue ? L'Œil-du-Diable. Elle fut fière de s'en souvenir, sa mémoire n'était pas complètement hors service.

Les nuages voilèrent le soleil en quelques secondes, transformant en aussi peu de temps la palette étalée sous ses yeux. De la même façon, les machinistes au théâtre donnent l'illusion de changer de décor grâce à un ingénieux système de lampes et de projecteurs.

Elle était allée au théâtre, un souvenir diffus, mais un souvenir quand même. Aujourd'hui elle se tenait de l'autre côté de la rampe. Actrice d'une pièce, drame ou mélodrame, peu importe, mais dont il lui déplaisait fortement d'être l'héroïne. Il fit plus frais, elle se décida à rebrousser chemin, à sortir des coulisses afin d'affronter le dénouement.

L'étendue de lande et de fougères lui parut sinistre dans le soudain clair-obscur. Betty avait hâte à présent de revenir dans sa nouvelle maison, d'être spectatrice des autres protagonistes de la comédie en train de se dérouler. D'attendre un faux pas de leur part afin de découvrir leur véritable personnalité.

Au moment de traverser le pont, Betty aperçut la silhouette de Florimond. Un autre garçon l'accompagnait. Beaucoup plus grand et fort que lui. Ils se trouvèrent nez à nez avec elle. Elle eut l'impression qu'aussi bien l'un que l'autre l'auraient évitée s'ils avaient eu vent de sa présence.

— Quentin... c'est Quentin, bredouilla Florimond. Le fils de la dame qui m'a élevé.

Celui-ci sourit gauchement. Aussi gêné que son camarade.

— Elle, c'est...

Il hésita. Lui aussi, se dit la jeune fille. A quoi rimaient ces présentations ? Si elle était la Betty d'avant, Quentin et elle devaient se connaître...

— Betty, dit-il, sans la moindre conviction, prenant conscience du ridicule de sa démarche.

— A quoi tu penses ? répondit Quentin. Je sais bien que c'est Betty, quand même.

Ce qui ne l'empêchait pas de la détailler de la tête aux pieds. Lui aussi avait besoin de vérifier. Le regard inquisiteur la dérangeait, même si elle avait conscience qu'il n'était pas en train de lorgner son anatomie. Au supplice, elle garda le silence.

— Je suis retourné chez Quentin, annonça alors Florimond, soucieux de dissiper le malaise créé par sa maladresse.

— Tu te sens mieux là-bas. C'est normal.

Le son de la voix fit tressaillir Quentin ; il la regarda avec encore plus d'insistance.

— Tu as vu ton père avant de partir ? demanda-t-elle.

— Non. Il n'était pas encore rentré. Janet commençait à se demander où il était passé.

Il marqua une pause, renifla comme s'il était enrhumé.

— Toi aussi, d'ailleurs.

— Quoi, moi aussi ? Elle t'a dit qu'elle était inquiète aussi à propos de moi ?

— Non, mais je voyais bien. Elle voulait pas que je parte tout de suite. C'était évident qu'elle avait peur de rester seule. C'est normal, elle est tout le temps inquiète depuis que Betty a disparu.

Il se rendit compte de sa gaffe, tenta de se rattraper :

— Enfin, je voulais dire depuis que *tu* as disparu. Mais maintenant que t'es revenue, ça va aller mieux.

Vu leur embarras, ces deux-là partageaient un secret, de toute évidence à son sujet, et pas seulement un doute concernant sa véritable identité.

— Vous n'avez croisé personne ? demanda-t-elle.

A nouveau, leurs regards intrigués.

— Si… Des promeneurs… Il y en a toujours à Bréhat, même en plein hiver. Pourquoi ?

— Comme ça. J'ai vu un homme, tout à l'heure. J'avais l'impression qu'il était en train de m'espionner.

Florimond haussa les épaules. Quentin lui donna un coup de coude.

— Ça doit être le type qui nous a abordés il y a quelques minutes.

— Ah oui… Celui qui nous a demandé l'heure.

— Tout à fait, alors qu'il avait une montre au poignet.

— Elle était peut-être en panne, fit remarquer Florimond.

— C'est possible, mais j'ai eu l'impression qu'il avait autre chose à nous dire et qu'au dernier moment il a pas osé.

— Il ressemblait à quoi ? demanda Betty.

— On n'a pas eu le temps de bien voir. Assez grand, beau mec, la quarantaine, fit Florimond.

— Tu oublies de dire que ce devait être un Anglais.

— Oui, c'est vrai. En tout cas, il avait cet accent-là et il avait du mal avec ses mots.

La jeune inconnue avait la confirmation d'avoir été épiée. Les nerfs à vif, elle décida de rentrer. A présent, elle se croyait traquée de toutes parts. En chemin, elle croisa quelques promeneurs. Autant de suspects, des ennemis en puissance, face auxquels elle pressa le pas en baissant la tête. Son angoisse croissait. Au bout d'un moment, elle fut même persuadée d'être poursuivie : elle se retourna, personne. Elle n'osa plus s'arrêter de crainte d'être cependant rejointe, bifurquait le cœur battant à se rompre dans le premier sentier dès qu'une silhouette se dessinait au loin entre les fougères hachées par l'ouragan.

21

Janet Bridgeton tournait dans la cuisine comme se cogne aux murs et aux vitres de la pièce le papillon qui s'y est fait piéger. Elle avait de nouveau le regard égaré, les mains qui tremblaient, le visage anxieux. Ambroise était parti sans se soucier d'elle, sans lui dire où il allait, sans même lui laisser un mot griffonné sur un vague bout de papier, lui d'habitude si prévenant. Enfin... prévenant avant la disparition de Betty, mais maintenant que celle-ci était revenue, alors que la vie aurait dû retrouver son cours normal, il ne restait jamais à la maison. Betty, en voilà une autre qui prenait ses aises : n'était-elle pas partie se promener aux aurores ! Depuis, plus aucun signe de vie, comme si cela ne lui suffisait pas de s'être volatilisée pendant si longtemps. Mais était-elle seulement revenue ?

La pauvre femme sentit s'effilocher en quelques secondes la confiance qu'elle croyait ressourcée. Elle s'assit, se releva aussitôt en faisant dégringoler sa chaise, ne se donna pas la peine de la relever. Elle oscillait entre rêve et conscience. Elle souleva le rideau, scruta l'extérieur à travers la vitre marbrée de sel. De là elle ne pouvait apercevoir le chemin provenant de la partie nord de l'île, la direction empruntée par la jeune fille. Elle sortit, se planta au milieu de la route, les cheveux au vent. Une sonnette tinta dans son dos, une vieille femme remontait à bicyclette. Le grincement des freins. Le passage était étroit, l'Anglaise ne comprit pas tout de suite qu'elle entravait la circulation. L'autre dut mettre pied à terre.

— J'ai appris la bonne nouvelle.

Janet sursauta, se retourna, l'air ahurie.

— Eh bien oui, pour votre fille. Elle est revenue, n'est-ce pas ? Tout le monde ne parle que de ça au bourg.

Janet se sentit rassurée. Si au bourg on parlait du retour de Betty, c'est qu'elle n'avait pas rêvé.

— Oui…

— Comment elle va ?

Janet secoua la tête avant de répondre :

— Bien. Fatiguée, mais elle va bien, je vous remercie.

— C'est quand même une drôle d'histoire. Elle avait disparu pendant plusieurs jours et voilà qu'on la retrouve après la terrible tempête. Et comme par hasard au pied du phare d'Ambroise. Elle vous a pas dit où elle était passée ? Ni ce qui lui était arrivé ?

Janet secoua la tête, pressée de rompre la conversation.

— Je comprends, fit la vieille. C'est un secret, c'est normal que vous n'ayez pas envie de le dire à tout le monde.

— Non, c'est pas ça. Mais Betty a des soucis avec sa mémoire.

L'autre hocha la tête d'un air entendu.

— Elle a raison, il y a des fois où il vaut mieux ne pas se souvenir, surtout quand on a vécu de drôles de choses. Paraît qu'elle portait rien sur...

— Puisque je vous dis qu'elle ne se rappelle pas...

Janet avait haussé le ton, la vieille femme la dévisagea d'un air intrigué, confortée dans son idée que l'Anglaise s'escrimait à dissimuler une vérité inavouable.

— Vous avez raison, chacun ses affaires. Quand on a la chance de bénéficier d'un miracle, c'est pas la peine de provoquer le destin, des fois que le bon Dieu aurait des regrets et qu'il déciderait de faire machine arrière...

Cette fois, Janet préféra ne pas répondre. Elle planta la commère au milieu de la route et s'en revint vers sa maison.

— Dites-lui bien...

La porte avait déjà claqué. La vieille remonta tant bien que mal sur son vélo, zigzagua quelque peu dans la côte avant de trouver l'allure, braquant son guidon d'un bord et de l'autre en s'arc-boutant sur les pédales et en levant les genoux bien haut. Puis, après quelques secondes de sur-place dans un miracle d'équilibre, elle réussit enfin à décoller, s'éloigna en ronchonnant après l'étrangère, une prétentieuse qu'on acceptait à Bréhat et qui se permettait l'outrecuidance de dédaigner la sollicitude des braves gens.

Janet se sentit seule une fois de plus. Abandonnée dans cette maison qui n'était pas la sienne. Tout le monde la fuyait, se dit-elle. Florimond lui-même avait déserté le logis de son père. Les événements lui échappaient, les autres savaient, mais ne voulaient rien lui dire. C'est ça, oui, ils préféraient s'en aller pour éviter de répondre à ses questions.

Du bruit, dehors. Betty. Janet se précipita dans le vestibule ; elle avait eu le réflexe de fermer à clef, il fallait lui ouvrir. Au moment de le faire, la poignée de la porte pivota lentement vers le bas, revint à sa place. Une fois, deux. Janet se figea. Si c'était Betty, elle allait frapper, appeler.

Le silence.

Janet eut peur. Quelqu'un se tenait derrière le panneau de bois, et ce n'était pas Betty. Quelqu'un qui lui voulait du mal. Une intuition immédiate. Le cœur battant à cent à l'heure, elle attendait. Quelques secondes s'écoulèrent, bientôt une minute. Janet retenait son souffle. Rien, on avait renoncé. Elle haletait, elle tourna lentement la clef dans la serrure, ouvrit d'un coup, tira la porte à bout de bras en reculant, prête à se jeter en arrière.

Une silhouette disparaissait dans le chemin vers le bourg. Elle n'eut pas le temps de bien voir, celle d'un homme en tout cas. Une chose était certaine, ce n'était pas Ambroise. Mais un autre alors... Non, ce n'était pas possible qu'il les ait retrouvées...

Janet referma la porte, reprit la précaution de fermer à clef. Tout tourbillonnait à nouveau dans sa tête. Elle se posta à la fenêtre, ne sachant plus qui elle attendait, ni quoi, ni même si elle attendait quelqu'un ou quelque chose. Une nouvelle silhouette se dessina à travers la vitre, sans qu'elle réagisse. Dans le brouhaha qui lui brouillait les idées, elle entendit qu'on actionnait de nouveau la poignée de la porte d'entrée. Elle émergea aussitôt de sa torpeur. La même angoisse l'envahit. Puis on frappa. A petits coups timides. Le silence, on insista un peu plus fort. Janet se frotta le visage. Dominant sa frayeur, elle demanda qui était là.

— Moi.

Une voix jeune, celle d'une femme. Alors Janet se réveilla pour de bon. Betty, quelle idiote elle était de lui interdire l'accès ! En ouvrant la porte, elle se trouva face à un visage qu'elle ne reconnut pas.

— Qui êtes-vous ?

Betty ne comprenait pas, effrayée par le faciès de la malheureuse.

— C'est moi, répéta-t-elle.

Elle n'osait prononcer le prénom dont elle n'était plus sûre du tout. Janet plissait les paupières, puis ses pupilles se rallumèrent enfin.

— Oui, bien sûr... Excuse-moi, ma pauvre chérie. C'est le soleil, le contre-jour, je ne te voyais pas bien.

Elle agrippa la jeune fille par les épaules, la tira à elle et l'étreignit de toutes ses forces.

— Tu m'as fait peur, tu sais.

— Pourquoi ? fit Betty en tentant de se dégager.

— Je croyais que tu étais repartie. Comme l'autre jour. Et que tu n'allais plus revenir.

— Mais non...

— Tu as vu Ambroise ?

— Oui, tout à l'heure. Il m'a dit qu'il rentrait afin de vous rassurer.

— Combien de fois faudra-t-il te dire de me tutoyer ! Je suis ta mère, je ne vais quand même pas passer mon temps à te le rappeler !

— Oui, excuse-moi, j'avais oublié. Il y a tant de choses que j'ai oubliées...

A ce moment revint le gardien de phare. A la vue des deux femmes si proches l'une de l'autre, il s'arrêta au milieu de la route. Fronça les sourcils. Releva sa casquette et fourragea dans ses cheveux. Betty l'avait aperçu, il ne pouvait plus faire demi-tour. Soulagée, elle lui adressa un petit signe de la main par-dessus l'épaule de Janet.

— C'est Ambroise, il est revenu.

22

La situation se stabilisa les jours suivants, sans pour autant revenir à la normale. Un jeu de dupes en fait, où chacun s'appliquait à tenir au mieux son rôle. Se succédaient des improvisations hasardeuses quand il était impossible d'échapper à la conversation imposée par Janet. Les dialogues sonnaient faux, les regards papillonnaient afin de s'éviter, les sourires se crispaient. Mais chacun, fort de son secret, se complaisait dans une hypocrisie larvée.

Janet était sans conteste la plus à l'aise dans cette comédie. Logique, elle était la seule à être sincère, puisqu'elle ne jouait pas, ou du moins refusait-elle d'en prendre conscience. Convaincue que la rescapée de l'ouragan était bien sa fille, elle avait réussi à calmer ses angoisses. Elle s'était même souciée de prévenir la gendarmerie de Paimpol qu'il était inutile de continuer les recherches. Le surlendemain de son retour, elle avait demandé à son compagnon de téléphoner.

« Est-ce bien indispensable ? Tu te souviens comment ils nous ont accueillis, l'autre jour ? Dans leur esprit, cela ne faisait pas l'ombre d'un doute que Betty reviendrait.

— C'est vrai, mais ce sera pure correction de notre part. »

Sachant que Janet ne le laisserait pas en paix, Ambroise avait essayé de joindre le continent. Composa-t-il le bon numéro ?

« Alors ?

— Ça passe pas, on réessaiera plus tard, les lignes doivent pas être encore rétablies, avait-il affirmé avec un aplomb infaillible. De toute façon, ils ont autre chose à faire qu'à s'inquiéter de Betty. »

Janet n'avait pas répondu. Une fois seule, elle avait obtenu la gendarmerie du premier coup.

« Vous dites que vous venez d'essayer de nous contacter ?

— Enfin, pas moi, mais mon compagnon, Ambroise Corignan. Il m'a dit que les lignes étaient encore coupées.

— Première nouvelle. Il n'a pas dû beaucoup insister. Pourquoi essayez-vous de nous joindre ?

— Pour vous dire que ma fille est de retour.

— Votre fille ? »

Ambroise avait raison, les gendarmes avaient

oublié, Janet dut tout leur expliquer à nouveau depuis le début.

« On vous avait prévenus que vous vous alarmiez trop vite. Elle vous a dit où elle était passée ?

— Chez des amis, elle avait essayé de nous joindre, elle croyait nous avoir laissé un message, mais le répondeur ne l'avait pas enregistré.

— Elle est revenue depuis longtemps ?

— Non, avant-hier.

— Vous auriez pu nous appeler tout de suite.

— Oui, c'est vrai, mais vous comprenez... On était tellement bouleversés qu'on n'y a pas pensé.

— Une affaire classée, alors. La prochaine fois, attendez avant d'inquiéter tout le monde. »

Il avait raccroché – les flics avaient en effet d'autres chats à fouetter.

Betty, maintenant. Sa mémoire s'entêtait à jouer les capricieuses. Désemparée, la miraculée s'adaptait à la conjoncture, se résignait à être la fille de la démente. A chaque instant, elle devait affronter la sollicitude de Janet, dont les questions devenaient de plus en plus pressantes.

La jeune inconnue s'évadait pour de longues promenades quotidiennes. Elle trouvait ses repères. La taraudait cependant l'intuition d'un danger imminent. Elle avait cru entrapercevoir à plusieurs reprises la silhouette de l'homme du premier jour. Toujours aussi furtif, celui-ci donnait à chaque fois l'impression de s'éclipser. Peut-être se faisait-elle des idées, mais qui était-il si c'était vrai ? Un homme en relation avec le passé de Betty Bridgeton ou avec celui de l'amnésique recueillie au pied du phare ?

Troisième protagoniste, Ambroise Corignan. Lui se révélait en revanche bien piètre comédien, du moins pour le peu qu'il daignait participer à la mascarade. Se contentant de n'en être que le spectateur silencieux quand il ne pouvait se défiler, il ne répondait que du bout des lèvres, ou par quelque grognement quand ce n'était pas d'un simple signe de tête, soucieux de ne pas être contraint de s'expliquer. Lui aussi désertait le domicile à la moindre occasion. Il attendait avec impatience le jour de la relève. Dans la tour de l'Œil-du-Diable, il serait dispensé de composer, et il en venait à souhaiter que le drame latent trouve son dénouement hors de sa présence. Il avait contacté les Phares et Balises. On l'avait encore remercié d'avoir sacrifié sa période de repos pour les besoins du service. En compensation, il ne reprendrait que le vendredi 30 octobre. Ambroise n'avait pas osé s'en plaindre. Plus qu'une dizaine de jours…

Quant à Florimond, il avait déserté la scène, certain de ne plus y avoir sa place. Rien ne l'obligeait à participer à une farce où lui aussi risquait de perdre pied. Son secret dans cette sinistre histoire, il le partageait avec Quentin, ni l'un ni l'autre n'abordaient pourtant le sujet. Le sphinx tête de mort voletait encore dans leurs souvenirs.

Ils reprirent leurs cours au collège. Sans grand enthousiasme, sans états d'âme non plus. Une échappatoire, comme pour le gardien du phare.

23

Sur la côte de l'anse de la Corderie, au nord-ouest de la chaussée Vauban et donc sur la Bréhat septentrionale, vivait une vieille femme. Veuve depuis quelques années seulement, elle était vieille en revanche depuis des décennies, comme nombre de Bretonnes qui, dans des temps pas si reculés, enfouissaient leur jeunesse sous des vêtures austères dès que la vie ne leur octroyait plus le moindre espoir de bonheur. En contrepartie, les ans n'avaient plus de prise sur elles. Tout au plus leurs visages se parcheminaient-ils de fines rides, leur dos se voûtait-il davantage, tandis que leur chevelure se moirait de délicats reflets d'argent. Mais ce n'étaient là que d'imperceptibles changements qui n'affectaient en rien leur allure générale. Cette sévérité vestimentaire n'était pas le résultat d'un quelconque laisser-aller. C'était leur façon à elles d'être coquettes, sans guère d'artifice ni aucune fanfreluche. Les aurait-on payées grassement pour les convaincre d'un minimum de fantaisie qu'elles auraient refusé, tout comme il était hors de question de les amener à abandonner le petit bout de coiffe qu'elles s'obstinaient chaque matin à épingler sur un chignon à peine plus gros qu'une pomme.

Soazig Loussouarn était de ces femmes à avoir résisté aux mutations vestimentaires. A force d'y traîner sa carcasse, elle s'était fondue dans le paysage, sèche comme un chêne tors qui aurait oublié de pousser ou qu'un sol pingre et cruel aurait privé de sève. C'était elle qui avait découvert le corps de Basile Kernin dans la masure aux papillons. Depuis la noyade de son mari, Fernand Loussouarn, elle était sujette à des accès de démence où elle était persuadée que loin d'être mort celui-ci reviendrait un jour. Lors de ses crises, elle arpentait l'île, escaladait les hauteurs afin de scruter l'espace entre les chaos de Bréhat.

Les gamins la craignaient tout particulièrement, alors qu'elle aurait été bien incapable de faire du mal même aux plus effrontés d'entre eux. Quand ils la croisaient en pleine déambulation, l'air hallucinée, gesticulant et marmonnant à voix basse, ils pensaient avoir affaire à une sorcière. Les parents usaient et abusaient de la frayeur de leurs chérubins. Bref, Soazig faisait partie de l'arsenal d'angoisse que père et mère déployaient à échéance régulière quand leurs rejetons se montraient imperméables aux arguties de la raison.

« Si tu finis pas ta soupe, on va aller chercher la

vieille folle et elle viendra te tirer les pieds et les oreilles pendant que tu dormiras. »

Pensez si le brouet était avalé en moins de deux.

De quoi vivait-elle ? C'était un mystère pour tout le monde. Il est vrai qu'elle ne faisait pas grands frais de toilette. Ce qui n'empêchait pas les curieux de se demander où elle trouvait les sous pour se nourrir. En qualité de veuve de marin, elle se voyait allouer en fait une modeste pension qui lui permettait de subsister. Mais cela ne suffisait pas. Abondant dans les angoisses des gamins de Bréhat, les mauvaises langues lui prêtaient des pouvoirs occultes qu'elle monnaierait quand fondaient ses économies. Pures allégations, bien sûr. Elle savait, affirmait-on avec la même véhémence, combattre le feu en soulageant les brûlures au moyen d'obscures incantations et de signes de croix – le bon Dieu contre Satan finalement, la lutte originelle. Rien d'original en l'occurrence : ils étaient naguère légion, paraît-il, à posséder ce don que l'on se transmettait. Plus étonnante était la faculté qu'on lui supposait de décompter sur les verrues et autres affections cutanées, psoriasis et zona, furoncles et cochonneries du même acabit. Prêter l'oreille à de telles supputations ouvre la voie de la sorcellerie, que les plus virulents ne sont pas frileux à emprunter…

Les vipères ont toujours du venin en réserve, en effet. A les entendre, Soazig avait le pouvoir de jeter des sorts… qu'elle levait elle-même par la suite ! Victimes ou tourmenteurs, personne n'aurait pu citer de noms. Mais qui sait prodiguer le bien doit pouvoir aussi infliger le mal…

Soazig vivrait donc de ces pratiques démoniaques, d'un argent aux fumets de soufre. Fortunée ? Non, bien sûr… Mais elle était de ces miséreuses au bas de laine bien rempli. Et dont se repaissent leurs héritiers, sans se poser de questions.

Bref, la mère Loussouarn en impressionnait plus d'un, et l'on réfléchissait à deux fois avant de lui décocher quelque méchanceté ou de lui rire au nez.

Afin de compléter le portrait, il est important de rappeler que Soazig Loussouarn avait la vue plutôt défaillante, pour ne pas dire qu'elle était à moitié aveugle. Cela ne la dérangeait pas outre mesure. Le territoire bréhatin était relativement restreint. Elle le connaissait au point de s'y déplacer sans problème, même dans les brumes les plus épaisses.

Pour compenser sa solitude, elle possédait un chien avec lequel elle partageait sa maigre pitance. Son ami le plus fidèle – on ne la voyait jamais sans son compagnon à quatre pattes. Jeune chiot, elle l'avait affublé du nom de son défunt mari, dont elle espérait le retour d'un jour à l'autre. Non pour se venger de celui-ci, qu'elle aimait fort, mais, bien que plus docile, le bestiau était toujours en vadrouille comme un marin au long cours.

Fernand était un bâtard, un chien de races au pluriel, comme l'affirmait avec humour l'un de ses voisins. Dans ses nombreuses origines, il devait y avoir du bas-rouge vu sa taille et ses babines roses et pendantes, ainsi que du labrador, puisqu'il adorait se baigner quand sa patronne se prenait à flâner le long de la côte et descendait à ses risques et périls parmi les rochers en contrebas. Tous deux avaient le pied marin.

La fusion entre la maîtresse et son chien paraissait si naturelle que la vieille avait même obtenu du curé une faveur extrême : son fidèle compagnon l'accompagnait dans l'église les rares dimanches où un accès de piété dirigeait les pas de sa maîtresse jusqu'au bourg de Bréhat pour l'office de onze heures. Quelques bigots aigris avaient trouvé matière à récriminer aux fantaisies de la vieille folle, mais Fernand était si docile, si sage, que même ceux-là avaient bientôt fermé les yeux. Le chien s'allongeait sur les dalles dans l'allée à côté de sa patronne et ne bougeait plus. Parfois cependant, il lui arrivait de rêver et de pousser de faibles jappements qui faisaient sourire ses plus proches voisins. « Il prie », disait sa patronne.

Soazig Loussouarn connaissait bien Betty Bridgeton. Celle d'avant la disparition. En l'occurrence, une rencontre due au plus pur des hasards. Depuis son arrivée en Bretagne, Betty était une adolescente effarouchée. De tempérament taciturne, elle avait prisé les solitudes de l'hiver. Fuyant ses semblables, elle adorait se promener et elle avait découvert les moindres sentiers, les criques entre les rochers, à l'abri des regards indiscrets. Si par inadvertance la jeune Anglaise tombait nez à nez avec un îlien, elle baissait aussitôt la tête et la flamme de ses cheveux roux voilait son visage. L'été venu, elle se calfeutra dans la maison d'Ambroise Corignan. Quand elle pointait quand même le nez dehors, elle évitait les groupes de touristes, et si un accent anglais résonnait à ses oreilles elle détalait aussitôt.

Ambroise Corignan, Betty l'aimait bien, à condition toutefois qu'il ne s'approche pas trop d'elle et que ses regards ne soient pas trop insistants. Jamais d'élan de tendresse vers le compagnon de sa mère, et cela l'arrangeait qu'il soit souvent absent. Elle se montrait moins farouche à l'égard de Florimond, surtout quand il n'était pas en compagnie de Quentin. Celui-là, elle ne l'aimait pas du tout, à cause de ses yeux baladeurs.

Hormis sa mère, seule une femme avait grâce à ses yeux, Soazig Loussouarn.

En réalité, Fernand, le chien, fut à l'origine d'une relation aussi inattendue.

Un jour, Betty avait trouvé refuge entre les rochers. Il faisait beau et, vaincue par plusieurs nuits d'insomnie, elle s'était endormie profondément. Le chien était descendu sur la grève tandis qu'un peu plus haut sa patronne décollait des patelles au moyen d'un couteau rouillé, les plus petites, moins coriaces pour ses vieilles dents. Betty ne se doutait de rien. La brave bête s'approcha sans faire de bruit et la gratifia d'un large coup de langue afin de lui manifester sa sympathie.

Betty poussa un hurlement terrible, Fernand détala avant qu'elle ait pu identifier le coupable d'une familiarité aussi déplacée. Encore à moitié endormie, elle tapota sa joue encore humide et pensa que l'un des salauds d'avant venait de l'embrasser. Terrorisée, elle se redressa : personne !

Alertée par le cri, Soazig avait laissé tomber son seau. Elle s'avança, découvrit la pauvrette aux cheveux roux. Penaud, le chien se cachait derrière sa maîtresse.

— Quelqu'un t'a fait du mal ?

— On a essayé de m'embrasser pendant que je dormais.

Sur le visage de la vieille femme se dessina un large sourire.

— Viens un peu par ici, toi.

Le chien s'aplatit entre les deux femmes et poussa un long soupir.

— Faut pas lui en vouloir, il ferait pas de mal à une mouche.

C'est ainsi que Betty avait noué amitié avec Soazig. Et Fernand.

24

Bien que sillonnées de multiples sentiers, les deux îles n'étaient pas si vastes. Au bout de quelques jours, la jeune rescapée effectua les mêmes périples que la fille de Janet Bridgeton. Soucieuse elle aussi de passer inaperçue, d'observer sans être vue, de guetter les souvenirs rebelles en écartant toute pensée parasite de nature à les effrayer, elle trouva refuge dans les mêmes guérites de douaniers, s'isola dans les mêmes criques encaissées. Elle découvrit une maison en ruine dominant l'estran à la pointe du Gardeno. Une ancienne demeure de pêcheur, de toute évidence. Elle décida de jeter un coup d'œil à l'intérieur. Une unique pièce avec les restes d'un foyer au milieu, de la cendre, des tisons éteints et à moitié calcinés, sans doute prélevés dans les bosquets voisins, ce devait être un terrain de jeu pour les gamins. De toute façon, vu l'état de la masure, personne ne risquait plus d'y mettre le feu.

— Faut pas rester là, malheureuse !

Betty lâcha un cri strident. Elle se retourna. En contre-jour dans l'embrasure de la porte branlait une vieille femme dans des sabots trop grands pour ses maigres pieds. Soazig Loussouarn en plein délire.

— Faut pas rester là, je vous dis.

— Vous êtes la propriétaire de...

— Il va venir...

— Mais qui donc ?

— Basile, Basile Kernin. Enfin, pas lui...

Betty ne comprenait rien aux propos incohérents que lui aboyait la malheureuse, la lippe tordue, en agitant ses grandes mains sèches.

— Mais qui alors, si c'est pas lui ?

— Son fantôme, pardi. Vous savez pas qu'il vient là toutes les nuits avec mon mari ?

— Votre mari vient ici avec un fantôme ?

— Ils étaient copains comme cul et chemise du temps où Basile était encore vivant, alors Fernand a pitié de lui, il lui rend visite de temps à autre. Ils font un feu au milieu de la pièce, vous voyez bien.

— C'est votre mari qui vous a raconté ça ?

— Mon pauvre Fernand, voilà des années que je l'ai pas vu. Mais faudrait pas croire, il est encore vivant, même s'il y a des malfaisants qui voudraient me faire gober le contraire. Moi, je sais qu'un jour il reviendra. Vous pouvez pas imaginer comme il tient à sa Soazig, il m'aime comme du temps où j'étais jeune fille, quand j'avais des jolies fesses et des tétons qui ne piquaient pas du nez.

Elle déglutit sa salive, se racla la gorge et cracha sur le côté.

— Peut-être même qu'il m'aime encore davantage.

La pauvre était de plus en plus agitée.

— Si vous pensez que je vous raconte des bobards, vous avez qu'à venir faire un tour ici la nuit. Il se passe de drôles de trucs, vous savez. Ils allument un feu, je vous dis, ils parlent à voix basse pour pas qu'on les entende. Basile, comme il est mort, il sait plein de choses sur les gens qui sont encore vivants. Il raconte tout ça à Fernand, et quand Fernand reviendra, il le dira à tout le monde. Il les préviendra du jour et même de l'heure où chacun doit mourir pour qu'il ait le temps de mettre ses affaires en règle.

Soazig demeura silencieuse un long moment à dévisager la jeune fille. Elle s'approcha d'elle afin de mieux observer ses traits. Effrayée, Betty n'osait bouger. La vieille hocha la tête, puis elle fit demi-tour et s'en alla. Au moment où elle s'éloignait, des fourrés sortit un gros chien qui se mit à la suivre.

Betty allait revoir cette étrange femme quelques jours plus tard, l'après-midi où elle découvrit une autre maisonnette à l'aplomb de l'anse de la Corderie. Craignant de subir la curiosité des propriétaires, elle s'apprêtait à faire demi-tour quand retentit un bruit dans son dos. Le cœur aussitôt affolé, elle fit volte-face. Un chien, un gros chien, assis sur son séant et qui la contemplait en hochant la tête. L'air plutôt bonasse. Elle eut aussitôt l'intuition que c'était celui de l'autre jour.

Retenant son souffle, Betty restait immobile. L'animal ne manifestait aucun signe d'agressivité, mais il paraissait intrigué, flairant à pleine truffe dans sa direction. Betty s'apprêtait à rebrousser chemin.

— Où t'es encore passé ?

La voix rocailleuse provenait de derrière un bosquet.

— Toi, t'as reniflé une chienne en chaleur, et tu fais ton malin à jouer le joli cœur. Quand est-ce que tu comprendras que c'est plus de ton âge ?

Soazig Loussouarn émergea en pleine lumière. Betty reconnut aussitôt la folle de la maison en ruine, se tint sur ses gardes. A la vue de la jeune fille, la vieille femme s'arrêta net. Puis elle s'avança en écarquillant les yeux. Betty comprit alors qu'elle était à moitié aveugle.

— Depuis le temps... marmonna la vieille.

Betty réalisa alors que la vieille femme pensait se trouver en présence de la vraie fille de Janet.

— C'est vrai, on se demandait où tu étais passée...

— Qui... balbutia Betty.

Elle déglutit sa salive.

— Qui êtes-vous ?

— Comment ça, qui je suis ! Tu me reconnais pas ? Mais Soazig, enfin... La mère Loussouarn !

Redoutant une nouvelle crise comme lors de son intrusion dans la maison du supposé fantôme, Betty hésita à la détromper.

— J'ai eu...

Elle cherchait le mot juste.

— Des ennuis...

— Mon Dieu. Qu'est-ce qui t'est arrivé ?

— C'est que je ne sais pas.

— Tu as eu des ennuis, et tu sais pas ce qui t'est arrivé ? T'as pas envie d'en parler, peut-être ?

— Non, ce n'est pas ça, mais j'ai perdu la mémoire.

La Bréhatine s'approcha encore, scrutant toujours le visage de la demoiselle. Les sens bloqués, Betty ne se déroba pas quand les mains ridées effleurèrent ses joues et que les longs doigts noueux jouèrent dans les boucles rousses de sa chevelure, suppléant par le toucher sa déficience visuelle. Les éraflures n'étaient pas encore cicatrisées. Soazig en tapota les croûtes.

— C'est vrai que tu as été blessée. Tu veux pas me dire où t'as fait ça ?

Prise au piège, Betty raconta qu'elle était tombée à l'eau et que c'était Ambroise Corignan qui l'avait retrouvée au pied du phare.

— L'Œil-du-Diable ?

— Oui, le lendemain de la tempête.

— *Ma doué*... Qu'est-ce tu faisais là-bas ?

Betty haussa les épaules.

— C'est là que je ne sais plus rien. On m'a dit que j'avais disparu depuis plusieurs jours.

Elle passa sa nudité sous silence.

— Et il t'a ramenée à la maison. Ambroise, je le connais pas beaucoup, mais je sais que c'est un bon garçon, malgré que la vie lui a pas fait de cadeau. C'est ta mère qui a dû être contente.

La vieille femme la dévisageait toujours en plissant les paupières. Subjuguée, Betty avait l'impression de ne plus se trouver en présence de la même personne ; son angoisse laissa place à une forme de commisération.

— Viens, toi, dit Soazig à son chien, qui se tenait derrière elle. Ta copine est revenue et on dirait que tu fais la tête. Tu devrais être content !

Fernand se méfiait de l'accueil qu'on allait lui réserver, il s'approcha en se trémoussant.

— Ça te va bien de faire le timide, gros bêta. T'as oublié qui c'est ?

L'animal ne la reconnaissait pas. Betty avait beau être en panne de mémoire, elle savait que les chiens développaient un instinct infaillible et qu'ils se trompaient rarement face aux personnes qu'ils avaient déjà croisées, sympathiques ou non.

— Viens jusqu'à la maison. Je vais te faire chauffer un peu de café. A moins que tu préfères du thé, comme la dernière fois. C'est exprès pour toi que j'en ai acheté.

C'était peut-être l'occasion d'en apprendre davantage. Betty accepta.

De l'extérieur, la maison de la mère Loussouarn ne payait pas de mine. Elle était à l'image de sa propriétaire, petite, un toit bas couvert d'ardoises auréolées de lichen et de xanthories comme les rochers, une porte à deux vantaux, encadrée de deux minuscules fenêtres. Vu leur couleur, les pierres avaient été rapportées des côtes en face de l'île. Les vitres impeccables étaient occultées par des rideaux au crochet, des motifs plutôt naïfs, un bateau, deux ou trois fleurs dans le ciel au-dessus du mât – la brodeuse ne s'était pas souciée de la cohérence de la composition.

L'unique pièce était à l'avenant, sombre vu l'étroitesse des ouvertures. Soazig alluma la lumière, un mobilier plutôt réduit, une table et trois chaises, un vaisselier dont la partie inférieure servait de buffet, un lit, avec un banc-coffre devant. Un réfrigérateur et une gazinière tout de même, signes que le progrès avait forcé la vie de la vieille îlienne. Un cadre modeste, mais qui fleurait bon l'encaustique, une netteté irréprochable : en témoignaient les incrustations de cuivre qui luisaient de mille feux. Au pied du lit s'étalait un tapis râpé, sur lequel le chien se laissa tomber aussitôt de tout son long – c'était sa place attitrée. Le museau entre les pattes, les yeux mi-ouverts sous une taie rosâtre, il ne quittait pas du regard la jeune fille.

Betty allait de surprise en surprise. Se pouvait-il que la propriétaire d'un intérieur aussi bien rangé soit la femme qui lui avait paru si hallucinée la dernière fois ?

Soazig alluma sous la bouilloire. Prit une tasse dans le buffet et une boîte contenant des sachets de thé.

— Ça va pas être long… Ce qui est bien avec le gaz, c'est que ça chauffe vite et ça fait pas de saleté.

D'une autre petite armoire vitrée, elle sortit une assiette et une boîte de gâteaux.

— Je sais que tu les adores, mais c'est le dernier paquet. Il faudra que je retourne au bourg en acheter d'autres pour quand tu reviendras me voir.

La bouilloire se mit à siffler. Soazig alla la chercher et emplit la tasse à ras bord.

— Toujours pas de sucre ?

Betty secoua la tête.

— Non, merci… Vous ne prenez rien ?

Soazig secoua la tête d'un air désespéré.

— Tu as oublié aussi que tu me tutoyais… Des fois un peu de café, mais ces temps-ci je dors mal, c'est pas la peine d'aggraver la situation. Tu comprends, j'étais inquiète à ton sujet. Je croyais que tu étais fâchée, puisque tu venais plus me voir. Je me disais aussi que c'était peut-être ta mère qui t'avait interdit de me rendre visite. Tu te souviens qu'elle était un peu jalouse de moi ? Tu m'avais même dit qu'elle craignait que je lui vole sa fille. Tu te rappelles pas ?

Betty ne répondit pas. Sinon par une autre question :

— On ne vous a pas dit au bourg que j'avais disparu ?

— Tu sais bien qu'au bourg ils pensent tous que je suis une sorcière, ils disent que je suis folle. Moins j'y vais, mieux je me porte. De toute façon, mes vieilles jambes ont du mal à me traîner jusque là-bas. C'est Jean-Yves avec son tracteur qui me rapporte tout ce dont j'ai besoin. Un gentil garçon, Jean-Yves. T'as pas oublié quand même qu'il avait le béguin pour toi ?

Le thé avait infusé.

— Fais attention. Il manquerait plus que tu te brûles. Prends donc un petit gâteau, à ton âge on a besoin de manger, surtout après les épreuves que tu as traversées. C'est vraiment vrai que tu te souviens de rien ?

— Si je vous... si je te le dis.

— N'empêche que tu as dû drôlement souffrir, crier aussi pour que l'on vienne à ton secours.

— Je ne sais pas. Pourquoi tu me dis ça ?

— Ta voix. Elle est plus tout à fait la même, un peu éraillée. C'est normal, quand on s'est égosillé comme tu as dû le faire dans la tempête.

Si elle en doutait encore, Betty avait la confirmation de ne pas être la fille de Janet Bridgeton. Ce qui ne la rassurait en rien. Qui allait émerger des ténèbres le jour où se ferait la lumière ?

25

Au petit déjeuner du lendemain, Betty ne desserra pas les lèvres, sinon pour ingurgiter un fond de lait chaud et grignoter une tartine mise à griller par sa mère dès qu'elle l'avait entendue bouger à l'étage. Ambroise était assis face à elle. Conscient de sa muflerie des jours précédents, le gardien du phare ne s'était pas éclipsé aux aurores. On était le jeudi 29 octobre, la veille de la relève, il s'appliquait à être sociable.

Le silence. Dans leurs regards se lisait l'évidence qu'ils n'osaient encore se formuler. Elle soupira, lui aussi. Les lèvres de l'homme frémirent, s'ils n'avaient été que tous les deux, sans doute aurait-il dispensé Betty de jouer la comédie. Mais il était encore trop tôt pour faire souffrir Janet. Celle-ci les contemplait, adossée au plan de travail, aux anges de voir réunis deux êtres si chers à son cœur. Lisait-elle dans leurs pensées ? Elle revint à la charge.

Ambroise arrêta de mâchonner. Il riva ses yeux

dans ceux de la jeune fille, redoutant sa réponse. Une grimace agacée, Betty se retint d'envoyer balader la pauvre femme. Elle finit de déglutir, s'empressa de vider son bol, se leva de table et le posa sur le plan de travail.

— Tu montes faire ta toilette ? demanda Janet.

— C'est déjà fait, j'ai pris ma douche aussitôt que je me suis réveillée. Je vais chercher un vêtement et me dégourdir les jambes.

— Attention quand même à ne pas trop te fatiguer. Tu passes ton temps à courir, tous les jours, pendant des heures. Je me demande où tu peux aller…

— Ça me fait du bien de faire de l'exercice.

Puis elle ajouta :

— Le grand air m'aide à réfléchir.

Une dérobade comme une autre.

Ambroise hocha la tête en guise d'accord. Il se leva à son tour. Il mit son bol dans l'évier et fit couler l'eau pour qu'elle soit chaude, s'apprêtant à faire la vaisselle afin de se donner une contenance.

— Laisse, soupira Janet. Je vais m'en occuper. Je n'ai que ça à faire.

Ambroise se fendit encore d'un effort d'amabilité :

— Tu en es où, de tes traductions ?

Elle haussa les épaules.

— Tu as raison, il faut que je m'y remette. Un manuscrit d'un auteur de Cambridge. Ces derniers temps, avec tout ce qui s'est passé j'ai pris beaucoup de retard. Si je continue à garder le silence, mon éditeur va se demander ce que je fabrique.

Ambroise ne rata pas l'occasion :

— En ce cas, je te laisse travailler.

— Tu t'en vas, toi aussi ? Vous me laissez seule, comme d'habitude ?

Betty s'arrêta au milieu de l'escalier, navrée d'une détresse aussi évidente. Mais quels mots pourraient rassurer la pauvre Janet ?

— Tu sais bien que je reprends mon service demain matin, expliqua Ambroise. J'ai quelques affaires à régler. Il faut que je descende sur le port.

Il débitait ses prétextes en enfilant sa veste. Puis il vissa sa casquette sur sa tête.

— Il fait plus frais ces jours-ci, biaisa-t-il avec beaucoup d'à-propos. Tu trouves pas ?

Les yeux chargés de larmes, Janet ne répondit pas.

Betty redescendit avant qu'Ambroise ne soit parti. Ils se retrouvèrent tous les deux sur la route devant la maison. Après un long silence, Betty dit :

— Il faut qu'on parle.

— Pas maintenant. Elle doit être à nous observer. Plus tard, si tu veux.

Il rajusta sa casquette, prit le chemin du bourg. Betty le regarda s'éloigner, puis elle s'en alla dans la direction opposée.

A son lever, Betty avait jeté un œil par la fenêtre de sa mansarde, le ciel était dégagé. La perspective d'une promenade sous le soleil, le long des côtes de granit, lui avait mis un peu de baume au cœur.

Au moment où elle empruntait la chaussée Vauban, la lumière s'assombrit en quelques secondes, comme si une main mystérieuse tirait un immense vélum au-dessus de sa tête.

L'humeur de Betty dépendait de plus en plus de l'ambiance qui l'entourait. Une contrariété fugace, qui ne la dissuada pas de continuer, si le temps se gâtait elle risquait moins de rencontrer d'autres randonneurs. Ses prévisions ne tardèrent pas à s'avérer. Quand elle arriva à la pointe Beg-Pesquen, qui dominait l'anse Ar-Palud, sur la côte est de l'île du Nord, l'horizon se voila d'un brouillard épais, un phénomène particulier aux terres insulaires, dont Bréhat était coutumière. Très vite, la brume noya le paysage. Les jours précédents, cet écran protecteur n'avait pas été pour déplaire à la jeune fille. Cette fois-ci, une angoisse indicible l'étreignit.

Betty mit quelques secondes à comprendre la raison de son malaise. Dans cette purée de pois, elle était à la merci de celui qui l'espionnait. Une certitude, à présent, c'était bien à une surveillance en règle que se livrait le mystérieux inconnu. Il pouvait déboucher à tout instant au détour du sentier, l'agresser pour la violenter, ou l'assassiner. Betty s'obligea à garder la tête froide. Après tout, si c'était dans ses intentions, il avait déjà eu plusieurs fois l'occasion de lui régler son compte.

Comme cela, je verrai à quoi il ressemble, je pourrai lui demander ce qu'il me veut.

Sur le qui-vive, Betty décida de pousser jusqu'au phare du Paon, dont elle n'était plus très éloignée, à peine un kilomètre. Elle n'y voyait goutte. Tout à coup retentit un hurlement, puis un autre, plus éloigné, dans son dos celui-ci. Les sangs glacés, elle s'arrêta. Des mugissements se répondaient, dans la douleur desquels transparaissait quelque chose d'inhumain. Ils ne s'arrêtaient que pour reprendre quelques secondes plus tard. L'intervalle était régulier. La jeune Anglaise se souvint alors d'avoir entendu Ambroise et Florimond se plaindre de la corne qu'actionnaient les gardiens de phare par temps de brume, de jour comme de nuit. Une véritable engeance, à les en croire.

Décidément, ma vieille, tu as les nerfs en pelote. Va falloir te ressaisir, si tu ne veux pas finir comme l'autre folle qui se prend pour ta mère...

Elle se remit en marche, toujours sur ses gardes. Soudain, elle crut déceler une présence sur sa droite. Elle scruta la suspension laiteuse, rien ne bougeait. La rumeur de la houle était assourdie par le nuage cotonneux, les cornes de brume continuaient à hurler, sinon c'était le silence. Se sentant de plus en plus vulnérable, elle frissonna, regretta de ne pas avoir rebroussé chemin quand il était encore temps.

Sous ses pieds s'amorça la rupture dans la côte, la masse claire du phare se dressa au-dessus d'elle. Emprunter l'allée bétonnée qui permettait d'accéder à l'esplanade revenait à s'enfoncer dans la nasse. Elle hésita, peut-être le vacarme assourdissant dissuaderait-il son tourmenteur s'il était à ses trousses... Avant de gravir l'escalier, elle se retourna. Une silhouette se tenait au bout de la travée de ciment. Il était là, elle le reconnut tout de suite.

L'homme ne bougeait pas. Betty se croyait forte, une panique irrépressible lui noua l'estomac. Sinon en se jetant à l'eau parmi les chaos, elle était prise au piège. Elle voulut lui demander qui il était, ce qu'il lui voulait, mais ses cordes vocales étaient paralysées. Elle recula, jusqu'à ce que ses talons rencontrent le bas de l'escalier. Soucieuse de rester face au danger, ses pieds cherchèrent les marches une à une dans son dos, au risque de se rompre le cou. L'inconnu avançait dans la brume sans se presser, certain à présent de disposer de sa proie. Elle fit volte-face, gravit les derniers degrés quatre à quatre. Se réfugia derrière le haut édifice, une partie de cache-cache mais soumise à des règles mortelles.

Immobile, Betty se retenait de respirer. Les vagues se fracassaient contre le promontoire, essayant d'atteindre l'orgueilleuse construction, érigée là contre leur gré. Il ne se passait rien, l'homme avait peut-être renoncé, ou elle s'était fait des idées, une fois de plus. La corne au-dessus de sa tête lui déchira les tympans, achevant son angoisse.

L'attente ne pouvait s'éterniser, Betty se décida

à émerger de sa cachette ; aussitôt la silhouette se dressa face à elle. La jeune fille se figea.

— Qu'est-ce que vous me voulez, à la fin ?

Le visage impavide, il l'observait.

— Vous avez bientôt fini de me suivre ?

La main de l'homme se leva. Un éclair luisait entre ses doigts. La lame d'un couteau. Sa dernière heure était venue, il allait lui régler son compte.

— Betty ?

— Laissez-moi ! Je ne vous ai rien fait, laissez-moi !

L'homme s'approcha encore, son arme à la main. Il correspondait au portrait dressé par les deux garçons : grand, assez beau mec, la quarantaine. L'accent anglais ? Il aurait fallu qu'il parle davantage pour vérifier.

Betty recula contre le muret qui ceignait l'esplanade, prête à se précipiter dans le vide, quitte à se rompre le cou dans les rochers.

26

Chez les Desbois, Florimond et Quentin étaient moins pétillants depuis la tempête, alors que d'habitude il n'existait pas pires complices ni pies plus jacassières.

— Vous avez perdu votre langue, ou vous avez dit tellement de bêtises qu'elle a déclaré forfait ? s'insurgea Louise un soir.

— Laisse-les tranquilles… ronchonna Robin qui lui, au contraire, appréciait de pouvoir enfin manger en paix.

— Tu vois bien qu'ils sont pas dans leur état normal depuis quelque temps, le rabroua-t-elle.

Un sourire niais aux lèvres, les garçons échangèrent un regard gêné, replongèrent le nez dans leur assiette de soupe.

— C'est comme les papillons. Avant, vous passiez votre temps à en attraper…

— On a plus envie, maman, protesta Quentin. Tu vas quand même pas nous obliger…

— C'est vrai, fiche-leur la paix à la fin ! rouspéta le supposé maître de maison.

— J'ai quand même le droit de leur demander ce qui va pas quand ils ont pas l'air bien !

Elle marqua une pause, fronça les sourcils et agita un index menaçant, sa cuiller dans l'autre main, à mi-chemin de sa bouche.

— Vous, vous avez fait une connerie et vous voulez pas la dire. J'espère que les gendarmes de Paimpol vont pas débarquer ici un de ces quatre matins...

Sans être du genre commère, Louise Desbois détestait qu'on lui cache quelque chose, à plus forte raison sous son toit et si c'était quelqu'un de sa famille. Voilà plusieurs jours qu'elle s'énervait après ses deux taiseux, qu'elle adorait, soit dit en passant. En contrepartie eux sortaient moins. Mais cette sagesse casanière ne faisait que renforcer ses soupçons. Encore n'était-elle pas au courant de leurs escapades nocturnes dans la maison du défunt Basile Kernin, sinon elle aurait verrouillé la porte à double tour avant de se coucher et dissimulé la clef sous son oreiller.

Louise avait cinquante-six ans, et le sommeil profond. C'est pour dire, elle n'avait eu conscience de la tempête qu'au petit jour, quand elle avait constaté les dégâts dans son jardin. Cette nuit-là, Quentin était à la maison sans son frère de lait, celui-ci ayant accompagné son père à l'Œil-du-Diable. En se levant, la mère découvrit son caban en train de sécher dans l'entrée.

— J'espère au moins que t'as pas mis le nez dehors ?

— Mais non, bien sûr. Je suis quand même pas assez bête pour sortir avec un temps pareil.

— Le temps, quel temps ? Moi j'ai rien entendu.

Quentin s'efforça de sourire.

— De toute façon, toi, t'entends jamais rien.

— T'aurais pu me réveiller, aussi. Ça devait être impressionnant.

— Je sais pas, moi, puisque je te dis que je suis pas sorti !

Quentin n'avait pas l'esprit à se justifier. Il reprit son vêtement.

— Je vais faire un tour à la côte.

— Qu'est-ce tu vas faire là-bas ? T'entends pas que ça souffle encore ?

— Voir comment c'est. C'est tout.

Le mari de Louise Desbois s'appelait donc Robin. Robin Desbois. Une singularité patronymique due à son parrain, passé maître dans l'art du jeu de mots et de la contrepèterie depuis l'adolescence. Une propension due au fait de s'appeler Maurice Malaveau. Quoi de plus tentant que de le surnommer Momo la Varice, ou l'Avarice ?

Pourquoi avoir choisi pour parrain un farceur aussi fieffé ? Jeune homme, il avait fricoté avec la mère de son futur filleul, qui l'avait éconduit avant de succomber. Avait-elle regretté par la suite de s'être arrêtée en si bon chemin ? Ils s'étaient revus, en tout bien tout honneur, étaient restés amis et c'est elle qui l'avait sollicité après la naissance de son gamin. Maurice n'avait pas digéré cependant son amertume, et ce serait assez dans ses manières de s'être vengé en choisissant un tel prénom.

Robin était marin-pêcheur. Propriétaire et patron d'un petit chalutier au port de Loguivy-de-la-Mer. La côte nord de la Bretagne abritait des gisements de coquilles Saint-Jacques coraillées qui faisaient la fortune de nombre d'autochtones. La baie de Saint-Brieuc était l'un des plus prolifiques. En témoignaient les riches maisons tout au long de la côte, avec des façades chargées de pierres de taille. Réglementée avec une sévérité draconienne, la saison de pêche se déroulait en automne, seulement pendant quelques mois, surveillée par les Affaires maritimes, qui imposaient des quotas rigoureux afin de ne pas épuiser la ressource. Le reste de l'année, les marins de la Saint-Jacques pratiquaient la pêche côtière, ne dédaignant pas de taquiner le homard jusque dans le Raz-de-Sein, bien qu'encourant à chaque incursion les foudres des marins de la pointe du Finistère nord. Des guéguerres ancestrales entre Sénans et Paimpolais, qui se réglaient au mieux devant une bonne bouteille, au pire par de sévères pugilats pour les plus irascibles.

Quand Robin et Louise s'étaient mariés, celle-ci avait demandé à habiter à Bréhat, un rêve de fillette d'y avoir accompagné ses parents par un jour radieux de printemps où la palette ocre et rose se moirait dans le soleil acidulé. Il leur avait fallu patienter toutefois plusieurs années, le temps de remplir le bas de laine afin d'acheter le terrain et d'y faire construire une bicoque à la hauteur de leurs ambitions. Autant dire que Florimond n'avait pas perdu au change en venant vivre chez sa nourrice, un argument non négligeable pour ne pas retourner chez son père, dans sa modeste maison de gardien de phare.

Avec un mari aussi intéressant sur le plan financier, Louise n'avait pas eu besoin de travailler. De par son éducation, elle n'était cependant pas du genre à rester se tourner les pouces à la maison. Sa mère lui avait enseigné l'art de la broderie sous toutes ses formes, broderie pleine ou dentelles et guipures, peinture à l'aiguille et même le macramé dont était orné le bas des magnifiques châles de la région. Très adroite, Louise possédait aussi un sens esthétique indéniable. Elle passait le plus clair de son temps à confectionner des napperons, des gants pour les dames, des cols en dentelle d'Irlande. Afin d'écouler sa production, elle s'était mise en cheville avec plusieurs magasins de Paimpol, qui proposaient des cartes postales, des souvenirs bretons en tout genre, des bols peints avec presque tous les prénoms du calendrier, des sabots sculptés que jamais personne ne chausserait et qui finiraient sur la cheminée des Parisiens, car les touristes étaient friands de ces curiosités locales que les marchands vendaient sans sourciller à prix d'or. Et donc de la broderie.

En parlant des papillons, Louise avait touché le point sensible : Florimond et surtout Quentin brûlaient de retourner dans la maison du revenant. Lors de leur dernière visite, ils avaient réussi à y attirer le fameux sphinx tête de mort. Ils l'avaient même capturé, épinglé comme ses congénères, mais il était parvenu à s'enfuir. Du coup, le prestige de la bestiole s'était encore renforcé dans la tête des deux ados. Ses supposées forces maléfiques aussi. Ils en étaient même venus à se demander s'ils n'avaient pas commis un sacrilège, à cause duquel le ciel avait déchaîné ses colères avec une telle violence la nuit de l'ouragan. Ou si au contraire, puisque au bout du compte il avait eu la vie sauve, ce n'était pas grâce au lépidoptère du diable que leur plan de malheur avait réussi…

— Doit y en avoir d'autres, marmonnait Quentin en hochant la tête d'un air entendu. Faut pas qu'on attende trop longtemps avant de recommencer.

— Pourquoi ?

— Ça va être bientôt l'hiver, des papillons, y en aura plus.

— Parce que tu crois, toi, que les papillons, ça hiberne ?

— Je sais pas, mais ça m'étonnerait pas. C'est vachement fragile en tout cas, ça doit pas supporter le froid.

— Je préfère qu'on attende un peu.

— Toi, tu sais jamais ce que tu veux. Qu'on attende quoi ?

— Que toute cette histoire soit terminée.

Quentin poussa un soupir excédé.

— Quoi encore, quelle histoire ?

— Fais pas l'andouille, tu sais bien. L'histoire de Betty qu'est pas Betty.

— C'est pas tes oignons. Betty ou pas Betty, c'est même pas ta sœur. Que ce soit la fille de ta belle-doche ou non, je vois pas ce que ça change.

Ce fut au tour de Florimond de secouer la tête en se demandant si son copain avait toute la sienne.

— Quand est-ce que tu apprendras à réfléchir ? Si c'est pas la vraie Betty, c'est que c'est une autre fille. Tu me suis ?

— Ouais, me prends pas pour plus idiot que je suis. Jusque-là je comprends.

— Et donc, si c'est une autre fille, elle a bien débarqué de quelque part.

— C'est en effet dans le domaine des choses possibles.

— Tu vois toujours pas où je veux en venir ?

Quentin esquissa une moue navrée.

— Non, pas vraiment.

— Tu te souviens quand même du jour où mon père l'a retrouvée ?

— Ouais, le matin de la tempête.

— Alors ?

Quentin hocha la tête, cette fois il avait compris.

27

L'inconnu n'était plus qu'à quelques mètres de sa proie, il scrutait son visage estompé par la brume. Elle, elle n'osait trop le fixer, de peur de brusquer le dénouement. Le couteau qu'il tenait était très grand, avec une longue lame. L'homme hésitait, sa main trembla, retomba lentement. Il replia son surin, le remit dans la poche de son imper. Il resta encore quelques secondes à la dévisager, marmonna quelques mots emportés par le vent. Puis, à la grande stupéfaction de la jeune fille, il fit alors demi-tour et se faufila dans l'escalier encastré dans la roche rougeâtre.

Betty resta pétrifiée, impuissante à recouvrer son sang-froid. Elle l'avait échappé belle. C'était à n'y rien comprendre. Voilà plusieurs jours que cet individu la traquait, et au moment où elle ne pouvait plus lui échapper il disparaissait, d'un coup...

A moins que...

C'était la fille de Janet Bridgeton qu'il poursuivait

et il avait dû se rendre compte de son erreur. Elle se rappela les propos de Florimond et de Quentin : un homme dans la force de l'âge avec un accent anglais. Il ne faisait aucun doute que cet individu appartenait au passé des Bridgeton. Il avait retrouvé leurs traces et il venait leur réclamer des arriérés, sans doute une histoire ancienne.

Betty attendit encore quelques instants avant de se décider à descendre de l'esplanade, à échapper aux mugissements de la corne de brume qui d'une seconde à l'autre allaient lui exploser les tympans. Elle s'avança à l'aplomb de l'escalier. Le vent levé dissipa les lambeaux de brume. Dans une trouée, elle aperçut au loin la silhouette de son agresseur. Il se pressait dans le sentier.

Encore groggy, Betty éprouva tout d'abord le soulagement de n'avoir plus rien à craindre de cet énergumène, puisqu'elle n'était plus concernée par ses agissements. Puis s'éveilla en elle une angoisse d'une autre nature. Betty, la vraie, il allait de toute évidence se mettre à sa recherche. A défaut, il se rabattrait sur la mère, ne serait-ce que pour lui faire avouer où était passée sa fille. Pendant quelques instants, la jeune Anglaise avait cru avoir un forcené face à elle, capable du pire. Un type du genre à faire du mal à Janet si elle refusait de parler. S'il ne parvenait à ses fins avec elle, il paraissait assez déterminé pour s'en prendre à Ambroise. Mais celui-ci avait du répondant.

Betty réfléchissait. Prévenir Janet impliquait que

lui soit dévoilée la vérité. La pauvre mère émergeait à peine du maelström de la démence, c'était à coup sûr l'y précipiter à nouveau. Non, c'était Ambroise qu'elle devait alerter en premier, d'autant plus que, le lendemain, il regagnait son phare. Pour deux longues semaines, si elle avait bien compris. Tant de choses pourraient alors se dérouler pendant son absence...

Il n'était pas encore midi. Janet s'était résignée à ce qu'elle ne rentre plus déjeuner, elle ne l'attendrait pas. Ambroise ne reviendrait qu'en fin d'après-midi. Arriver trop tôt imposerait un nouveau tête-à-tête avec Janet... Betty en avait assez de jouer la comédie, elle aurait du mal à lui dissimuler son angoisse.

Elle reprit le chemin vers l'île du Sud. A pas lents. Que faire ? Patienter jusqu'au retour d'Ambroise ? Oui, sans doute, mais Janet était seule à son domicile. Betty ne pouvait laisser se produire un drame qu'elle seule était à même d'éviter. Elle repassa le chaussée Vauban. Quittant la route, elle se faufila parmi les fourrés en face de la maison, se glissa au-dessus du chemin qui y menait. De là, elle apercevait la porte d'entrée et la fenêtre de la cuisine. Tout était calme. Peut-être arrivait-elle trop tard ?

Soudain la porte s'ouvrit. Janet apparut sur le seuil. Elle paraissait dans son état normal. Elle s'avança au milieu de la route, regarda vers le haut et vers le bas à plusieurs reprises. Elle guettait le retour de sa fille, rien d'autre. Elle resta là un long moment, ne s'écartant que pour livrer passage à un quatuor de cyclistes, un couple et ses deux enfants.

Soulagée, Betty revint à sa première idée : prévenir Ambroise. Cela lui laissait un peu de temps. Elle rebroussa chemin vers l'intérieur de l'île.

28

— Un homme, tu dis ? A quoi il ressemblait ?

— Je n'ai pas eu le temps de bien voir à cause de la brume. Et puis aussi parce que j'avais peur.

— Il était agressif ?

— Il tenait un couteau. Un moment, j'ai cru qu'il allait me poignarder.

Ambroise affichait une mine sévère.

— De toute façon si c'est celui à qui je pense, ça m'avancera pas de savoir comment il est, puisque je l'ai jamais vu.

Betty s'était postée à l'entrée de la route provenant du bourg dès la fin de l'après-midi. Le gardien de phare n'avait pas tardé. Il avait cru qu'elle suscitait la conversation promise le matin, une mise au point inévitable.

— Il t'a pas touchée, au moins ?

— Non… Il a renoncé à me faire du mal quand

il s'est rendu compte que je n'étais pas la fille de Janet.

Ambroise se taisait. Elle le fixa. Il ne soutint pas son regard.

— C'est évident, non, que je suis pas Betty ?

— Tu as recouvré la mémoire ?

— Non… Mais si j'étais la vraie Betty, il y a des choses que je reconnaîtrais. Ici tout est nouveau pour moi…

Ambroise haussa les épaules.

— Si Janet était ma mère, je ressentirais de l'affection pour elle. Or, il ne se passe rien, ni dans ma tête ni dans mon cœur.

Ils restèrent silencieux, chacun cherchant la vérité dans les yeux de son vis-à-vis.

— Vous-même, vous savez bien que je ne suis pas Betty.

Ambroise soupira.

— Bien entendu que je le sais depuis le début, même si tu lui ressembles beaucoup. Mais Janet est persuadée que tu es sa fille. Jamais elle voudra admettre la vérité. Je crains que si on insiste trop on finisse par la rendre complètement folle, et il faudra alors la mettre à l'asile.

— Qu'est-ce qu'on peut faire ?

Il secoua la tête d'un air impuissant.

— Je sais pas trop. Attendre que la mémoire te revienne, en premier lieu. Attendre aussi que Janet aille mieux avant de lui faire prendre conscience de sa méprise, ou qu'elle s'en rende compte par elle-même. Tu sais, avant tout ça, c'était une femme remarquable. Aujourd'hui, je la reconnais plus. Il faut que tu m'aides à la préserver.

Il avait les paupières chargées de larmes, attendrissant dans sa peine d'homme forgé à la dure. Elle acquiesça d'un hochement de tête.

— Et vous, vous savez où est passée Betty ?

Ambroise tressaillit, baissa les yeux.

— Non… bredouilla-t-il. Un jour, elle a disparu subitement. Depuis elle a pas donné de ses nouvelles.

— Elle est peut-être repartie en Angleterre ?

— C'est ce que les gendarmes ont pensé. C'est pas impossible…

— Elle s'était fâchée avec sa mère ?

— Non, pas à ma connaissance. Elles s'entendaient bien toutes les deux. Enfin, comme une mère et une fille.

— Pour l'homme de ce matin, qu'est-ce que vous comptez faire ? Florimond l'a rencontré, lui aussi, avec Quentin. Ils ont eu l'impression que c'était un Anglais.

Ambroise releva les yeux.

— Tu es sûre que c'est ce qu'ils ont dit ?

— Tout à fait.

— Raison de plus alors pour veiller sur Janet.

Il hésita.

— Tu comprends, c'est sans doute quelqu'un d'avant, de là-bas. Quelqu'un qui lui veut du mal.

— Pour quelle raison ? Qu'est-ce qui s'est passé en Angleterre ?

— Là, tu m'en demandes trop.

— Mais vous partez demain matin ! Il n'y a pas moyen de vous faire remplacer ?

— Non. Les phares, tu sais, c'est très compliqué, y a pas beaucoup de volontaires pour y travailler. Quand tu as séjourné quatorze jours là-haut, t'as qu'une envie, c'est de passer le relais et de rentrer à la maison.

— S'il revient, je n'aurai pas la force de l'empêcher de faire du mal à Janet.

— Je sais. Je vais faire un saut jusque chez les Desbois, je vais demander à Florimond de venir à la maison le temps que je serai en mer. A mon retour je m'arrangerai pour choper le type dont tu m'as parlé et je lui demanderai entre quatre-z'yeux ce qu'il veut exactement.

Il hésita, à nouveau.

— Peut-être qu'on se fait du souci pour pas grand-chose...

Le ton n'y était pas.

Les Desbois résidaient sur la côte sud, à la pointe du Guerzido, en face de l'île Logodec. Fortune oblige, ils s'étaient donc fait construire une coquette villa. Avec la plage en contrebas, on se serait cru en vacances toute l'année. Les après-midi de beau temps, Louise brodait en lézardant au soleil. Tant qu'à faire, autour de la maison une surface conséquente avait été aménagée en parc, quelques arbres, une large pelouse égayée de massifs floraux, un banc ou deux, une balançoire qui servait encore quelquefois aux deux grands dadais à faire les pitres malgré leur âge.

C'était Louise qui s'occupait des plantations. Dès le printemps jusqu'à la fin de l'automne, la végétation de l'archipel constituait un vrai régal pour les yeux. Les deux îles bénéficiaient en fait d'un microclimat particulièrement tempéré, à l'abri des frimas, même durant les hivers les plus rigoureux, une clémence céleste qui n'était pas due au fait que les Bréhatins seraient plus pieux que les autres Bretons... Importées d'Afrique du Sud, les agapanthes y fleurissaient comme nulle part ailleurs. Mais les amateurs de jardin y plantaient aussi des palmiers, des figuiers, des hortensias d'Asie, des eucalyptus d'Australie. Bref, une vraie pépinière pour le moins exotique, à laquelle il faut ajouter une autre curiosité horticole : les échiums des Canaries, dont les hautes hampes, à défaut d'être vraiment jolies, sont pour le moins impressionnantes. Lors de la tempête, ces prétentieuses inflorescences avaient d'ailleurs beaucoup souffert.

Ambroise ne venait chez les Desbois que pour régler la pension de son gamin, le plus souvent il déposait une enveloppe contenant le chèque dans la boîte aux lettres. Depuis le décès de son épouse, il n'avait jamais réussi à se départir de la culpabilité d'avoir au bout du compte abandonné son fils.

Aussi Florimond fut-il surpris de le voir s'avancer dans l'allée menant à la demeure. Lui et Quentin bricolaient une bicyclette dénichée dans l'appentis derrière de vieux outils, reléguée là depuis des années.

— Je peux te parler cinq minutes ?

Florimond tirait grise mine. Quentin ne pavoisait pas lui non plus.

— Bien... sûr, bredouilla Florimond. Je t'écoute.

Ambroise jeta un coup d'œil en direction de Quentin : il n'avait pas besoin d'entendre ce qu'il avait à demander à son fils.

— Seul, ajouta-t-il. J'ai besoin de te parler seul.

Le père et le fils se retirèrent dans un coin du parc. Sous les frondaisons d'une petite clairière se trouvaient deux bancs, dont les piètements en fer forgé s'ornaient de délicates torsades.

— Betty m'a dit que toi et Quentin vous avez rencontré l'autre jour un individu à l'accent anglais.

Florimond se sentit soulagé...

— Oui, un type du genre plutôt bizarre. Il nous a demandé l'heure alors qu'il avait une montre. Quentin et moi, on a eu l'impression qu'il voulait savoir autre chose, mais qu'au dernier moment il avait changé d'avis.

— Si c'est le même, il suit Betty depuis plusieurs jours, à ce qu'elle m'a dit. Ce matin il l'a menacée à la pointe du Paon...

— Menacée ! Pourquoi ? Qu'est-ce qu'il lui voulait ?

— Je sais pas, elle non plus...

Ambroise marqua une pause.

— T'es plus un enfant. Nous en avons déjà parlé, la jeune fille que j'ai retrouvée au pied de mon phare n'est pas la fille de Janet.

Florimond soupira.

— On s'est déjà dit tout ça...

Il avait failli dire *papa*.

— Qu'est-ce qui a changé, depuis ?

Ambroise mit du temps à répondre.

— Le type dont on parle ne lui a pas fait de mal parce que lui aussi s'est rendu compte que c'était pas Betty.

Le garçon ne voyait toujours pas où voulait en venir son père.

— A mon avis, c'est quelqu'un qui connaissait Betty et Janet avant qu'elles arrivent à Bréhat, ajouta Ambroise.

— Ouais, un Anglais, vu son accent.

— Tout juste. Maintenant qu'il sait que c'est pas Betty, il est à craindre qu'il entreprenne d'importuner Janet, peut-être même de lui faire du mal.

— Y a qu'à prévenir les flics.

Ambroise leva les yeux au ciel.

— Les flics, mon pauvre garçon ! On voit bien que tu les connais pas. D'abord, y en a pas sur l'île, et ceux de Paimpol, ils n'interviendront que s'il se passe quelque chose de grave. Non... C'est à nous de veiller au grain, à nous et à nous seuls.

— Qu'est-ce tu veux que je fasse ?

— J'ai un service à te demander... Tu sais que je reprends demain à l'Œil-du-Diable.

Florimond hocha la tête, il devinait de quoi il en retournait.

— Toi, tu es déjà en vacances.

Les congés de la Toussaint. Quinze jours, du pain bénit. Encore une semaine, lui et Quentin ne retourneraient au collège que le lundi 9 novembre.

— Ce serait bien de t'installer à la maison pendant mon absence.

— Les deux semaines ? Tu oublies qu'on aura repris les cours avant que tu reviennes.

— Le soir, tu seras là en rentrant du collège.

— Mais Betty et Janet...

— Betty, je l'ai prévenue. Pour Janet, on trouvera bien un prétexte si tu es d'accord. T'auras qu'à dire que t'es fâché avec Quentin, ou que ses parents avaient envie d'être un peu seuls avec lui.

Florimond fixait ses doigts. Il réfléchissait, pas enchanté du tout.

— Ça va pas être drôle, seul avec Betty qui est pas Betty et sa mère qui a perdu la boussole...

— C'est important. Pour tout te dire, j'ai peur qu'il se produise un drame pendant mon absence.

Florimond n'avait pas vraiment le choix.

— Je veux bien, à une condition, que Quentin vienne avec moi. Il dormira dans le grenier, dans le vieux lit que tu as monté là-haut quand Betty et sa mère sont venues habiter chez toi. Pour Janet, on lui dira que maman Louisette est fatiguée, et qu'elle a besoin de repos. On mentira pas, ces temps-ci elle est pas au mieux de sa forme.

Ambroise prit la main de son garçon.

— Merci, je savais que je pouvais compter sur toi. Je vais prévenir Mme Desbois.

29

Le 30 octobre, la *Marijo* assura comme d'habitude le transport de la relève. Elle s'éloigna du quai. Sa marche arrière accomplie, l'embarcation fit demi-tour afin de prendre le large. Debout à l'arrière, le gardien de phare regarda s'éloigner la cale luisante après le jusant. La plus basse dans le flot – c'était grande marée, la mer avait laissé les rochers à vif.

Ambroise aurait été incapable de définir ses sentiments. Soulagé ou angoissé ? Les deux. Soulagé certes de se libérer d'un pareil imbroglio, même si ce n'était que pour deux semaines. Mais angoissé autant de laisser son Anglaise sous la menace d'un sinistre individu – Janet, qu'il aimait encore malgré la situation qui finirait peut-être par se décanter pendant son absence. Une autre lâcheté de fuir ses responsabilités, avec cette fois l'excuse fallacieuse de se dire qu'il n'avait pas le choix : il fallait bien que quelqu'un s'occupe du phare, c'était son boulot !

Les deux femmes l'avaient laissé s'en aller, son sac de marin en bandoulière. Pas fier de lui, n'osant croiser leur regard, surtout celui de la jeune fille. Il avait serré Janet contre lui, un réflexe amoureux d'avant. Elle avait essayé de garder contre elle son corps rassurant.

« Il faut que j'y aille maintenant, Le Dortz va pas m'attendre.

— Mais si, il t'attendra. Il ne partira pas sans toi.

— Ouais, sans doute… Mais c'est pas dans mes principes de faire poireauter les gens. Tu sais bien.

— Ne t'inquiète pas pour Betty, lui avait-elle glissé à l'oreille. Je vais prendre soin d'elle. »

Celle-ci avait entendu. Gênée, elle avait poussé un profond soupir.

« T'as pas oublié que Florimond et Quentin vont venir passer quelques jours avec vous ?

— Non, non… Mme Desbois est fatiguée, je sais. Moi aussi, au cas où tu l'aurais pas remarqué.

— Justement, comme ça, ils pourront t'aider, te protéger s'il y avait un pépin. Ce sont presque des hommes aujourd'hui.

— Ce n'est pas la première fois que tu me laisses seule avec Betty. Jamais, jusque-là, tu ne t'es souciée de ma protection. Je ne vois pas quel danger pourrait me menacer. »

Il s'aventurait en terrain miné.

« Tu viens de traverser une épreuve difficile. Je

pense que tu as encore besoin de soutien. Je serai plus tranquille de savoir que Florimond est ici, avec vous deux. »

Sans brusquerie, il s'était dégagé de ses bras, était parti sans se retourner.

— Tu rêves ? lui demanda le patron de la *Marijo* en sortant la tête de la cabine de pilotage.

La voix fit sursauter Ambroise.

— Oui... Non... Je réfléchissais.

— Une drôle d'histoire, quand même...

— Quoi, quelle histoire ?

— Fais pas l'andouille. La fille de ta concubine. Tu sais, tout le monde se demande par quel miracle elle a pu atterrir au pied du phare la nuit de la tempête.

— Ouais, un vrai miracle. Mais faut pas chercher à tout comprendre.

Conscient des réticences de son passager, Le Dortz marqua une pause.

— Elle t'a pas dit ce qui lui est arrivé ?

Ambroise se retint de l'envoyer balader. Il savait qu'il ne couperait pas à ce genre de questions, il s'était préparé à les affronter.

— Non. Elle a été vachement secouée. Pour être franc avec toi, elle a un peu perdu la tête.

— Folle ?

— Non, mais elle se souvient plus de rien.

— Ça va lui revenir. Tu raconteras... Tiens-toi prêt, on arrive. Ça va tanguer un peu.

Le transbordement de la vedette à la plate-forme du phare se déroula sans problème. Juché sur le ballon, Ambroise se coupait de la réalité à mesure qu'il s'élevait au-dessus du flot. Cette bordée-ci, il ferait équipe avec Bertrand Lannuzel la première semaine, celui qui avait eu la grippe. Un chic gars, plutôt taiseux, ce qui n'était pas pour déplaire à Corignan, lui non plus n'aurait pas très envie de causer, mais il serait difficile d'esquiver les questions légitimes au sujet de Betty. Ce fut Benoît Apparton, dont il assurait la relève, qui ouvrit le feu dès qu'Ambroise fut sur la plate-forme :

— Elle va mieux ?

— Qui ça ? demanda-t-il en faisant l'innocent.

— La sirène que tu as pêchée l'autre jour dans les rochers.

— Ah ! La fille de Janet. Oui, elle va bien, un peu perturbée quand même, comme je le disais à Charlot, mais elle va récupérer.

— Elle se souvient plus de rien, répéta le patron, qui suivait par bribes la conversation portée par le vent.

Apparton descendait, accroché au cartahu. Ambroise ne put entendre ce qu'il voulut lui dire, quelque chose comme « il y a des fois où il est préférable de pas se souvenir ». Le ballon remontait déjà vers le phare, lesté des deux sacs de victuailles destinés à assurer le ravitaillement.

La *Marijo* reprit le large. Corignan et Lannuzel se retrouvèrent dans leur tour infernale, pas grand-chose à se dire, sinon les banalités d'usage au sujet de la lanterne. Pas eu de problèmes ? Aucune panne ? Non, non, t'inquiète, tout va bien, Benoît et moi, on a tout fait comme il faut…

L'œil de Dieu ou celui du diable. Sans doute une alliance entre les éternels ennemis. Plutôt un combat à armes égales, puisque malgré leur férocité réciproque, grâce à Dieu, la mer n'était pas un vaste cimetière et qu'en contrepartie le démon s'arrogeait le droit d'en zigouiller quelques-uns afin d'entretenir les frayeurs des assez téméraires pour se croire en terrain conquis.

A ses débuts dans le métier, Ambroise s'était senti investi d'une mission sacrée. Il n'était pas loin d'estimer la clarté de son phare aussi précieuse que la lumière du Christ qui guidait les fidèles, leur conférant la force d'affronter la vie. L'âme du fils de Dieu et de l'Immaculée Conception, si tant est que le Jésus en question en avait une avant de se faire crucifier. Après, personne ne savait plus très bien, puisque de son tombeau il était remonté direct au ciel, dont il n'était descendu auparavant, soit dit en passant, que pour mieux se faire torturer par ceux qu'il voulait sauver, les pèlerins que son père avait créés de toutes pièces, mélange contradictoire de bonté et de cruauté, leur octroyant la propension à perpétrer le mal jusqu'à l'encontre de son propre fils. A n'y rien comprendre… Sacrifice consenti de la part de l'illustre martyr ou pure inconséquence à mettre à l'actif de son divin paternel ?

A bien y réfléchir, se disait le jeune Ambroise, Jésus devait quand même avoir une âme, puisqu'il avait été homme pendant une trentaine d'années. Le temps de promettre la résurrection à ses disciples et le bonheur éternel à ceux qui se tiendraient à carreau et ne s'enfileraient pas trop de canons ni de gonzesses.

Ces divagations existentielles et religieuses avaient nourri les discussions d'Ambroise Corignan tout au long de son adolescence, des joutes oratoires enflammées, pendant lesquelles il usait de la délectation iconoclaste de déstabiliser ses interlocuteurs, initié en cela par son père, le chirurgien en herbe qui avait dû se résigner à n'être que gardien de phare. D'en vouloir à la terre entière après une telle déception, rien d'étonnant que Joseph Corignan ait développé un anticléricalisme forcené.

En mûrissant dans la fonction, Ambroise avait tempéré ses cogitations internes et tu son discours, des fois que le bon Dieu – justement d'être quand même tout-puissant – ne se mette en tête de fouiner dans sa conscience impie. Et puis aussi parce qu'il était responsable d'une certaine lanterne et qu'à ce titre il se devait de protéger les navigateurs égarés dans les passes de Bréhat : à quoi bon risquer d'attirer les foudres du ciel et le malheur sur leurs pauvres échines salées en blasphémant à l'encontre du créateur, même en son for intérieur ?

Le train-train quotidien reprit son cours, les quarts de veille, le nettoyage du système optique, manchon à incandescence, lentille de Fresnel, vitres qui la protégeaient, de quoi occuper toute la matinée. Les contacts radio avec le Service des phares et balises. Sans doute le moment le plus angoissant pour Ambroise Corignan, qui redoutait que les grésillements de la voix ne lui annoncent une mauvaise nouvelle, comme la fois où sa douce Valentine était montée au ciel avant son heure. Rien de tout ça, la routine. De la brume au début de la semaine suivante, il fallut actionner la corne du diable, avec son tintamarre assourdissant, auquel il ne parviendrait jamais à s'habituer.

Ambroise voyait défiler les jours avec appréhension, n'osant imaginer qu'il ne se passait rien sur Bréhat. Pas de nouvelles, ce n'était pas forcément bon signe.

Bertrand Lannuzel avait essayé de lui tirer les vers du nez. Ambroise s'était dérobé. Pas toujours de façon très élégante.

— Janet passe son temps à se faire des idées. Des problèmes de bonne femme.

— C'est quand même la tienne. Y a pas si longtemps, t'arrêtais pas de causer d'elle comme d'une déesse.

— Janet et moi, on n'est pas mariés, au cas où tu le saurais pas. Et puis j'en ai un peu marre que les gens passent leur temps à s'inquiéter de ceux qu'ils connaissent pas.

— Moi, je te demande ça histoire de meubler la conversation, rien de plus. Si tu veux rien dire, c'est ton affaire, reste dans ton coin.

— Te fâche pas, Bertrand... Puisque tu veux tout savoir, j'arrête pas d'y penser. Je te l'ai déjà dit, Betty, elle a perdu la mémoire et sa mère en est toute chagrinée. Paraît que ça reviendra. A cette heure, ça doit d'ailleurs déjà aller mieux.

Au bout d'une semaine, Lannuzel eut droit à ses sept jours de repos. Benoît Apparton prit le relais. Un vrai ami, lui, mais en plus bavard. Il éprouva moins de scrupules à interroger son compagnon. Ambroise lui aurait volontiers confié sa détresse, expliqué la situation à mi-mot. En fin de repas, à plusieurs reprises il fut sur le point de s'épancher, mais à chaque fois le retint l'interprétation que l'autre ferait de ses agissements.

Les quatorze jours s'écoulèrent avec la fatalité d'une horloge. A mesure qu'approchait l'échéance du retour, Ambroise devenait de plus en plus nerveux. Il ne supportait plus aucune remarque de son collègue, ni même sa présence. Il mangeait peu et en vitesse afin de fuir la conversation.

A l'heure prévue le vendredi 13 novembre, la *Marijo* vint se ranger au pied du phare. Une mer d'huile, une manœuvre sans le moindre risque, comme aux plus beaux jours de l'été.

Lannuzel remonta le premier le long du câble. Ce fut Apparton qui l'aida à prendre pied sur la plate-forme. En retrait derrière le treuil, Ambroise scrutait son visage, s'attendant à il ne savait quoi, que le nouveau venu lui apporte sans doute des nouvelles de Janet, de Betty, bonnes ou mauvaises. Apparemment il n'était au courant de rien, pas plus que Le Dortz, lorsque Corignan atterrit à côté de lui.

30

Florimond et Quentin débarquèrent chez Ambroise après que celui-ci fut parti. Janet se faisait une joie de passer quelques jours seule avec sa fille. Elle l'aurait cajolée sans témoins, dorlotée comme elle savait si bien le faire avant leur arrivée à Bréhat. Betty n'aurait pas tardé à récupérer la maîtrise de ses facultés mentales. Mais voilà qu'Ambroise leur avait collé les deux autres innocents dans les pattes ! Elle s'efforça cependant de sourire quand ils se présentèrent à la porte.

— C'est mon père qui a exigé qu'on vienne, s'excusa Florimond, conscient de la gêne de leur hôtesse.

— Je sais. C'est normal. Tu es chez toi ici. De toute façon, il a fait les courses hier soir. Vous ne mourrez pas de faim.

Bien que consciente de devoir interpréter une drôle de comédie – et à trois cette fois –, Betty se sentit soulagée.

C'était la première fois que Quentin s'installait chez le père de son copain, une aventure qui en d'autres circonstances n'aurait pas été pour lui déplaire. En quelques mots, Florimond lui avait planté le décor. Quentin n'était pas sûr de tout appréhender, mais il n'était pas du genre à se torturer avec une kyrielle de questions. L'idée de jouer les chevaliers servants lui convenait tout à fait, il ne demanda pas plus ample explication.

— Il n'a qu'à venir. Il trouvera à qui parler.

Une forfanterie non dénuée d'arguments… Le fils Desbois atteignait bientôt un mètre quatre-vingts, une carrure d'haltérophile. De sa tignasse blonde dégoulinait une mèche récalcitrante qu'il essayait sans cesse de dompter de ses doigts en éventail. A douze ans, il présentait déjà un faciès d'adolescent, des arcades sourcilières proéminentes et velues, des mâchoires carrées, les prémices d'une barbe dure. Il avait connu ses poussées d'acné bien avant ses camarades.

Sa mère avait été dépassée par la croissance d'un tel gamin. Tant sur le plan de la tendresse, qui devenait incongrue avec un pareil gaillard, qu'au niveau vestimentaire. A partir de sa dixième année, Quentin se trouva attifé de vêtements rarement à sa taille. Ceux de l'année précédente étaient vite trop petits, les pantalons s'arrêtaient au-dessus des chevilles, des vestes et des pulls dépassaient des paluches aux larges paumes et aux doigts démesurés. Quand la mère, ayant pitié de lui, se décidait à changer sa garde-robe, elle lui achetait des habits trop grands en prévision d'une croissance qui n'en finissait pas.

Quentin chaussait déjà du quarante-trois, ce qui faisait rire ses camarades du lycée, de loin cependant, car un coup de tels arpions au cul dissuadait une fois pour toutes de l'envie de recommencer. A l'avenant de sa morphologie, sa voix avait mué en quelques mois, une expérience douloureuse, qui lui avait valu de coasser comme un vilain crapaud. Le pauvre évitait de prendre la parole en classe, où les demoiselles riaient à gorge déployée à chacune de ses interventions, sans qu'il puisse exercer à leur encontre les représailles légitimes qu'aurait méritées une impertinence aussi manifeste, puisque justement c'étaient des filles.

Cette virilité précoce avait gêné la vraie Betty et entravé une camaraderie sincère avec Florimond, toujours flanqué de son simiesque acolyte. Avec la nouvelle demoiselle, d'emblée le rapport se révéla différent. Le jour où ils s'étaient croisés sur la côte, Quentin avait su au premier coup d'œil que ce n'était plus Betty, physiquement bien entendu, mais aussi dans sa manière moins farouche de le regarder.

Florimond avait décidé d'assumer avec le plus grand sérieux le rôle que son père lui avait dévolu. Autrement dit, pas question de filer avec Quentin.

Les chemins menant chez Ambroise Corignan

n'étaient pas si nombreux, la surveillance ne serait pas trop compliquée. En plein conciliabule dans le salon, Florimond et son compère discutaient de la stratégie à adopter : se dissimuler dans les taillis plus haut d'où ils auraient vue sur la maison, rester à l'intérieur et monter le guet des fenêtres de l'étage ou s'afficher ostensiblement dans le jardin en façade ? Ils penchaient pour la troisième solution.

Betty avait réussi à convaincre Janet de prendre un peu de repos. Pour ce soir, elle s'occuperait du dîner. Elle vaquait donc à la cuisine tandis que les vigiles élaboraient à voix basse leur plan de bataille. Elle les imaginait avec une pointe d'amusement. Des gamins à comploter comme des briscards. Pourquoi ne pas coopérer avec eux, puisqu'ils étaient là ? A trois, la tâche serait plus commode et leur permettrait de se relayer, le cas échéant. Elle s'avança dans le couloir, frappa à petits coups à la porte vitrée, ils cessèrent de comploter. Un doigt sur les lèvres, elle leur fit signe de ne pas parler trop fort.

— Je peux vous aider ?

Surpris, ils la dévisagèrent.

— Je sais pourquoi vous êtes là.

Elle se tourna vers Florimond.

— Ton père m'a expliqué. Autant jouer cartes sur table, ce n'est plus la peine de faire semblant, je ne suis pas la Betty que vous connaissiez avant.

La franchise de la jeune fille épata les garçons, enchantés finalement de se trouver une telle alliée pour jouer à la petite guerre.

— C'est vrai que le type qu'on doit surveiller, il a essayé de te faire du mal ? demanda Quentin.

Betty lui fit encore signe de la mettre en sourdine.

— Il tenait un couteau. Si j'avais été Betty, je crois bien qu'il n'aurait pas hésité à s'en servir.

— Le salaud... Mais t'inquiète pas, il nous fait pas peur, marmonna Quentin.

— Quand il s'est rendu compte de son erreur, il t'a rien dit d'autre ? demanda Florimond.

— Non. Il a été tellement surpris qu'il est parti aussitôt. Comment vous comptez faire pour l'empêcher d'agir ?

— On se demandait, justement. Quentin pensait qu'il suffisait de se mettre en évidence pour lui interdire de pointer son sale museau.

— Vous ne croyez pas que ce serait préférable d'essayer de le prendre sur le fait ?

— C'est-à-dire ?

— Avec un peu de chance, il ne sait pas que vous êtes ici. S'il pense que Janet et moi nous sommes seules, il va certainement tenter quelque chose.

— On reste enfermés avec vous et on attend ?

— C'est une possibilité, mais je ne pense pas qu'il va essayer d'entrer de force dans la maison. Il doit croire qu'on est armées, Janet et moi, vu que je le connais maintenant et que je sais qu'il est prêt à tout. Il va plutôt attendre qu'elle sorte pour l'aborder, ou l'agresser. On ne peut pas interdire à Janet de mettre le nez dehors sans lui expliquer le danger qu'elle court.

Les copains étaient impressionnés par la lucidité avec laquelle Betty analysait la situation.

— Il faut donc qu'on se planque à proximité et qu'on soit vigilants chaque fois qu'elle décidera de prendre l'air. S'il essaie de l'agresser, on s'interpose aussitôt.

— C'est en effet la meilleure solution.

— Vous êtes là ?

La porte de la chambre couina. Janet s'était réveillée, aussitôt inquiète de n'entendre aucun bruit. Betty prit l'initiative de continuer à gérer la situation :

— Oui, dans le salon. Nous bavardions.

Janet apparut dans la pièce. Les cheveux ébouriffés, les yeux gonflés.

— Je crois bien que je me suis endormie...

— Tu as bien fait, j'ai mis de l'eau à chauffer pour cuire les pâtes. Avec du jambon, ça vous va ?

31

Janet n'osait plus parler de la même façon. A ses yeux, les nouveaux venus étaient des étrangers, surtout Quentin. Celui-ci l'impressionnait, avec sa morphologie de jeune homme, ses grosses mains pataudes, entre lesquelles la fourchette et le couteau paraissaient minuscules. Sa voix grave. Une telle carcasse n'était pas fainéante à table, il engloutit sa part alors que les autres avaient à peine commencé la leur.

En contrepartie, Janet prenait plaisir à tenir le rôle de maîtresse de maison. Sa fille retrouvée, le fils de son compagnon et l'un de ses camarades en qualité d'invités, elle se réinventait une responsabilité. Il ne manquait qu'Ambroise, pour qui son amour était revigoré comme aux premiers jours.

— Tu as encore faim ?

Quentin se rendit compte alors de sa gloutonnerie. Il rougit, posa ses ustensiles de chaque côté de son assiette, les aligna même dans la bonne position d'un index tremblant.

— Non, non… Tout à l'heure peut-être… On verra…

— Mange donc, fit Betty, consciente de son embarras. J'avais prévu large. Janet et moi, on a plutôt un appétit de moineau.

Elle n'avait pas dit « maman ». Celle-ci soupira, mais ne releva pas.

— En ce cas… bredouilla Quentin.

Il se resservit, attaqua derechef. Florimond le gratifia d'un coup de pied dans la cheville. Quentin s'immobilisa, la fourchette à mi-parcours entre le plat et sa bouche déjà entrouverte, un spaghetti se balançant en suspension, qui finit par glisser dans son verre.

— Je fais comme on m'a dit, s'excusa-t-il en déglutissant.

— Laisse-le donc manger, fit Janet en riant. Sinon, c'est toi qu'il va dévorer tout cru pendant que tu dormiras.

— Le provoque pas, il serait capable de t'écouter.

Gêné en diable, Quentin bougonna que ça ferait un sacré casse-croûte. Qu'il n'avait pas envie de faire une indigestion.

Le repas se termina donc dans la bonne humeur, au grand soulagement des trois jeunes. Ils regardèrent la télé, toujours pour faire plaisir à Janet, qui n'avait plus sommeil et qui d'autorité avait servi une tisane à sa fille.

— Du tilleul, comme tu l'aimes. Il y a un écrivain français qui s'appelle Proust, il dit que les souvenirs sont associés aux différents sens de la perception. Dans ton état, il ne faut rien négliger.

Betty se contenta de sourire ; lorsque la mémoire lui reviendrait, il n'en émergerait pas les souvenirs escomptés par Janet. Florimond fut le premier à bâiller ; par mimétisme, Quentin fit de même.

— Je crois bien que je vais aller me coucher, marmonna ce dernier en s'étirant.

— Avant, on va jeter un coup d'œil dehors.

— Pourquoi donc ? s'étonna Janet.

— Afin de vérifier que tout est en ordre, comme nous l'a demandé mon père.

— C'est vrai que vous êtes de garde, répondit Betty, en s'efforçant de sourire afin de dissiper le malaise.

— De quoi donc avez-vous peur ? s'angoissa Janet.

— Laisse-les aller, je voulais justement t'en parler, intervint encore Betty, consciente qu'un semblant d'explication était à présent inévitable.

La nuit était calme. Un ciel sans nuages. La lune éclairait le paysage, une semi-obscurité dans laquelle il était difficile de se déplacer sans être repéré. Les ados se faufilèrent dans un recoin plus sombre. Ils respectaient leur rôle à la lettre, contents d'être deux au cas où se profilerait l'homme qu'ils redoutaient, fiers d'une telle mission. Ils restèrent planqués un long moment, immobiles. Rien de suspect. Rien de nature à les alerter, sauf un chat qui se faufila sur leur gauche et les fit sursauter.

— Sale bête, marmonna Quentin, qui détestait les greffiers, sans doute parce qu'ils le griffaient quand il les caressait de ses mains rustaudes.

Le matou avait flairé une femelle en chaleur, il miaula avec une raucité inquiétante. De quoi glacer les sangs des deux matamores. Une lueur oscilla au bout de la route provenant du bourg.

— Le voilà, murmura Quentin en serrant les poings. On le laisse venir et on lui règle son compte…

— Ne bouge surtout pas.

Une bicyclette zigzaguait dans la côte. Un pauvre vieux, tout voûté, qui se déhanchait pour pédaler. Il chantonnait, une voix suave dans le silence de la nuit, il avait levé le coude avant de prendre la route. Il passa à hauteur des deux embusqués sans soupçonner leur présence. S'éloigna lentement en tirant des bords et en fredonnant plus fort une rengaine de sa jeunesse, où il était question de filles et de bon vin. Il s'arrêta plus haut, mit pied à terre.

— Je te dis que c'est lui, insista Quentin. Il s'est déguisé pour pas qu'on le reconnaisse, mais mine de rien il est en train de prendre ses repères. Peut-être même qu'il nous a vus.

— Chut… Tais-toi, tu vas nous faire repérer.

Le noctambule avait appuyé son vélo au talus voisin. Une main à la hanche, l'autre chargée de guider le jet, il se soulageait copieusement dans le fossé, oscillant sur ses pieds écartés, et sifflotant en même temps, animé d'une bonne humeur à toute épreuve. Il secoua son engin, lui fit réintégrer son antre d'un coup de reins en arrière, essaya de se reboutonner, renonça, en pestant après ces fichus boutons qui refusaient de se glisser dans les fentes prévues. Puis il enfourcha tant bien que mal son vélo et reprit son chemin, le coup de pédale plus alerte de s'être délesté.

Les deux garçons attendirent encore quelques minutes.

— Je commence à cailler, fit Quentin. Pas toi ?

Il faisait plus frais en effet en ce début de novembre. Il ne gèlerait pas – il ne gelait pratiquement jamais à Bréhat, ou alors une poudre si fine qu'on eût dit une poussière d'argent tombée du ciel. Les pellicules des anges, disaient les quelques vieux îliens à avoir la fibre poétique.

— Ouais, y a personne, on peut rentrer.

Ils n'avaient pas vu une silhouette dissimulée derrière le tronc d'un grand pin.

Florimond et Quentin montèrent se coucher. Les femmes discutaient dans le salon.

— Un homme, tu dis ?

— Oui, j'ai eu l'impression à plusieurs reprises qu'il me suivait.

Les yeux de Janet s'affolaient.

— Tu l'as vu de près ?

— Pas vraiment, non. Et puis il y avait de la brume.

— Assez pour me dire à quoi il ressemblait ?

Betty dressa un vague portrait de l'inconnu. Elle se garda bien de faire état de la menace qu'elle avait subie de sa part. En proie à une profonde réflexion, Janet hochait la tête.

— Ça se pourrait bien que ce soit lui… Ou l'autre salaud… bredouilla-t-elle à voix basse.

— Tu le connais ? Tu sais qui c'est ?

Janet tressaillit, émergea de sa torpeur comme si une guêpe l'avait piquée. Elle paraissait épouvantée, à présent.

— Je ne sais pas, je ne suis sûre de rien.

Elle avait du mal à respirer.

— De toute façon, c'est pour toi un souvenir qu'il vaut mieux éviter.

Un souvenir de Betty, se dit celle-ci. Elle ne demanda aucune explication.

32

Les vacances de la Toussaint terminées, Florimond et Quentin durent retourner au collège. Ambroise rentrait le vendredi suivant, plus que quatre jours à assurer la sécurité de Janet Bridgeton. Fidèles à leur parole, ils empruntaient la première vedette pour revenir au plus vite à Bréhat en fin d'après-midi. Ils exerçaient une vigilance assidue dès la tombée de la nuit. L'inconnu ne donnait pas signe de vie. Allons... On s'était peut-être inquiétés pour rien.

L'ambiance s'étant détendue, Quentin allait vivre un moment qu'il n'aurait jamais osé espérer.

Entre lui et Florimond, c'était maintenant officiel que la demoiselle n'était pas la vraie Betty. Quentin se crut autorisé à lui faire une cour qu'il voulut discrète, mais dont elle s'amusait en veillant à ne pas l'offenser. Il n'existait qu'une seule salle de bains dans la demeure des Corignan, qu'il convenait donc d'occuper à tour de rôle.

Le mardi matin, il patientait devant la porte.

Betty sortit enveloppée dans une grande serviette. Surprise de se trouver nez à nez avec ce grand escogriffe en pyjama, elle ne tint pas assez serrée la pièce d'éponge qui la dissimulait. Dans le mouvement pour la rattraper, elle glissa en libérant l'un de ses seins. Rouge comme une pivoine, Quentin manqua de s'étrangler, ce qui la fit pouffer de rire. Le gamin gardait les yeux rivés sur le mamelon, qu'elle ne se pressait pas de masquer, comme si le jeu l'amusait.

— Tu me laisses passer ?

— Bien... sûr, bredouilla-t-il. Tu sais, je voulais pas...

— Tu voulais pas quoi ? Regarder ? Je suis pas si moche que ça, tu aurais bien tort de pas en profiter.

— C'est vrai que tu es vachement jolie ! s'exclama le jeune garçon, qui se crut autorisé à pousser ses avances et ne s'écartait pas du passage.

— Merci, mais il faut que j'y aille maintenant. Si Florimond arrive, il va se demander ce que nous fabriquons tous les deux.

— Alors là, pas de problème. Tu penses bien que je vais pas lui dire... Ce sera un secret entre toi et moi, si tu veux bien...

Elle ne répondit pas. Le regard de Quentin ne quitta pas ses hanches le temps qu'elle disparaisse dans sa chambre, imaginant le reste de son anatomie à travers la serviette qui lui moulait les reins.

Chevaleresque promesse... Le bateau en partance vers Paimpol n'avait pas largué ses amarres que Quentin racontait à son rival l'insigne faveur à laquelle il avait eu droit.

— Elle t'a montré ses nénés !

— Puisque je te dis. Enfin... Elle m'a pas vraiment montré, mais c'est tout comme. En tout cas, elle faisait rien pour les cacher.

Florimond feignait d'être étonné. Lui se souvenait d'en avoir reluqué davantage, mais il se garda bien d'en faire état.

— Et alors, comment c'était ?

— C'est difficile à expliquer, comme une grosse pomme, avec au milieu une petite boule rouge qui ressemble à une framboise, poétisa-t-il sans savoir qu'il usait des clichés éculés pour décrire la gorge d'une femme.

— Les deux ?

Quentin fut honnête :

— J'en ai vu qu'un, mais je suis sûr que l'autre doit être aussi beau.

— Et elle t'a rien montré d'autre ? demanda Florimond avec une hypocrisie consommée.

— J'ai senti que si je lui avais demandé elle m'aurait dévoilé tout son bazar, mais ç'aurait pas été digne d'un gentleman, comme disent les Anglais. Je me suis excusé et je l'ai laissée partir.

Seule à ne pas être rassurée, Janet croyait voir des fantômes elle aussi, mais les siens hantaient sa conscience et lui ressourçaient des souvenirs qu'elle espérait enterrés depuis son exil. A chaque fois qu'ils rentraient de leur surveillance, elle demandait aux garçons s'ils n'avaient rien remarqué.

« Te tracasse pas, répondait Florimond. Betty avait cru voir quelqu'un rôder autour de la maison, mais elle avait dû se faire des idées. De toute façon, si ce type existe vraiment, il sait maintenant qu'on est là. Il a compris qu'il a pas intérêt à venir nous chauffer les oreilles.

— Ça, pour sûr qu'on l'attend de pied ferme ! » confirmait Quentin.

Dans la journée, Janet restait cloîtrée au gîte, s'assurant sans cesse de la présence de Betty, l'appelant dès qu'elle ne la voyait plus. Une gangrène sournoise et détestable. Il fallait bien faire quelques courses, ne serait-ce que pour acheter du pain. Betty s'y collait, Janet lui faisait promettre de ne pas rester traîner en chemin, fermait la porte à double tour. S'angoissait à mort tant qu'elle n'était pas revenue.

« Il est parti, il ne reviendra plus, tentait de la calmer la jeune fille à son retour.

— On voit bien que tu as oublié comment ils étaient.

— Mais qui donc, à la fin ? Ils étaient plusieurs ? »

Janet secouait vivement la tête.

« Tu le sauras bien assez tôt quand tu auras retrouvé la mémoire. »

Le jeudi 12 novembre au soir, la lune était pleine, pas un nuage dans le bouclier moucheté ni à l'horizon. Les deux copains montaient encore la garde, sans aucune conviction, sans avoir remarqué notamment l'homme qui espionnait à distance la tanière où se terrait Janet. C'était par des nuits comme celle-là qu'ils adoraient déambuler le long de la côte. La mer paisible n'était alors que le miroir du ciel. Les rochers s'assombrissaient d'une teinte ocrée, avec, çà et là, des reflets sanguinolents qui les faisaient rêver aux histoires des naufrageurs de jadis…

Ils n'étaient qu'à quelques pas de la masure du vieux Kernin. Sans qu'ils se soient concertés les titillait la même envie.

— Ça te dirait pas d'aller aux papillons ? demanda Florimond.

— J'allais justement te le proposer.

— Faudrait peut-être prévenir Betty ?

— Tu crois ? demanda Quentin.

— Si elle vient voir où on est et qu'elle nous retrouve pas, à coup sûr elle va se mettre à paniquer.

— T'as raison, si l'autre folle s'y met, elle aussi, elle est capable d'ameuter tout le voisinage.

— J'aime pas que tu parles comme ça de Janet. C'est une dame comme il faut. Après ce qu'elle a vécu, c'est normal d'être perturbée. Attends-moi là, je vais dire à Betty qu'on va faire un tour.

La jeune fille lisait dans le salon.

— Vous rentrez déjà ? demanda-t-elle à voix basse sans se retourner ni se lever de son fauteuil.

— Il n'y a personne, comme d'habitude.

— Chut... Parle moins fort. Janet s'est endormie. Quentin n'est pas avec toi ?

— Il est resté m'attendre dehors. Je suis venu te dire qu'on allait faire un tour.

— Dans la nuit ? Vous n'êtes pas un peu fous ?

— On va pas loin, dans la maison du fantôme, juste à côté. T'as pas entendu parler de la maison du fantôme ?

Betty se souvint alors de Soazig Loussouarn, de son comportement démentiel dans la maison en ruine.

— Qu'est-ce que vous allez faire là-bas ?

Florimond lui sourit en prenant un air mystérieux.

— Ça je peux pas te le dire, c'est un secret. Te fais pas de bile, on en a pas pour longtemps.

Betty se retrouva seule avec Janet dans la maison. Lui revenaient en mémoire les paroles de la vieille hallucinée... Soazig l'avait mise en garde, un revenant s'y livrait toutes les nuits à de drôles de manigances. Elle avait fait allusion aussi à un feu qu'allumait le fantôme, et au fait que celui-ci n'était pas seul. Betty elle-même se rappelait les restes d'un foyer sur le sol de terre battue. Qu'est-ce que les deux garçons avaient à voir dans cette fantasmagorie d'un autre âge ?

Betty hésitait. Janet dormait à poings fermés. Elle prenait un comprimé de somnifère avant de se coucher, quand elle craignait d'être victime d'insomnies. Ce soir-là, cela avait dû être le cas. En ce qui concernait le type qui l'avait suivie au phare du Paon, l'affaire semblait classée. S'il avait voulu s'en prendre à Janet, il en aurait trouvé l'opportunité, depuis bientôt deux semaines.

De toute façon, Ambroise rentrait le lendemain. Cette surveillance forcée ne serait plus qu'un mauvais souvenir. Après tout, pourquoi pas ? Elle éteignit l'halogène, colla son oreille à la porte de la chambre. Aucun bruit, Janet était partie pour la nuit. Betty enfila sa veste pendue dans le vestibule à l'une des patères fixées au mur. En veillant à ne faire le moindre bruit, elle ferma à clef et prit la direction de la côte.

En chemin, Florimond et Quentin avaient ramassé des branches mortes, ce n'était pas ce qui manquait après la tempête. Leur feu allumé au milieu de la pièce, ils espéraient que réapparaisse le papillon qui leur avait échappé lors de leur dernière expédition.

Les premiers lépidoptères arrivaient, attirés par la lueur. Bientôt, toute une nuée tournoya autour des flammes. Mais toujours pas de sphinx tête de mort.

Betty s'arrêta au milieu de l'étroit sentier. Stupéfaite. Sur le ciel clair se découpait la masse sombre de la maison. La femme de l'autre jour ne lui avait pas menti : une lumière vacillait à l'intérieur. Celle d'un feu... Etaient-ce les garçons qui l'avaient allumé ? Ces deux-là partageaient un secret farouche, toujours à comploter avec des mines de coupables comme si cela la concernait.

Betty veillait où poser les pieds. Au loin, par-dessus le toit de la maisonnette, le faisceau de l'Œil-du-Diable balayait le ciel par intermittence. La silhouette de la bicoque sur la lumière céleste lui créait une étrange impression, proche du malaise. Elle se glissa contre le mur de pierres, jeta un coup d'œil par la fenêtre. La scène ne fit que renforcer son angoisse. Accroupis près d'un feu, les garçons étaient noyés dans une brume étrange, des points gris voletaient autour d'eux comme les flocons d'une neige souillée. A quel jeu morbide se livraient-ils ? Elle se redressa. Des papillons ! Florimond en tenait un entre ses doigts. Il lui transperça le thorax à l'aide d'une épingle, puis le ficha sur un bouchon de liège.

Horrifiée, Betty avait la gorge sèche. Dans la vacuité de son esprit se dessinaient des images étranges. Elle chancela, s'affaissa, dut s'adosser contre le mur. Les battements de son cœur l'envahissaient, le sang giclait dans son cerveau en ondes épaisses. La girouette infernale du phare virait toujours au-dessus de sa tête. Soudain, elle perçut des voix, inconnues et pourtant familières. Des voix d'avant, dans cette mémoire qui lui faisait défaut. Elle avait du mal à respirer, à stabiliser ses pensées. La tête lui tournait, les taches au fond de ses yeux n'étaient plus de vrais papillons, mais tout aussi nombreuses. Haletante, elle sentit s'éteindre sa conscience, poussa un petit cri.

Florimond et Quentin sursautèrent.

— T'as entendu ?

— Oui, c'est bizarre. On dirait quelqu'un qui se plaint.

— Ça vient de dehors, il faut aller voir.

Ni l'un ni l'autre n'avaient jamais eu peur des supposés fantômes, mais depuis quelque temps ils se sentaient moins fanfarons.

Betty avait perdu connaissance. Le menton sur la poitrine, elle était toujours assise dans l'herbe.

— Ça va pas, madame ? fit Florimond en s'accroupissant.

— C'est Betty ! s'exclama alors Quentin dans son dos. Tu vois bien que c'est Betty, quand même !

Florimond la reconnut à son tour. Il la secoua doucement, elle balbutia des paroles inintelligibles. Ses paupières s'entrouvrirent, elle revenait à elle. Elle mit quelques secondes à appréhender la situation.

— Qu'est-ce... que vous faites là, tous les deux ? balbutia-t-elle.

— Tu crois pas que ce serait plutôt à nous de

te demander ce que tu fabriques dehors à cette heure-ci ? fit Quentin. Tu as oublié qu'il y a un homme qui te court après ?

Florimond réalisa alors que la jeune Anglaise avait abandonné le rôle qui lui était assigné.

— Janet, tu l'as laissée seule !

Betty avait du mal à recouvrer sa pleine lucidité.

— Elle dormait, maugréa-t-elle d'une voix pâteuse. J'ai fermé la porte à clef sans faire de bruit.

Ça allait mieux. Elle parvint à redresser son buste.

— Vous savez aussi bien que moi que le type ne viendra plus. C'est vous-mêmes qui l'avez dit. Janet n'a rien à craindre.

— N'empêche, j'avais promis à mon père de jamais la laisser seule pendant qu'il était au phare.

33

Fut-ce le couinement de la porte ? Janet se réveilla au moment où Betty s'en allait. Elle hésitait à bouger, redoutant de déclencher l'une des migraines dont elle était coutumière et qui à chaque fois la laissaient sur le flanc. La maison était silencieuse, tout le monde dormait. Les jeunes avaient raison, elle avait tort de se tracasser. Betty avait mal vu, Ambroise s'était inquiété pour rien en la flanquant de deux gardes du corps. Elle sourit dans l'obscurité, voilà bien la preuve que son homme l'aimait encore. Elle s'obligea à respirer lentement. Le passé était enseveli, il ne fallait plus y penser. Elle se tourna sur le flanc, remonta ses genoux et glissa un bras entre sa joue et l'oreiller. En chien de fusil, sa position favorite, mais elle restait terriblement éveillée. Elle changea de côté, en vain. Cela lui apprendrait aussi à dormir dans la journée. Au bout de quelques minutes, elle n'y tint plus, décida de se lever afin de se désaltérer.

Les jeunes logeaient à l'étage. Betty s'entendait bien avec les deux garçons. Sur ce plan-là aussi, Janet était rassurée. Betty devait se reconstruire en se débarrassant de sa phobie des hommes. Quand la mémoire lui reviendrait, si ses angoisses persistaient, Janet l'enverrait consulter une psy afin de faire le ménage dans ses souvenirs. Betty devenait une belle jeune femme, sa répulsion vaincue, elle se marierait, elle aurait des enfants, un garçon notamment, celui que Janet n'avait pas eu. Grand-mère… Une perspective réjouissante, à condition que Betty lui déniche un gendre plutôt sympa, mais elle serait là pour veiller au grain.

Janet passa dans la salle de bains. Sur la tablette au-dessus du lavabo était ouvert le tube de somnifères. Elle hésita à absorber un autre comprimé, après son départ d'Angleterre elle savait ce qu'il lui en avait coûté d'en abuser. Elle s'humecta le visage, l'eau fraîche lui fit du bien. Elle restait dans le noir, une façon de se protéger. Dans la glace se reflétait la tache claire de son visage. Elle frissonna : la face livide d'un spectre… Rien d'étonnant, elle avait tellement souffert, mais la période sombre était terminée. Elle aurait bientôt le droit d'être heureuse.

Soudain, Janet éprouva le besoin de voir sa fille, afin de s'assurer de sa présence, de vérifier qu'elle n'avait besoin de rien. En évitant de faire craquer les marches, elle gravit l'escalier. Elle écouta à la porte de la chambre. Betty dormait. La pauvre petite était épuisée, elle aussi, il convenait de la laisser tranquille... Sur le point de redescendre, Janet se ravisa. Juste un petit coup d'œil. A cet âge-là, on dort à poings fermés, Betty ne risquait pas de se réveiller...

Janet entrouvrit la porte. Les ténèbres, aucun bruit, pas même le sifflement d'une respiration. Elle retint son souffle. Ce silence profond lui parut suspect. Elle alluma sur le palier. Poussa le battant jusqu'à ce qu'un rai de lumière donne sur le lit. Vide. Il n'avait même pas été défait. Aussitôt, Janet sentit son cœur s'emballer, elle s'enfonça les ongles dans les paumes afin de se calmer. Betty était en train de discuter avec Florimond. Ces deux-là s'entendaient bien, même s'il n'avait encore que treize ans.

La chambre en face. Aucune lumière non plus sous la porte. Janet colla son oreille au panneau, rien. Ils n'étaient quand même pas en train de dormir ensemble ! Auquel cas, il était de son devoir de mère d'y mettre le holà. Elle ouvrit, pressa l'interrupteur. Le lit était vide, lui aussi. A moins que Quentin, dans son grenier... Elle gravit l'escalier escamotable quatre à quatre.

— Qu'est-ce que vous faites là-haut, tous les trois ? Je sais que vous êtes là. Si c'est un jeu, je trouve pas ça drôle !

Elle souleva la trappe. La lucarne éclairait faiblement la pièce. Personne non plus. Cette fois, Janet n'eut plus la force de résister à l'angoisse, elle descendit comme une folle au rez-de-chaussée.

Les appela encore. Le vestibule, elle s'apprêtait à jeter un coup d'œil à l'extérieur. La poignée pivota, comme l'autre jour.

Janet était pétrifiée, l'esprit vidé en une seconde. Elle venait de crier, l'autre salaud savait qu'elle était là. Puisqu'il cherchait à entrer, c'est qu'il avait vu les trois jeunes sortir. Peut-être même, pendant qu'elle dormait, les avait-il attirés dehors afin de leur régler leur compte... A moins que ce ne soit Betty, celle-ci évitait de faire du bruit de crainte de la réveiller. La poignée bougea encore, la porte craqua, une épaule vérifiait si c'était verrouillé. C'était le cas. Pas de clef dans la serrure. Betty était partie se promener, elle l'avait perdue et elle avait peur de se faire attraper...

— C'est toi, ma chérie ?

Le bec-de-cane revint d'un coup sec à sa place. Plus rien, le silence, oppressant. Si c'était Betty, elle aurait répondu. Janet n'osait plus respirer. Elle crut entendre bouger derrière la porte, mais ce pouvait être le vent. Les graviers de l'allée crissèrent. Celui qui essayait d'entrer effectuait le tour de la maison en quête d'une autre ouverture. La fenêtre de la cuisine, il arrivait souvent que le mécanisme ne soit pas enclenché.

Janet se précipita. Au moment où elle faisait coulisser la touche, une ombre se dessina dans le jardin. La silhouette s'approchait, Janet recula. Un visage se colla à la vitre. Elle ne voyait pas très bien à cause de la buée, mais il ne s'agissait ni de

Florimond ni de Quentin, encore moins de Betty. Un homme, vu l'épaisseur des traits. Lequel des deux ? Adossée au buffet, la poignée du tiroir s'incrustait dans ses reins. Sans geste brusque, elle l'ouvrit à tâtons dans son dos. Parmi les couverts, ses doigts reconnurent le manche d'un grand couteau. Elle s'en saisit, repoussa le tiroir. Le visage pressé contre le carreau, l'homme scrutait l'intérieur de la cuisine, il ne l'avait pas vue de toute évidence. Une image de film d'épouvante, qui devenait réalité.

Le visage disparut. Les graviers couinèrent de nouveau. L'homme continuait son exploration. Il ne restait d'autre ouverture que celle de la chambre qu'elle partageait avec Ambroise. Rien à craindre, elle actionnait toujours le volet électrique afin de se dévêtir à l'abri des regards indiscrets. Le chuintement des graviers, les pas revenaient. Lentement, en évitant de faire du bruit.

Janet tituba jusque dans le vestibule, son arme tremblait entre ses doigts. Ses lèvres humides balbutiaient qu'elle ne voulait pas, *ils* n'avaient plus le droit de leur faire du mal, ni l'un ni l'autre, elle *les* suppliait de les laisser maintenant, elle et Betty.

Le silence était revenu. Le visiteur avait renoncé. En tout cas, la poignée restait immobile. Une brève accalmie, une clef se glissa dans la serrure, un cliquetis caractéristique. Janet leva son couteau. Au moment où s'ouvrit la porte, elle ferma les yeux, son bras balaya l'espace, la lame plongea vers la silhouette dans l'obscurité.

LES FORSYDE

34

Imaginez une coquette gentilhommière au sud de Canterbury, à l'écart de la route qui mène à Douvres. Des proportions raisonnables, deux tours quand même, encadrant une façade d'une vingtaine de mètres, un corps de logis organisé en deux étages, plus un grenier tout du long. Au rez-de-chaussée, les cuisines et la salle à manger. Les Forsyde en avaient fait l'acquisition au XIXe siècle, à l'époque où nombre de clans bourgeois avaient profité de la révolution industrielle.

Le patriarche à l'origine de la fortune se prénommait Harold. A la tête d'un patrimoine ancestral non négligeable, il avait eu le nez creux de vendre certaines de ses dépendances afin d'investir dans l'industrie de la filature, de quoi « se faire des couilles en or », prédisaient les économistes avertis. Harold avait été épaulé par son épouse, Molly, moins rapace mais plus diplomate et surtout plus fine psychologue, une qualité essentielle dans ce monde de requins.

Soixante et onze ans, Harold décéda en 1928. De dix printemps sa cadette, Molly tint les rênes de la dynastie d'une main ferme avant de rejoindre son mari, quatre ans plus tard. Entre-temps, elle avait pris le soin d'initier son fils, leur seul héritier. Né sur le tard, vingt-six ans lors de la disparition de son père, Graham ne dépara pas la lignée. Il eut même l'intelligence de profiter de la crise de 1929 et du krach financier pour spéculer et gonfler le portefeuille.

De tels économistes sont enclins à des mariages de raison. Graham épousa une demoiselle de riche famille. Très vite, Cynthia développa elle aussi un sens acéré des affaires. Le couple restaura le château de Canterbury de fort belle façon, s'alliant le concours d'architectes confirmés avec qui ils organisèrent l'agencement de l'ensemble du domaine.

Il était écrit que chez les Forsyde la procréation ne serait que vendanges tardives. Du moins du côté paternel. Ceci explique sans doute le fait que le père et le fils aient convolé avec des compagnes plus jeunes, capables d'enfanter tant qu'eux avaient encore la vigueur de les féconder. Graham mit son épouse enceinte au même âge où Harold avait engrossé Molly, soit quarante-cinq ans. Sans doute le conflit de 1939 à 1945 et les incertitudes qu'il engendra n'étaient-ils pas étrangers à cette prudence. Cette fois naquit une fille, deux ans après l'armistice : Janet. S'estimant trop vieux et n'en ayant plus le désir, le couple renonça à un héritier mâle pour perpétuer le nom de la dynastie. L'avenir leur démontra que c'était une erreur.

Janet vécut l'adolescence paisible d'une demoiselle bien rangée, cultivée, choyée par ses parents quand ceux-ci en prenaient le temps, sinon par une gouvernante à la poitrine volumineuse qui lui avait servi de nourrice. Inscrite à l'université d'Oxford, elle parlait le français aussi bien que sa langue maternelle. Mais voilà, elle s'amouracha d'un écornifleur de première classe.

Douglas Bridgeton, une voix grave, des yeux de velours, un teint mat et une fine moustache à la Clark Gable, une morphologie d'athlète, est-il besoin de préciser qu'il était la coqueluche des femmes ? Gigolo même à l'occasion, quand les finances commençaient à lui faire défaut.

Douglas rencontra Janet à un cocktail. Vingt-deux ans, plusieurs diplômes en poche, elle était de ces beautés diaphanes typiquement anglaises, des cheveux fins et frisottants, d'un blond flammé de roux, une peau blanche, une taille mince, une poitrine et des hanches bien dessinées. Elle ne manquait pas de prétendants. Quelques amourettes par-ci par-là, mais sans avoir consommé. Pas par pruderie, mais les parents Forsyde estimaient qu'il était de son devoir de leur apporter un gendre ayant le sens des affaires et ne relâchaient jamais leur surveillance. Ils allaient être gâtés...

Cette éducation rigoriste détermina certainement le choix de Janet, un mouvement d'humeur aussi bien qu'un coup de cœur. Aux antipodes du gendre imaginé par ses chers parents, Douglas Bridgeton incarnait en effet pour la jeune fille le moyen idéal de narguer l'autorité bourgeoise et de s'en émanciper. A aucun moment ne lui vint à l'esprit le risque d'être déshéritée.

Janet était majeure. Libre donc de fréquenter qui bon lui semblait. Au bout de quelques semaines, elle se résolut à présenter Douglas à ses parents, histoire de les provoquer. Face à la résidence des Forsyde, le coucou comprit que l'aventure méritait mieux qu'une simple partie de jambes en l'air. Augurant que les deux collets montés avaient dû se renseigner à son sujet, il s'efforça d'endosser la pelure du gendre acceptable. Il s'appliquait à répondre avec courtoisie aux questions insidieuses de Graham et de Cynthia Forsyde, même si ça le démangeait de les envoyer balader, notamment quand le père lui demanda de préciser ses intentions à l'égard de sa fille. De la sauter et de m'occuper de ton pognon, mon gros. Il se contenta d'affirmer la sincérité de ses sentiments, de remercier une famille aussi respectable de lui faire l'honneur de le recevoir. Graham hocha la tête d'un air dubitatif. Séduite, Cynthia vainquit ses réticences.

Graham connaissait sa fille : sous la douceur

extérieure se cachait un fichu caractère, elle était capable de s'entêter avec ce jean-foutre rien que pour les emmerder. Il évita donc de la prendre de front, espérant qu'elle comprendrait d'elle-même son erreur.

Peine perdue. Janet se prit à aimer Douglas avec la naïveté d'une adolescente. Elle eut le malheur de succomber entre ses bras puissants, un soir où, dans sa garçonnière, il lui susurrait des douceurs entre deux coupes d'un médiocre champagne. Bien sûr, Janet ne s'était pas laissé dépuceler sans quelques garanties – voilà quelques semaines qu'elle parlait mariage. Il avait esquivé le sujet. Pourquoi pas ? Il l'aimait, cette issue ne serait pas pour lui déplaire. Patatras ! Le tabernacle forcé, la belle se trouva enceinte dès la première communion, contrainte d'annoncer quelques semaines plus tard son infortune à ses parents. Pratiquants assidus, impensable d'envisager un avortement en catimini ! Elle avait voulu jouer à la plus maligne ? Elle n'avait qu'à se débrouiller avec son adonis.

Pour être honnête, Douglas ne tenta pas de se défiler. Les beaux-parents n'étaient pas de première jeunesse, ils n'avaient d'autre héritier que leur fille, une fortune familiale éloquente.

C'était sans compter sur la méfiance de Graham. Avec un tel coco, hors de question pour sa fille de s'unir sous le régime de la communauté. Il fit établir un contrat de mariage en bonne et due forme chez son notaire, stipulant qu'après le décès des deux parents la fortune et tous les biens des Forsyde reviendraient à Janet. A elle seule.

Le Douglas encaissa le coup, mais il était trop enferré pour se dédire.

35

Le mariage eut lieu au printemps 1970. Betty naquit six mois plus tard.

« Elle se porte bien pour une prématurée, dites donc ! » ironisaient certains esprits aigris, en position de force toutefois pour se permettre ce genre de piques.

Janet souriait. Le grand-père se contentait de froncer les sourcils en faisant la sourde oreille. La grand-mère affirmait en revanche d'une voix claire que la petiote était en bonne santé. Fin du chapitre.

Cette issue matrimoniale abrégea la crise d'opposition de Janet, une adolescence tardive en quelque sorte. Elle en retira la fierté d'avoir bravé l'autorité de la dynastie familiale. De l'avoir vaincue, même à ses dépens, à présent elle pouvait rentrer dans le rang. Miss Bridgeton devint la Forsyde qu'elle se refusait à être auparavant. Une reconversion très vite nécessaire.

Douglas avait rejoint son épouse dans la propriété

familiale. Il ne mit pas longtemps à y trouver ses marques, se découvrant une âme de nobliau. Il ne cherchait pas de travail, espérant que son beau-père l'intéresserait à l'entreprise, ce à quoi celui-ci se refusait. Autrement dit, le dandy n'avait qu'à glander du matin au soir. Il se promenait dans le parc, se permettait de rabrouer le jardinier sur la façon d'entretenir les plates-bandes, de tailler les rosiers, alors qu'il n'y connaissait fichtrement rien. De la même façon, il taquinait la servante qui faisait office de cuisinière et de lingère. Aurait-elle été plus jeune, il lui aurait volontiers conté fleurette, mais, ses quarante automnes bien tassés, la Peggy n'avait jamais été du genre à se laisser trousser par le premier venu, serait-il le gendre de son patron.

Graham toléra pendant plus d'un an ce parasite à lui tourner dans les pattes. Puis, ne supportant plus son oisiveté chronique, il décida de l'occuper comme garçon de course. Douglas empruntait la voiture, obtempérait en serrant les dents, mais il en eut vite assez de se faire traiter comme un larbin.

Une autre année s'écoula. Un jour, Douglas envoya paître son beau-père en lui rappelant qu'il n'était pas son employé mais le mari de sa fille. Il ne risquait pas de l'oublier avec un olibrius de son calibre ! lui rétorqua Graham. Douglas n'avait que deux solutions : se fâcher ou feindre de ne pas avoir entendu, il ne choisit pas la seconde.

Le châtelain avait alors soixante-dix ans. Encore alerte malgré un peu d'embonpoint. Son activité financière ne lui octroyait guère le temps de l'exercice physique salutaire à son âge ; bien que de caractère sévère, il ne dédaignait pas la bonne chère, un whisky irlandais en fin de repas ou un ballon du cognac qu'il importait de France. Autant de petits écarts à propos desquels Cynthia le mettait en garde :

« Un jour, tu auras des ennuis… »

Douglas se dressa donc face à son beau-père.

— D'être bourré de fric ne te donne pas le droit de m'insulter.

Graham n'était pas non plus du genre à baisser les yeux. Il s'efforçait de conserver son calme devant ce jeune con qui prétendait lui donner la leçon, de surcroît en le tutoyant.

— Je ne vous ai pas insulté, que je sache. Je suis juste en train d'essayer de vous faire comprendre que vous menez une drôle de vie.

— Je mène la vie que je veux.

— Avec l'argent de ma fille.

— Elle est ma femme. Il est de son devoir de subvenir aux besoins de son mari.

— C'est nouveau, ça ! Depuis quand c'est à la femme d'entretenir son bonhomme ?

— Depuis que je lui ai fait l'honneur de l'épouser.

Graham sentait le sang lui affluer au visage.

— Quel honneur d'avoir sacrifié son existence pour un bon à rien…

— Ce n'est pas ce qu'elle dit quand elle est au lit entre mes bras.

S'il y avait une chose qui insupportait le père Forsyde, c'était la grivoiserie envers une femme, soit-elle une simple invitée, sa bonne, et à plus forte raison Cynthia ou sa fille. Il était devenu cramoisi.

— Douglas Bridgeton, vous n'êtes qu'un... qu'un... qu'un salaud !

Habitué à ce genre d'esclandre, Douglas savait rester maître de ses nerfs, ce qui ne faisait qu'exaspérer son vis-à-vis.

— Pour ne plus vous servir, cher beau-père, ricana-t-il en esquissant une petite révérence.

— Si je m'écoutais, je vous casserais la figure !

— Mais écoutez-vous, mon cher Graham. Je vous en prie, écoutez-vous.

Le teint apoplectique, le patriarche leva une main tremblante. Douglas lui bloqua aussitôt le poignet. Ils se retrouvèrent nez contre nez.

— Tu crois peut-être me faire peur, vieille baderne ?

Graham avait la bouche entrouverte. Les yeux injectés de sang, il suffoquait. Soudain, son regard se voila, il vacilla. Son gendre le lâcha, il s'affaissa à ses pieds, telle une marionnette de chiffon dont on aurait coupé les fils.

Cette brève échauffourée s'était déroulée dans le parc, dans une clairière ceinte de rhododendrons, à l'abri des regards indiscrets. Douglas se pencha sur son beau-père. Les yeux révulsés, celui-ci ne respirait plus qu'à petites goulées. Un coup de sang carabiné. Si on ne lui portait pas secours à la minute, il n'en avait plus pour bien longtemps. Douglas s'empressa de décamper, en veillant à ne pas être vu.

A l'autre bout de la propriété, Janet promenait sa fillette dans sa poussette. Betty avait deux ans. Douglas rejoignit son épouse.

— Tu n'as pas vu mon père ?

— Ton père ? Non. Il doit être dans son bureau.

A ce moment-là retentirent des cris.

— C'est curieux, fit Douglas, en tendant l'oreille. On dirait Matthew. Il doit courir après une taupe et il ne parvient pas à l'attraper.

L'instant d'après, Janet entendit hurler sa mère. Elle se précipita. Douglas la retint.

— Reste avec la petite, je vais voir.

Il feignit de se presser. Sa belle-mère était accroupie auprès de son mari. Celui-ci avait la tête posée sur ses genoux.

— Mon Dieu ! Qu'est-ce qui se passe ? s'inquiéta Douglas.

Matthew se tenait à côté, les bras ballants.

— C'est monsieur, il...

Sa voix chargée de sanglots s'enroua.

Cynthia leva son visage inondé de larmes.

— C'est épouvantable, il a dû faire une attaque.

Janet accourait avec sa fillette. A la vue de son

père allongé sur le gazon, elle abandonna la poussette au milieu de l'allée.

— C'est ton père, ma chérie… bredouilla Douglas en lui barrant le passage. Il a fait un malaise.

— Il faut appeler un médecin ! Matthew, qu'est-ce que vous attendez pour aller chercher le docteur Stuart ?

Janet écarta son mari, qui cette fois la laissa passer bien volontiers. Devant le visage congestionné de son père, ses lèvres bleuies et ses yeux vitreux, elle joignit ses pleurs à ceux de sa mère.

36

Douglas Bridgeton pensait enfin dégagé le chemin vers la fortune. Ce vieil imbécile de Graham Forsyde au cimetière, sa veuve se retrouvait à la tête d'une entreprise trop lourde pour une femme de soixante ans. Quant à Janet, elle avait assez à s'occuper de sa gamine. De toute façon, il se faisait fort de la mettre au pas. Comme d'exiger l'annulation pure et simple du fâcheux contrat de mariage. Une procédure légitime, puisque ce serait lui qui ferait marcher la boutique. Au pire, il graisserait la patte du notaire – entre personnes de bonne intelligence, tout s'achetait, même les probités les plus incorruptibles.

Là encore, le bellâtre se berçait de douces illusions. Si Cynthia Forsyde était loin d'être une maîtresse femme – du moins physiquement – il en allait tout autrement sur le plan intellectuel. En premier lieu, elle ne fut pas une veuve éplorée. Secundo, si elle avait choisi de rester dans l'ombre,

Cynthia connaissait aussi bien que son défunt mari les rouages des affaires familiales.

Dès le soir des obsèques, Douglas entreprit de la jouer finement. Il assura la veuve et l'orpheline de son soutien indéfectible. Etant désormais le seul homme au logis, il se déclara prêt à assumer le rôle de chef de famille. Pour un peu, Janet aurait été fière de lui. Plus fine mouche, Cynthia fut loin de tomber dans le panneau.

Les relations se tendirent quelques mois plus tard, le soir où Douglas invita son épouse et sa belle-mère dans le restaurant à la mode de Canterbury. Une largesse sans frais, puisque c'était son épouse qui réglerait l'addition. A la fin du repas, il demanda à ce que le dessert soit servi dans un petit salon réservé aux discussions d'affaires.

— Diable, vous avez donc des choses si importantes à nous dire ? s'étonna Cynthia.

Douglas esquissa un sourire entendu.

— Il se pourrait. Venez.

Le serveur les accompagna dans un boudoir aux murs tendus de reps rouge, avec pour seul éclairage une lampe, une Tiffany, s'il ne s'agissait pas d'une contrefaçon. Un décor davantage pour des rendez-vous galants, avec de surcroît un sofa.

— Ici, vous ne serez pas dérangés, fit le garçon. Je vous apporte votre dessert, ainsi que la bouteille de champagne que vous avez commandée.

— Du champagne ! s'exclama Cynthia une fois

que le serveur se fut éclipsé. Vous avez quelque événement heureux à fêter. A moins que...

Elle adressa à sa fille un regard malicieux.

— Un petit frère pour Betty ?

— Non, maman. Ce n'est pas ça. Pour être honnête, Douglas ne m'a pas mise dans le secret.

Les îles flottantes arrivèrent, la bouteille cravatée d'une serviette dans son seau fut posée au centre du guéridon.

Un long silence s'installa. Douglas s'occupa du champagne. Il emplit les flûtes avec maestria.

— Pas trop pour moi, protesta Janet.

— Puisque nous devons discuter de choses aussi importantes, il est bon de garder les idées claires, fit Cynthia avec un geste de la main. Si vous pouviez nous dire maintenant ce qui nous vaut tant de mystères...

— J'ai réfléchi au sujet de *notre* affaire. Je pense qu'il y a moyen de la faire fructifier en revisitant certains secteurs financiers et en diversifiant nos créneaux d'activité.

— Ah bon...

— J'ai conservé quelques relations, des hommes d'affaires dignes de toute confiance. Ils sont disposés à injecter des fonds assez conséquents dans notre entreprise pour épauler nos projets.

Nous y voilà... se dit la belle-mère.

— Qu'est-ce que vous voulez nous demander, au bout du compte ?

Douglas aspira une gorgée de champagne. Clappa

de la langue afin de signifier qu'il le trouvait délicieux.

— Vous avez raison. Inutile de tergiverser. Je voudrais juste que vous m'accordiez un certain pouvoir de décision afin d'avoir les coudées franches dans les négociations que je serai amené à entreprendre si vous me faites confiance.

Cynthia le regarda en souriant.

— Rien que ça ?

— Je ne vous demande aucune reconnaissance en contrepartie, mais il me paraît prudent de revoir le contrat de mariage. Maintenant que vous avez pu vous rendre compte de mon honnêteté, ce sont des précautions qui ne sont plus nécessaires.

Un petit coup d'affectif, se dit Douglas, et l'affaire est dans le sac.

— Il y a autre chose qui me tracasse. Cynthia, quand vous ne serez plus là…

— Mon Dieu, vous ne voulez quand même pas m'envoyer rejoindre déjà mon cher Graham ?

— Loin de moi cette sordide pensée. Mais on n'est jamais à l'abri des aléas de l'existence. Qui aurait prédit il y a seulement quelques mois qu'aujourd'hui Graham ne serait plus des nôtres ? Janet va se trouver en charge d'une responsabilité bien trop lourde pour elle.

— Eh bien, quand je serai au cimetière, elle prendra les dispositions qu'elle jugera utiles pour le bien de l'entreprise qui lui reviendra de droit puisque c'est celle de *sa* famille.

Prise entre deux feux, Janet gardait le silence. Fatiguée de ces arabesques oratoires d'une hypocrisie consommée, Cynthia décida de porter l'estocade :

— Mon *cher* beau-fils, je vous sais gré de votre sollicitude. Si le besoin s'en faisait sentir, je ferais appel à vos *hautes* compétences. D'ici là, laissez-nous nous occuper de nos affaires.

Vieille taupe, se dit Douglas, en encaissant cette fin de non-recevoir.

A dater de cette escarmouche, Cynthia et Janet tinrent à quatre mains les rênes de l'entreprise familiale. Ulcéré, Douglas les regardait faire : tôt ou tard elles allaient se casser la figure... Craignant un second camouflet, il n'eut pas l'audace de revenir à l'assaut. Histoire de tuer le temps, il se rendait à Canterbury. Parfois même, il poussait jusqu'à Londres. Afin de calmer ses humeurs, Janet, avec l'accord de sa mère, lui allouait une petite somme hebdomadaire, son argent de poche en quelque sorte, comme à un adolescent. Douglas fréquentait les pubs, les tripots des bas-fonds périphériques. Des pèlerins, désœuvrés comme lui, lui apprirent à jouer au poker.

On ne peut être heureux et au jeu et en amour. Douglas Bridgeton faisait preuve d'une chance insolente d'une table à l'autre, dispensé ainsi de s'humilier à mendier une rallonge près de sa chère épouse. Ses compagnons de jeu s'étonnaient qu'un industriel ait autant de temps libre. Il leur expliquait qu'il était à la tête d'une armée de larbins auxquels il avait appris à marcher droit et qui turbinaient à sa place.

Le destin a souvent la cruelle ironie de ne laisser gamberger ses proies que pour mieux les estourbir au moment voulu.

La chance tourna. Quelques revers cuisants. A plusieurs reprises, Douglas fut obligé de signer des reconnaissances de dettes. Les affaires des Forsyde étaient florissantes, Janet épongeait les frasques de son mari sans sourciller, à condition qu'il lui fiche la paix.

Douze années s'écoulèrent dans cette dépendance singulière. A trente-huit ans, Janet avait trouvé un travail en parallèle à l'entreprise familiale, laquelle lui laissait beaucoup de temps libre : traductrice pour une maison d'édition de Londres, un travail intéressant qui ne lui rapportait pas des mille et des cents, mais où elle renouait avec ses appétences littéraires.

A quatorze ans, Betty était une belle adolescente, précoce pour son âge. Cynthia avait soixante-treize ans. Trois femmes, trois générations, avec des accointances de caractère qui en faisaient un clan indissociable. Bien que d'apparence souffreteuse, l'aïeule affichait une santé de fer. Le brouillard anglais n'avait aucune prise sur ses bronches, jamais un rhume, une immunité naturelle contre les épidémies de grippe qui sévissaient chaque hiver de ce côté de la Manche. Là encore, il se vérifia que personne en ce bas monde n'est invulnérable.

Un matin, Cynthia se réveilla avec une pointe au flanc gauche. Ce ne fut plus qu'un mauvais souvenir en fin d'après-midi, mais la douleur se réveilla pendant la nuit, plus aiguë cette fois. Le lendemain, Janet s'inquiéta de son teint pâle et de ses yeux cernés, de sa façon de se déplacer légèrement voûtée.

Le docteur Stuart l'avait auscultée, l'air soucieux. Janet le raccompagna.

— Alors ?

Le docteur mit quelques secondes avant de répondre. Janet comprit que c'était sérieux.

— Je téléphone à mon confrère dès que j'arrive à mon cabinet. Conduisez-la à la clinique dès demain matin.

— C'est grave ?

— Ça pourrait l'être. En tout cas, il ne faut pas traîner.

Un cancer du foie, un vilain crabe déjà bien cramponné aux tissus, qui se ramifia à une vitesse foudroyante. Cynthia refusa de se faire soigner. Un mois plus tard, elle rendait son dernier souffle.

37

Douglas Bridgeton considéra le décès de sa belle-mère comme une victoire fondamentale. Maintenant que la fortune des Forsyde se trouvait entre les seules mains de Janet, il se faisait fort de clarifier la situation. D'autant qu'à son avis elle n'aurait pas les reins assez solides pour diriger l'entreprise.

Sur ce dernier point, Douglas ne se trompait pas. Bien que formée par sa défunte mère, la dernière des Forsyde n'avait pas l'étoffe de ses prédécesseurs. Trop tendre, pas assez cassante pour rivaliser avec les roublards de la finance. Malgré ses faiblesses, Janet allait mettre un point d'honneur à tenir tête à son cher époux. Une promesse que sa mère était parvenue à lui extorquer avant de tirer sa révérence.

Janet n'avait jamais eu le courage de divorcer. Sa mère ne l'y avait pas incitée – les reliquats d'une trop pieuse éducation. A présent que celle-ci n'était plus là pour la protéger, Janet décida de couper les vivres à son parasite, en espérant le décider à vider les lieux de sa propre initiative.

Douglas n'eut pas la décence de patienter avant de revenir à l'attaque. Son état physique s'était dégradé. Sur ses joues affaissées apparaissaient les insidieuses fibrilles de la couperose. Il avait le regard moins vif, le blanc des yeux jaunâtre, une petite bedaine lui tendait le gilet. Encore plus invalidant pour une vanité aussi hypertrophiée, il n'avait plus la même facilité de conquête près des dames en pénurie conjugale. En revanche, il jouait toujours à un train d'enfer, gagnait de moins en moins, signait des promesses de dettes exorbitantes. Bref, il avait le couteau sur la gorge, d'où la nécessité de mettre les choses au point avec sa chère Janet...

Quand Douglas lui réclama une discussion en tête à tête, elle préféra ne pas différer un entretien qu'elle savait inéluctable.

Sur le plan éloquence, Douglas avait aussi régressé. Trop sûr de lui, il n'usa pas de la diplomatie propre à attendrir Janet. D'emblée, il étala ses problèmes pécuniaires, le besoin de liquidité pressant qui le mettait aux abois, une question d'honneur, des dédits que ne pouvait se permettre un représentant du clan des Forsyde. Janet hocha la tête avec un sourire narquois.

— Si vous en veniez au fait, monsieur mon mari...

— Tu es riche, immensément riche. Je suis ton mari, comme tu viens de le reconnaître. Maintenant que ta mère n'est plus là, je suis encore disposé à te seconder au sein de l'entreprise. Tu vois, je ne demande pas à être payé à rien faire.

— Mais mon pauvre ami, l'argent que je t'allouerais, tu le dilapiderais aussitôt sur les tables de jeu.

Il la regardait fixement, l'étudiant pour essayer de deviner le fond de sa pensée. Malgré la haine qu'elle pouvait lire dans les yeux de son époux, Janet ne baissait pas les siens.

— Tu pourrais quand même me faire une avance. J'ai quelques dettes à régler au plus vite. Cela me servira de leçon. Tu vois, je suis prêt à faire attention. Tu peux m'accorder ta confiance.

— On en reparlera quand je jugerai le moment venu.

Janet se leva et quitta le salon sans autre forme de procès.

Resté seul, en quelques secondes se déroula dans l'esprit du bellâtre le fil de leur relation. Les amours du début, puis l'indifférence avant que Janet ne commence à le battre froid. Plus que de ne pouvoir assouvir son désir, son orgueil de mâle n'avait pu tolérer qu'elle le repousse. Douglas se rendait compte à présent que sa Janet était au moins aussi retorse que sa garce de mère. Etait-il concevable pour une épouse de son rang d'ignorer la main de son mari en train de se noyer ?

Douglas ne mentait pas quand il disait s'être fourré dans une situation des plus délicates. Il devait une somme coquette à l'un des manitous des tables de poker. Un nommé Herbert Donegan. Un sale type qui ne faisait jamais de cadeau à ses victimes. La partie s'était jouée en quelques minutes, un engrenage. Tapis ! Un coup de bluff auquel son adversaire ne s'était pas laissé prendre. Au moment de payer l'addition, Douglas n'avait eu d'autre choix que de signer une énième reconnaissance de dette, le délai d'échéance arrivait à expiration. Il avait promis de tenir parole en faisant miroiter la fortune de sa femme. Les Forsyde quand même, ce n'était pas rien ! Et voilà que cette mijaurée de Janet lui refusait son aide… La date butoir était dans trois jours, un rendez-vous matinal devant le tripot où il avait laissé des plumes. Il avait intérêt à être ponctuel. Ce n'étaient pas des menaces en l'air.

La veille du jour fatal, Douglas pensa disparaître le temps de se faire oublier, mais il savait ses créanciers tenaces. Le matin, il n'eut cependant pas le courage de les affronter. Janet était partie au siège de l'entreprise, c'était le jour de congé du jardinier, la cuisinière était allée faire les emplettes. Douglas se trouvait seul au domaine avec Betty. Une limousine s'avança dans l'allée en tout début d'après-midi. Il en descendit trois hommes, costume sombre, chapeau et lunettes noires, souliers vernis, le portrait type des gangsters mondains. Alertée par le bruit du moteur, Betty sortit sur le perron. Elle se sentit aussitôt mal à l'aise. Croyant avoir affaire à une domestique, les visiteurs la dévisageaient avec un sourire étrange, l'examinaient des pieds à la tête comme une jeune esclave sur les marchés négriers.

— M. Bridgeton n'est pas là ?

Elle s'empressa d'aller chercher son père dans le salon où, malgré son angoisse, il s'efforçait de lire le *Times*.

— On te demande.

Douglas sentit son sang se glacer. Son premier réflexe fut de s'enfuir, mais, prévoyant le coup, les visiteurs avaient suivi Betty. Ils se présentèrent à la porte au moment où il y parvenait.

— Tu as dû avoir un empêchement, fit Donegan. Alors on a pris sur nous de te rendre une petite visite.

— Laisse-nous, Betty, fit Douglas d'une voix rauque. Nous avons à causer.

Les relations de l'adolescente avec son père n'avaient jamais été très cordiales. Il ne lui avait jamais prodigué beaucoup de tendresse, elle n'avait jamais éprouvé l'envie de se réfugier entre ses bras. Elle fut soulagée de pouvoir lever le camp. Les trois hommes la regardèrent sortir, les yeux rivés sur ses hanches, sans essayer de dissimuler leur intérêt.

— Plutôt bien roulée, ta petite bonne.

— C'est ma fille.

— Ah ! Tu sais quand même pourquoi on est là ?

— Oui, bien sûr... Ce matin, j'ai eu un contretemps, mais je ne vous ai pas oubliés. J'aurais besoin cependant d'un petit délai supplémentaire. Des problèmes de comptabilité, l'impossibilité de débloquer les fonds promis. Ma femme est en train de s'en occuper.

— C'est ennuyeux. Tu vois, mes amis et moi, s'il y a une chose qu'on déteste par-dessus tout, c'est se déplacer pour rien. Tu as signé, il faut nous rembourser aujourd'hui.

— Je viens de vous expliquer que ce n'est pas possible.

Donegan se laissa tomber dans le fauteuil. Ses acolytes se tenaient devant la porte. S'ensuivit un long silence.

— Où elle est, ton épouse ? Autant s'arranger sans intermédiaire avec celle qui porte la culotte dans le ménage.

— Elle est partie pour la journée. Elle ne reviendra que dans la soirée, avec l'argent que je vous dois. Tard certainement.

— Il y aurait peut-être un moyen de nous faire patienter.

Douglas sentit une goutte de miel lui couler dans le cœur.

— Je savais que je pouvais compter sur votre compréhension. Qu'est-ce que je dois faire ?

— C'est vrai qu'elle est vachement jolie, ta fille, fit Donegan. Toute fraîche, avec ça. Elle a de quoi faire tourner la tête des hommes. Vous trouvez pas, les amis ?

Les deux autres approuvèrent en s'esclaffant.

— Si tu nous laissais discuter avec elle, je crois bien qu'on t'accorderait une semaine de répit. Peut-être même qu'on oublierait que tu nous dois des sous. Comment elle s'appelle ?

— Betty, marmonna Douglas.

— Tu veux pas aller la chercher, Betty ?

— Qu'est-ce que vous lui voulez ?

— La convaincre de venir en aide à son pauvre papa qui s'est fourré dans un merdier pas possible.

— Vous ne lui ferez pas de mal ?

— Pourquoi voudrais-tu qu'on lui fasse du mal ? Juste causer un peu. Dis-lui que nous l'invitons à boire un verre, un jus de fruits. A son âge, on aime les jus de fruits.

Le caïd se leva et vint se placer face à Douglas.

— T'as pas le choix. Ou tu vas chercher ta gamine, ou on fout le bordel dans ton château.

Douglas se dirigea en titubant vers la porte.

— James, tu l'accompagnes au cas où il trouverait plus le chemin pour revenir. Nous, on va préparer de quoi trinquer entre amis. Le bar, c'est le buffet qui est là ? Je suppose qu'il y a tout ce qu'il faut.

Ils préparèrent en effet à Betty de quoi se désaltérer. Pas de l'alcool, misant qu'elle aurait refusé. Mais un cocktail de jus de fruits dans lequel ils vidèrent un sachet que certains salauds utilisaient dans les boîtes de nuit pour attirer des jeunes filles dans leurs rets, afin de les priver de la volonté de se défendre.

Douglas expliqua à Betty que l'affaire était réglée. Les trois messieurs l'invitaient à prendre un verre. L'adolescente se tenait sur la défensive.

— Pourquoi moi ?

Ce fut le nommé James qui répondit :

— Mon patron a une fille de votre âge qui vous ressemble. Elle est rousse, elle aussi. Il aurait beaucoup de plaisir à discuter avec vous.

Quelle raison aurait-elle eue de refuser ? Betty suivit son père et l'autre individu. Elle ne se méfia pas davantage quand Herbert Donegan lui tendit la décoction.

— Asseyez-vous et buvez donc. Quant à nous, nous allons déguster un doigt de cet excellent whisky, n'est-ce pas, mon cher Douglas ?

Le breuvage ne tarda pas à faire son effet. Betty sentit d'abord la tête lui tourner, elle voulut se lever.

— Non, non... Vous n'allez pas partir déjà.

Douglas fut étonné de voir sa fille sourire.

— C'est bizarre, je me sens toute drôle, j'ai trop chaud, marmonna-t-elle d'une voix pâteuse.

— Vous pouvez nous laisser, Douglas, fit Herbert. Allez donc faire un tour dans le parc pendant que nous tenons compagnie à votre fille.

Douglas aurait dû refuser s'il n'avait été un lâche. Il hésita, mais se leva et quitta la pièce.

S'ensuivit un long silence. Betty perdait peu à peu conscience de la réalité.

— Mettez-vous à l'aise, mademoiselle, reprit Donegan. Ce n'est pas étonnant que vous ayez trop chaud, avec tout ce que vous avez sur le dos. Vous voulez qu'on vous aide à vous dégrafer ?

Comme une automate, Betty se leva et commença à se dévêtir en titubant. Les trois hommes se régalaient de l'effeuillage. Bientôt, elle se retrouva en petite tenue. Elle dodelinait de la tête avec un sourire béat.

Par chance pour Betty, sa mère rentra plus tôt que prévu. La limousine garée au milieu de l'allée l'empêchait d'avancer son propre véhicule. Douglas se tenait au bas du perron, il ne pouvait plus l'éviter.

— C'est à qui ?

— Des amis... Ils prennent un verre dans le salon.

— Tu n'es pas avec eux ?

— Ils avaient deux ou trois trucs à discuter entre eux. Ils m'ont demandé de les laisser quelques minutes.

— Et Betty ?

Douglas baissa la tête.

— Où est Betty ?

— Je ne sais pas.

Janet comprit l'incongruité de la situation. Elle se précipita dans la demeure. Au mur du vaste hall d'entrée était accroché le fusil de son défunt père, une relique parmi tant d'autres. Elle ne s'était jamais servie d'une arme, aussi est-ce étonnant qu'elle ait le réflexe de le décrocher avant de pénétrer dans le salon.

Le regard halluciné, Betty se tenait debout au milieu de la pièce, nue à présent, au milieu de trois inconnus, avachis dans les fauteuils, et en train de la reluquer sous toutes les coutures. Horrifiée, sa mère se dressa face à eux. Tout malfrats qu'ils étaient, Herbert Donegan, James Curlay et Gordon Wiggs se trouvèrent décontenancés face à cette mère en furie qui braquait un fusil sur eux. Puis ils partirent d'un immense éclat de rire.

— Vous allez foutre le camp de chez moi !

Janet ne hurlait pas, elle n'en était que plus impressionnante.

— Tout doux, ma belle… Ton mari a une petite dette à nous régler. Il n'avait pas de monnaie, il a préféré nous payer en nature…

— Déguerpissez tout de suite avant que…

— Pose ton joujou, ma chérie, la coupa Donegan sans hausser le ton. Tu serais capable de te blesser.

— De toute façon, avec un tromblon pareil, elle risque pas de nous faire beaucoup de mal, ricana Curlay.

L'arme tremblait entre ses mains. Janet gardait l'index replié sur la détente.

— Je vous préviens, je vais tirer…

— Oh là là ! s'exclama Donegan. Tu peux pas savoir comme tu nous fais peur. Hein, les gars, qu'elle nous fait peur ?

Et les deux autres de hocher vivement la tête en signe d'approbation.

Janet perdait pied. Betty restait figée au milieu

de la pièce, ne tentant même pas de dissimuler sa nudité, étrangère à la scène.

— Pose ça, maintenant ! aboya Donegan en se levant. On a autre chose à faire que de s'amuser avec toi. Ton mari nous doit du pognon, il nous a dit que c'était toi qui allais cracher au bassinet. Alors, tu vas chercher ta tirelire.

Il avança sur elle. Janet recula. Quand son dos rencontra le mur, machinalement elle pressa la détente. La logique aurait voulu que le canon soit vide depuis tout ce temps, que l'arme ne soit plus en état de fonctionner. Une cartouche de chevrotines avait dû y être oubliée, la déflagration fit trembler les vitres. La gerbe de gros plombs passa sur la droite de Donegan, mais l'un d'eux l'atteignit à l'épaule. Il chancela, Betty poussa un hurlement et s'affaissa sur le tapis. Curlay et Wiggs esquissèrent le geste de sortir leurs pistolets afin de venger leur patron. Malgré sa blessure, celui-ci conservait une certaine lucidité : ce serait une erreur des plus funestes de régler son compte à une Forsyde.

— Laissez, les gars. On se tire...

Avant de quitter la pièce, grimaçant de douleur, il s'adressa à Janet, qui tenait toujours son fusil comme un vulgaire balai :

— Un jour, on se retrouvera.

Du parc, Douglas avait entendu la détonation. Un seul coup, il avait pensé que c'était son épouse qui avait fait les frais de son inconséquence. Quand il vit Donegan sortir en serrant son bras contre sa poitrine, soutenu par ses deux acolytes, il comprit.

— Pour la dette…

— Comme tu peux le constater, ta femme ne nous a pas laissé le temps d'éponger l'addition de la façon dont nous avions convenu, lâcha Donegan. Dommage pour toi, mais ne te crois pas quitte pour autant.

Le soir même, aidée de Betty, Janet Bridgeton bouclait ses valises. Le lendemain, après avoir fait examiner sa fille par une doctoresse, la mère passa chez le notaire dont l'étude s'occupait des affaires de la famille depuis trois générations. Elle l'informa de son intention de quitter l'Angleterre au plus vite et lui donna l'ordre de liquider l'entreprise et de mettre en vente toutes les dépendances et propriétés.

Le notaire la crut devenue folle.

— Il sera impossible de trouver un acquéreur…

— Allons donc… Voilà des années que nos concurrents rêvent d'écraser la dynastie des Forsyde. Ils ne vont pas manquer une pareille occasion d'élargir leurs propres marchés en récupérant notre clientèle. Vendez tout. Même à bas prix, il me restera de quoi vivre largement. Je vous contacterai dans quelque temps pour vous dire où je serai avec ma fille afin que vous me régliez le produit de la transaction. Personne ne devra savoir où nous nous trouvons. Vous m'avez bien compris ? Personne.

DOUGLAS BRIDGETON

38

La jeune fille et les deux garçons se hâtaient dans la nuit. Oubliée, la séance des papillons, c'était pure inconséquence d'avoir laissé Janet à la merci de l'ennemi. Betty revoyait le visage de l'inconnu sur l'esplanade du phare du Paon, l'air menaçant, le couteau à la main, déterminé à s'en servir si elle avait été la vraie Betty. Les garçons filaient devant, à grandes enjambées ; Betty peinait à les suivre. Florimond était le plus inquiet. Il avait trahi la promesse faite à son père.

Le trio n'avait pas un long chemin à parcourir. A proximité de la maison, ils ralentirent l'allure, scrutant les environs. A première vue, rien d'anormal. Ils avancèrent dans l'allée en veillant à ne pas en faire crisser le gravier. Betty tenait déjà la clef entre ses doigts. Elle la glissa délicatement dans la serrure. La fit tourner avec autant de précautions. Au moment où elle poussait la porte, elle devina une présence dans le vestibule. Elle eut à peine le temps de se jeter en arrière afin d'éviter l'éclair qui fendit l'espace. Elle poussa un cri terrible, tandis qu'emportée par son élan Janet s'affalait à ses pieds.

Florimond et Quentin étaient abasourdis. De reconnaître la femme allongée devant eux, en chemise de nuit, ne les éclaira pas davantage. Janet se redressa, resta assise, sans avoir conscience de ses jambes découvertes à mi-cuisse.

— Il... il était là, bredouilla-t-elle d'une voix méconnaissable, le souffle court, parcourue de tremblements.

— Mais qui ? demanda Betty.

— Mais lui, enfin ! Il voulait entrer. Je sais bien, je l'ai vu, je l'ai entendu.

— Tu vois bien qu'il n'y a personne d'autre que nous...

Ses yeux hagards fouillaient l'obscurité derrière les trois jeunes gens. Janet se rendit compte alors qu'elle tenait toujours son couteau. Dans un soubresaut d'horreur, elle le jeta sur la pelouse voisine. Ses nerfs craquèrent, elle se leva, serra sa fille contre elle.

— Ma pauvre chérie... J'ai cru que c'était lui. Pour un peu...

Elle éclata en sanglots.

39

Ce 13 novembre au matin, la *Marijo* effectuait le tour de l'île Logodec afin d'accoster à l'une des cales du Port-Clos. La plus au fond de l'échancrure, c'était marée haute. Un cadre majestueux, mais ce vendredi-là Ambroise n'était pas d'humeur à jouir du paysage. Il s'était senti soulagé de prendre de la distance avec les derniers événements. Il pensait s'en libérer pendant ces quelques jours de répit, pas une seule nuit ne l'avaient épargné les images terribles. Cet homme tout d'abord, Douglas Bridgeton, à coup sûr, qui rôdait autour de ses proches. Mais d'autres flashs aussi, antérieurs…

Comme promis, Janet avait raconté son passé à son nouveau compagnon, un récit entrecoupé de sanglots, par bribes. Pauvre Betty… Au supplice, sa mère s'était efforcée de ne rien passer sous silence, parce qu'elle avait besoin d'un confident pour se délester enfin de la douleur. Toutefois elle n'avait pas eu l'aplomb de lui relater le coup de fusil qu'elle avait tiré sur le chef des trois malfrats sur le point d'abuser de sa fille.

Il fallait avoir foi en la sincérité de Janet pour porter crédit à un mélodrame aussi rocambolesque, distillé avec une émotion poignante. Etait-il concevable qu'un père prostitue son enfant afin de régler une dette de jeu ? Ambroise avait ressenti aussitôt une profonde abjection envers Douglas Bridgeton, l'envie de l'écraser d'un coup de talon comme une vulgaire punaise.

« Tu aurais dû avertir la police. »

Janet avait soupiré, haussé les épaules. De ne pouvoir raconter le vrai dénouement même à l'homme qu'elle aimait, elle prenait conscience d'avoir tissé les mailles de son propre piège.

« Oui, tu as raison, s'était-elle dérobée cependant. C'est aussi ce que je me dis maintenant. Mais je me sentais tellement salie que je n'ai pas voulu voir toute cette misère étalée sur la place publique. J'étais une Forsyde, la presse s'en serait mêlée, elle en aurait fait des gorges chaudes. J'aurais dû répondre aux questions des juges, même s'il était fort probable que le tribunal m'aurait donné gain de cause. Et pour quelle compensation, au bout du compte ?

— Quand même, Betty entre les mains de ces salopards en passe de la tripoter…

— Je suis arrivée juste à temps. Avant de prendre le bateau à Douvres, j'ai fait examiner ma fille par une doctoresse. Betty avait bien été droguée, mais elle n'avait pas été violée et ne présentait aucune trace de brutalité. Le joueur de poker à qui Douglas devait de l'argent avait des relations, ces hommes-là ont toujours un avocat véreux dans la manche. Je l'entendais plaider avec de grands effets de manches : un jeu innocent pour donner une leçon à son père, les accusés auraient juré n'avoir jamais eu l'intention d'abuser d'elle. La preuve, c'est qu'au bout du compte ils ne lui avaient rien fait. Pour un peu, ils auraient même taxé Betty de s'être dévêtue afin de les allumer et de protéger le pauvre Douglas Bridgeton. Quant à celui-ci, tu penses bien qu'il aurait affirmé ne pas avoir compris ce que ces types voulaient à sa fille... »

Ambroise avait secoué la tête.

« C'est pas Dieu possible que la justice ne puisse rien faire contre de pareilles ordures ! Et Betty, dans tout ça ?

— Au bout du compte, c'est elle la plus à plaindre. Elle m'a raconté qu'elle était dans un état second, comme dans un rêve où on aurait pu lui faire faire n'importe quoi. Mais elle n'a rien oublié de ce qui s'est passé. Elle a été traumatisée, il est à craindre qu'elle ne s'en remette jamais complètement.

— Quel genre de traumatisme ?

— Comme tu as pu le constater, elle fait preuve d'une pudeur maladive. Mais le plus grave, c'est sa phobie des hommes et des garçons. Elle croit toujours qu'ils sont en train de la regarder, qu'ils vont venir la forcer. C'est bien qu'elle puisse échanger avec ton fils. Peut-être parviendra-t-elle à vaincre sa répulsion.

— Il y a un détail que je n'arrive pas à comprendre. Pourquoi as-tu conservé le nom de ce fumier ?

— Je ne suis pas divorcée. Mais il y a une autre raison. Douglas a dû penser que mon premier souci aurait été de me débarrasser de ce nom qui m'était une infamie. Malgré toutes les précautions que j'ai prises, j'ai craint qu'il n'essaie de me retrouver. Si c'était le cas, il aurait cherché une Forsyde, pas une Bridgeton. »

Bréhat constituait la cachette idéale pour Janet. Du côté du notaire londonien, le secret avait été bien gardé. Comme celle-ci l'avait prédit, il avait réussi à vendre les biens familiaux à un prix honorable. Il avait versé sur un compte en France la somme qui revenait à sa cliente. De quoi assurer à Janet une existence tranquille jusqu'à la fin de ses jours.

La *Marijo* s'avança dans la rade. Elle passa au niveau de la cale n° 2, le moteur ronfla avant d'accoster. Charles Le Dortz prenait la précaution de ne pas s'amarrer aux anneaux utilisés par le service régulier, celui qui assurait la liaison entre l'île et le continent. A chaque fois que l'embarcation des Phares et Balises pointait son étrave à l'entrée de la passe, il se trouvait toujours quelques passagers à se précipiter au risque de se casser la figure sur le quai glissant, croyant que c'était l'une des vedettes bréhatines.

Ambroise tirait une mine maussade. Il était resté assis durant tout le trajet, tassé sur son siège, ne desserrant pas les lèvres, le regard fixe. De temps à autre ses épaules se soulevaient, et il hochait le chef pour dire oui ou non. Il soliloquait en silence. Avec qui ? Personne, ou sans doute avec lui-même.

— Pas content de retrouver ton Anglaise ? lui lança le patron au moment où il débarquait.

— T'occupe.

Le Dortz n'insista pas.

Une chose était certaine, personne n'était là à l'attendre, ni Janet, ni Florimond, ni la jeune inconnue. Ambroise n'espérait pas un comité d'accueil avec fanfare et tout le tintouin, mais quand même... Cette absence ne fut pas pour le rassurer. Il prit la direction du bourg sans plus attendre. Il évita la place, de crainte de devoir encore répondre aux curieux de service. Le chemin du Krouezenn, la maison. Aucun signe de vie. Son angoisse monta d'un cran. Il s'arrêta un instant, hésitant à franchir le point de non-retour. Il rajusta la courroie de son sac sur son épaule. De toute façon, il n'avait pas le choix. C'était quand même chez lui...

Dès qu'il eut entrouvert, Betty se dressa dans l'embrasure, un doigt sur les lèvres afin de lui intimer de se taire. Elle affichait les traits tirés de quelqu'un qui n'a pas dormi, la mine et les yeux d'un être émergeant d'un drame épouvantable. Elle fit signe à Ambroise de rester dehors, le rejoignit et referma la porte derrière elle. Celui-ci s'attendait au pire :

— Janet ?

— Non, non... Ne vous inquiétez pas, elle va bien. Enfin... à peu près...

— Où elle est ?

— Dans sa chambre, elle se repose.

La demoiselle lui dissimulait quelque chose.

— Ça s'est pas bien passé ?

— Elle a fait une crise terrible, hier soir.

— A propos de quoi ?

— Elle était persuadée que le type tournait autour de la maison et essayait d'entrer afin de lui faire du mal.

— Et alors, il était là ou il était pas là ? Vous l'avez vu ?

Betty baissa les yeux.

— Non... On s'était absentés quelques minutes.

— Comment ça ? Vous aviez laissé Janet toute seule ?

— Florimond et Quentin étaient partis faire un tour...

— Le petit con ! Et toi, tu étais où ?

— Je me demandais où ils étaient. Janet dormait, tout était calme, je suis allée à leur recherche.

— Décidément, on peut compter sur aucun d'entre vous...

— Voilà deux semaines que vous étiez parti. Il ne s'était rien produit pendant tout ce temps-là.

D'ailleurs, quand on est revenus tous les trois, il n'y avait personne. Si l'homme était là, on l'aurait vu.

— Sauf s'il vous a entendus revenir.

— Il y a autre chose...

— Je t'écoute.

— Janet est très perturbée depuis votre départ. Elle est toujours persuadée que je suis sa fille. Je pense que hier soir elle a été victime d'une forme d'hallucination. Quand on est arrivés, on aurait dit qu'elle était devenue folle. Elle avait pris un couteau dans la cuisine, et elle a failli me blesser quand j'ai ouvert la porte. Il faudrait peut-être appeler un médecin...

— Plus tard... Quand elle aura récupéré et qu'elle pourra me donner sa version. Je ne suis pas sûr que c'était une hallucination.

40

Les paupières mi-closes, Janet somnolait. Par moments son souffle s'accélérait, ses lèvres entrouvertes frémissaient comme si elle allait se mettre à parler. Son visage était alors tiraillé d'imperceptibles grimaces. Cauchemar ou semi-conscience des événements de la veille, elle avait peur.

Ambroise n'avait pas pris le temps de se débarrasser de son caban encore marbré de sel. Une chaise tirée près du lit, il s'y était posé en évitant de faire craquer le plancher. Il retardait le moment de la réveiller, de l'obliger à affronter ce qu'elle avait vécu, de façon hallucinatoire ou pour de vrai. Janet déglutit sa salive, de sa gorge sourdaient des borborygmes, elle s'agitait, le retour à la réalité était imminent. Puis quelques mots, ceux que redoutait son compagnon :

— ... les salauds... Ils sont revenus...

Ou quelque chose de ce genre.

Ses paupières dévoilèrent enfin ses pupilles. A

l'orée de la conscience, elle cessa de respirer, resta immobile une poignée de secondes. Puis elle découvrit l'homme à son chevet. Elle ne le reconnut pas. Se mit à trembler en reculant, au risque de dégringoler de l'autre côté du lit.

— Non, je ne veux pas… Laissez-moi…

— Janet, c'est moi, Ambroise. Il faut plus avoir peur, je suis là maintenant.

Elle haletait, ses doigts trituraient la couverture à la façon des serres d'un oiseau qui craindrait de tomber.

— Il est revenu. Tu entends, je te dis qu'il est revenu.

Il savait de qui elle parlait, mais il avait besoin de le vérifier.

— Qui ?

— Douglas. Il a voulu faire du mal à Betty. Il n'a pas réussi, alors il est venu jusqu'ici. Je ne sais plus quand c'était. Hier soir, je crois.

— Tu es sûre que c'était lui ? Tu l'as vu ?

Elle hocha la tête avec véhémence.

— D'abord, il a essayé d'entrer. Quand il a constaté que c'était fermé à clef, je l'ai entendu faire le tour de la maison. Il a collé son visage aux carreaux de la cuisine pour voir si j'étais là. J'ai eu le temps de bien regarder, je suis sûre que c'était lui. Pas l'autre.

Ambroise se taisait. Il ne comprenait plus rien. L'autre ? Quel autre ? Elle divaguait, se croyait assaillie à présent par plusieurs ennemis.

— Tu m'écoutes ?

Il lui saisit la main pour l'empêcher de s'agiter.

— Oui, bien sûr. Je pense même savoir comment Douglas vous a retrouvées...

— Moi aussi. On n'aurait jamais dû laisser les gendarmes diffuser un avis de recherche en Angleterre. Tu sais, j'ai eu tellement peur que Betty ne revienne jamais...

Ambroise hésita, mais vu son état, ce n'était surtout pas le moment de lui apprendre la vérité, contre laquelle de toute façon elle s'arc-bouterait.

— Maintenant qu'elle est là, te voilà rassurée...

— Il ne faut pas laisser son salaud de père lui faire du mal. Tu vas l'intercepter et lui dire de s'en aller.

Elle s'était redressée. Elle agrippa le poignet d'Ambroise.

— Tu veux bien encore nous aider, hein ? Tu sais, je ne suis pas folle.

— Je n'ai jamais pensé ça de toi, mentit-il.

— Quand il reviendra, tu lui diras de nous ficher la paix. Il nous a fait assez de mal quand on était là-bas. Lui et les autres.

— Je te le promets.

Ce n'était pas une promesse en l'air. Depuis l'arrivée de Janet et de sa fille, Ambroise avait imaginé cent fois se trouver face à Douglas Bridgeton. Ne serait-ce que pour voir à quoi ressemblait pareil monstre.

Oui… Ambroise allait lui donner la chasse, à condition de s'être assuré auparavant de protéger Janet, au cas où Bridgeton aurait l'audace de revenir à la charge. La seule solution était de solliciter de nouveau Florimond. Il ne se permettrait quand même pas de faillir une seconde fois à sa parole ! En revanche, Quentin lui paraissait moins indispensable.

Betty était restée dans le salon. Ambroise sortit de la chambre et en referma la porte.

— Elle va mieux ?

— Elle est à bout de nerfs, elle a besoin de se reposer.

— Pour hier soir ?

— Malheureusement, elle ne s'est pas fait des idées. L'homme qui est venu rôder ici, c'est celui qui t'a abordée l'autre jour.

— Ah bon ?

— Oui, Douglas Bridgeton, son mari, le père de la fille que tu es censée remplacer. Si tu veux mon avis, c'est un drôle de type. Janet a des raisons de s'inquiéter.

— C'est à cause de lui que Betty a disparu ?

Ambroise hésita.

— Non, il n'est arrivé sur l'île que bien plus tard. De toute façon, j'ai quelques questions à lui poser. J'aimerais autant que Florimond reste ici tant que cette histoire-là ne sera pas réglée. Je téléphonerai chez les Desbois en fin d'après-midi.

Rassurée par la présence de son compagnon, Janet recouvra un semblant d'équilibre. Elle resta calfeutrée cependant toute la journée dans la maison, ne passant d'une pièce à l'autre qu'après avoir jeté un coup d'œil aux ouvertures afin de vérifier si l'individu qui la traquait n'était pas à l'épier à travers les vitres.

Ambroise Corignan élaborait la stratégie à suivre. Un couteau, lui avait dit la jeune inconnue, un homme à coup sûr déterminé pour avoir traversé la Manche afin de venir à la recherche des deux femmes. Habitué à surveiller les passes entre les écueils, le gardien de phare avait l'œil affûté, aucun détail ne lui échapperait, pas même la modeste silhouette d'un misérable canot masquée dans les chaos de granit. Il surveilla les alentours de la maison à plusieurs reprises au cours de la journée. L'Anglais ne se manifestait pas, mais sachant que le maître des lieux était revenu ce salaud-là n'était pas assez téméraire pour attaquer à visage découvert.

Ambroise était pressé maintenant d'en découdre. Mais il fallait en effet attendre que Florimond rentre du collège. Passerait-il à la maison paternelle ? Il appela chez les Desbois vers dix-sept heures. Ce fut Louise qui décrocha. Chère maman Louisette, toujours d'humeur égale, une pâte de femme, Florimond avait eu de la chance.

— Florimond ?... Oui, il est rentré de Paimpol avec Quentin plus tôt que prévu, un prof absent, si j'ai bien compris. Ils sont dehors en train de bricoler. Toujours leur fichue bécane, je sais pas s'ils arriveront à la faire rouler un jour. Enfin... Ça les occupe. Tu veux lui parler ?

Florimond ne coupa pas au savon qu'il méritait, sous l'œil de sa nourrice, qui se demandait pourquoi il faisait grise mine.

— Ça va pas ? demanda-t-elle quand il eut raccroché.

— C'est mon père. Il est inquiet à propos d'un type qui vadrouille dans le secteur.

— Je sais, il m'a expliqué.

— Il veut que je retourne passer quelques jours à la maison tant qu'il n'aura pas tiré l'affaire au clair.

— Pour le collège ?

— On verra lundi, qu'il a dit. S'il y a besoin, il fera un mot comme quoi je suis malade.

Le garçon soupira. Il hésita à lui révéler la vérité à propos de Betty, mais son père lui retomberait sur le poil s'il vendait la mèche.

— J'ai pas trop envie d'aller là-bas, lâcha-t-il d'un air buté.

— Tu peux pas refuser, c'est ton père, tu dois lui obéir, puisqu'il a besoin de toi.

Florimond ne traîna pas. Ambroise se contenta de le fixer d'un regard sombre en soupirant, le fils baissa la tête.

— Quentin et moi, on pensait qu'il avait quitté l'île.

— C'était pas une raison pour déserter. Tu vas monter la garde devant la porte de l'entrée.

— Il va me voir.

— Bien sûr. Comme cela, il saura que Janet n'est pas seule et que nous ne sommes pas décidés à le laisser faire. Il se gardera bien de pointer son sale museau de fouine. Moi je vais au bourg pour essayer de savoir où se terre ce salaud-là. Je compte sur toi, hein ?

Parmi ses amis, Ambroise comptait les patrons des différents estaminets. Ceux-ci avaient l'œil. Les mois d'hiver, les touristes débarqués du continent étaient moins nombreux, la plupart d'entre eux reprenaient la dernière vedette. Ne passaient la nuit sur Bréhat que ceux qui avaient loué un gîte, ou une chambre d'hôtes, mais c'étaient des démarches à effectuer longtemps à l'avance. Sinon, c'était l'un des trois hôtels : le Bellevue, au Port-Clos, dont la majestueuse façade donnait sur l'embarcadère, la Vieille Auberge et Aux Pêcheurs. Le premier n'usurpait pas son nom, mais c'était aussi l'établissement où il était le plus difficile de passer inaperçu.

Ambroise fit le tour des débits de boisson. Un étranger ? Ce n'était pas ce qui manquait à Bréhat. Un Anglais ? Ils étaient légion, les visiteurs à débarquer de la fière Albion. A quoi il ressemblait ? Ambroise était incapable de dresser le portrait d'un homme qu'il n'avait jamais vu de près ni de loin. Un type aux allures bizarres, qui se cachait, avança-t-il. C'était déjà un détail plus précis, mais aucun des tenanciers ne se risqua à l'éclairer.

Restaient les informateurs les plus fiables. Les piliers de bistrots, capables de rêvasser des heures devant un café froid ou une fillette de rouge. Parmi ceux-ci figurait bien entendu Séraphin Brégent, le vieux marin désœuvré qui surveillait du matin au soir les allées et venues sur Bréhat. Ambroise regarda sa montre, bientôt dix-neuf heures, le Brégent devait être en train de boire son petit apéro au Shamrock.

Le problème avec Séraphin, c'est qu'il était une vraie commère. Lui demander s'il n'avait remarqué personne de suspect, c'était aller au-devant de trente-six questions. Dans la journée tout le monde saurait que le gardien du phare avait des problèmes avec un étranger. Doté d'un sens primaire de la déduction, s'il apprenait que celui-ci était un Anglais, il ne serait pas long à échafauder des rapprochements avec la disparition de la fille de Janet et son retour miraculeux, que personne, pas même Ambroise, n'avait encore voulu lui expliquer. Il valait mieux l'aborder avec finesse.

Brégent avait fini son pastis. Corignan s'accouda au comptoir à côté de lui.

— Tu en prends un autre ?

— C'est pas de refus.

— Deux ? demanda le patron.

— Non, moi ce sera un demi.

Ils trinquèrent.

— Paraît qu'il y a de nouveaux bateaux dans l'anse du Guerzido, attaqua Ambroise.

— Ah bon ? Première nouvelle. Qui t'a dit ça ?

— Ce seraient les douaniers qui en parlent.

Les marins de la marchande n'aimaient pas beaucoup les douaniers, toujours à les soupçonner de débarquer en douce quelque produit détourné, échappé des conteneurs. Une suspicion assez souvent fondée.

— Ils ont que ça à foutre, être payés pour emmerder le monde.

Ambroise baissa le ton.

— Ouais, t'as raison, Séraphin, mais ils surveillent aussi ceux qui font trafic de la drogue sur la côte, du hasch, de la cocaïne et tout le bazar. Tu vois, j'ai un garçon, j'ai pas envie qu'il commence à goûter à ces cochonneries-là.

— Là, d'accord.

— Ils m'ont même demandé si j'avais remarqué personne de suspect. A mon avis, ils sont sur un coup.

— Quelqu'un de suspect ?

— Un type qui fouinerait dans les parages, sans doute un revendeur à la recherche de clients. Ils ont pas voulu m'en dire davantage.

Brégent grignota une cacahuète et lampa une gorgée de son pastis. Il s'essuya les lèvres, hocha la tête d'un air entendu.

— Un mec assez grand, costaud, quarante quarante-cinq ans ?

— Je viens de te dire qu'ils m'ont donné aucune précision. Pourquoi ? T'as remarqué quelqu'un de louche ?

— Depuis une semaine ou deux, il y a un Anglais en demi-pension à la Vieille Auberge. On sait pas trop ce qu'il fout dans le secteur. Il se balade partout, il parle à personne, il a même plutôt l'air d'éviter les gens...

— Dis donc, tu ferais un sacré flic ! Ce serait bien d'aller raconter aux douaniers ce que tu viens de me dire.

— Alors, là, certainement pas. Je suis pas un collabo, moi.

— La drogue, quand même... Tu trouves ça normal, toi, qu'il y ait des gens qui se font du fric sur la santé des jeunes ?

— Peut-être pas, mais à chacun son boulot.

— A la Vieille Auberge, tu dis ?

— Ouais, même qu'à ce que m'a dit le patron il picolerait sec. Du whisky, normal pour un English.

41

Commença dès le lendemain une partie de cache-cache digne des joutes de gamins, une chasse pour de vrai à laquelle n'était pas habitué le gardien de phare. Dans son univers interlope, Douglas possédait davantage d'expérience, il lui était souvent arrivé de se colleter avec des citoyens de son espèce. Ulcéré de s'être fait battre à plate couture par sa femme, il voulait sa revanche, dût-il y laisser sa peau. Il avait assisté au retour d'Ambroise, impressionné par son regard d'aigle pour inspecter le secteur avant de rentrer au gîte. Un rude gaillard, déterminé, dont il conviendrait de se méfier le moment venu, mais cette fois il ne replierait pas la lame de son couteau.

Que fichait d'ailleurs son Anglaise avec un rustre pareil qui empestait la marée, un sauvage aux traits burinés, aux épaules larges, aux paluches de manant, qui devaient écorcher sa peau si sensible quand il la caressait, la faire hurler quand il fourrait dans sa chatte l'un de ses gros doigts aux ongles ébréchés ? Ce n'était pourtant pas ce qu'il lui avait appris quand ils étaient ensemble !

Douglas conservait un souvenir ému de leurs premières étreintes. La petite Forsyde, si délicate, si fragile quand elle s'abandonnait entre ses bras puissants. Un peu coincée de par son éducation bourgeoise, mais si bandante quand elle ne pouvait se retenir de gémir sous ses coups de boutoir impérieux. Toutes ses conquêtes disaient de lui qu'il était un sacré étalon. Eh bien, il faut croire que cela ne suffisait pas à une pareille ingrate !

Aussi quelle jubilation de découvrir, par le plus grand des hasards, l'avis de recherche concernant Betty Bridgeton placardé dans le bureau de poste de Canterbury ! Depuis si longtemps il avait renoncé à les retrouver, elle et sa putain de mère. Qu'elles aillent au diable si elles n'étaient déjà en enfer !

Si quelqu'un possédait quelque renseignement à son sujet, indiquait l'affichette, il était invité à contacter la gendarmerie de Paimpol. Paimpol, un nom qui prêtait à rire, qui ne sonnait pas vrai. Il avait localisé le patelin sur une carte. En Bretagne, pas si loin des côtes anglaises. En jouant le naïf près des argousins français, il avait réussi à leur faire dire que la jeune fille avait disparu sur une île, Bréhat, face à une autre petite ville au nom encore plus compliqué : Ploubazlanec.

Ce samedi matin-là, les rôles s'inversaient. De chasseur, Douglas Bridgeton devenait gibier.

Une petite rue passait devant la Vieille Auberge. Dès l'aube, Ambroise se dissimula dans un renfoncement d'où il pouvait surveiller l'hôtel. Bientôt en sortit un homme correspondant au portrait dressé par Florimond et par Betty. Bridgeton remonta vers la place, emprunta la direction de l'île du Nord. Ambroise se laissa distancer. Lui coller au cul, c'était risquer de se faire remarquer. Corignan jugea plus judicieux de le devancer par un chemin accédant au pont. Il se posta de l'autre côté de la chaussée Vauban. Quelques minutes s'écoulèrent, personne. L'Anglais prenait-il le temps de musarder en chemin ? A moins que… Peut-être n'avait-il pas renoncé à s'attaquer à Janet ?

Ambroise s'apprêtait à franchir le pont dans l'autre sens quand la silhouette de l'Anglais se dessina au bout de la rue. Il eut juste le temps de faire machine arrière et de se rencogner dans sa cachette. Bridgeton ne le vit pas. Ambroise déglutit sa salive, il avait eu chaud.

Le gardien de phare savait maintenant à quoi ressemblait l'homme qui avait eu la primeur de Janet. Même s'il y avait prescription, il en ressentit la morsure de la jalousie. L'Anglais était encore beau mec, large d'épaules, un port de tête altier. L'embonpoint lui empâtait l'encolure, certes, mais avec sa petite moustache il gardait une prestance indéniable. Comment un dandy pareil s'était-il embourbé dans des chemins aussi sordides ? Betty, Ambroise la revoyait, jolie fille d'une beauté discrète, avec un air toujours effarouché. Pas de la chair fraîche à servir de pâture à des voyous. Surtout avec la complicité de son père.

Cette fois, pas question de le laisser filer. Même si l'île nord n'était pas immense, le perdre risquait de les amener à se trouver nez à nez au détour d'un sentier. Ambroise lui emboîta le pas.

C'était compter sans la brume, capable d'étendre ses voiles à toute heure du jour et de la nuit, et ce en quelques minutes. Qui n'avait pas été pris dans les brouillards de Bréhat ne pouvait comprendre l'impression particulière qu'ils installaient d'emblée. C'était une chape blanche imprévisible qui noyait le paysage et escamotait les silhouettes, d'une densité telle qu'on croyait pouvoir la toucher.

Bien qu'habitué à ces subites opacités, Ambroise était la proie d'une angoisse singulière. Une oppression douloureuse lui bloquait la respiration et emballait son cœur. Dans cette purée de pois qui ouatait les moindres bruits, il était à la merci de Bridgeton. Il rechignait à bouger, de crainte d'être localisé et de recevoir un mauvais coup. Il avançait lentement, fixant son attention sur le sentier devant ses pieds, s'efforçant d'y retrouver ses repères. Il tendait l'oreille afin de discerner le frôlement des fourrés ou le crissement des semelles sur la terre humide et spongieuse entre les cailloux. Seule lui parvenait la mélopée de la mer, ponctuée de rugissements intermittents. Une partition sempiternelle, d'une régularité inéluctable. Par moments cependant, l'orchestre s'emballait dans un fracas d'une violence inouïe. De rage impuissante, ou pensant pulvériser la roche par surprise.

Soudain, la brume se fit moins épaisse vers le sud. Se méfier plus que jamais au moment où le soleil reprendrait ses droits et illuminerait le paysage.

Les deux hommes se découvrirent en même temps. Face à face comme dans un duel de western, à une dizaine de mètres l'un de l'autre ; il ne leur manquait que le colt à la ceinture pour rendre l'illusion parfaite. Ils se jaugèrent ainsi un bon moment, chacun attendant que rompe son adversaire ou qu'il attaque. Bridgeton paraissait le plus surpris, il n'avait pas remarqué qu'on le suivait. Mais au fait, se dit-il, le gardien de phare ne le connaissait pas… Il décida de jouer les innocents :

— Vous désirez ?

— Je sais qui vous êtes, répliqua froidement Ambroise.

En cherchant ses mots, Douglas déclara s'appeler Lloyd Murphy, ne pas connaître Ambroise. Celui-ci l'interrompit :

— Mais si. A quoi bon faire le malin, Douglas Bridgeton ?

Ce n'était plus la peine de tricher.

— Que voulez-vous, alors ?

— Que vous laissiez votre épouse Janet tranquille.

Douglas se passa la main sur le visage. Le duel avait commencé, il n'était pas sûr d'être à armes égales, ici, en territoire étranger, dans une langue qu'il avait du mal à comprendre. *Votre épouse*... Il devait profiter des moindres brèches dans la vigilance de son adversaire.

En effet, Janet était son épouse, reprit-il en ânonnant. Il était dans son droit de s'occuper d'elle.

— Elle vous a quitté. Pour vous fuir, elle a tout abandonné, son pays, ses amis...

Oui, sans doute, le coupa Douglas. Mais elle avait conservé le nom de Bridgeton alors qu'elle aurait pu reprendre celui de Forsyde. Donc, elle était toujours sa femme.

— Et ta fille, espèce de salaud, tu la considères toujours comme ta fille ?

Déstabilisé aussi bien par le tutoiement que par la teneur de l'attaque, Bridgeton ne trouva pas tout de suite la parade. Il feignit de ne pas avoir compris :

— Quoi, ma fille ?

— Tu es un mauvais père, fit Ambroise en secouant la tête et en crachant par terre en signe de dégoût.

Douglas se contenta de hausser les épaules.

— Betty, tes amis... *Your friends*... renchérit Ambroise.

Douglas s'empêtra à expliquer que Janet mentait, que cette histoire de Betty avec ses amis ne tenait pas debout. Au sourire de Corignan, il se rendit compte de sa bourde, mais il était trop tard pour ravaler ses mots.

— Comment peux-tu être au courant de ce que Janet m'a raconté si elle a menti ?

Cette fois, l'Anglais avait compris du premier coup. Une grimace haineuse tordit son visage, celle d'un misérable en train de perdre pied.

— Tout ça fini, oublié.

Il s'approcha, montra sa main gauche. Il lui manquait l'index et le pouce.

— J'ai payé. Plus rien devoir à personne.

— Ce sont tes copains qui t'ont fait ça ?

— La faute à Janet.

— Laisse Janet tranquille.

— Elle me doit…

Il fit le geste significatif du pouce et de l'index de sa main valide.

— Des sous ? Peut-être avec des intérêts ? ironisa Ambroise.

Bridgeton ne répondit pas. Il ruminait autre chose, un point fondamental de l'histoire, celui qu'Ambroise redoutait depuis le début.

— La fille, chez toi.

Il désigna l'île du bas.

— C'est pas Betty.

Ambroise hésita. Nier l'évidence lui sembla hors de propos.

— Et alors ?

— J'aime toujours Betty. Elle, Bridgeton, pas Forsyde.

Le salaud, se dit Ambroise, pour un homme d'une telle vanité, il ne faisait aucun doute que l'ascendance paternelle primait sur celle de la mère. Croyant avoir marqué des points, Douglas hochait la tête d'un air entendu.

— Oui, j'aime Betty. Toi, tu sais où elle est.

— Si je le savais, je te le dirais pas. Où elle est, elle n'a plus besoin de toi.

Douglas haussa les épaules en ricanant.

— Les gendarmes. Je vais aller voir les gendarmes.

A l'embarras de son vis-à-vis, il comprit qu'il avait repris la main.

— Alors, où est Betty ?

Il s'approcha encore, narguant à présent le gardien de phare. Blême, Ambroise serrait les dents, et les poings. Douglas ricanait.

— Toi et Janet, vous avez tué Betty. Ma fille.

— Ta gueule, Bridgeton. Ferme-la.

— Si, si. Toi, Janet et l'autre fille, vous avez tué Betty.

L'altercation se déroulait à quelques mètres de la grève.

— Les gendarmes. Je vais voir les gendarmes.

— Je t'ai dit de la fermer…

Ambroise était furieux. Un salaud de la pointure de Bridgeton n'avait pas le droit de lui parler sur ce ton, de proférer de telles horreurs. Il le saisit au collet et, ses forces décuplées par la rage, le fit reculer pas à pas. Douglas n'était pas de taille. Il n'essaya pas de se défendre.

— Allez. Tue-moi, comme Betty.

Ambroise hésitait en effet à lui coller son poing dans la figure. Mais c'eût été se salir, comme d'écrabouiller entre ses doigts une bestiole répugnante. D'un geste de dégoût, il repoussa Douglas en arrière. Les talons de l'Anglais butèrent contre une arête rocheuse qui affleurait l'herbe du surplomb. Déséquilibré, il bascula en arrière.

Un hurlement désespéré, Bridgeton avait disparu. Corignan s'approcha du bord. Ballotté par les vagues, l'Anglais flottait à plat ventre dans le bouillonnement de l'écume, le visage dans l'eau, bras et jambes écartés. S'il ne s'était pas fracassé le crâne en tombant, à présent il était noyé. Ce n'était pas ce qu'Ambroise avait voulu, mais il n'en éprouva aucun remords.

Il rebroussa chemin, soucieux de ne pas être aperçu à proximité de ce qui passerait pour un accident. Avec ces brumes sournoises, Bridgeton ne serait pas le premier étranger à tomber à la baille.

42

Toujours à faire le guet, Florimond vit son père rentrer. Il était midi. Il remarqua aussitôt un changement dans son attitude. Le pas plus alerte, il paraissait libéré d'un poids énorme. Moins aux abois aussi, puisqu'il ne regardait plus ni à droite ni à gauche.

— Je continue à surveiller le secteur ?

Ambroise préféra mentir :

— Je pense que le type qui emmerdait Janet aura compris qu'il n'avait pas intérêt à revenir à la charge… Mais on sait jamais. Reste-là, au cas où il reviendrait.

Le fiston poussa un soupir excédé.

— Je peux bien te demander un service quand même !

— C'est pas drôle de jouer aux flics…

— Je sais, mais à mon avis tu seras plus obligé de t'y coller bien longtemps. Je vais dire à Janet qu'elle n'a plus lieu de s'alarmer. Sois discret, c'est pas la peine de réveiller ses angoisses.

— Après, je pourrai retourner chez Quentin ?

— Oui, bien sûr, puisque c'est trop de te demander de passer un peu de temps avec ton père...

— Tu l'as vu, tu lui as parlé ?

— Oui...

Le visage de Janet s'illumina pendant quelques secondes, puis elle agrippa le bras de son compagnon, envahie par un doute affreux.

— Qu'est-ce que tu as fait de lui ?

— Je sais pas comment il était avant, mais maintenant, c'est un vrai trouillard. Quand il m'a vu, il a cru je ne sais quoi. Avant que j'aie eu le temps de lui parler, figure-toi qu'il a pris la fuite. Il y avait une brume à couper au couteau, j'ai pas pu voir où il était passé. J'espère que ça lui servira de leçon.

— Il ne reviendra plus ? Tu es sûr qu'il ne reviendra plus ?

Ambroise ne trouvait pas les mots. Il approuva en hochant la tête avec véhémence. De toute façon, personne ne devait savoir qu'il s'était colleté avec Douglas Bridgeton. Pas même la femme qui avait souffert à cause de celui-ci.

— Je pense qu'il va vous laisser en paix, toi et Betty.

Cette dernière assistait à la conversation. Elle ne pipa mot, mais Ambroise décela dans son regard une lueur d'admiration.

Le corps de Lloyd Murphy ne fut découvert que le lendemain dimanche. Sa clef était accrochée depuis la veille au tableau de l'hôtel, il n'était pas rentré de la nuit. Lucien Drénou, le patron de la Vieille Auberge, avait pensé à un acte de grivèlerie, mais l'Anglais avait laissé ses bagages dans sa chambre. Ce pèlerin-ci l'avait intrigué depuis son arrivée, l'instinct, le flair du tenancier habitué à anticiper les entourloupes. Voilà maintenant qu'il avait disparu…

Les soupçons de Drénou étaient fondés. Douglas était bien dans son hôtel sous une fausse identité, muni de faux papiers. Si l'accès aux tables de poker lui restait interdit, il avait gardé des accointances marginales avec de petites frappes de son espèce, souvent d'anciens dandys désargentés, qui s'escrimaient à squatter le devant de la scène. Bridgeton était respecté dans cette faune de minables – il n'y avait plus guère que dans ces milieux-là que son vernis mondain faisait encore illusion. De toute façon, pour survivre, il n'avait eu d'autre choix que de tremper dans des affaires plutôt louches après s'être vu signifier par le notaire la vente de tous les biens des Forsyde et l'injonction de déménager au plus vite du château.

« Elle n'a rien prévu pour moi ? » avait-il demandé dans un sursaut d'espoir pathétique.

Maître Lester avait secoué la tête avec un sourire narquois.

« Non, rien.

— La salope », avait murmuré Douglas, incapable de masquer son indignation.

Vu le laconisme des propos de son British, Lucien Drénou s'était adressé à lui en anglais, il s'était alors rendu compte que c'était un refus délibéré de communiquer. La femme de chambre aurait pu le confirmer. Dans le couloir de l'étage, elle avait croisé Bridgeton à plusieurs reprises. Initiée par son patron à la convivialité, mais aussi à la réserve, elle avait patienté avant de lui demander si Bréhat lui plaisait, il avait esquissé une moue dubitative, sans répondre, en lui adressant un regard noir. Qu'à cela ne tienne, la Muriel n'était pas du genre à se décourager, elle brûlait de savoir ce que fabriquait sur l'île un homme aussi mystérieux, élégant de surcroît, et pourtant seul en vacances, si tant est que c'en étaient. Ce pingouin-là disparaissait le matin après un petit déjeuner copieux, ne revenait au crépuscule que pour dîner d'un seul plat, mais avant de monter dans sa chambre le voilà qui s'enfilait trois ou quatre whiskys coup sur coup, à la vitesse à laquelle il aurait lampé des galopins de bière. Mine de rien, elle l'avait surveillé à la fin de son service : il repartait parfois dans la nuit, le col de son imper relevé, avec toujours des airs de gangster. Sûr qu'il préparait un mauvais coup. Quelques jours plus tard, elle était revenue à la charge :

« Vous comptez rester longtemps à Bréhat ? »

Nouveau regard hargneux, tout aussi éloquent, mais cette fois Douglas avait daigné répondre.

« Peut-être.

— Ah ! Vous avez donc quelque chose d'important à faire chez nous...

— Plus que de parler avec une... une... domestique. »

Muriel avait encaissé. Haut-le-corps, mine indignée, puis repli dans la lingerie en marmonnant dans son for intérieur que c'était bien la peine d'être aimable...

Lucien Drénou avait attendu midi avant de téléphoner aux gendarmes de Paimpol, au cas où son client reviendrait dans la matinée.

— Encore une disparition ? s'étonna le brigadier.

— Pourquoi « encore » ?

— Parce qu'il n'y a pas si longtemps, c'était une jeune femme qui manquait à l'appel. Elle est revenue, elle. Vous ne croyez pas que votre client va en faire de même ?

— Il a beau être du genre taiseux, je pense qu'il m'aurait averti s'il s'absentait pour plusieurs jours.

— Avant que nous nous déplacions, vous n'avez pas quelques amis susceptibles de faire le tour de l'île, histoire de jeter un coup d'œil ?

Drénou prit le temps de réfléchir.

— Ça se pourrait, à condition de leur payer un verre.

— Votre Anglais, il s'est peut-être égaré, ou il a trouvé une jolie îlienne chez qui il aura pris pension. Il vous a expliqué pourquoi il était à Bréhat ?

— Non, je vous l'ai dit, il avait pas envie de causer…

— Ou alors, il s'est blessé, et il n'est plus en mesure de rejoindre votre hôtel. Ce ne serait pas la première fois qu'un promeneur se casse la figure dans les rochers. Mettez-vous en rapport avec la mairie, et allez donc faire un tour avec une petite équipe. Quel que soit le résultat, tenez-nous au courant. Ah si, quand même, Lloyd Murphy, vous nous avez dit, et il viendrait de Canterbury ?

Le patron confirma.

— S'il a fourni les bons renseignements…

— Vous avez des raisons d'en douter ?

— Je vous ai dit qu'il avait l'air bizarre.

— Nous allons vérifier auprès de nos collègues anglais.

Le patron n'eut aucun mal à réunir un dimanche une poignée de pèlerins désœuvrés qui, contre la promesse d'une bonne bouteille, acceptèrent de partir à la recherche de Douglas Bridgeton. Afin d'officialiser la chose, le garde champêtre les accompagnait.

Drénou avait conseillé à sa meute de concentrer

ses investigations dans l'île du Nord. Il n'aurait pu en jurer, mais il lui semblait bien que c'était la direction prise la veille par son client. La façade ouest était la plus propice aux accidents, un dédale de chaos battus par les vagues, tapissés de goémons visqueux sur lesquels le pied ne trouvait que des appuis incertains. Enivrés de témérité, en quête d'images inédites et de sensations fortes, les touristes étaient bien les seuls à s'y risquer, en se gaussant des recommandations des autochtones, des pleutres terrorisés par le moindre danger. Parmi ces amateurs de nature sauvage figurait un écrivain du début du siècle, philosophe, philologue et historien, Ernest Renan. Il avait donné son nom à l'une des curiosités de l'île, à la pointe du Rosédo : la chaise de Renan. Lui ce n'était pas d'être bravache qu'il s'aventurait dans les rochers, mais, paraît-il, pour méditer en toute tranquillité, assis dans l'anfractuosité de roche qui dessinait en effet un siège naturel, bien inconfortable au demeurant.

Ce fut un jeune garçon qui repéra le cadavre.

— Je crois bien que j'ai vu quelque chose ! clama-t-il, tout excité.

Habitué à ce que son gamin fasse l'intéressant, le père le rabroua :

— C'est pas quelque chose qu'on cherche, c'est quelqu'un !

— Justement. Y a un type dans la flotte, et il a pas l'air d'être en train de se baigner...

Branle-bas de combat. S'attendant à un dénouement tragique, l'escouade avait pris le soin de se munir d'un croc au bout d'une longue corde. Deux Bréhatins parmi les plus agiles descendirent dans la crevasse escarpée. Ils agrippèrent le malheureux par le revers de son manteau et le remontèrent tant bien que mal comme un gros poisson, en veillant à ne pas l'abîmer davantage. Bien que n'ayant séjourné que vingt-quatre heures dans l'onde salée, Bridgeton était déjà salement amoché, les chairs gonflées et rabotées par les roches couvertes de berniques et de balanes contre lesquelles il avait été drossé, les yeux vitreux entre les paupières encore écarquillées par la frayeur de la chute. Pas beau à voir, quand on l'allongea sur le surplomb herbeux.

L'accident paraissait si évident que pas un des hommes ne pensa à ménager le terrain ni la dépouille aux fins de l'enquête. On n'allait quand même pas laisser le pauvre vieux à tous vents, il avait assez souffert comme ça ! Il fut enveloppé dans une bâche et transporté à la mairie. Dès son retour, le garde champêtre s'empressa de téléphoner aux gendarmes de Paimpol. On était dimanche, pas grand monde sous la main, le brigadier de service ne jugea pas utile de se déplacer ; il demanda simplement que le corps soit apporté au plus vite sur le continent en vue de l'autopsie. Ironie du destin, le Service des phares et balises accepta de s'en occuper. Le lundi matin, Le Dortz eut le macabre honneur de prêter sa vedette. Celle qui servait à Ambroise Corignan pour la relève de l'Œil-du-Diable.

Difficile pour le médecin légiste de pouvoir affirmer avec certitude que le cadavre ne présentait aucune autre blessure que celles consécutives à la chute et au séjour entre les rochers. En tout cas, à en croire l'eau retrouvée dans ses poumons, il était mort de noyade. L'accident était la conclusion la plus logique. Les recherches effectuées par la police outre-Manche ne donnèrent aucun résultat. Les Murphy étaient légion, mais aucun d'entre eux ne répondait au prénom de Lloyd.

Rapatrié cependant à Canterbury – c'était la provenance indiquée de sa main même sur la fiche de l'hôtel –, Douglas Bridgeton y fut inhumé dans le cimetière. Oh, une sépulture des plus rudimentaires, sous une croix portant le nom créé pour accomplir sa sinistre vengeance. On ne vit jamais de fleurs sur sa tombe.

43

La nouvelle de la macabre découverte se propagea le dimanche après-midi plus vite que si elle avait été portée par le vent. Ils étaient nombreux, les Bréhatins, à avoir remarqué cet homme aux allures étranges, qui arpentait l'île sans parler, qui ne répondait au mieux que par un signe de tête quand on le saluait. D'aucuns se souvenaient même de l'avoir vu rôder aux alentours de la maison de Corignan, mais personne n'avait fait le rapprochement avec la présence des deux Anglaises au domicile du gardien de phare.

Au bourg, Séraphin Brégent paradait. Sans citer ses sources, le vieux marin affirmait savoir ce que fabriquait la victime à Bréhat, et même qu'il s'agissait peut-être pas d'un accident. Les pratiques des différents bistrots le sommaient de s'expliquer. Geste évasif, sourire entendu, histoire de laisser mariner son auditoire. Long silence, cela va sans dire.

— Fais pas le malin, Raphin, tu dis que tu sais, mais tu sais rien !

— Personne n'est obligé de me croire...

Brégent se faisait tirer l'oreille avant de s'épancher. Ne l'aurait-on pas relancé qu'il aurait parlé quand même, trop content de jouer la vedette. Il avait admiré Gabin au cinéma, à qui il avait emprunté certaines mimiques et son accent caverneux. Il avait adoré le film *Razzia sur...*

— *... la schnouf.*

— La quoi ?

— Comment ça, vous savez pas ce que c'est que la schnouf ? La drogue, si vous préférez. Le hasch, la coke et tout le tralala.

— De la drogue à Bréhat ? Tu yoyotes, mon pauvre vieux...

— Vous avez qu'à demander aux douaniers si vous me croyez pas ! Ça fait un bail qu'ils surveillent le secteur.

— Comment tu sais ça, toi ?

— Faut avoir l'œil, c'est tout. Quand on a bourlingué comme moi, c'est pas sorcier.

— C'est eux qui t'ont dit, pour l'Anglais ?

Geste oscillant de la main comme un poisson qui se faufile dans l'onde – sous-entendu que c'était pas impossible, mais qu'il n'avait pas le droit de vendre la mèche.

— Y a pas besoin d'être douanier pour comprendre

que l'Anglais en question traficotait quelque chose de louche. Moi, depuis le début, j'avais deviné que ce type-là était pas clair.

— C'est pour ça qu'il s'est cassé la gueule dans les rochers ?

Brégent secouait la tête, navré d'une telle naïveté.

— Le citoyen de la mère Thatcher, il était toujours fourré sur la côte de l'île du Nord. Il attendait des quidams de son espèce, des revendeurs du continent si vous préférez, afin de leur refourguer la came. Ces combines-là, c'est des affaires de gros sous, des sommes que vous pouvez même pas imaginer. Tout ça en loucedé, bien sûr, entre marlous.

Il marquait une pause afin de ménager ses effets, sachant que le poisson avait mordu à l'hameçon et qu'il ne restait plus qu'à le ferrer.

— Ces mecs-là, ça n'a pas de religion. Ils se bouffent entre eux pire que des piranhas.

Il attendit que quelqu'un lui demande ce que c'était, les piranhas. Mais personne n'avait envie de passer une fois de plus pour un idiot. Alors il continua sa péroraison :

— Une transaction qui aura mal tourné. Ils ont pas réussi à se mettre d'accord, ils en sont venus aux mains. L'English, ils l'ont délesté de la marchandise, puis ils l'ont foutu à la baille avant de repartir à Ploubaz. C'est pour ça que je me permets de dire qu'il est pas tombé tout seul. On l'a un peu aidé, si vous voyez ce que je veux dire...

A défaut d'être argumentée, la démonstration était convaincante...

Ambroise Corignan savait par expérience qu'il était rare que l'ogresse de mer ne rejette pas à la côte les cadavres dont elle avait sucé la moelle. Pour Bridgeton, vu qu'il était tombé si près du bord, il était évident que la découverte aurait lieu d'ici peu.

La nouvelle lui parvint aux oreilles cet après-midi-là, alors qu'il déambulait sur la place du bourg. Bien que préparé, il ne put s'empêcher de tressaillir.

— Un corps dans la flotte ? Où ça ?

— Au Rosédo. Un Anglais, à ce qu'on sait.

— Merde alors... Qu'est-ce qui lui est arrivé ?

— On sait pas trop. Mais ça ressemble fort à un accident. Encore un plus malin que les autres qui aura voulu conter fleurette aux berniques et qui a fait la galipette...

— C'est arrivé quand ?

— Il faut attendre l'autopsie, mais d'après le Drénou de la Vieille Auberge, où logeait le pèlerin, ça se serait produit hier matin. Avec le brouillard, ça n'a rien d'étonnant. Il a dû s'aventurer trop près du bord et il s'est cassé la gueule.

Soucieux de ne rien laisser paraître, Corignan ne traîna pas. Restait à annoncer la nouvelle à Janet et à la jeune inconnue. A Florimond aussi. Avec le plus de naturel possible, même s'il n'échapperait pas à leurs soupçons.

Janet se tétanisa. Un instant la scène se figea en un curieux triptyque, deux Anglaises et un Breton, pareils aux effigies de cire du musée de Madame Tussauds. Puis Janet se laissa tomber sur une chaise en poussant un profond soupir de soulagement, comme une poche qui se vide d'un air trop longtemps contenu.

— Il avait dû avoir drôlement peur quand tu l'as vu… murmura la jeune fille en fixant Ambroise.

Il s'efforça de soutenir son regard.

— Le pauvre… laissa échapper Janet, le regard perdu dans le vague.

— Tu vas quand même pas le plaindre ! s'exclama Betty.

— Non… Non, bien sûr, mais c'était tout de même ton père…

Ayant eu vent de la nouvelle, Quentin s'empressa de l'apporter à son copain, qui montait la garde. Ne le voyant pas, il l'appela avant d'aller frapper à la porte de Corignan.

— Chut… fit Florimond en sortant du couvert. L'autre connard est peut-être encore dans le coin.

— Ça m'étonnerait. Tu vas pouvoir dire à ton père que c'est plus la peine de s'inquiéter.

— L'Anglais a foutu le camp ?

— Mieux que ça, il est mort.

Florimond resta interloqué quelques secondes. Puis :

— Quelqu'un lui a réglé son compte ?

— Pourquoi tu dis ça ?

— Je sais pas, comme ça...

— Non, d'après ce qu'on raconte, ce serait un accident. Il se serait cassé la gueule dans les rochers. Il a peut-être voulu aller s'asseoir dans la chaise du père Renan. A moins que...

Quentin était soudain perplexe.

— A moins que quoi ?

— Rien... Non, non, rien.

Frappé par la même intuition, Florimond ne lui demanda pas de préciser.

— Attends-moi là. Je vais prévenir mon père.

Il se précipita dans la cuisine.

— L'Anglais...

Conscient du malaise ambiant, le jeune garçon suspendit sa phrase. Ce fut Betty qui répondit :

— Oui, on sait, il est mort.

— Un accident, c'est ça ? demanda Florimond en fixant lui aussi son père.

— Un accident ou pas, esquiva celui-ci, une chose est certaine, il viendra plus nous enquiquiner.

Janet se leva et se blottit contre son compagnon.

— Tu as raison. Il faut oublier toute cette misère. Prenons le temps maintenant d'être heureux.

Elle fit signe à Betty de les rejoindre. Celle-ci ignora l'invitation.

L'ÉCLAIRCIE

44

Appelons-la encore Betty, faute de mieux. Plus pour très longtemps. Etait-ce dû à la scène des papillons ? Ses dernières nuits avaient été hantées par un cauchemar étrange. Indécises, nébuleuses, des lumières vivotaient au loin, s'éteignaient, s'approchaient, disparaissaient. Dans sa tête ronflaient les mugissements d'une tempête. Au plus fort des bourrasques hurlaient des voix, elles se plaignaient. Il s'agissait bien d'une plainte, et même d'une douleur infinie, dont Betty ne comprenait pourtant un traître mot. Puis elle dégringolait à une vitesse vertigineuse dans un abîme insondable. Plus rien, avant que ne papillonnent des réminiscences encore plus accablantes, des vagues léchaient son corps dénudé, la submergeaient, la désarticulaient entre les roches acérées. Elle avait mal – cette souffrance, c'était un vrai souvenir enregistré dans sa chair. Elle avait beau se débattre, l'eau salée lui envahissait la bouche, les narines, s'immisçait dans sa gorge et jusque dans ses poumons. Elle suffoquait, se réveillait en sursaut, se dressait dans le lit de cette fille dont elle avait usurpé et la place et l'identité. A l'orée de la révélation tant attendue, elle avait maintenant une peur bleue de l'affronter.

Betty s'escrimait à interpréter ces embryons de souvenirs. L'échouage de son corps au pied du phare était soit la conséquence d'un naufrage, soit une chute de la côte de l'île, même si les grandioses chaos lui paraissaient étrangers. Ou alors, moins probable, elle avait dérivé de plus loin, des côtes françaises... Anglaises ? Non, trop éloignées, celles-ci... L'hypothèse du naufrage restait la plus plausible ; la corroboraient les lueurs entrevues dans son cauchemar, celles d'un phare. Florimond se trouvait dans l'Œil-du-Diable cette nuit-là. A plusieurs reprises, elle l'avait questionné sur les événements qui s'y étaient déroulés le soir de la tempête. Il se dérobait, on aurait dit qu'il se sentait coupable. De toute évidence, il dissimulait un secret. Ses réticences s'exerçaient-elles au sujet de la vraie Betty ou de la rescapée ?

Le dimanche soir, l'annonce de la mort de Bridgeton modifia l'ambiance du tout au tout au domicile de Corignan. Soulagée, ayant récupéré sa fille, Janet recouvra un apparent équilibre mental. Revers de la médaille, cette sérénité se traduisit aussitôt par une exacerbation de sa tendresse maternelle : elle avait extrait sa fille des griffes des acolytes de son père, elle l'avait crue disparue à jamais.

Plus question de la perdre. Alors elle la phagocytait sans relâche, une mère pieuvre qui n'inspirait plus que dégoût à l'inconnue.

Le gardien de phare resta lui aussi muet comme une tombe pendant tout le repas. Pour Betty, il ne faisait plus aucun doute, la disparition de son agresseur n'était pas un simple accident. Le confirmaient la gêne manifeste d'Ambroise, son regard fuyant, ses silences perplexes. Celle-ci ne finit pas de dîner, se leva et monta dans sa chambre sans un mot d'explication.

Seule, Betty s'efforça de remettre de l'ordre dans ses idées. Non, la mort de l'Anglais n'était pas accidentelle. Elle ne pouvait pourtant se résoudre à imaginer Ambroise d'apparence si ordinaire dans la peau d'un assassin, même pour protéger sa compagne. Pas plus à admettre que l'Anglais, face à elle au phare du Paon, menaçant, déterminé, prenne la fuite à la première semonce comme un gamin mort de trouille. Une altercation, plutôt. L'affrontement s'envenime, ils en seraient venus aux mains.

Les jours suivants, à plusieurs reprises elle fut sur le point de lui demander ce qu'il en était. Sans doute s'y serait-elle décidée, si lui-même, suivant le cours de ses pensées, ne s'éclipsait à chaque fois avant les premiers mots.

Florimond retourna chez sa nourrice le lundi matin. Ambroise déserta le gîte au même moment, après avoir annoncé qu'il partait faire un tour avec son canot. Betty demeura seule avec Janet. Le petit déjeuner expédié, elle se réfugia dans sa chambre, mais au bout de quelques minutes Janet monta frapper à sa porte afin de s'enquérir si elle n'avait besoin de rien, pour s'assurer en fait de sa présence, car ses angoisses lui brouillaient la mémoire à elle aussi maintenant. La jeune fille n'eut d'autre solution que de s'évader à son tour pour goûter à quelques instants de paix.

Sans sacrifier au voyeurisme morbide, elle était attirée par l'endroit où Douglas Bridgeton avait eu rendez-vous avec la camarde. A ce que Betty en savait, c'était dans l'une des entailles profondes des à-pics rocheux où s'engouffrait la mer. Elle n'aurait toutefois trouvé laquelle si des gamins n'avaient été agglutinés au-dessus.

— Tu viens voir ? lui lança l'un d'entre eux, un blondinet au nez en trompette. C'est là que l'Anglais a voulu apprendre à nager.

Betty s'approcha, ils s'écartèrent.

— C'était un bandit, fit un gaillard au front bas et aux bras trop longs pour sa marinière.

Etait-ce l'écho caverneux de cette voix en train de muer ou les mots qu'il venait de prononcer ? Betty ressentit une impression singulière.

— D'où tu tiens ça ?

Le grand escogriffe s'avança, trop content d'avoir capté l'attention d'une si jolie fille.

— C'est mon père. C'est les douaniers qui lui

ont dit. D'ailleurs, il est pas tombé tout seul, c'est les mecs avec qui il était qui l'ont poussé.

— Tu en sais, des choses...

— Il fait son malin, intervint un troisième en fourrageant dans son oreille et en mâchonnant ensuite le produit de sa quête.

— Ta gueule, moustique ! Mon père il raconte pas n'importe quoi quand il est pas bourré. Même que les flics, ils feront rien, qu'il a dit. Cette racaille-là, tant qu'ils règlent leurs comptes entre eux, ils font pas de tort aux honnêtes gens.

Il reçut le soutien approbateur de ses camarades.

— Bon, on y va ? fit l'un des gamins.

Ils récupérèrent leurs bécanes et se lancèrent sur les sentiers qui sillonnaient la lande.

Les vagues sans relâche fouillaient le fond de l'anfractuosité, prenant leur élan plus loin afin de préparer leurs attaques, portant chaque fois plus haut leurs coups de boutoir. Betty s'efforçait d'imaginer la scène. A condition de ne pas s'approcher trop près du bord, l'endroit ne présentait aucun danger particulier... Alors, un accident...

Elle rebroussa chemin. Il était encore tôt pour rentrer déjeuner, elle n'était pas d'humeur à subir une nouvelle salve d'effusions.

Soazig Loussouarn et son chien... Folle ? Tiraillée entre deux images contradictoires, Betty ne parvenait à se faire son idée. Pas toujours en tout cas, en certaines circonstances seulement, à croire qu'alors elle aussi se complaisait dans un rôle pour le moins singulier. Afin d'attirer l'attention de ses congénères et de meubler la solitude dont elle se plaignait ou parce que par moments déraillait son esprit torturé ? Sans doute les deux. Malgré les inquiétantes lubies de la vieille femme, Betty ne gardait pas d'elle un souvenir effrayé. Elle avait l'air d'apprécier la jeune Anglaise d'avant, et si celle-ci avait trouvé refuge près d'elle, malgré sa méfiance maladive, ce n'était pas sans raisons. La nouvelle Betty ne connaissait personne sur l'île susceptible de la renseigner au sujet du phare. Peut-être la vieille femme avait-elle eu des échos de ce qui s'était passé au large de Bréhat lors de la fameuse tempête... Si elle était dans son état normal, elle accepterait certainement de parler.

Cette fois, Fernand ne fut pas avare de sa joie. Il reconnaissait la fille de la dernière visite. Sa maîtresse était au logis. Pas très en forme, à entendre la voix couverte avec laquelle elle demanda qui était là. La jeune fille hésita, mais pourquoi compliquer la situation ?

— Betty...

— Ah ! Entre alors.

Soazig était attablée devant un bol fumant, les cheveux défaits, sans son petit bout de coiffe, épuisée, les yeux cernés. Par-dessus une ample chemise de nuit en lin rêche, elle avait jeté sur ses épaules un châle de laine noire, tricotée à grosses côtes. Cela fleurait bon le rhum dans la pièce au plafond bas.

— J'ai attrapé la crève. Rien de tel qu'un grog pour chasser la misère. Tu en veux ?

Betty refusa, ne sachant si elle était censée aimer ce genre de décoction.

— Je t'attends depuis longtemps, tu sais. C'est comme Fernand. Je me demande où il est passé, celui-là.

— Mais il est là, fit Betty en regardant le chien.

— Ouais... Lui il est toujours là. Je parle pas de lui, mais de mon bonhomme.

La fièvre la faisait à nouveau tutoyer l'abîme de la folie. Elle fixait le visage de Betty, fouillant de toute évidence dans ses souvenirs, hésitant sur sa véritable identité.

— Tu as su, pour celui qui est mort ? s'enquit la jeune fille, histoire de dissiper le malaise.

— Les idiots qui l'ont trouvé l'autre jour ont fait assez de boucan. Je me demandais ce qu'il y avait, alors je suis allée voir. Je suis arrivée juste quand ils le retiraient de l'eau. Il était pas joli, joli, mais ce devait être un bel homme quand il était pas mort.

Une quinte de toux l'obligea à s'interrompre. Elle ingurgita une gorgée de son breuvage après avoir soufflé dedans, de crainte de se brûler.

— C'est drôle, c'était un Anglais, comme toi. Tu vas croire comme les autres que je suis folle dans ma pauvre tête, mais il s'agit peut-être d'un ancien amoureux de ta mère qui était venu la rejoindre. Alors comme elle voulait plus de lui, il s'est jeté à l'eau, afin de noyer son chagrin.

Un sourire malicieux sur ses vieilles lèvres, Soazig ajouta :

— Et il s'est noyé lui aussi, par la même occasion.

— Tu en as, en effet, de drôles d'idées…

— Remarque, ta mère, c'est encore une jolie dame. Elle aurait bien le droit d'avoir des amoureux. D'ailleurs, tu m'as jamais parlé de ton père.

En savait-elle davantage et jouait-elle l'idiote ?

— C'était pas quelqu'un d'intéressant. Ma mère m'a dit que c'est à cause de lui si nous sommes venues habiter ici.

— Elle a eu raison alors de ficher le camp. Remarque, elle a pas perdu au change. Elle est bien avec Ambroise Corignan. Lui, c'est un brave type.

— C'est vrai, admit Betty.

— Et il accomplit une mission remarquable. Enfin quand le phare marche…

Betty tressaillit.

— Ça lui arrive de tomber en panne ?

— Jamais, Dieu merci. Sauf quand il y a une tempête comme celle de l'autre jour.

Moment de flottement.

— Le phare, il était tombé en panne le soir de la tempête ?

La vieille Bréhatine aspira une gorgée de sa potion miracle.

— Je vois plus grand-chose dans la journée, mais la nuit ça va un peu mieux. Les lumières surtout.

Ça fait comme un halo. C'est normal pour une vieille chouette de mon âge.

— Et cette nuit-là...

— Avec le vent, j'arrivais pas à dormir. Tu vas pas me croire, mais les tempêtes, moi, j'aime ça. J'ai l'impression que le bon Dieu est en colère et qu'il est en train de nous gronder. Alors je sors pour écouter dans le vent ce qu'il a à nous reprocher. C'est pas pour dire, mais cette nuit-là, il était sacrément en rogne. Il hurlait comme pas possible. Y en a qui ont dû en faire, des bêtises !

Son regard s'égara soudain comme si une bourrasque inattendue y déployait un rideau de brume.

— Mon Fernand, il est parti un soir de tempête. Je suis sûre qu'il reviendra aussi une nuit où il y aura un vent à décorner le diable. Tu comprends, misérable comme il doit être maintenant, il a pas envie que tout le monde le voie. Sauf moi. Alors avec l'ouragan de l'autre jour, je croyais que c'était pour cette nuit-là. Tu me crois, hein ?

Betty se contenta de sourire.

— Il m'appelait. J'ai peut-être les quinquets qui trifouillent, mais côté écoutilles j'entends encore comme une jeune fille. Fernand, il est plus très loin...

Soazig perdait pied. Betty mourait d'envie de lui demander d'en revenir au phare, mais il semblait déjà trop tard pour la ramener à la raison. A sa grande surprise, la vieille femme reprit la parole :

— Je suis montée à côté du sémaphore. De

là, on voit loin, même très loin. Je savais que Fernand essayait de rentrer malgré la tempête. Je lui faisais des grands signes, mais il me voyait pas. C'est comme ça que j'ai remarqué que le phare d'Ambroise éclairait plus.

Betty ne put s'empêcher de lâcher un petit cri, mais la vieille femme, perdue dans ses pensées morbides, n'en eut pas conscience.

— Et... c'est grave ? balbutia la jeune fille.

— Je pense bien. Avec une tempête comme celle-là, les bateaux avaient besoin d'être guidés plus que jamais. Entre nous soit dit, il faut être complètement maboule pour sortir en mer avec une vacherie de temps pareille. La panne n'a pas duré longtemps d'ailleurs. Corignan, c'est un gars qui connaît son boulot et c'est pas un fainéant. Il a pas été long à réparer. Une demi-heure après, son feu marchait de nouveau.

— Il était quelle heure ?

— Vers minuit.

Essoufflée par une si longue diatribe, Soazig se voûta par-dessus son bol qu'elle tenait serré entre ses mains noueuses. Elle resta ainsi prostrée un long moment. Betty n'osait rompre le silence. La vieille femme marmonnait des mots inintelligibles. Elle se redressa, scruta à nouveau le visage de la jeune fille. Ses yeux ne dispensaient plus le même regard. Betty regrettait son incursion, mais elle n'avait l'audace ni de se lever ni de s'en aller.

— T'es pas d'ici, toi, je te connais pas, débita la vieille d'un trait, d'une voix monocorde.

La jeune Anglaise hésita à répondre, mais les pupilles écarquillées ne la quittaient pas. Deux poinçons qui lui perforaient le visage.

— Mais si, je suis Betty, la fille de l'Anglaise, protesta-t-elle du bout des lèvres.

La vieille secoua la tête en signe de dénégation. Puis elle ricana :

— T'as peut-être les mêmes cheveux, mais t'es pas Betty.

45

Betty rentra perplexe de sa conversation avec Soazig Loussouarn. Elle n'était pas assez naïve pour prêter un crédit immodéré aux allégations d'une vieille femme sujette à des crises de démence. Celle-ci ne voyait plus grand-chose, cette nuit-là soufflait un ouragan comme de mémoire d'îlien Bréhat n'en avait jamais essuyé. Elle pouvait avoir été abusée par le vent, les yeux inondés par la pluie. Betty avait cependant l'intuition qu'au-delà de son indéniable sincérité Soazig ne s'était pas trompée : le phare d'Ambroise était bel et bien tombé en panne.

Betty éprouva quand même le besoin d'en avoir la confirmation. Les tentatives de séduction dont rivalisaient les deux chasseurs de papillons l'avaient amusée. Après tout, pourquoi ne pas se servir de leurs fantasmes afin d'en savoir davantage ? A commencer par Florimond qui, lui, se trouvait dans l'Œil-du-Diable.

Ambroise n'était pas rentré, le déjeuner se passa en tête à tête entre Betty et Janet ; la jeune fille s'efforça d'être aimable. Elle patienta jusqu'à la fin de l'après-midi pour se rendre chez les Desbois. Le Guerzido, en aplomb de la plage, lui avait expliqué Janet. Tu verras, tu peux pas te tromper, une belle maison avec un grand jardin tout autour, ceux-là sont à l'aise. Le problème, c'est que des chouettes baraques, il y en avait quelques-unes sur cette zone résidentielle de l'île de Bréhat… Le n° 12, c'était là.

La jeune Anglaise hésitait à s'aventurer dans un monde qui n'était pas le sien, dans lequel elle avait fait irruption sans crier gare. Elle allait s'y décider quand elle entendit des voix provenant de la grève en contrebas. Elle s'approcha. Les garçons étaient assis côte à côte sur le sable, face à l'île Logodec. Le vent du large remontait des bribes de leur conversation. Ils parlaient de quelque chose que personne ne devait savoir. Betty tressaillit, Bréhat, l'île aux secrets : celui de Janet et de son départ précipité d'Angleterre, le secret de la mort de Douglas Bridgeton, le secret de sa vraie fille, dont personne ne savait où elle était passée. Et surtout le sien. Trop de mystères pour sa tête vide…

Florimond et Quentin parlaient de phare maintenant. Betty dressa l'oreille, mais changeant de direction le vent emporta leurs paroles vers le large. Ils se levèrent, la jeune fille n'eut pas le temps de se dissimuler. Ils se figèrent, visiblement contrariés. Elle leur adressa un salut amical de la main. S'empressa de descendre avant qu'ils ne se défilent.

— Ça fait longtemps que tu es là ? s'inquiéta Florimond.

— Je sais pas... Quelques minutes.

— Tu as entendu ce qu'on disait ?

— Non... Pourquoi, il y a des choses que je n'aurais pas dû entendre ?

Ils étaient gênés au plus haut point, surtout le fils du gardien.

— Qu'est-ce tu vas chercher ? On a rien à cacher, ni à toi, ni à personne.

Il se défendait mal, sa voix sonnait faux.

— C'est gentil à toi d'être venue nous rendre visite, intervint Quentin avec des yeux de cocker amoureux. Tu avais besoin de nous parler ?

— J'ai quelque chose à dire à Florimond.

— Dis tout de suite que je vous dérange.

Betty ne releva pas. Elle s'adressa à Florimond :

— J'aurais certaines choses à te demander à propos du phare de ton père. En particulier, si tu veux bien.

A la façon dont ce dernier baissa la tête, il était évident que le sujet l'embarrassait. Il soupira.

— Tu veux bien nous laisser, Quentin ?

Celui-ci adressa un dernier regard langoureux à la jeune Anglaise, puis il remonta sur le surplomb en maugréant.

Florimond et Betty restèrent un long moment silencieux. Elle s'était assise à la place de celui qu'elle venait d'éconduire. Le jeune garçon semblait sur la défensive.

— Comme ça, tu t'intéresses aux phares maintenant ? lança-t-il d'un ton agressif sans la regarder.

Elle décida d'user du même ton.

— Pourquoi ? C'est interdit ?

— Non, mais c'est bizarre que ça te prenne tout d'un coup.

— Ton père, il a une sacrée responsabilité.

Il se demanda où elle voulait en venir, il se méfiait.

— Il est jamais seul, mais c'est vrai que c'est un drôle de boulot.

— Ça te dirait, toi, d'être gardien de phare ?

Il sourit, soulagé.

— Pendant longtemps, j'en ai rêvé. Maintenant je t'avoue que ça m'effraie.

— C'est depuis que tu as passé la nuit de la tempête dans le phare de ton père ?

Il se raidit à nouveau.

— Pas seulement. Mais c'est pas drôle d'être coupé du monde, obligé de vivre pendant deux longues semaines avec un type que t'aimes pas forcément.

— Cette nuit-là, tu étais seul avec ton père ?

Cette nuit-là, cette nuit-là... Que cherchait-elle ?

— Oui, le gardien qui devait rester avec lui s'était blessé quand on est arrivés. Il s'était abîmé la main, la vedette de la relève a été obligée de le ramener sur le continent.

— C'est toi qui as pris le relais, en quelque sorte...

— Pas vraiment, mon père m'a expliqué comment fonctionne la lanterne, mais c'est vachement compliqué ! J'aurais été bien en peine de l'aider.

— Ça arrive que le phare tombe en panne ?

Ça y est, se dit-il. Nous y voilà.

— Mon père m'a jamais dit que ça lui était arrivé. Pourquoi ? Ça te tracasse ?

— C'est juste pour savoir.

Elle marqua une pause avant de revenir à la charge :

— J'ai rencontré quelqu'un qui m'a affirmé que la nuit de la tempête, à un moment donné, le phare a cessé d'éclairer. T'es au courant ?

Florimond était sur des charbons ardents ; Betty le sentait. Il voulut faire de l'humour afin d'esquiver la question :

— Etre au courant pour l'Œil-du-Diable, c'est un jeu de mots ? L'électrification, c'est pour bientôt, mais c'est pas encore fait.

Elle s'obligea à sourire. Bien joué, mais ne te crois pas quitte...

— Tu m'as pas répondu. Cette nuit-là, c'est vrai que le phare est tombé en panne, oui ou non ?

— Tu sais, moi je suis allé dormir. Mais une panne, je crois pas. Sinon, mon père me l'aurait dit.

Nouveau silence. La vieille Soazig n'avait pas rêvé. Elle entendait Florimond respirer à ses côtés. Elle posa une main sur son genou. Il sursauta comme si un fer rouge l'avait brûlé.

— Je t'embête, hein ?

— Non, c'est pas ça, mais je vois pas pourquoi tu me poses toutes ces questions. On dirait une inspectrice de police comme on en voit à la télé...

— Tu oublies que c'est le matin après la tempête que ton père m'a retrouvée au pied de son phare.

— Non... Tu as eu de la chance, d'ailleurs.

— C'est important pour moi de savoir ce qui s'est passé pendant la nuit. Comment je suis arrivée là.

Elle se serra contre lui, comme si elle requérait sa protection.

— J'ai besoin que tu m'aides, Florimond. Si le phare de ton père s'est éteint, il y a peut-être un bateau qui a fait naufrage dans le secteur. Le bateau où j'étais.

Il eut du mal à déglutir sa salive.

— Comment tu peux savoir que t'étais sur un bateau, puisque tu te souviens plus de rien ?

— C'est pas sûr, c'est juste une hypothèse. Je suis bien venue de quelque part.

La main de la jeune fille pressait le genou du garçon, il se sentait troublé. Soulagé aussi, puisqu'en définitive elle ne savait rien de cette nuit-là, ou pas grand-chose. Il s'enhardit à lui passer le bras par-dessus l'épaule.

— Je sais pas qui a été te raconter une pareille idiotie. En tout cas, une chose est certaine, le phare n'est pas tombé en panne, ni cette nuit-là, ni jamais.

46

Betty n'était guère plus avancée. Seul progrès dans ses investigations, elle avait acquis la certitude que Florimond taisait un secret. Il avait l'air sincère cependant en s'écriant que le phare de son père n'était pas tombé en panne. Comme il était vrai que ce devait être une mécanique super compliquée, dont seul un professionnel de la trempe d'Ambroise Corignan était en mesure d'assurer le fonctionnement.

La seule façon d'en avoir le cœur net, c'était de s'adresser au principal intéressé.

Le jour même, Betty guetta Ambroise au crépuscule. Il changeait souvent d'itinéraire, tantôt remontant du bourg, tantôt débouchant de l'île du Nord. Affichant toujours le même air renfrogné. Une chose était certaine, quand il n'était pas de service, il sortait en mer quel que soit le temps, paraissant même préférer les matins mauvais, ceux où le vent scalpait le flot et éventrait les nuages. Ambroise désirait-il braver le danger, ou cela lui était-il égal de quitter une vie devenue un fardeau trop lourd pour lui ? Il lui arrivait de rapporter un bar ou deux, un tourteau trapu débusqué dans les rochers, ou encore une douzaine de précieux ormeaux décollés des roches profondes. Des soirs comme ceux-là, Janet retrouvait son homme ; elle s'occupait de sa pêche en chantonnant quelque ballade de son pays.

Ce jour-là, Ambroise revint les mains vides, voûté, le regard fixé sur la route devant lui. Il allait de ce pas régulier des hommes perdus dans des pensées intenses, dont le corps se mouvait par instinct. De sa masse sombre émanait une telle impression de tristesse que Betty hésita à sortir du chemin où elle s'était embusquée.

— Ambroise…

Betty s'avança. Il ne manifesta aucun signe de surprise.

— Ambroise, j'ai besoin de vous parler.

Alors il la dévisagea.

— Maintenant ?

— Il y a quelque chose que je voudrais savoir.

— On s'est pourtant déjà tout dit. Tu n'es pas la fille de Janet. Toi et moi, on n'a pas envie de lui faire du mal. Qu'est-ce tu veux savoir de plus ?

Sa voix résonnait avec des accents cassants.

Ils se tenaient au milieu de la route. Janet, toujours à monter le guet à sa fenêtre, allait les apercevoir, se demander ce qu'ils complotaient. Du pouce, elle désigna la maison dans son dos.

— Ce serait bien de trouver un endroit plus tranquille pour parler, vous ne croyez pas ?

Il parut prendre conscience de la situation.

— Tu as raison. Janet a assez gambergé comme ça. Viens.

Ambroise s'engagea dans le sentier vers la côte. Dans la nuit tombée s'estompait le paysage. Il ne se souciait pas de Betty, qui peinait à suivre ses amples enjambées. Elle se taisait, ce n'était pas encore le moment de parler, elle ne lui poserait la question que lorsque lui l'aurait décidé. Ils atteignirent la pointe du Gardeno, non loin de la maison aux papillons. De là, on apercevait la lueur du phare, dont le pinceau balayait la côte à échéance régulière, par-dessus l'île Lavrec. L'avait-il conduite en cet endroit d'avoir deviné le sujet qui la tracassait ?

— Tu veux qu'on s'assoie ? demanda-t-il.

Ce qu'il fit sans attendre sa réponse. Elle se posa sur le rocher près de lui. Couple singulier dans la nuit, côte à côte sous le ciel étoilé, on aurait dit des amoureux soucieux de solitude.

— Tu as envie de savoir qui tu es ? C'est normal, mais je peux pas faire grand-chose pour t'aider. Il faut attendre que la mémoire te revienne.

— Oui, bien sûr, mais c'est pas de ça que je veux vous parler.

Comment finasser plus longtemps avec cet homme capable de lire dans ses pensées ? Elle lui dit qu'elle avait rencontré Soazig.

— Cette vieille folle ? Elle t'a pas parlé de son mari, d'un certain Fernand ?

— Si. C'est le nom qu'elle a prononcé.

— Alors, c'est bien elle, la veuve Loussouarn. Soazig Loussouarn. La pauvre… Elle a jamais voulu admettre que son mari était mort, alors qu'il s'est noyé sous ses yeux. Depuis, elle passe son temps à le chercher.

Betty répéta ce que Soazig lui avait confié à propos du phare.

— Elle est folle à lier, je te dis ! Tu vas quand même pas la croire ! Tu sais pas qu'en plus elle est miro comme une taupe ?

Betty fut un moment décontenancée.

— Si. Mais elle m'a dit qu'elle voit mieux la nuit, surtout les lumières, comme celle du phare. Pourquoi elle m'aurait raconté des histoires ? C'est vrai que le phare a cessé de fonctionner pendant plus d'une demi-heure ?

Ambroise secoua la tête. Si Betty avait pu distinguer son visage dans l'obscurité, elle se serait rendu compte de son embarras.

— La lanterne a éclairé toute la nuit, comme toutes les nuits. Tu peux me croire si tu veux, depuis que j'y travaille, jamais l'Œil-du-Diable n'est tombé en panne. C'est un bon phare, que les hommes ont eu du mal à construire sur la roche où il est campé. Il y a eu plusieurs blessés pendant les travaux, deux morts, même, des maçons emportés par une lame de fond, des pères de famille. Le moins que puissent faire ceux qui en sont les gardiens afin de leur rendre hommage, c'est de s'assurer qu'il est toujours en état de marche.

Lui aussi paraissait sincère.

— J'en ai parlé à Florimond, cet après-midi.

Ambroise tressaillit. Cette fois, sa voix se fit moins assurée.

— Et qu'est-ce qu'il t'a raconté ?

— Qu'il savait pas, qu'il était parti dormir.

— Il t'a rien dit d'autre ?

Il s'était tourné vers elle, elle le sentait aux abois. Celui-ci aussi taisait un secret. Elle ne répondit pas tout de suite.

— Il y a autre chose qu'il aurait pu me dire ? demanda-t-elle enfin, d'une voix plus douce.

— Non... Mais Florimond, il est parfois un peu bizarre. Tu sais qu'il attrape des papillons avec l'autre idiot de Quentin dans la bicoque du père Kernin ?

— La nuit où nous avons laissé Janet seule à la maison, c'est là qu'ils sont allés. Je les avais suivis, j'ai vu ce qu'ils faisaient.

— Ouais, je me demande parfois s'ils sont pas un peu fêlés, tous les deux.

— En tout cas, il m'a rien dit d'autre. Seulement qu'il a dormi et qu'il pouvait pas savoir si le phare était tombé en panne.

Ambroise lui demanda alors les raisons de cet interrogatoire en règle. Elle lui fournit les mêmes explications.

— Un naufrage, oui, acquiesça-t-il. Moi aussi j'y ai pensé, mais c'est bizarre alors qu'il n'y ait eu aucune trace de l'épave. C'est vrai que la mer est souvent imprévisible. Parfois il faut savoir attendre le jour où elle se décide à nous rendre ce qu'elle nous a pris.

47

Plus que quatre jours à patienter… Il tardait à Ambroise de regagner la solitude du phare. L'Œil-du-Diable, c'était sa vie depuis toujours, mais avant cette satanée histoire, les moments passés à terre lui manquaient aussi. Janet et lui filaient alors le parfait amour. Après la rudesse des embruns et du vent salé, qu'elle était douce entre ses bras ! Il se gorgeait de la saveur de ses lèvres. S'amusait à agacer sa poitrine de sa joue rugueuse – « Tu aurais pu te raser ! » –, à faire durcir ses tétons entre ses lèvres. S'enivrait aux effluves de son ventre. Ayant banni la honte de manifester son plaisir, elle s'offrait à la caresse, aussi chaude qu'aux premiers jours. Il faisait durer à souhait les préliminaires, jusqu'à ce qu'en gémissant elle le supplie de se glisser en elle. Ensuite, il ne détestait pas lui laisser l'initiative. Elle le renversait sous elle. Scrutant son visage, elle ralentissait l'étreinte pour connaître elle aussi l'extase d'être assouvie.

Retrouver la vraie Betty était un égal bonheur. Ambroise la considérait presque comme sa fille, malgré ses pudeurs farouches, ses airs de biche traquée, qui la rendaient si jolie. Dans ces moments-là, il s'égarait parfois à la contempler avec des yeux d'homme. La petite Anglaise se rebiffait alors en silence, lui adressait un regard noir. Il souriait en détournant le regard, ne trouvait pas les mots pour s'excuser.

En quelques semaines, ce paradis s'était déchiqueté dans les chaos de Bréhat. Ambroise n'avait plus qu'une hâte : se délester de la compassion indue de Janet, ne plus être contraint de jouer les hypocrites en sa présence, parce qu'il l'aimait encore malgré tout et qu'il avait l'impression de la tromper. Fuir, s'enfuir, fuir pour de bon cette ambiance fallacieuse. Aussi cette semaine-là sortit-il tous les jours avec son canot. Il avait d'autant moins de scrupules à se complaire dans sa misanthropie que Janet ne risquait plus rien maintenant. Sauf si elle découvrait que Betty n'était pas sa fille, une échéance qu'il redoutait, pourtant inéluctable.

Intriguée, la jeune inconnue se mit en tête de surveiller Ambroise. Elle avait perçu des zones d'ombre dans son discours, des dérobades. Ce matin du jeudi 19 novembre, il annonça à Janet qu'il partait en mer avec son canot. Il ne rentrerait pas déjeuner, il emportait de quoi casser la croûte.

— Tu ne proposes pas à Betty de t'accompagner ?

Ambroise sursauta de saisissement.

— Je sais pas... C'est pas ce que j'avais prévu...

La jeune Anglaise retenait son souffle, il se passait quelque chose d'étrange. De toute évidence, Ambroise n'avait surtout pas l'intention de l'emmener.

— Hein, Betty, que tu aimerais faire un tour en mer ? insistait Janet.

— Pas aujourd'hui. Je me sens pas très bien.

Elle gardait un œil sur Ambroise. Soulagé, il avait encore les mains tremblantes au moment d'enfiler son ciré. Elle le laissa partir.

— Je vais prendre l'air, annonça-t-elle à Janet.

— Toi aussi, tu t'en vas ?

— Je t'ai dit que j'étais barbouillée. Ne t'embête pas pour le déjeuner. Je n'ai pas faim.

— Bon... balbutia Janet, incapable de masquer sa déception. Il sera dit que dorénavant je vais devoir vivre seule, comme une vieille femme.

La jeune fille ne fit rien pour la consoler.

Ambroise descendait vers la grève de l'Eglise, là où était mouillé son canot. Betty le suivit, sans savoir pourquoi. A distance toutefois. Il traversa le terre-plein, ses lourdes bottes soulevant des gerbes d'eau dans les flaques oubliées par le jusant.

Betty ne s'aventura pas plus loin, attendit simplement qu'il largue les amarres. Elle regarda le bateau s'éloigner, disparaître entre les chaos.

Au nord de l'île Lavrec, face à la pointe du Gardeno, se situait l'un des lieux de pêche préférés d'Ambroise. Maintenant il l'évitait comme l'enfer. Le retour au phare était prévu pour le lendemain. Il se força à vaincre sa répulsion, juste pour vérifier.

Le moteur ronronnait tel un gros chat repu, une belle mécanique, pas des plus puissantes, mais suffisante pour une si modeste embarcation. De la place pour deux, voire trois à condition de se serrer. De toute façon, Ambroise préférait être seul. Il se faufila entre les rochers. Difformes, fissurés, ils étaient tous des silhouettes humaines, avec leurs énormes têtes et leurs corps recroquevillés, tous différents, rassemblés face à un danger invisible. Une armée de gnomes et de géants confondus, de toute évidence pétrifiés par les fameuses Gorgones, la Méduse ou l'une de ses sœurs.

Une impression mystique à chaque fois qu'Ambroise s'aventurait dans cette zone si dangereuse. Les vagues y lovaient leurs échines souples, faisaient saillir leurs croupes voluptueuses, aguichaient les imprudents de leurs vulves sombres avec une sensualité sournoise. Le canot à portée de lame, les sirènes se transformaient en monstres hideux. Elles se retournaient et se cabraient en ouvrant des gueules écumantes pour le happer. Ambroise frissonnait de côtoyer le danger. Ce jour-là le tenaillait une angoisse véritable, un souvenir qui plus jamais ne le laisserait en paix.

C'était un peu plus loin. Ambroise coupa les gaz, le temps était calme, pas de vent, il ne risquait rien. Il laissa son canot flotter au gré de la houle, se contentant de le guider entre les rochers à l'aide d'une des rames prévues en cas d'avarie ou de panne sèche. Il n'était jamais revenu sur les lieux. Il eut du mal à repérer l'endroit précis. Des images atroces à mesure qu'il s'approchait, les cris qui chaque nuit hantaient ses cauchemars.

Pas sûr de bien voir, il écarquillait les paupières. Il faillit tomber à la renverse, cette fois, il ne rêvait plus.

Betty n'avait rien à faire sinon errer entre les côtes qui la retenaient prisonnière comme la geôle la plus sévère. Guetter l'illumination. Une impuissance qui la laminait. Elle remonta lentement vers l'île du Nord, là où la végétation plus sauvage lui servait de refuge. Elle découvrit une crique en face de l'île Séhérès. Y descendit, s'y pelotonna contre un rocher poli par les tempêtes. Immobile, elle s'appliquait à faire sourdre les souvenirs de sa mémoire endormie. Un effort intense, très vite la lancina une migraine sourde, une contrariété de plus en plus fréquente, comme si une force mystérieuse s'acharnait à endiguer les résurgences du passé. Lasse de lutter, elle se laissa glisser dans une somnolence qui lui évitait de se torturer.

Paupières closes, Betty resta prostrée une durée dont elle n'eut pas conscience. Sans vraiment s'assoupir, elle flottait dans une nébulosité qui la coupait de la réalité. Des images s'effilochaient dans son esprit, qu'elle laissait vagabonder en espérant y voir se dessiner une silhouette qu'elle reconnaîtrait. Une intuition soudaine, elle ouvrit les yeux.

Au nord de l'île Séhérès se découpait un îlot. Il n'était pas très éloigné de la côte. Un homme s'y démenait. Betty ajusta son regard, cilla des paupières trois ou quatre fois. Ambroise Corignan. Il s'agissait bien du gardien de phare.

Elle se redressa afin de discerner ce qu'il fabriquait. Il explorait les rochers, ou creusait le sable, à la recherche de crustacés ou de coquillages fouisseurs. Il s'arrêta, se redressa, resta ainsi un bref instant. Fatigué, il s'essuya le front d'un revers de manche. Puis il se remit aussitôt à la tâche. Pressé d'en finir à présent, inquiet aussi, puisque sans cesse il jetait un regard alentour.

Ambroise s'immobilisa de nouveau. Il avait terminé. L'îlot était minuscule, adossé à une barrière de rochers du côté du large, derrière laquelle il disparut. Quelques minutes plus tard apparut le canot avec lequel il était parti le matin. Ambroise s'éloignait à la rame. Ce ne fut qu'arrivé au large qu'il lança le moteur de son hors-bord et prit la peine d'enfiler son grand ciré jaune.

Curieux, se dit la jeune fille. Il aurait voulu passer inaperçu qu'il n'aurait pas agi autrement.

48

Les gardiens de phare, à force de les transporter, le patron de la *Marijo* les connaissait comme sa poche. Des amis. Surtout Corignan, avec qui il discutait volontiers, peut-être parce que la vie ne lui avait pas fait de cadeaux. Le pauvre devait avoir encore des emmerdes : depuis quelque temps, ça tournait pas rond sous sa casquette.

Comme tout le monde, Le Dortz avait suivi le feuilleton dont la fille de l'Anglaise était l'héroïne involontaire, sa disparition pendant deux semaines, sa résurrection le lendemain de la fameuse tempête. Un véritable miracle. Il revoyait encore la pauvre gosse descendre du phare dans sa vedette, à califourchon sur le ballon, le visage écorché, les traits tirés, attifée avec des habits d'homme trois fois trop grands pour elle. Mais vivante…

Corignan avait sauvé la fille de son Anglaise, il aurait dû être soulagé, nom de Dieu ! Eh bien non ! Depuis, il tirait une tronche de damné. Sûr qu'il taisait quelque chose de pas très catholique, mais c'était peine perdue de s'acharner, il ne s'épancherait que s'il en avait envie. Pas étonnant, les gardiens de phare étaient des taciturnes, un fichu boulot dont pour rien au monde Le Dortz n'aurait voulu. Pourtant il aimait la mer, lui aussi, une ennemie redoutable qu'il respectait, même si jamais tout à fait loyale elle vous réservait toujours quelque coup fourré. Son flegme apparent dissimulait en fait une inquiétude dont jamais il ne s'était départi. Cette garce-là, pas question de lui faire confiance, vicieuse et vacharde. Les vagues ? Des rosses sur l'encolure desquelles il s'était toujours senti aussi fragile qu'un misérable insecte. Jusque-là, il les avait domptées, mais un jour ou l'autre, sans être fataliste, il savait que l'une d'entre elles finirait par le désarçonner et l'entraînerait au fond dans les entrelacs de sa crinière.

Le jeudi 19 novembre, le temps se gâta dans la soirée. Un ciel bas, boursouflé de villosités hideuses, une lumière blafarde violaçait les chaos de granit rose. Le vendredi matin, la marée était basse, le vent montait du sud. Si ça se mettait à souffler de l'ouest, un nouveau coup de tabac n'aurait rien de surprenant. Charles Le Dortz savait qu'il aurait du mal à accoster à la cale du Port-Clos afin de récupérer le gardien. L'embarcation dansait sur les vagues qui s'enflaient, levant des gerbes d'écume entre les rochers. S'agissait pas de faire le mariole…

Il appréhendait de découvrir la silhouette dressée au bout de la cale, de devoir composer avec le museau maussade de Corignan.

La *Marijo* approchait. Voilà bien longtemps qu'Ambroise ne s'était senti d'humeur aussi guillerette. Le plus pénible était passé, la veille il avait accompli ce qui lui incombait afin d'assumer sa part du destin. Ce matin, apaisé, il serait bien resté à terre afin de goûter un vrai repos en compagnie de Janet. Et pourquoi pas, de s'allonger près d'elle. Pas seulement pour dormir, mais pour la caresser et la faire ronronner entre ses bras. La pauvre, elle n'avait jamais eu autant besoin de tendresse. Quelle serait sa réaction quand elle se rendrait compte de sa méprise ? Un retour à la réalité d'autant plus cruel que jamais elle n'accéderait à l'entière vérité. Ambroise la détenait, lui. Il serait alors le seul en mesure de lui permettre de survivre.

Corignan adressa à Le Dortz un salut de la main.

— Traîne pas trop ! lui cria celui-ci. J'ai pas envie d'abîmer mon bateau contre le quai…

— Compris, chef ! répondit Ambroise en se hissant à bord avec son barda.

— Ça va pas être facile de s'approcher de l'Œil-du-Diable.

— Faudra bien. Lannuzel va faire la gueule si je le remplace pas.

— On va essayer, mais je te promets rien.

Surpris de sa bonne humeur, le patron se risqua à le titiller :

— Ça a l'air d'aller mieux.

Ambroise regretta aussitôt ses efforts de cordialité. Ne pas vendre la mèche. Eviter la confidence.

— Pourquoi tu dis ça ?

— Je sais pas. L'autre jour, quand je t'ai ramené, t'avais l'air constipé.

— Ah bon... Bof, je devais être fatigué.

Le Dortz vira afin de passer au large de l'île Logodec.

Sans atteindre la violence du 16 octobre, les éléments ne désarmèrent pas durant quatre jours. Betty n'eut d'autre solution que de rester cloîtrée avec Janet, une situation qui lui pesait toujours autant. Sa façon de la contempler, son adoration niaise, avec des moments de perplexité où ses yeux la détaillaient... Betty la croyait alors sur le point de recouvrer sa lucidité. Le soulagement tant attendu, mais en même temps la taraudait une angoisse terrible. Que ferait Janet à ce moment-là ? Se contrôlerait-elle ? Après avoir cru au miracle, ne chercherait-elle pas à éliminer celle qui après avoir provoqué l'illusion lui volait sa fille une seconde fois ?

Partir, se disait Betty. S'extirper du marécage avant d'y être engloutie pour de bon. Mais pour aller où, puisqu'elle n'était plus personne ? Fort d'un secret qu'il se refusait à dévoiler, Ambroise

Corignan devait posséder la clef du labyrinthe, mais depuis l'autre jour elle n'avait plus grande confiance en lui. Elle le revoyait sur l'îlot à proximité de Séhérès, occupé à une mystérieuse besogne.

Betty tentait de se raisonner. Rien ne lui permettait d'entretenir de pareils soupçons. Les Bréhatins adoraient explorer l'estran, traquer les crabes dans les rochers, fouir les langues de sable entre les galets – palourdes et praires y abondaient. Le gardien de phare lui-même s'adonnait à la pêche à pied. Ce soir-là, il avait d'ailleurs rapporté un dormeur de taille fort honorable. Il avait expliqué à la jeune fille comment le décortiquer, il paraissait plus détendu, il s'était même montré prévenant à l'égard de Janet, lui manifestant des attentions amoureuses…

Le cinquième matin, le ciel présentait l'aspect délavé des lendemains de tempête. Des haillons de nuages, une eau encore frémissante, mais que laissaient en paix les vagues impudentes. Betty enfila un jean, un gros pull, une paire de baskets. Elle ramassa ses cheveux en queue-de-cheval à l'aide d'un élastique. En descendant l'escalier, elle devança la question de Janet.

— Il fait meilleur, je vais prendre l'air.

— Tu as raison. Voilà plusieurs jours qu'on n'a pas mis le nez dehors. A rester toujours enfermées, on finirait par devenir folles. Je t'accompagne.

Betty lâcha un petit cri, un seau d'eau glacée

lui aurait produit le même effet. Non, surtout pas, mais comment lui dire ?

— Ne te fâche pas… maman. Mais j'ai vraiment besoin d'être seule.

La mine chagrine d'une fillette remise à sa place, malgré le *maman*, Janet resta interdite.

— Ah bon… Pourquoi ?

— Tu sais que cela ne va pas encore tout à fait bien dans ma tête. Il faut que je m'isole afin de réfléchir. C'est à ce prix-là que la mémoire me reviendra.

Janet hocha la tête. Loin d'être dupe, elle n'insista pas.

La jeune Anglaise remonta jusqu'à la chaussée Vauban, passa sur l'île nord. Sans ralentir l'allure, elle gagna la côte et se retrouva bientôt face à l'île Séhérès. Bien que pas très éloigné, l'îlot voisin n'était pas accessible à pied sec. La seule solution était d'emprunter une des annexes que les marins laissaient sur la côte, attachées pour certaines par une simple longueur de corde à un pieu fiché dans le sable ou à un gros galet, avec les rames glissées dessous.

La côte était déserte. Betty descendit dans la crique. Elle avisa un canot pas trop lourd, qu'elle parvint à retourner et à pousser entre les galets qui roulaient sous ses pieds.

Avait-elle vécu en bord de mer dans sa vie d'avant ? Ses gestes le laissaient supposer. Ainsi, ses bras savaient manier les rames, et en avaient la force. Betty avançait avec prudence, en évitant les écueils contre lesquels elle risquait de chavirer, repoussant son embarcation de la pointe de l'aviron quand elle ne pouvait les contourner.

Toujours pas âme qui vive, ni sur la mer alentour, ni sur la côte, dont elle s'éloignait. La chance lui souriait, sauf s'il lui advenait de chavirer, car personne ne viendrait alors la secourir. Elle atteignit l'îlot, tira sa barque sur les galets de crainte que le flot ne l'emporte. L'endroit n'était pas bien vaste, une dizaine de mètres dans un sens, guère davantage dans l'autre. Rien de particulier à première vue.

Dépitée, Betty s'assit sur un rocher. Qu'espérait-elle découvrir ? Ses soupçons étaient infondés... C'était à prévoir, elle était dans un tel état de fatigue nerveuse qu'elle s'était fait des idées.

Un hors-bord forçant l'allure au large de l'île Lavrec la tira de sa rêverie. Elle n'avait plus qu'à rentrer. Elle s'apprêtait à repousser son canot à l'eau quand une protubérance le long des rochers du côté mer attira son regard. Intriguée, elle s'approcha. Sur deux mètres, les galets paraissaient plus serrés, rangés afin de protéger quelque chose. Une sépulture... Fugace, l'idée saugrenue s'imposa à elle aussitôt. Elle regarda de plus près. Etait-ce le fait du hasard ? Au milieu du tertre les galets plus clairs dessinaient une croix.

Betty était terrifiée. D'une main tremblante, elle ôta un à un les cailloux à l'endroit où se trouverait le… Elle écarta l'image affreuse. Dessous, le sable était tassé. Elle creusa avec d'infinies précautions.

49

La tempête avait duré quatre jours. Le phare avait tenu bon, comme lors de l'ouragan. Un défi valeureux, de l'avoir construit sur ce promontoire rocheux, malgré les dénigrements des sceptiques, même de certains décideurs, qui estimaient par avance l'entreprise vouée à l'échec. Les travaux s'éternisaient. A l'époque – la fin du XIXe siècle –, pas de marteaux-piqueurs, il fallait creuser la roche avec des massettes et des burins afin d'y cimenter des goujons. Profiter des moindres jours d'accalmie, braver les vagues et le vent afin d'apaiser les impatients qui ne manquaient aucune occasion de critiquer le projet, de soulever toutes les arguties susceptibles de le faire avorter. Cahin-caha, la tour avait pris de la hauteur, au grand dam des opposants. Ceux-ci ne désarmaient pas : c'était pas le tout de construire une pareille « cheminée », encore faudrait-il qu'elle résiste aux assauts des tempêtes !

Voilà plus d'un siècle que le phare subissait les coups de boutoir, il était toujours debout.

A la tourmente succéda un temps radieux. Un revirement radical en quelques heures, dont étaient coutumières les îles de Bréhat, à croire que, soulevées par le vent, elles avaient la faculté de changer de latitude.

Bien qu'en partie soulagé, Ambroise appréhendait chaque liaison radio. Quatorze jours, c'était long. La rescapée de la tempête était sur le point de recouvrer la mémoire. Le retour à la réalité allait engendrer à coup sûr un nouveau drame. S'il n'était pas marié avec Janet, il n'était pas moins responsable de son Anglaise qu'il aimait encore.

Le vendredi 27 novembre, Le Dortz dut s'y prendre à deux fois avant de stabiliser son embarcation à proximité du promontoire rocheux. Au premier essai, la touline déviée par le vent tomba à l'eau, il fallut recommencer avant de pouvoir embraquer le hale à bord.

Tel un gros hanneton, Apparton descendit sur le ballon. Le vent soufflait par rafales. Ballotté en tous sens, l'homme se cramponnait au croc du cartahu, fermait les paupières afin d'éviter les gifles salées qui lui picotaient les yeux. Il atterrit dans cette partie du bateau qu'on appelle la baignoire.

Le patron tenait ferme la barre. S'agissait pas de traîner et de se faire drosser contre les récifs ! Bertrand Lannuzel effectua l'ascension tandis qu'Ambroise actionnait le treuil. La routine, une manœuvre pourtant des plus dangereuses. Valait mieux avoir la trouille au ventre : au moindre excès de confiance, ce pouvait être l'accident, Apparton était bien placé pour le savoir et encore avait-il évité le pire, l'amputation, la retraite avant l'heure.

La vedette tanguait de plus belle dans le flot tumultueux, montant et s'écrasant au gré des vagues dans un rythme infernal, un manège nautique d'une autre envergure que les montagnes russes. Le ballot du ravitaillement monta à son tour. Le cordon fut coupé. Déjà le patron mettait les gaz afin de s'éloigner au plus vite. Bertrand et Ambroise se retrouvèrent tous les deux dans la tour.

— Rien de spécial ?

— Non. A part que ce vieux ronchon de Neptune a piqué sa crise en début de semaine. Mais depuis, il paraît calmé.

Lannuzel fut surpris lui aussi de la bonne humeur de son coéquipier. Il hésitait à poser les questions qui le démangeaient. Ambroise avait conscience de sa curiosité.

— Me demande pas comment ça va chez moi.

— C'était pas dans mes intentions, mais si t'as envie de m'en parler…

— Betty n'a toujours pas retrouvé la mémoire, si c'est ça que tu veux savoir.

— Je t'ai rien demandé, mais elle a eu du pot quand même… T'as aucune idée de ce qui a pu se passer ?

— Si, même plusieurs, mais va-t'en savoir laquelle est la bonne.

— Y a qu'elle qui pourrait le dire…

— Ouais, ça faisait plusieurs jours qu'elle avait disparu. Sa pauvre mère était comme folle.

— Elle avait peut-être été kidnappée. On l'avait droguée, montée à bord d'un bateau pour l'expédier Dieu sait où. Paraît que ça existe, le trafic des jeunes femmes. A mon avis, c'est même pour ça qu'elle avait les fesses à l'air. Ceux qui ont fait le coup avaient pas prévu qu'il y aurait une tempête d'une telle violence. Heureusement pour elle, sinon la fille de ton Anglaise, il y a des chances que tu l'aurais jamais revue.

Lannuzel avait beaucoup d'imagination. Ambroise s'efforçait de ne rien laisser paraître de son trouble.

— T'as sans doute raison. C'est quelque chose dans ce genre qui a dû se produire.

Encouragé, Bertrand continuait de fantasmer :

— Si on n'a trouvé aucune trace d'une épave, c'est qu'elle a réussi à fausser compagnie aux salauds qui l'avaient enlevée. Tu penses bien qu'ils sont pas restés à attendre. Ils auront filé sans demander leur reste.

Ambroise se contentait de hocher la tête pour feindre d'approuver. Ils bloquèrent solidement la porte du vestibule, grimpèrent dans le phare. Des trois gardiens, Corignan était celui qui cuisinait le mieux. Ils déballèrent les victuailles apportées lors de la relève.

Cette seconde semaine, il ne se produisit rien de particulier. Ce qui ne signifiait pas que tout se passait bien sur l'île. A mesure qu'approchait l'échéance du retour à terre croissait l'angoisse d'Ambroise.

50

Betty recula en poussant un cri d'horreur.

Les goélands tournoyaient au-dessus de l'îlot, ni plus nombreux ni plus bas que d'habitude. Persuadée pourtant d'être la cause de leur boucan, l'Anglaise était pétrifiée. A genoux, elle ne pouvait détacher les yeux de l'horrible vision, un visage dont il était impossible de discerner les traits sous le sable collé aux chairs putréfiées. Elle avait déjà deviné de quelle dépouille il s'agissait. Celle d'une jeune femme aux cheveux roux comme les siens. Betty. La vraie Betty. Pour l'instant, sa remplaçante était incapable de fixer ses idées, assaillie d'images atroces qui se télescopaient dans son cerveau épouvanté. Elle n'osait creuser le sable plus profond, éprouvant l'étrange impression d'exhumer son propre cadavre.

Ambroise Corignan. Le salaud avait enfoui en cet endroit le corps de la malheureuse. Il aurait dû la considérer comme sa fille, il l'avait assassinée.

Betty s'efforça de calmer les trépidations de son cœur. Corignan avait bien caché son jeu sous ses allures de brave homme. Un meurtrier, une hypothèse ahurissante, et pourtant tout l'accusait. Ainsi, il n'avait jamais été dupe de l'identité de la jeune fille retrouvée au pied de son phare, et pour cause…

Betty voulut vérifier de quelle façon Ambroise avait éliminé la fille de sa compagne. Vainquant sa répulsion, elle épousseta le visage. Aucune blessure importante n'apparaissait sur les chairs corrompues. De toute évidence, la malheureuse avait séjourné dans l'eau, en témoignait la peau lépreuse et purulente, striée par les multiples égratignures occasionnées par les aspérités des rochers, les balanes et les huîtres qui les hérissaient. Les stigmates qu'elle-même présentait au pied du phare. Elle ôta le sable qui recouvrait les épaules ; à sa grande stupéfaction, elles étaient nues, ainsi que la gorge, des seins menus comme les siens. En haut du bras droit apparaissait encore la minuscule rose dont s'était inquiétée Janet. Elle poussa son inspection. Les mains étaient jointes sur l'estomac, pareilles à celles d'une défunte allongée sur son lit mortuaire. Sa culotte ne tenait plus sur les hanches que par quelques lambeaux de tissu. Aucune trace non plus d'une lésion assez conséquente pour avoir entraîné la mort.

Betty eut peur alors d'être découverte à tripoter le cadavre de la disparue. N'allait-on pas croire que c'était elle qui l'avait assassinée afin de prendre sa place près de Janet Bridgeton ? Elle se redressa, jeta un coup d'œil alentour. Aucune embarcation en vue. Elle se retourna vers la côte de Bréhat, son regard fouilla la crique d'où elle-même avait espionné le gardien de phare, quelques jours auparavant. Personne. Il ne se passait pas un jour sans que déambulent des promeneurs ; avec ce temps clair, elle serait tout de suite repérée.

Ne sachant que faire de sa découverte, Betty s'empressa de remettre la sépulture dans son état initial. Pour le sable, ce ne fut pas trop difficile. Elle égalisa au mieux le tertre bombé. Repositionner les galets, ce fut une autre histoire. Elle les serra les uns contre les autres, en veillant à retracer la croix qui lui avait mis la puce à l'oreille.

La marée était montée dans son dos sans qu'elle en ait eu conscience. Son canot flottait déjà à quelques mètres du rivage, pour un peu les courants l'auraient emporté et elle se serait trouvée coincée sur ce cimetière improvisé. Elle pataugea dans l'eau, agrippa le plat-bord et se hissa dans la petite barque. Elle reprit les rames, s'éloigna au plus vite de cet endroit maudit à présent.

La jeune fille ne recouvra la faculté de réfléchir qu'une fois sur le rivage. Les agissements d'Ambroise lui paraissaient de plus en plus mystérieux. Pourquoi ne s'était-il pas contenté de lester sa victime d'une lourde pierre et de l'immerger au large, dans un endroit où personne ne serait allé la chercher ? Pourquoi aussi l'avoir inhumée sur cet îlot si proche de la côte ? Sans doute parce que c'était là qu'il avait commis son odieux forfait, un meurtre, un viol peut-être, vu la nudité de la malheureuse. En ce cas, il était inconcevable que le corps n'ait pas été repéré par le premier marin à passer à proximité. Comme il était inexplicable que le meurtrier ait attendu tout ce temps pour l'ensevelir et faire disparaître les traces de son forfait.

Betty remit la barque à sa place. Remonta au plus vite sur le surplomb. Alors seulement, elle se sentit soulagée. Une impression éphémère. Elle n'avait nulle part où aller. Aucune autre solution que de s'en retourner chez l'homme qu'elle ne s'imaginait plus affronter. Ambroise ne revenait cependant que dans une semaine, cela lui laissait le temps d'appréhender la situation.

Dans l'immédiat, Betty allait retrouver Janet, la principale intéressée, puisqu'elle était la mère de la jeune fille. Devait-elle la mettre au courant du crime commis par son sinistre compagnon ? Il restait bien la solution de la police, la plus simple, qui la disculperait de passer pour la complice de Corignan. S'il y avait eu une gendarmerie sur Bréhat, son premier réflexe aurait été sans doute de s'y précipiter afin de faire part de sa macabre découverte. Mais comment aurait-elle expliqué la situation dans laquelle elle s'était complu depuis que le gardien de phare lui avait sauvé la vie : une façon de le remercier ?

Betty revint à pas lents vers l'île sud. Elle

s'arrêtait sans cesse en chemin, retardant le face-à-face fatidique. Elle croisa plusieurs promeneurs, qui se retournèrent sur son passage, intrigués par son pantalon mouillé jusqu'aux genoux, ses cheveux en bataille, son air épouvanté.

Janet guettait son arrivée sur le pas de la porte. Depuis que Douglas Bridgeton avait passé l'arme à gauche, elle n'éprouvait plus le besoin de se dissimuler. Elle aperçut sa fille au loin, se précipita au-devant d'elle, s'arrêta net.

— Mon Dieu, qu'est-ce qui t'est arrivé ?

Betty s'était immobilisée elle aussi, se rendant compte combien il lui serait difficile de jouer la comédie. Elle s'efforça de sourire. Janet s'approcha, dans sa tête se brouillaient à nouveau le moment présent et des événements douloureux plus anciens.

— Tu as fait une mauvaise rencontre ? Quelqu'un t'a fait du mal ?

Ses yeux affolés papillonnaient.

— Il est revenu ?

Betty s'empressa de s'expliquer avant que Janet ne dérape pour de bon :

— Qu'est-ce que tu vas imaginer ? Je suis descendue sur la côte afin de profiter du soleil. J'ai glissé, je suis tombée dans un trou d'eau. Mais tu vois, je suis pas morte !

Immense soupir de soulagement.

— Ah bon… Tu m'as fait peur. Viens, il faut te changer avant de prendre froid.

Betty se laissa faire, trouvant commode finalement

d'endosser ce rôle de petite fille qui lui permettait d'esquiver la réalité.

La jeune amnésique vécut une semaine tourmentée. Les images se précisaient, des flashs récurrents de plus en plus insistants. Elle acquérait la certitude de s'être trouvée au plus fort de l'ouragan sur un bateau qui avait fait naufrage. Qu'elle n'y était pas seule. A qui appartenaient les voix qui hurlaient dans sa tête ? Elle ne le savait pas encore, mais en tout cas pas à des gens dont elle avait peur. Elle ne démordait pas non plus de l'idée que Florimond et son père lui avaient menti au sujet du phare cette nuit-là. Lui revinrent à l'esprit des soupçons qui l'avaient déjà effleurée. Et si ces deux-là s'étaient entendus pour abuser d'elle ? Après tout, elle n'avait repris conscience que dans le phare. C'étaient eux qui l'avaient affublée des vêtements masculins, mais c'étaient peut-être eux aussi qui l'avaient déshabillée, ce qui justifierait la désertion du gamin, sa réticence à rester sous le même toit qu'elle quand son père n'était pas là. La fille ensevelie, la vraie Betty, c'étaient peut-être encore eux qui lui avaient réglé son compte. Deux monstres, des psychopathes ? Elle divaguait, s'efforçait de garder la tête froide...

Les jours s'écoulèrent trop vite. La jeune Anglaise suppliait sa mémoire de se remettre à fonctionner avant le retour d'Ambroise, mais pour l'instant les souvenirs se contentaient de cogner à une porte qu'ils ne parvenaient pas à ouvrir. Elle savait le jour où il devait rentrer, elle décida de l'attendre au débarquement afin d'exiger des explications.

51

Le vendredi 4 décembre, Le Dortz prit sans problème la position au pied du phare. Le transfert s'effectua sans incident.

Le temps était serein, radieux même pour une fin d'automne – cela n'avait rien d'exceptionnel dans cette enclave bretonne à l'abri des frimas. L'angoisse dont Ambroise se croyait libéré se ramifiait en lui à mesure que se réduisait la distance avec Bréhat. L'île Logodec laissée à tribord, la *Marijo* mit le cap sur le Port-Clos. Le moteur au ralenti, elle remonta dans l'anse, en direction de la cale intermédiaire où la marée permettrait d'accoster sans problème.

Une femme se dressait au milieu du quai. Ambroise crut que c'était sa compagne. Si elle était là, c'est qu'il ne lui était rien arrivé de fâcheux. La silhouette se précisa, devint celle de la jeune inconnue. Ambroise sentit son sang se glacer. Elle venait le prévenir de quelque malheur ! Il se leva, essayant de distinguer son visage à mesure que le bateau approchait, elle paraissait tendue, elle aussi le fixait. L'étrave cogna contre la jetée. Le patron jura, fit machine arrière afin de rectifier la manœuvre.

Betty ne bougeait pas, son cœur battait à cent à l'heure. Etait-il possible que l'homme qui allait débarquer soit un assassin ? Elle le trouvait embarrassé, anxieux.

Ambroise sauta sur le quai, lesté de son havresac.

— Tu es venue me...

Il n'eut pas le temps de terminer sa phrase. Brégent. Betty ne l'avait pas entendu arriver dans son dos.

— Tiens donc, la lumière de la mer ! s'exclama le Séraphin. L'œil de Dieu, ou celui du Diable, ça dépend des jours. Des nuits plutôt, devrais-je dire.

Ambroise n'essaya pas de masquer son agacement. Le vieux marin lui tendait la main, un large sourire dans une barbe de trois jours. Ambroise ne put refuser de lui serrer la pogne.

— Avec la tempête, je me disais que tu t'étais peut-être envolé.

— Faut croire que non.

— N'empêche, ça a dû secouer, la semaine dernière...

Il prit Betty à témoin :

— Hein, que ça a soufflé fort ? Je devais pas être le seul à être inquiet.

Betty ne répondit pas. Ambroise l'observait en coin. Autant qu'il la connaissait, elle n'était pas dans son état normal. Brégent la dévisageait avec moins de tact. Il n'en avait pas eu l'occasion depuis qu'elle avait été sauvée par le gardien de phare. De toute façon, il n'avait guère d'images de l'autre Anglaise.

— Remarquez, fit-il, ça a moins chahuté que la nuit de l'ouragan. C'est pas pour dire, mais vous avez eu sacrément de la chance, mademoiselle ! Tout le monde se demande ce qui a pu se passer.

Ambroise rongeait son frein. Il reprit son sac et entreprit de remonter la cale, suivi de Betty. Brégent leur emboîta le pas, nullement décidé à les lâcher. Devant l'hôtel Bellevue, Ambroise hésita sur la direction à emprunter, espérant que le vieux casse-pieds ne les suive pas. Il choisit la route sur la droite.

— Ça tombe bien. C'est par là que je vais, moi aussi. J'ai quelqu'un à voir au bourg.

Ambroise et Betty durent encore le supporter jusqu'à la place. Subir le flot de ses questions :

— Tu t'emmerdes pas trop tout seul dans ton phare ?

— Je suis jamais seul. On est toujours à deux.

— Raison de sécurité, je connais. Sur les bateaux de la marchande, c'était pareil. Le pacha doublait tous les postes de responsabilité. Ça fait rien, au bout de quinze jours à deux, vous devez plus avoir grand-chose à vous dire.

— Ça nous évite de raconter des conneries.

Brégent ne tint pas compte de l'allusion. Ils arrivèrent sur la place. Un groupe de touristes examinaient une carte avec de grands gestes, ne parvenant pas, de toute évidence, à se mettre d'accord sur l'itinéraire à adopter. L'un voulait aller visiter l'ancienne citadelle à la pointe sud-ouest de l'île. Soutenus par celle qui semblait être son épouse, les autres essayaient de lui expliquer que les bâtiments militaires froids et humides, c'était pas leur truc.

— T'as le temps d'écluser un godet ? proposa Brégent.

Ambroise soupira plus fort.

— Je suis fatigué, Séraphin...

— Justement, un petit remontant, ça peut pas te faire de mal. Allez, c'est moi qui régale.

— Je te remercie, je te dis. C'est gentil à toi, mais j'ai vraiment pas envie d'aller boire un coup.

Betty les observait. L'intervention du vieux marin lui avait octroyé le temps de recouvrer son sang-froid. Ambroise évitait toujours de croiser son regard.

— Ça va, ça va, j'ai compris, se permit encore le Séraphin. Quand on a une jolie poupée à venir vous accueillir, on a pas besoin d'un vieux fossile de mon espèce pour tenir le crachoir...

— C'est à peu près ça, fit Ambroise. Bon, si ça te fait rien, la poupée et moi, on va continuer tous les deux. Au cas où t'aurais pas compris, on a des choses à se dire.

Enfin seuls, ils traversèrent la place, prirent la route qui remontait vers le Krouezenn. Après un long silence, Ambroise se risqua :

— C'est pour me parler de Janet que tu es venue à ma rencontre ?

Betty tressaillit. Elle cherchait les mots pour répondre.

— Elle a compris que tu n'es pas sa fille ?

— Non, pas pour le moment.

Elle paraissait affreusement gênée.

— C'est peut-être alors pour m'annoncer que tu as recouvré la mémoire ?

— Ça commence à revenir...

— A la bonne heure, tu te rappelles qui tu es ?

— Pas encore...

Betty se décida :

— J'ai découvert quelque chose, l'autre jour.

Ambroise s'arrêta net, aussitôt sur le qui-vive.

— Je suis allée me promener en face de l'île Séhérès.

La respiration de Corignan s'était accélérée. Betty évitait de le regarder, mais elle devinait que ses traits s'étaient durcis.

— Qu'est-ce t'es allée faire là-bas ?

Le ton était rauque, lourd de reproches. Betty crut y discerner une menace, elle se sentit effrayée. Elle hésitait maintenant à lui dire ce qu'il en était.

— Alors ? Tu réponds ?

L'air mauvais, Ambroise s'approcha d'elle. Il lui saisit les poignets. Les serra à lui faire mal. Elle prenait conscience de son imprudence, elle était venue se jeter dans la gueule du loup. Il n'avait cure de son air terrorisé.

— Dis-moi ce que tu as vu, lui intima-t-il.

— L'autre jour, sur l'îlot juste à côté de Séhérès…

Ambroise la lâcha. Ses épaules s'affaissèrent.

— Eh bien… quoi, l'autre jour ? bredouilla-t-il.

— Je me reposais dans la petite anse en face. Je vous ai vu creuser, je me demandais ce que vous faisiez.

— Et tu es allée…

Betty hocha la tête.

— Oui. C'était plus fort que moi. Vous comprenez, je voulais savoir.

— Mais savoir quoi, petite idiote ? Tu crois pas que tu as déjà fait assez de mal comme ça en débarquant à l'improviste ? Qu'est-ce t'as vu ?

La jeune Anglaise ne parvenait plus à appréhender la situation. Elle avait des sanglots plein la voix.

— J'ai trouvé la fille que vous avez ensevelie. La vraie Betty.

Elle recula en prononçant ces derniers mots, comme si elle redoutait de recevoir un coup. Désespéré maintenant, Ambroise secouait la tête. Il s'éloigna de quelques pas en lui tournant le dos.

— Mon Dieu, la pauvre, elle aura pas été longtemps tranquille. J'espère au moins que tu l'as laissée où elle était…

— J'ai tout remis comme avant. C'est vous qui l'avez…

Ambroise comprit le scénario en train de s'échafauder dans la tête de la jeune inconnue. Il fit volte-face, elle se raidit, à nouveau sur la défensive.

— Tuée, assassinée ? l'apostropha-t-il. Tu crois quand même pas que j'aurais été capable de faire du mal à la fille de Janet ?

— Je sais pas. Je vous ai vu l'ensevelir... Je me suis dit que c'était peut-être vous...

— J'espère que t'as pas prévenu les gendarmes ?

Betty secoua la tête en guise de dénégation.

— Pas pour le moment, je voulais vous entendre avant.

— Viens, autant que tu saches la vérité à présent.

Il bifurqua vers la côte. Elle le suivit docilement.

52

Deux mois auparavant,
le samedi 19 septembre

Ambroise était rentré du phare le vendredi 18 septembre. Le lendemain, il faisait un temps splendide, comme souvent en fin d'été sur l'archipel. Son Anglaise trouvait d'ailleurs que c'était alors que Bréhat était la plus jolie. *Very beautiful*, disait-elle en hochant la tête... Elle adorait les brumes annonciatrices de l'automne, leurs langueurs mélancoliques du matin au soir. Une diaphane poussière d'argent éclaircissait l'ocre rouge des chaos. Un vague à l'âme lui mouillait les yeux. Ce n'était pas du chagrin, non, puisque c'était son véritable tempérament. Après quatorze jours de séparation, son corps et son cœur réclamaient la tendresse dont elle avait été privée. Ils avaient besoin tous les deux de ces longues étreintes afin de se prouver qu'ils n'avaient pas rêvé.

Dans ces moments-là, Ambroise accédait à la plénitude du bonheur. La première nuit, dans son cerveau fatigué mugissait toujours le vent. Il se réveillait, se croyait un instant dans les ténèbres de sa couchette. A travers les rideaux filtraient les lueurs du dehors, le seul souffle était la respiration paisible de Janet. Il se laissait couler à nouveau dans le sommeil, sans avoir besoin de se soucier si la lanterne promenait son pinceau sur les chenaux de Bréhat et de Hign Braz, et jusque sur les plateaux des Echaudés et de Men Marc'h.

Ce samedi matin-là, Ambroise se réveilla d'humeur joyeuse. Le drap avait glissé, Janet sommeillait encore, chaude et belle avec sa peau si claire dévoilée à mi-hanches. Betty, elle, était déjà levée, elle trempait une tartine enduite d'une épaisse couche de confiture dans un grand bol de café crémeux. La jeune fille avait du mal à s'adapter à la vie insulaire. A se dépêtrer de son passé. Elle ne souriait guère, riait encore moins. Ambroise la sentait toujours sur le qui-vive en sa présence. Parce qu'il était un homme, et qu'elle ne pouvait plus imaginer qu'un homme la regarde autrement qu'avec des yeux de mâle. Ses efforts afin de surmonter son traumatisme étaient pourtant manifestes. Ainsi, elle l'avait accompagné une fois dans son canot, une balade en mer qu'elle avait paru apprécier, surtout au moment où le gardien avait ferré un bar. Une lutte farouche – le pêcheur en était sorti vainqueur, ce n'était pas toujours le cas.

— Tu veux venir avec moi ?

— Où ? demanda-t-elle, les yeux affolés.

— Je vais faire un tour en mer. Si ça te dit, avec ce temps-là, le paysage doit être magnifique. Tu te rappelles, l'autre fois t'avais bien aimé.

— Profite donc, ma chérie, intervint Janet. Ce sont peut-être les derniers jours de vrai beau temps.

Betty soupira en regardant sa mère. Elle n'avait pas plus envie que cela d'accompagner Ambroise, mais le gardien de phare était bien aimable de les héberger, elle et Janet. Elle se devait de faire des efforts afin de le remercier.

Ambroise fut surpris de la tenue que Betty adopta ce jour-là. Malgré ses déboires avec les copains de son père, elle était restée coquette, elle aimait bien les petites robes imprimées, à condition toutefois qu'elles descendent au-dessous des genoux et ne soient pas décolletées. La mère elle-même fut étonnée de la voir ainsi vêtue pour une sortie en mer. C'était peut-être pour vaincre sa pudibonderie maladive, elle se garda bien de lui en faire la remarque.

Le déjeuner fut frugal. Betty était enjouée, Ambroise aux anges de la voir dans de telles dispositions, Janet aussi.

— Allez-y pendant qu'il fait beau, moi j'ai du travail en retard.

Ils empruntèrent le chemin menant à la grève de l'Eglise. Ambroise était fier d'être vu en compagnie d'une si charmante demoiselle, dont les rousses flammèches voletaient dans le soleil. Ils ne croisèrent pas grand monde. Quelques promeneurs venus du continent, le lot quotidien de Bréhat. Des gamins se rendaient à l'école, ceux qui ne mangeaient pas à la cantine. Les anciens de l'île, cela va sans dire – il y en avait toujours un ou deux à traîner leurs carcasses rouillées dans les chemins dès qu'il ne pleuvait pas et que le vent ne risquait pas de les faire s'envoler. Aucun des bavards habituels, du genre Séraphin Brégent. Celui-là, Betty le détestait de la première fois où elle l'avait croisé, avec sa manière de l'éplucher de la tête aux pieds. En toute impunité, vu son âge.

Le terre-plein était désert, lui aussi. Ambroise sauta dans son canot, tendit la main à la jeune Anglaise afin de l'aider à en faire autant. Celle-ci hésita à s'en saisir. Sa robe sagement serrée autour de ses jambes, elle s'assit sur l'une des planches transversales qui servaient de bancs. Le moteur démarra à la première sollicitation, ils prirent le large.

Ambroise contourna l'île Lavrec par le sud, puis il remonta vers le nord. Tout en tenant le gouvernail, il gardait un œil sur sa passagère. Elle n'avait pas bougé, le regard fixe, avec son air soucieux d'être toujours plongée dans de profondes pensées. Une forme de rêverie chronique.

— Tout va bien, Betty ?

Elle sursauta.

— Oui, oui… balbutia-t-elle.

— Tu as vu comme c'est joli ?

Elle fit mine de s'intéresser au paysage.

— Oui, on dirait que les rochers sont en feu.

Ce n'était pas la première fois qu'Ambroise entendait la comparaison, l'image lui paraissait assez juste. L'Œil-du-Diable, les braises de l'enfer, en revanche cette association ne lui était encore jamais venue à l'esprit. Il accéléra légèrement, levant des bouillons d'écume au cul de son bateau.

Ambroise parvint dans un dédale d'écueils où il s'agissait d'être particulièrement vigilant, des passes qu'évitaient beaucoup de marins. De trop téméraires s'y étaient risqués, des coques endommagées, des hélices hors d'usage, quelques bains forcés aussi, c'étaient les factures les moins lourdes à régler aux êtres maléfiques qui brassaient les courants. Plus onéreuse avait été celle d'un jeune couple d'Ecossais, fraîchement mariés et qui roucoulaient dans leur voilier sans conscience du danger. Ce fut l'hypothèse avancée par les sauveteurs qui découvrirent, drossés à la côte, les restes de l'épave quelques jours plus tard. La mer ne rendit les corps que trois semaines après le naufrage. Elle les avait conservés jalousement pour jouer avec, comme le matou avec la souris. Les malheureux avaient souffert, déchiquetés entre ces rochers que tout le monde trouvait si beaux mais qui pouvaient se révéler de cruelles tenailles.

Si Ambroise guidait son canot dans cette zone de

sinistre mémoire, ce n'était pas pour faire le malin. Le bar prisait ces fonds tourmentés, il était bien rare qu'il n'en ramène pas deux ou trois de belle taille. Mais il y était toujours venu seul. Ce n'était d'ailleurs pas la destination initialement prévue ce mardi-là, une décision prise en cours de route, sur un coup de tête. Sans être du genre fier-à-bras, il avait eu envie d'en mettre plein la vue à la petite Anglaise. Hormis le dénouement avec Donegan, Janet lui avait raconté dans le détail ses mésaventures de Canterbury. Ambroise compatissait, le père était le dernier des fumiers, mais Betty se complaisait quand même dans son rôle de victime. Elle avait vécu une sale histoire, certes, mais de là à mettre tous les hommes dans le même panier...

Ambroise surveillait sa passagère. Consciente du danger, elle contemplait l'eau qui se tordait en d'étranges circonvolutions autour du bateau. Le temps était toujours aussi agréable, avec juste assez de brise pour aciduler la tiédeur du soleil. La frêle embarcation remuait pourtant, on aurait dit qu'une main s'amusait à chahuter la coque de gauche à droite, à la tirer vers le fond. Soudain, l'inquiétude que Betty était parvenue à dissimuler jusque-là se transforma en une peur qui la fit trembler. Elle regarda l'homme debout à l'arrière. Ambroise lui sourit afin de la rassurer, mais elle crut discerner sur ses traits et dans la prunelle de ses yeux la concupiscence des malfrats qui avaient voulu abuser d'elle.

— Ne crains rien, fit Ambroise, conscient de l'angoisse de sa passagère.

Ces mots-là, ou d'autres du même acabit, malgré la drogue qui la paralysait, elle avait entendu les amis de son père les prononcer, avec un cynisme identique.

— Pourquoi vous m'avez emmenée ici ?

A la voix nouée de Betty, Ambroise se rendit compte qu'il s'était embarqué dans une drôle de galère.

— Pour te faire plaisir… Parce qu'ici, tu vois, on est tranquilles, tous les deux.

Ne mesurant pas l'ambiguïté de son propos, il s'enferrait. Tranquille pour quoi faire ? Betty se leva, effrayée, ne quittant pas des yeux cet homme dont elle était persuadée à présent qu'il lui avait tendu un piège. Dans sa tête tout se brouillait ; à la silhouette du gardien de phare se superposait celle d'un individu vêtu d'un costume sombre, chaussé de lunettes noires, qui ricanait.

— Ne gigote pas trop, sinon tu vas nous faire chavirer, s'alarma Ambroise.

— Qu'est-ce que vous voulez me faire ? Vous n'avez pas le droit. Je… je veux rentrer, balbutia-t-elle d'une voix d'enfant. Je veux rentrer tout de suite…

— Calme-toi, je te dis. Je veux rien te faire, surtout pas du mal ! Tu n'as aucune raison d'avoir peur de moi.

Il s'approcha. Lui tendit la main dans un geste

qu'il voulait apaisant. Au moment où les doigts la frôlaient, Betty se jeta en arrière. Bien sûr, elle bascula à la baille.

— Nom de Dieu, espèce de petite idiote, marmonna Ambroise en se précipitant.

Elle flottait au milieu d'une couronne de rochers, sa robe déployée en corolle à la surface de l'onde verdâtre. Les remous s'accentuaient, les vagues devenaient les langues avides d'un monstre tapi dans les profondeurs, qui se léchait les babines, ravi de la proie qui lui échoyait. Les yeux écarquillés, la bouche béante, Betty battait des bras, brassait l'eau de ses mains. Le marin saisit l'une des rames, la brandit dans sa direction.

— Ça suffit comme ça, maintenant ! Attrape ça que je t'aide à sortir de là…

La fraîcheur de l'eau, la terreur de se noyer, la sévérité du ton de l'homme, elle prit conscience du côté excessif de sa réaction. Elle empoigna la palette de l'aviron.

— Là… Voilà… C'est bien. Je vais t'aider à remonter. Prends le temps de respirer.

Il l'agrippa par l'épaule. Inassouvie, la gueule marine ne renonçait pas à happer la jeune fille. Un tourbillon l'éloigna du bateau. Ambroise ne lâcha ni le tissu de la robe, ni la bretelle du soutien-gorge que ses doigts avaient agrippée en dessous sans qu'il en ait conscience. Dans le mouvement, tout se déchira. Cette fois, elle n'eut plus aucun doute sur les intentions de l'homme dont le visage grimaçait à quelques mètres du sien. Elle se propulsa en arrière afin de lui échapper. Ambroise avait lâché le vêtement en lambeaux. A genoux au fond de son bateau, il lui tendait la main, mais elle se débattait afin de s'éloigner de lui.

— Reviens tout de suite, Betty ! hurla Ambroise, ne faisant qu'accroître la panique de la demoiselle.

La malheureuse secouait la tête, plus un son ne sortait d'entre ses lèvres. Ambroise pensa à relancer le moteur, mais il risquait de la blesser avec l'hélice. Il guida vers elle son embarcation en s'aidant de la rame, la suppliant d'accepter son aide, mais elle était la proie d'un véritable accès de folie.

Au paroxysme de la terreur, Betty s'essoufflait, ses forces déclinaient. Le clapotement lui remontait sur le visage. A chaque fois, des gorgées d'eau s'immisçaient dans sa bouche, ses narines, ses yeux, la faisaient suffoquer. Son corps nu ondulait dans la pénombre du flot. Celui d'une sirène immensément belle mais vouée à la mort. Des larmes plein la voix, Ambroise essayait encore de la ramener à la raison. Mais de seconde en seconde s'amenuisaient les chances de la sauver. Une vague plus forte la submergea. Elle remonta à la surface. Ses cheveux de feu éteints, elle clappait des lèvres comme un poisson blessé. Une fois, deux et trois, se répéta le manège. Puis elle ne réapparut pas.

Ambroise se jeta à l'eau. Aussitôt, le courant sembla prendre un malin plaisir à l'écarter de l'endroit où la malheureuse avait coulé. Il se battit cependant tant qu'il en eut la force. Puis, les bottes emplies d'une eau qui le tirait vers le fond, il sut qu'il était inutile de s'acharner. Bouleversé, les épaules secouées de sanglots, il renonça et parvint par miracle à remonter dans son canot, où il resta anéanti pendant plus d'une heure.

Par sa faute, Betty était morte.

53

Prostré sur un rocher, Ambroise se taisait, soulagé en fait d'avoir pu se délester de la vérité. La jeune Anglaise restait silencieuse, elle aussi, atterrée par la fin tragique de celle qu'elle avait supplantée dans le cœur de sa mère. Une ultime réticence la fit douter de la sincérité du gardien de phare. Et s'il avait entraîné la fille de sa compagne dans cet endroit à peine navigable afin d'abuser d'elle ? Ce qui justifierait que celle-ci se soit retrouvée en petite tenue. Comment expliquer autrement une telle frayeur chez Betty pour un homme qu'elle côtoyait au quotidien ?

Elle jeta un coup d'œil en direction d'Ambroise. Il n'avait pas bougé. Attendait-il le verdict ? Ses aveux le mettaient dans une position délicate… Plutôt que de faire état des divagations fantasmatiques de la victime, il lui aurait été plus simple d'affirmer qu'il s'agissait d'un accident. Betty tombe à l'eau, il essaie de la secourir, elle coule et se noie. Aucun témoin pour le contredire. Au lieu de cela, le voilà qui s'emberlificote dans un scénario où il tient le rôle du suspect.

La fausse Betty avait essayé de savoir ce qui s'était passé avec Douglas Bridgeton. Janet s'était refusée à lui raconter la vérité. « Il sera toujours temps de t'en souvenir quand la mémoire te reviendra. » Une épreuve de toute évidence épouvantable, qui justifiait que la pauvre Betty se soit méprise sur les intentions d'Ambroise à bord de son canot.

— C'est vous qui avez tué le mari de Janet ?

Surpris du changement de sujet, Ambroise sursauta. Il mit du temps à répondre.

— Il l'aurait bien mérité, et je peux te dire que je n'aurais éprouvé aucun remords. Non... là aussi, c'était un accident.

Betty soupira :

— Cela fait beaucoup d'accidents...

— Je sais, mais dans les deux cas, c'est pourtant la stricte vérité. Bridgeton et moi, nous nous sommes affrontés. Il s'est montré menaçant, j'aurais pu le frapper ne serait-ce que pour me défendre. Je me suis contenté de le repousser. Il a glissé, il était trop près du bord, il est tombé. Quand je me suis approché, le visage dans l'eau il ne bougeait plus. Dans sa chute, il avait dû se cogner aux rochers.

Elle jouait le rôle de la police qu'il avait réussi à éviter, il avait réponse à tout.

— Betty, pourquoi vous l'avez ensevelie sur une île si près de la côte ?

Ambroise gardait les yeux fixés sur ses mains posées sur ses genoux.

— J'aurais dû dire la vérité à Janet le jour où sa fille s'est noyée.

Il se racla la gorge, laissa couler un filet de salive entre ses pieds.

— Je sais, je n'ai été qu'un lâche. Mais pour Betty, de toute façon, il n'y avait plus rien à faire, et je tenais tant à Janet. Tu comprends, après ses désillusions avec Douglas Bridgeton, elle ne m'aurait pas cru, moi non plus… Ou elle serait devenue folle, ou elle aurait essayé de me faire porter le chapeau. Dans tous les cas je la perdais.

— Comment vous avez retrouvé le corps ?

— Les jours qui ont suivi le drame, je fuyais l'endroit où ça s'était passé. J'avais trop peur justement de la retrouver. Et puis, l'après-midi où tu m'as vu, je me suis résolu à retourner là-bas pour en avoir le cœur net et affronter enfin mes responsabilités. Son corps était coincé parmi les rochers. Je ne pouvais pas l'abandonner. Je l'ai ramenée dans mon canot, j'ai décidé de lui donner une sépulture décente, dans un endroit pas trop éloigné de la côte, afin que je puisse lui rendre visite à échéance régulière et m'assurer qu'elle repose en paix. Il a fallu que tu me surprennes…

Betty était bouleversée.

— Vous avez pensé à moi, au rôle que vous me faites tenir dans votre macabre histoire ?

Ambroise secoua la tête.

— J'ai été dépassé par les événements. Quand je t'ai retrouvée au pied de mon phare et que j'ai constaté que tu étais encore vivante, j'ai su tout de suite que tu n'étais pas Betty. Tu ne pouvais pas être cette pauvre petite, disparue depuis bientôt un mois. Je pensais que Janet allait s'en rendre compte, elle aussi.

— Vous pensez qu'elle croit vraiment que je suis sa fille ?

— Il m'arrive d'en douter, mais elle est sincère. Elle a tellement souffert de la disparition de sa fille qu'elle a voulu de toutes ses forces que tu sois Betty. Elle a fini par s'en persuader.

— Qu'est-ce que vous allez faire, maintenant ?

— Je ne sais pas. Je suis dans l'impasse totale.

— Par moments, je sens que la mémoire est en passe de me revenir, que la lumière va se faire d'un instant à l'autre. Quand cela va se produire, je ne vais pas pouvoir continuer à jouer la comédie.

— Bien sûr... Fais-moi confiance. Quand tu sauras enfin qui tu es, il sera toujours temps de prendre la décision qui s'impose.

— C'est bien beau, mais en attendant, on fait quoi ? s'offusqua-t-elle.

— Je te demande de patienter encore un peu. Les blessures sont trop fraîches, Janet n'est pas en état d'affronter la vérité.

D'avoir recouvré son sang-froid, il lui dictait de nouveau sa volonté sans se soucier de son avis. Il vint se placer face à la jeune fille. Posa les mains sur ses épaules.

— Il faut me croire, je n'ai aucune raison de te mentir. Depuis le début je suis pris dans un engrenage infernal.

Elle affronta son regard. Elle n'était pas au terme de l'interrogatoire.

— Vous êtes sûr de ne m'avoir jamais menti ?

Les yeux du gardien cillèrent.

— A propos de quoi ?

Elle avait touché juste.

— La nuit de la tempête, celle qui précédait le matin où vous m'avez recueillie, je suis convaincue que le phare a cessé de fonctionner durant un certain temps.

— Je t'ai déjà répondu à ce sujet...

— J'ai posé la même question à Florimond. Il m'a dit qu'il ne savait pas, qu'il dormait. Lui, je suis sûre qu'il mentait.

Elle hésita, mais elle en avait assez de se faire manipuler.

— Je veux bien ne pas vous dénoncer, ne dire à personne ce que vous avez fait du corps de Betty, mais à condition de savoir ce qui s'est passé dans le phare cette nuit-là. Il est tombé en panne, oui ou non ?

— Non. Il ne peut pas être tombé en panne, même si...

Il soupira à nouveau. Lui tourna le dos, la vérité était dure à avouer.

— Ce jour-là, j'avais dû attraper la cochonnerie du collègue que j'étais venu remplacer. Une migraine épouvantable, j'ai été contraint d'aller m'allonger quelques instants...

— C'est Florimond qui surveillait le phare ?

— Oui. Alors que c'était pas prévu, je me suis endormi pendant une heure ou deux. Je lui avais confié la garde, il n'avait rien à faire, sinon venir me chercher au moindre problème. N'empêche, c'était une faute professionnelle de ma part, d'une gravité extrême. C'est pour cela que je n'ai pas voulu t'en parler. Quand je me suis réveillé, mon premier souci a été d'aller vérifier si tout allait bien. La lanterne éclairait comme d'habitude. Si entre-temps elle était tombée en panne, Florimond n'aurait pas été capable de la remettre en route.

L'explication se tenait, mais était loin de la convaincre.

— Il faut qu'on rentre, maintenant, reprit Ambroise. Janet va encore s'inquiéter.

54

Cette nuit-là, Betty se réveilla en sursaut. Toujours le même cauchemar. Cette fois, il était d'une précision extrême. La vérité se trouvait dans ces flashs récurrents, mais la même force mystérieuse ancrée dans son subconscient lui en interdisait l'accès : la lumière d'un phare, à n'en point douter celui d'Ambroise Corignan. Elle s'éteignait, se rallumait à échéance régulière, puis plus rien. Tout cela sur fond de tempête, le fracas des vagues contre la coque d'un bateau, les hurlements du vent.

Betty essayait de soulever le couvercle du tombeau. Un effort cérébral d'une intensité douloureuse. Peu à peu apparaissaient des images nouvelles. La tempête ne désarmait pas. Un homme jurait à proximité d'elle ; s'y joignaient les supplications d'une femme dont la voix lui était familière, porteuse de tendresse. Sans doute sa mère. Sa vraie mère. Des corps se bousculaient. Sous ses yeux, un homme et une femme se battaient.

Les souvenirs s'estompèrent, la rumeur se dilua. Betty était trempée de sueur, le cœur lui cognait à se rompre, elle avait le souffle court comme à l'issue d'une course effrénée.

Le phare. La nuit de l'ouragan. Avec un peu de recul, elle était certaine à présent qu'Ambroise lui avait dit la vérité à propos de la fille de Janet. De l'avoir amené aux aveux, elle avait progressé, mais il lui manquait la dernière pièce du puzzle pour compléter l'image. Ambroise ne l'avait pas en sa possession, sinon il la lui aurait fournie. C'était Florimond qui la détenait...

Le lendemain, c'était un samedi. Les deux copains ne seraient donc pas au collège. Betty se rendit chez les Desbois au milieu de la matinée. En réalité, n'osant y pénétrer, elle se contenta de rôder autour de la propriété, espérant apercevoir Florimond. Ce fut Quentin qui se présenta à la grille. Il était seul, elle hésita, mais elle se souvenait de ses regards langoureux, de ses avances maladroites. S'il savait quelque chose, elle se faisait fort de l'amener à s'épancher.

Quentin fut surpris de voir Betty émerger de la ruelle qui remontait de la grève du Guerzido. Il resta quelques secondes bouche bée à la dévisager.

— Tu viens voir Florimond, je suppose ?

— Non, pas vraiment, je me promenais. Il n'est pas là ?

— Il est parti au bourg chercher du pain.

— Tu n'es pas allé avec lui ?

— Faut croire, puisque je suis là. A vrai dire, on est un peu fâchés.

— Vous vous êtes disputés ?

— C'est un petit con, quand il s'y met. Et tu peux me croire, il s'y met souvent.

— A propos de quoi, sans être indiscrète ?

Quentin afficha une mine mystérieuse qui frisait au comique.

— Tu n'es pas obligé de me dire.

— On parlait de toi. Mais ne restons pas là, il va revenir d'une minute à l'autre et j'ai pas envie qu'il nous voie ensemble.

Intriguée, Betty accepta de le suivre, ne serait-ce que pour savoir ce que les deux ados pouvaient bien échanger à son sujet. Il était aux anges, le Quentin, réglant son pas sur celui de la demoiselle. Ne la quittant pas des yeux.

— Où on va ? demanda celle-ci.

Il se retourna vers elle.

— Secret, dit-il, un doigt sur les lèvres. Une cabane de pêcheurs, même Florimond sait pas qu'elle existe.

Betty était amusée, consciente qu'il l'entraînait dans un lieu isolé dans l'espoir de lui conter fleurette. Il était costaud, mais pataud, un gamin, elle n'avait pas peur de lui.

La cabane en question se situait plus haut sur la côte, au Roudourec. Un étroit sentier y accédait. Entourée de bosquets, elle constituait le lieu idéal pour des rendez-vous d'amoureux – Quentin se faisait de douces illusions quand il prétendait être le seul à la connaître.

— Voilà, ici on sera tranquilles pour causer.

Le soleil donna encore quelques instants entre les planches disjointes, puis ses rayons s'éteignirent, le réduit se trouva plongé dans la pénombre.

— Comme ça, vous parliez de moi… Vous vous êtes même disputés à mon sujet. Je peux savoir ?

Quentin se laissa tomber assis sur un vieil édredon traîné là pour servir de siège, voire de lit, levant un épais nuage de poussière. Soudain, il paraissait gêné.

— Rassure-toi, on disait pas du mal. Au contraire, même…

Il rougissait, évitait de croiser son regard.

— Qu'est-ce que vous disiez alors ? fit Betty en s'asseyant à côté de lui.

— On sait que t'es pas la fille de l'Anglaise qui vit chez Ambroise.

— Il n'y a qu'elle à croire que je suis Betty Bridgeton.

— Florimond disait qu'il fallait mettre Janet au courant, qu'il avait pitié d'elle, que c'était pas honnête de continuer à lui mentir.

— Et toi, t'étais pas d'accord ?

— Non. Si Janet apprend que t'es pas sa fille, tu vas être obligée de partir, et j'ai pas envie que tu sois malheureuse.

— Pourquoi veux-tu que je sois malheureuse ?

— Parce que tu sais pas qui tu es. Où tu vas aller ?

— La mémoire va me revenir bientôt. Je pense même que tu pourrais m'aider à la retrouver.

— Moi je veux bien, mais comment ?

— Florimond me cache quelque chose à propos de ce qui s'est passé dans le phare la nuit de la tempête.

Quentin piqua du nez.

— Quelle tempête ? Il y a souvent des tempêtes, à Bréhat.

Betty se dit qu'elle avait bien fait de venir.

— Ne fais pas l'idiot. Tu sais très bien que je parle de l'ouragan du mois d'octobre. Celui où j'ai été retrouvée le lendemain.

— Ouais, même que t'avais rien sur toi, à ce que m'a dit Florimond l'autre jour.

— C'est tout ce qu'il t'a dit ?

— Je devrais pas te raconter, mais il avait eu le temps de te regarder, et il m'a dit que t'étais vachement jolie. Il m'a raconté ça pour me faire de la peine, parce qu'il a remarqué que je tiens à toi. C'est pour ça aussi qu'on est fâchés.

Betty éclata de rire.

— Je suis une fille tout ce qu'il y a de plus ordinaire. Il t'a pas parlé d'une panne que le phare aurait eue cette nuit-là ?

Le garçon piqua du nez, à nouveau embarrassé. Il tardait à répondre. Elle posa une main sur son genou. Il tressaillit.

— Je sais que tu me trouves à ton goût. Moi aussi j'ai un peu le béguin pour toi, si tu veux tout savoir. Ce serait bien de me dire la vérité.

Quentin vivait un conte de fées. Il hésita encore :

— C'est que c'est un secret entre Florimond et moi...

— Puisque vous êtes fâchés...

— Un secret très... important. Je suis pas sûr que tu m'aimes encore assez pour que je te le confie.

Il avait posé la main sur celle de Betty. Elle ne se déroba pas.

— Qu'est-ce que je dois faire pour que tu comprennes que je tiens à toi ?

— Florimond, il fait le malin parce qu'il a pu te regarder dans le phare de son père alors que t'avais pas grand-chose sur toi. Il croit que ça lui donne des droits.

— Toi aussi, tu m'as vue quand je sortais de la salle de bains chez Ambroise.

— C'est pas pareil, j'ai presque rien vu.

— Quand même...

Betty se conduisait comme une dévergondée, mais à ses yeux Quentin n'était encore qu'un enfant. Et puis il avait parlé d'un secret, d'un secret important à propos de la fameuse nuit. Si c'était le prix à payer pour être mise dans la confidence...

— Tu voudrais que je te montre aussi ?

Quentin lâcha un soupir douloureux.

— Tu dois être très belle, puisque Florimond arrête pas d'en parler.

— Après, tu me dis votre secret ?

Les yeux brillants, le jeune garçon hocha la tête.

— Tu me promets que tu n'en demanderas pas davantage, que tu n'essaieras pas d'en profiter ?

Il hocha encore la tête.

— Je veux t'entendre.

Il promit. Betty ne savait comment se dévoiler sans sombrer dans la vulgarité, elle n'allait quand même pas s'effeuiller devant lui, dans cet espace confiné à presque se toucher.

— Tu vas sortir pour surveiller s'il n'y a personne dans les parages. Je t'appellerai quand tu pourras revenir.

Quentin s'exécuta sur-le-champ. Il était bouleversé. Il avait conservé du sein entrevu un souvenir qui le taraudait. Comme son copain Florimond, de l'anatomie féminine il ne connaissait que quelques images grappillées en cachette dans les revues érotiques qui circulaient sous le manteau au collège de Paimpol.

Le ciel s'était chargé de nuages. Une pluie fine se mit à embrumer l'horizon. Personne dans le secteur. De toute façon, si quelqu'un s'était présenté, Quentin lui aurait fait un mauvais sort.

A l'intérieur de la cabane, Betty se dévêtait, déconcertée par le jeu auquel elle se prêtait. Troublée aussi, ne se souvenant pas si elle s'était déjà exhibée aux yeux d'un garçon. Mais elle finit par se déshabiller complètement et s'allongea sur le gros coussin.

— Tu peux venir.

Elle appela un peu plus fort, la lourde silhouette se dessina à travers les rais entre les planches. Il poussa la porte.

Consciente de son impudeur, Betty avait fermé les yeux. Lui ne bougeait pas, mais elle entendait sa respiration oppressée. Elle entrouvrit les paupières. Il se tenait debout face à elle, les yeux écarquillés, le regard rivé sur son bas-ventre.

— Florimond avait raison, tu es drôlement... jolie.

Il avait failli dire « bien foutue ».

— Ça y est, tu es content ?

Quentin répondit d'un vague grognement. Il peina à déglutir sa salive.

— Tu vois, je vais être honnête, je savais pas comment c'était boutiqué, une fille.

— C'est pas bien compliqué.

— C'est quand même pas comme un garçon... Enfin... pour ce que j'en vois.

Betty comprit qu'il en espérait davantage. Au point où elle en était...

— Je te préviens, il n'y a pas grand-chose d'autre, tu vas être déçu.

Elle écarta les jambes. Il se retenait de respirer. Elle resserra les genoux.

— Cette fois, c'est terminé. De toute façon, j'ai froid. Retourne faire le guet pendant que je me rhabille.

55

Le secret de Florimond et de Quentin. A un moment, Betty avait craint qu'il ne s'agisse que des papillons dans la masure du vieux Kernin. Mais ce n'aurait plus été un vrai secret, puisqu'elle les y avait surpris.

Les deux gamins étaient passionnés par les histoires de naufrageurs. Ces vaisseaux chargés de matières précieuses que jadis les gens de la côte attiraient dans les écueils en allumant un feu en haut de la grève, de la même façon qu'eux-mêmes abusaient les papillons. Les légendes bretonnes regorgeaient de ces histoires macabres. Au collège de Paimpol, alors qu'ils étaient en sixième, leur professeur de français en était friand, un sexagénaire bougon aux sourcils broussailleux. Celui-là aurait pu être des conteurs qui naguère faisaient frémir les veillées bretonnes...

Dans des époques reculées, les laisses de mer

étaient un don du ciel pour les miséreux. Le lendemain matin du naufrage, les rapaces descendaient à la côte. Sur la plage les attendaient des trésors insensés, des coffrets bondés d'or et de bijoux, des sacs débordant de précieuses épices. Sacrilège suprême, il paraît que les plus charognards dépouillaient les nobles passagers et le capitaine, avant de les enfouir dans le sable sous de lourds galets surmontés d'une croix rudimentaire.

Des histoires inventées, pour la plupart, mais qui flanquaient la trouille sans coup férir aux esprits un peu fragiles. Et aux enfants. En guise de trésors, les pirates de l'estran ne récupéraient au mieux que des vivres, des étoffes, le bois et les voiles de l'épave.

Qu'importe ! Florimond et Quentin auraient voulu être de ces naufrageurs. Ah, si une nuit le phare d'Ambroise Corignan tombait en panne... Dans l'obscurité flambaient leurs yeux et fourmillait leur imagination. Ils s'inventaient des scénarios redoutables. Ils allument un brasier à la pointe du Gardeno. Un riche voilier vient s'enferrer dans les rochers de la passe entre l'île Lavrec et celle de Bréhat. Ses voiles dilacérées gigotent comme les ailes d'un énorme papillon en train de rendre l'âme. Roulé par les vagues, le bâtiment se vide de ses entrailles...

Pas question cependant de détrousser aucun cadavre. Tout au plus épicèrent-ils à l'adolescence leurs affabulations en y ajoutant une jolie princesse...

Il s'agit cette fois d'un vaisseau corsaire. De cruels pirates y retiennent prisonnière une exquise demoiselle. Le bateau démantibulé dans les rochers, sur la grève s'ensuit une lutte épique. La belle à moitié nue gît sur le sable. Qu'elle ne s'inquiète plus, ses bourreaux pourfendus, nos héros sont là ! Ils se précipitent, la raniment, la réchauffent entre leurs bras vigoureux. La pauvrette entrouvre des yeux magnifiques, elle leur sourit. Que son souffle est délicat entre ses fines lèvres purpurines ! Elle leur murmure éternelle reconnaissance, ils peuvent faire d'elle ce que bon leur semble. Mais en honnêtes gentilshommes ils se contentent de masquer sa nudité à l'aide d'un ciré.

Ce n'étaient bien sûr que des rêves de gamins, qui jamais ne se réaliseraient. Vint pourtant ce jour où Ambroise invita son fiston dans l'Œil-du-Diable. Florimond avait couru prévenir Quentin aussitôt. Le moment était venu de passer à l'action !

« Tu surveilles le phare, avait dit Florimond. Quand il s'éteindra, tu allumes le bûcher que t'auras préparé à l'avance. Pense à le protéger, au cas où il se mettrait à pleuvoir. »

— Et vous avez mis votre projet à exécution ? demanda Betty, atterrée.

— C'était pour… pour jouer, bredouilla Quentin, qui regrettait déjà d'en avoir trop dit.

C'était donc ça les hallucinations auxquelles elle était sujette depuis qu'elle avait perdu la mémoire !

— Tu as allumé un feu sur la côte ?

— Ben oui, à la pointe du Gardeno. C'est Florimond qui voulait.

— Mais Ambroise m'a dit qu'on ne peut pas éteindre la lanterne aussi facilement, et que c'est encore plus difficile de la rallumer...

— Il ne l'a pas éteinte.

Le père était descendu se reposer. Impressionné par la merveilleuse mécanique, Florimond avait pleine conscience de la gravité du forfait qu'il s'apprêtait à commettre.

La tempête grondait. Dans la galerie autour de l'optique, la lumière réfractée par l'immense lentille l'aveuglait. Il avait hésité. Mais avec ce temps de cochon, quel bateau serait assez téméraire pour se risquer en mer ? Il avait tiré les rideaux.

Florimond était sorti ensuite sur la galerie extérieure. Vers la pointe du Gardeno, une vague lueur vacillait comme un feu follet au fond de la nuit. Quentin avait tenu parole ! Croisant les doigts pour que son père ne se réveille pas, Florimond avait attendu une demi-heure avant de libérer le faisceau du phare.

Betty était abasourdie. Etait-il possible que sa vie ait basculé par la faute de ces deux idiots ?

— Tu te rends compte qu'un bateau a peut-être fait naufrage à cause de vous deux ?

Quentin baissait la tête.

— Oui… Je t'ai pas tout dit.
— Quoi encore ?
— Quelque chose que même Florimond sait pas.

Mû par un curieux pressentiment, le lendemain de la tempête Quentin descendit sur la grève à la manière des naufrageurs de jadis. La mer enragée moussait toujours, prête à reprendre ses assauts. Quentin aperçut une forme blanche à quelques encablures du rivage, parmi les écueils. Il se frotta les yeux, on aurait dit un bateau couché sur le flanc. Sidéré, il n'osait y croire, leur plan avait fonctionné ! Une joie éphémère : il y avait peut-être des victimes…

Emplissant ses bottes de caoutchouc, Quentin s'aventura parmi les rochers. Le vent s'acharnait sur l'épave éventrée par une large blessure. Au moment où il croyait l'atteindre, une lame gigantesque la désincarcéra de l'étau qui la contraignait et elle s'éloigna, chahutée dans les rouleaux. Quentin crut même entendre, porté par le vent, un éclat de rire sardonique qui lui glaça les sangs, le même que le soir où le sphinx tête de mort leur avait filé entre les doigts. Puis le bateau fantôme disparut au large de l'île Lavrec, du côté de l'Œil-du-Diable.

Mesurant les conséquences de leur jeu morbide, craignant qu'il ne soit découvert, Quentin s'empressait de remonter quand le ressac déposa à ses pieds une plaque de bois verni. Il n'en restait plus que la moitié, mais on pouvait encore y lire quelques lettres. Le nom du bateau qui venait d'être englouti.

Le cerveau de Betty était en pleine ébullition, les flashs se précisaient, il s'agissait du bateau sur lequel elle se trouvait cette nuit-là. Un hors-bord.

— Tu as conservé le morceau de l'épave ?

Quentin soupira.

— Mon premier réflexe a été de m'en débarrasser pour que personne ne sache ce qui s'était passé. Mais je n'en ai pas eu le courage. De toute façon, c'était de la faute de Florimond.

— Où tu l'as mis ? Tu peux me le montrer ?

— Je l'ai caché derrière la cabane.

Il se leva, hésita encore.

— Viens.

Il extirpa sa trouvaille de sous un amas de feuilles et de branches. Betty tremblait de tous ses membres. Les éclairs fulguraient dans son cerveau à la vitesse d'un kaléidoscope endiablé.

Un mot, quatre lettres.

Daph.

Le début d'un prénom, le sien.

Daphné.

En une seconde tout s'éclaira.

56

Daphné était la fille unique de Herbert et de Nancy Donegan. Ils possédaient un cottage au nord de Brighton. Officiellement, lui était courtier dans la banlieue sud de Londres, des affaires d'une régularité douteuse. Pour ne pas dire louches. Une couverture pour des activités encore moins avouables.

Herbert était un inconditionnel du poker. Un vautour. Bridgeton en savait quelque chose. Après le coup de fusil de Janet, Douglas avait essayé de disparaître à son tour, en vain. Il lui en avait coûté deux doigts de la main gauche, ceux avec lesquels un droitier tient les cartes, une façon éloquente de le dissuader de se rasseoir à une table de jeu. Cette mutilation ne l'avait pas exonéré de sa dette, qu'il avait remboursée tant bien que mal.

Le coup de fusil de Janet avait causé des dégâts irrémédiables. De la taille d'une petite bille, la chevrotine s'était logée dans l'articulation de l'épaule. Les cartilages et les tendons salement endommagés,

Herbert Donegan n'avait pas récupéré le plein usage de son bras. Lui aussi avait découvert par hasard l'avis de recherche concernant Betty Bridgeton, dans un commissariat où la police l'interrogeait à propos d'une affaire de carambouille.

Les salopes, je les tiens enfin…

Flambeur, Donegan avait toujours mené grande vie. A trop souvent bluffer, on finit toujours par se faire plumer. L'année 1987 fut catastrophique, aussi bien au jeu que dans ses transactions foireuses. Le cercle infernal. Quand Herbert découvrit les traces de la môme Bridgeton, il se dit qu'au-delà d'une vengeance légitime il y avait peut-être matière à profit.

Nancy était une femme effacée. Jolie au demeurant, rousse elle aussi et plutôt bien fichue. Elle aurait dû quitter Donegan depuis belle lurette, mais il la dominait moralement, bien content de surcroît qu'elle assure les tâches quotidiennes. Et partage sa couche.

Nancy n'était pas pour autant une chiffe molle. La complexité de sa personnalité prenait toute sa dimension quand on savait qu'elle était une femme cultivée. Journaliste avant de se marier, il était ahurissant qu'elle se soit résignée à vivre aux crochets d'un homme aussi peu reluisant. Autre point commun avec Janet Bridgeton : son amour pour la langue française, dont elle avait transmis le virus à sa fille.

Heureusement en effet, Nancy avait sa fille.

Daphné avait hérité du caractère trempé de son père. Avec humeur, elle s'opposait à ses outrecuidances. Autant dire qu'entre eux ne transitait guère de tendresse. En revanche, la jeune fille tenait de Nancy sa douceur et une farouche honnêteté.

Herbert prétexta devant sa femme et sa fille vouloir leur offrir quelques jours de vacances afin de se faire pardonner son caractère parfois difficile. Surprises d'une attention aussi touchante, Nancy et Daphné auraient eu mauvaise grâce de refuser. Il organisa sans plus attendre leur expédition en terre bretonne : l'itinéraire à suivre, le choix du port de destination. Paimpol, en l'occurrence.

Donegan était un mordu de la navigation. Il possédait un hors-bord de huit mètres, équipé d'un moteur puissant, capable de filer à douze nœuds par mer calme. Dans l'entrepont étaient aménagées des couchettes qui servaient de banquettes dans la journée. Une petite fortune baptisée du nom de sa gamine à sa naissance, gravé en lettres dorées sur une plaque fixée à l'avant de la coque.

Herbert prit la mer le jeudi 15 octobre 1987. Un temps idéal pour une croisière familiale, ils quittèrent le port de Brighton en début d'après-midi. Au crépuscule, la lumière prit une teinte orangée, et il se mit à faire de plus en plus chaud. Une atmosphère moite, exceptionnelle pour la saison, où Daphné avait du mal à respirer.

— Va donc faire trempette, lui dit le père, excédé de l'entendre ronchonner. Ça t'évitera de transpirer comme une baleine.

C'est ainsi que la jeune fille de dix-sept ans se retrouva en maillot de bain deux-pièces, accrochée au plat-bord du bateau.

La tempête se leva alors à mi-parcours. Herbert ne s'en alarma pas tout de suite. Daphné remonta à bord.

— Un coup de tabac, ça va secouer un peu, claironna-t-il à ses deux passagères. Comme ça, les douaniers vont pas venir nous emmerder.

En quelques minutes, le vent se renforça. Le hors-bord se mit à gigoter comme un ludion dans les soubresauts des vagues. Dans la nuit tombée, la lumière dorée s'assombrit au point de prendre une teinte ocre et de rendre le décor encore plus surréaliste.

Bien que de nature superstitieuse, Nancy s'obligea à plaisanter :

— L'apocalypse, murmura-t-elle à sa fille.

— Qu'est-ce que tu racontes ? demanda Daphné en secouant la tête.

— Tu vois pas que c'est la fin du monde ? Le ciel va s'embraser d'une minute à l'autre, la mer va s'ouvrir et nous engloutir tous les trois dans les flammes de l'enfer dont on aperçoit déjà les lueurs.

— Tais-toi, maman. T'es pas drôle, tu finirais par nous porter la poisse.

A l'abri dans la cabine de pilotage, Herbert tenait la barre. Il tentait lui aussi de masquer son inquiétude.

— Tu crois pas qu'on ferait mieux de faire demi-tour ? fit Daphné, qui avait à son tour des sueurs froides.

— On n'est plus très loin. Autant aller jusqu'au bout maintenant.

La tempête connut une accalmie aux environs de vingt-deux heures. Les Donegan crurent en être quittes pour une belle frayeur.

— Nancy ! Je sais pas ce que t'en penses, mais moi je boirais bien un petit whisky.

— Tu en as apporté ?

— Un bon marin doit tout prévoir. Le panier dans la cuisine. J'ai même pensé à prendre des verres.

Il fut le seul à déguster le tourbé irlandais, à petites gorgées. Il recouvrait son aplomb, le moral, l'espoir de refaire surface question finances s'il parvenait à soutirer un peu d'argent aux deux autres garces.

En fait, les éléments n'accorderaient qu'une heure de répit aux Donegan, pendant laquelle le père rattrapa en partie le temps perdu. Le moteur tournait à plein régime, le hors-bord avalait les vagues en un balancement régulier et majestueux.

— Avec un peu de chance, on sera à bon port avant l'aube, clama Herbert en tenant la barre. Paraît que le paysage vaut le détour. La Côte de granit rose, qu'ils appellent cette partie nord de la Bretagne.

Une bourrasque d'une violence inégalée balaya la surface de la mer. Le hors-bord se cabra. En un rien de temps, l'ouragan se déchaîna ; des rafales assourdissantes déployaient des éventails d'eau à perte de vue. Les vagues s'escaladaient dans une orgie infernale.

Les deux femmes sentaient croître leur angoisse.

— Il faut faire demi-tour, comme t'a dit Daphné tout à l'heure, se permit Nancy.

— Fous-moi la paix ! la rabroua Herbert sans même un regard.

— Tu n'as pas le droit de nous faire courir un tel danger, reprit Nancy en lui agrippant le bras.

D'un revers de la main, sans lâcher la barre de l'autre, Herbert la poussa en arrière. Déséquilibrée par le roulis, Nancy bascula, sa tête heurta le bastingage.

Daphné n'avait pas eu le temps d'intervenir. Elle se précipita vers sa mère. Les yeux fixes, la bouche entrouverte, celle-ci ne bougeait plus. Dans l'encoignure, son cou dessinait un angle inhabituel.

Daphné tenta de la redresser. La tête s'affaissa sur le côté.

— Elle... elle est morte... balbutia Daphné.

Près de céder lui aussi à la panique, mais à cause de la tempête, Herbert ne prêtait aucune attention aux deux femmes.

Daphné se leva, s'approcha de lui.

— Tu l'as tuée ! hurla-t-elle.

Il la dévisagea d'un air ahuri.

— Qu'est-ce que tu racontes ? Tu vois bien qu'elle fait semblant d'être évanouie.

La jeune fille n'avait pas encore eu l'occasion de mesurer le cynisme dont son père était capable.

— De toute façon, c'est un accident, conclut-il. Elle a glissé, elle est tombée, point final.

Herbert jeta quand même un coup d'œil en direction de son épouse. Il resta perplexe quelques secondes.

— Tiens la barre, dit-il à Daphné.

Il se dirigea vers la dépouille de Nancy, sans doute afin de vérifier de lui-même s'il n'y avait plus rien à faire. Il s'accroupit à côté d'elle.

La tempête se renforçait encore. Le bateau gîtait de plus en plus. Au moment où Donegan se redressait, une vague d'une puissance phénoménale submergea l'embarcation. Daphné dégringola dans la cabine de pilotage. Au dernier moment, elle eut le réflexe de s'accrocher au gouvernail avant d'être aspirée par le flot qui se retirait. Quand elle se releva à moitié groggy, le pont était vide. Elle scruta les ténèbres, aucune trace de son père ni de sa mère. Ils avaient été emportés par l'océan en fureur.

Le bateau était ballotté comme une vulgaire coquille de noix. Désormais seule au monde, Daphné eut alors le réflexe de sauver sa peau. Son père lui avait confié à plusieurs reprises les commandes du hors-bord, dans des conditions de navigation plus paisibles toutefois. Elle remit les gaz. Le bateau se cabra comme un cheval éperonné, puis il bondit en avant.

La jeune Anglaise s'efforçait de se remémorer ses rudiments de navigation. Garder le cap... Sur le tableau de bord, Herbert avait scotché la carte marine avec en rouge l'itinéraire à suivre. Autant qu'elle pouvait en juger, elle ne se trouvait plus qu'à quelques milles des côtes bretonnes. Trois phares étaient signalés. Bientôt elle discerna dans la tempête la lanterne de celui des Héaux-de-Bréhat, qu'il convenait de laisser à tribord. L'ouragan s'époumonait, il pleuvait à seaux, l'eau du ciel se confondait avec celle levée par le vent sur la mer. Dans les ténèbres, le bateau escaladait la crête des vagues et retombait avec fracas dans les creux suivants, mais pour l'instant ses membrures tenaient bon.

Daphné devait ensuite mettre le cap sur un autre phare plus au sud, celui de la pointe du Paon. De là, il lui suffirait de viser la lanterne de l'Œil-du-Diable afin de contourner l'archipel de Bréhat et de s'engouffrer dans l'anse de Paimpol, ainsi que l'avait prévu son père.

Malgré la visibilité réduite, Daphné repéra assez vite le faisceau du premier phare. Au moment où elle le dépassait, elle découvrit le pinceau lumineux du second. Il était un peu plus de minuit. C'est alors que l'Œil-du-Diable s'éteignit.

— Mon Dieu… balbutia-t-elle.

Dans la minute suivante se dessina une lueur dans la direction escomptée.

— Ça y est, c'est revenu, soupira-t-elle en rectifiant le cap à tribord.

Malgré la violence de l'ouragan, le bateau filait encore à bonne allure. C'est un peu plus tard que se produisit la catastrophe. Un craquement sous la coque, suivi d'un énorme chuintement, à croire qu'un rasoir l'éventrait de la proue à la poupe. Drossé parmi les écueils entre l'île Lavrec et celle de Bréhat, le bateau se mit à cogner de plus en plus fort.

Cramponnée à la barre, Daphné n'était plus maîtresse de l'embarcation. Le bateau cahotait et craquait. Escaladant un rocher, il se dressa soudain à la verticale. Puis il retomba en arrière et se disloqua en roulant d'un bord sur l'autre. Daphné fut éjectée, son maillot de bain déchiré. Elle se débattit dans les vagues. Une lutte inégale, ses forces l'abandonnaient. Avant de perdre connaissance, elle eut le temps d'apercevoir au-dessus d'elle la lumière d'un phare.

57

— Ça va pas ?

Daphné ne répondit pas. Blême, elle était dans l'œil d'un cyclone qui de ses spires la privait de réaction. Le garçon lui saisit le poignet. Alors elle tressaillit, tourna vers lui de grands yeux effarés.

Les mots vinrent, difficilement :

— Il faut que je rentre.

— Pourquoi ? Tu es pressée ? Tu n'es pas bien avec moi ?

Elle se leva sans répondre, mortifiée de s'être prêtée à un jeu aussi pervers, mais le voile était enfin levé. Quentin la regarda sortir de la cabane, fier comme un paon d'avoir eu le droit de contempler une si charmante anatomie.

A l'air libre, Daphné recouvra en partie ses esprits. Elle avait basculé de l'autre côté du miroir, elle savait maintenant quelle fille se dissimulait derrière le reflet qu'elle interrogeait chaque matin. Qui étaient ses parents. Herbert, un drôle de type.

Nancy, douce et rêveuse, d'une intelligence au-dessus de la moyenne. Et morts, dorénavant.

Qu'allait-elle faire, à présent ? Bien que sortie de l'impasse, elle n'en avait pas la moindre idée. Retourner à Brighton ? Son père était obéré de dettes écrasantes. Le cottage était hypothéqué, les créanciers allaient se jeter sur la succession comme des hyènes sur une charogne. Quand ils se seraient servis, que resterait-il à Daphné, sinon à régler les factures que la maigreur de l'héritage ne pourrait éponger ?

Devait-elle se résigner pour autant à rester cette pauvre Betty qui reposait sur un bout d'île, ensevelie dans le sable sous une couche de galets ? Personne ne savait qu'elle avait recouvré la mémoire, pas même ce grand benêt de Quentin. Se taire pour l'instant, se dit-elle. Prendre le temps de réfléchir. Le moment venu, elle en parlerait à Ambroise. Lui, serait de bon conseil.

Perdue dans ses pensées, Daphné remontait lentement vers le Krouezenn. Chemin faisant, elle croisa deux ou trois promeneurs, qui jetèrent un œil sur elle en passant. Elle eut l'impression qu'on ne la regardait plus de la même façon, puisqu'elle était redevenue Daphné Donegan. Elle ressassait les aveux du jeune garçon à propos de la sinistre nuit. Ainsi, à l'en croire, la lumière du phare d'Ambroise Corignan s'était bien éteinte pendant un certain temps. Il avait allumé un feu en haut de la grève, comme le faisaient les anciens naufrageurs, une pratique révolue depuis belle lurette. C'était à cause de ce jeu insensé qu'elle avait failli y rester. Comment ne pas en vouloir aux deux gamins, même s'ils n'avaient sans doute pas mesuré la portée de leur manigance ?

La maison d'Ambroise. Daphné avait parcouru le trajet sans s'en rendre compte. Janet. Le moment était venu de l'affronter. Pour celle-ci rien n'avait changé, elle était toujours aux anges d'avoir retrouvé sa fille. Pour Daphné, il n'en allait pas de même, il lui appartenait de composer un nouveau personnage, elle n'était pas sûre d'en avoir la force, ni le talent de la comédienne.

Fut-elle consciente du changement ? Janet dévisagea la jeune fille avec insistance, comme si elle éprouvait le besoin de vérifier de plus près la réalité du miracle.

— Tu as l'air fatiguée…

Daphné lui déroba ses prunelles, craignant que n'y soit inscrite sa nouvelle identité, sa véritable identité.

— Je sais pas. Peut-être. Ces temps-ci, j'ai du mal à dormir.

— Tu ne fais pourtant pas grand-chose, à part te promener.

— Laisse-moi le temps de respirer.

— Tes souvenirs ? Où tu en es ?

Daphné blêmit. La question fatale. Elle mit un certain temps à rassembler ses idées.

— Il y a des moments où ça grouille de plus en plus. Je crois que cela ne va pas tarder à revenir.

— A la bonne heure. Tu nous expliqueras enfin où tu étais passée durant tous ces jours.

— C'est vraiment si important ?

Janet fronça les sourcils.

— A moins que tu n'aies pas envie de nous le dire…

— Si cela ne te dérange pas, je vais monter me reposer un peu.

— Pourquoi veux-tu que cela me dérange ? Il est onze heures, on ne va pas tarder à déjeuner.

Daphné gravit les escaliers. Vu son agressivité, Janet devait se douter de quelque chose. De toute façon, quelle que soit la tournure des événements, elle allait bientôt être obligée de lui dévoiler la vérité. Elle avait besoin d'être seule afin de remettre de l'ordre dans ses pensées. Elle s'allongea sur le lit, n'essaya pas de trouver le sommeil.

Les détails d'avant lui revenaient à présent avec une précision extrême. Une girandole d'images insensées à une vitesse qu'elle ne pouvait maîtriser, comme si sa mémoire ressuscitée avait de l'énergie en réserve et rattrapait le temps perdu afin de se faire pardonner.

La tempête, le comportement odieux de son père, la mort de sa mère. Puis le naufrage, le goût de l'eau salée, l'angoisse de suffoquer quand celle-ci s'infiltrait dans ses narines, lui inondait la gorge, la douleur aussi, comme si une râpe acérée lui arrachait la peau sur tout le corps. Le néant. En une seconde. Elle n'avait inventé aucune des réminiscences qui la hantaient depuis quelques jours.

Daphné n'aurait pas été surprise outre mesure de se réveiller et de constater que cet imbroglio n'était qu'un vilain cauchemar. Et si c'était un long coma au tréfonds duquel elle croyait vivre encore ? Dans une revue scientifique, elle avait lu que des fantasmagories de ce genre se déroulaient parfois dans le subconscient des accidentés en rupture totale avec l'extérieur. Une vie mentale avec l'illusion de la réalité et dont souvent ne persistait aucune trace au réveil. Elle finit par s'assoupir.

Daphné émergea enfin. Elle flotta un long moment dans une évanescence ouatée où elle ne savait plus qui elle était, ni Betty ni Daphné. Elle sursauta, regarda le réveil, il était plus de midi, Janet l'avait laissée se reposer. Elle avait en main la quasi-totalité des pièces du puzzle. Ambroise lui avait dit ce qu'il savait à n'en point douter, Quentin lui avait fourni sa version de la tempête. Florimond était le seul jusque-là à s'être dérobé aux aveux. Il fallait l'amener à parler lui aussi, lui faire admettre son « crime », comme y avait consenti son copain.

Daphné décida de retourner au Guerzido. Elle se leva, fit un brin de toilette, se recoiffa.

Dans la cuisine, Janet finissait la vaisselle. Ambroise lisait son journal, étalé sur la table, *Ouest-France*, le quotidien en vigueur. Un couple en apparence normal.

— On t'a gardé ta part au chaud, lui lança Janet.

— Merci, j'ai pas faim.

— Tu n'as jamais faim depuis quelque temps, c'est bien la peine que je m'évertue à faire de la cuisine…

Daphné se dirigea vers la porte.

— Tu vas te promener ? lui demanda le gardien.

— Oui, j'ai besoin de me dégourdir les jambes.

— Je te croyais fatiguée, lui décocha Janet d'une voix fielleuse.

— Je me suis reposée. Ça va mieux.

Intrigué par le son de sa voix, Ambroise leva les yeux de son journal. Il devina tout de suite qu'il s'était passé quelque chose de nouveau, mais se garda bien de s'en inquiéter en présence de Janet.

58

Daphné dut patienter plus d'une heure avant de voir sortir Quentin. Seul. C'est vrai qu'ils étaient plus ou moins fâchés. Si pour narguer son rival le grand escogriffe s'était vanté des faveurs qu'elle lui avait accordées, ils n'étaient pas près de se rabibocher. Il prit la direction de la côte.

Florimond était-il au gîte ? Elle chercha un prétexte avant de sonner à la porte des Desbois. Donner au fiston des nouvelles de son père, ou un message que celui-ci l'aurait chargée de lui transmettre ? Pourquoi pas ? Mais s'il était absent, Daphné serait coincée. Par chance, elle aperçut Florimond dans le parc. La mère Desbois avait dû le charger de ramasser les feuilles mortes amoncelées par l'ouragan, il poussait en direction de la haie une brouette en travers de laquelle était posée une fourche. Daphné s'avança. A sa vue, le jeune garçon s'arrêta ; elle lui fit signe de s'approcher. Il hésita, la mine tendue ;

à aucun moment il n'esquissa le moindre sourire, il n'était pas enchanté de sa visite. Il se décida enfin :

— Qu'est-ce tu veux ?

— C'est à propos de Quentin, je voudrais vérifier certaines choses qu'il m'a révélées au sujet de toi et de la tempête. Je n'ai pas envie qu'il nous voie ensemble en train de discuter. Rejoins-moi au phare du Paon tout à l'heure.

Un lieu de rendez-vous qui lui était venu à l'esprit sans réfléchir. Toute cette histoire tournait autour d'un phare. Pourquoi pas celui-là ?

Certaine de le voir obtempérer, Daphné n'attendit pas sa réponse. Au moment où elle sortait de la propriété, elle ne vit pas Quentin qui revenait. Celui-ci eut juste le temps de se jeter dans un renfoncement.

Florimond était resté debout entre les longerons de sa brouette, perplexe.

— Tu as vu Betty ? demanda Quentin en s'avançant dans l'allée.

— Oui... bredouilla Florimond.

— Qu'est-ce qu'elle voulait ?

— Elle se promenait. Elle m'a aperçu, elle a fait un crochet pour me dire bonjour...

Le faux jeton mentait affreusement mal. Quentin fit semblant de rentrer, bien décidé à le surveiller. Florimond rapporta sa brouette sous le hangar alors qu'il n'avait pas ramassé la moindre feuille. Avec des mines de conspirateur, il fila comme un voleur.

Ces deux-là se sont donné rendez-vous, se dit

Quentin, aussitôt torturé par les affres de la jalousie après l'émerveillement qu'il avait vécu le matin même. Il attendit quelques secondes avant de le suivre à distance.

Daphné avait parcouru l'île nord à grandes enjambées. Il n'était pas encore quinze heures, mais la brume nimbait déjà le paysage. Il faisait froid. Humide et froid. Le phare du Paon dressait sa tour blanche et trapue, posée au milieu de l'esplanade sur un chaos de granit. La courte digue de ciment à moitié défoncée par les tempêtes, il fallait veiller à ne pas se tordre les chevilles. Elle gravit l'escalier. De la plate-forme, la vue était magnifique. Roses, les chaos ? Pas vraiment. Plutôt sanguinolents ce jour-là, hostiles sans conteste, fissurés de toutes parts, des moignons d'infirmes revanchards, giflés par les vagues enragées. Ici les courants avaient charrié les vestiges de l'ouragan : caisses, tôles froissées, bourres de laine de verre arrachées aux toitures envolées, branches et buissons entiers, même un piquet déraciné d'une clôture, encore fiché dans son socle de ciment entre deux rochers.

Daphné se posta derrière l'édifice afin de surveiller le sentier. Elle ne tarda pas à apercevoir la silhouette espérée de Florimond, sans remarquer celle de celui qui le pistait.

Ne voyant pas « Betty », le jeune garçon s'était arrêté au bout de l'étroite allée. S'avançant en pleine lumière, Daphné lui adressa un geste de la main. Quentin s'était aplati derrière un buisson.

— Les salauds, je m'étais pas trompé... marmonna-t-il.

Après avoir gravi l'escalier, Florimond déboucha sur l'esplanade, l'air encore plus préoccupé, se demandant ce que Quentin avait bien pu raconter à son sujet.

— Je suis au courant pour votre petit jeu, débita Daphné tout de go.

— Quel petit jeu ?

— Arrête, s'il te plaît. Quentin m'a tout raconté. Tu as éteint la lanterne du phare pendant qu'il allumait un feu à la pointe du Gardeno pour attirer les bateaux en perdition dans la tempête.

— Non, je n'ai pas éteint le phare, proféra le gamin d'un ton buté.

— Inutile de t'entêter à mentir.

— Je l'ai pas éteint, puisque je te le dis. Je me suis contenté de tirer les rideaux qui masquaient la lentille.

— Le résultat est le même. C'est à cause de toi que le bateau sur lequel je me trouvais a fait naufrage.

— Ah ! Ça y est ? La mémoire t'est revenue ?

La jeune fille hésita. Ce n'était pas encore le moment de dévoiler la vérité.

— Non, pas pour l'instant...

Elle le fixait, il évitait son regard.

— Alors ? insista-t-elle.

— De toute façon, cette connerie-là, c'était une idée de Quentin.

Passant par les rochers accessibles à marée basse, celui-ci s'était glissé discrètement au bas de l'escalier. Il entendit les derniers mots de son camarade.

— Il m'a affirmé le contraire, continuait Daphné. Que c'était toi qui étais à l'initiative du projet.

Florimond ricana.

— Ma pauvre. Si tu crois toutes les bêtises que Quentin débite à longueur de journée. Si tu savais ce qu'il raconte derrière ton dos...

— Je t'écoute, ça m'intéresse.

— Il dit que tu fais semblant d'avoir perdu la mémoire pour mettre la main sur les sous de Janet.

— Les sous de Janet, qu'est-ce que tu racontes ?

— Parce qu'au cas où tu le saurais pas, la mère de Betty était très riche quand elle était en Angleterre. Elle a tout vendu et elle est arrivée ici à la tête d'une véritable fortune.

Quentin fulminait dans sa cachette.

— Je t'ai pas dit, s'enhardissait Florimond, mais il sort aussi des tas de cochonneries sur toi. Que tu te crois belle, mais que t'as même pas des vrais nénés.

Cette fois, c'en était trop. Quentin gravit les dernières marches et se jeta sur le sale cafard avant que Daphné n'ait eu le temps d'intervenir. Ecrasé par la masse, Florimond roula sur le sol de galets. Plus vif que son agresseur, il réussit à se tortiller sous lui et à lui échapper. Quentin se releva, lui barra l'accès à l'escalier.

— Arrêtez ! fit Daphné. Vous êtes fous !

Les poings serrés, Quentin avançait sur son délateur. Sachant qu'il n'était pas de taille, celui-ci reculait ; ses mollets rencontrèrent le muret qui ceignait la plate-forme. Il s'apprêtait à faire une feinte, du genre je-regarde-d'un-bord-et-je-me-débine-de-l'autre, mais au moment de mettre son plan à exécution il sentit son pied riper sur les galets mouillés. La pogne de Quentin lui tomba sur le râble. Il le souleva du sol, le secoua en le tenant face à lui.

— Tu sais très bien que j'ai pas raconté des saletés sur Betty ! Je l'aime, figure-toi au cas où tu l'aurais pas remarqué, et elle m'a dit qu'elle aussi, elle avait des sentiments pour moi !...

En toute autre circonstance, la déclaration de ce grand gaillard aurait paru cocasse. Florimond n'était pas en mesure d'en rire. A moitié étranglé, il replia brusquement sa jambe droite. Le genou atteignit l'autre entre les cuisses. Il poussa un hurlement de douleur sans pour autant lâcher sa proie.

— Espèce de petit con !

L'empoignade reprit de plus belle. Quentin parvint à acculer son copain contre le muret, bien décidé à l'expédier dans les rochers qui hérissaient l'espace en contrebas. Le tenant toujours par le colback, il le pencha en arrière. Florimond se sentait sur le point de basculer. Au dernier moment, il agrippa la vareuse de son bourreau, l'entraîna dans sa chute.

Daphné les vit disparaître dans le vide. Elle poussa un cri terrible. Plus un bruit, sinon celui des vagues qui s'écrasaient en jubilant contre les assises du phare. Elle s'approcha. Se pencha au-dessus du parapet. Toujours enlacés en une étreinte fatale, les deux combattants gisaient entre les rochers, empalés sur le piquet métallique rapporté par la tempête.

59

Ambroise avait déserté le logis familial aussitôt après le déjeuner. Janet Bridgeton était seule. Depuis quelques jours, l'Anglaise flottait dans un état second, consciente de vivre une situation anormale. Betty l'intriguait, elle n'était plus la même. Bien sûr, la pauvrette avait traversé une épreuve douloureuse, qui lui avait coûté la mémoire. Mais il y avait autre chose...

Toujours perturbée, Janet se laissa choir dans le canapé. Son esprit se mit à vagabonder... Douglas, depuis quand ce salaud-là était-il arrivé à Bréhat, finalement ? De toute évidence, il n'était venu que pour se venger. Alors il avait enlevé Betty et l'avait séquestrée durant tous ces jours où elle avait disparu. Le soir de la tempête, il l'avait jetée à l'eau, mais il n'avait pas imaginé un seul instant qu'elle survivrait à la violence de l'ouragan.

Soudain, Janet tressaillit. Une autre idée venait de naître dans son cerveau dévasté. Et si c'était l'autre voyou qui avait fait le coup, celui qui avait débarqué avec ses acolytes dans le château des Forsyde ? Elle le voyait encore vider les lieux en tenant son bras ensanglanté, elle l'entendait lui promettre de se venger.

Betty… En voilà encore une qui jouait un drôle de jeu ! Elle prétendait avoir perdu la mémoire, mais c'était pour ne pas avouer la vérité…

Janet voulut se mettre de l'eau à chauffer afin d'infuser une tasse de thé. Elle tremblait trop, elle en renversa la moitié à côté de la bouilloire, elle renonça. Elle revint dans le salon, se laissa tomber dans un fauteuil, se remit à gamberger.

Non, Betty ne racontait pas n'importe quoi. Betty n'était pour rien dans toute cette misère, pour la simple et bonne raison qu'elle était sa fille.

Mais Ambroise…

Janet se souvenait du jour de la disparition de Betty : au retour de sa virée en mer, il n'était pas dans son état normal. Janet était certaine de ne pas se tromper, Betty avait bien prévu de l'accompagner cet après-midi-là. Il avait menti en affirmant qu'elle avait changé d'avis au dernier moment.

Il était flagrant que Betty se méfiait du gardien de phare depuis le début, comme il était aussi évident que celui-ci n'était pas insensible aux charmes de la petite Anglaise. A tous les coups, ce jour-là il avait tenté de séduire la pauvre fille.

Janet se leva en tremblant, elle voyait la scène à présent. Le canot n'est pas bien grand, Betty est prise au piège, Ambroise essaie de l'attraper, elle se rebiffe, le repousse. Il insiste, elle chute à l'eau...

Ce n'était pas ça non plus... Ambroise n'était pas un mauvais type. S'il avait fait du mal à Betty, pourquoi lui aurait-il sauvé la vie le matin de l'ouragan ?

Florimond et Quentin !

Mais bien sûr... Depuis que Betty était arrivée sur l'île, les deux vicieux lui tournaient autour.

Janet hocha la tête d'un air entendu, convaincue cette fois d'atteindre la vérité. Ambroise n'avait pas menti. Betty avait bien changé d'avis au moment d'embarquer pour la balade en mer, les ados l'avaient suivie. Acculée au bord de la côte, elle s'était jetée à l'eau afin de leur échapper. Elle avait trouvé refuge sur l'une des îles qui entouraient Bréhat. La nuit de la tempête, Janet se souvenait, elle avait tenté de revenir, mais elle n'en avait pas eu la force.

Epuisée d'évoquer tant d'horreurs, Janet était à nouveau la proie de vertiges où il lui devint impossible de fixer la moindre pensée. Elle tituba jusqu'à la salle de bains. Se passa un peu d'eau sur le visage. Elle se regarda longuement dans la glace, en se demandant qui était cette femme qui la dévisageait...

60

Daphné était tétanisée. Elle revivait une certaine nuit dans une maison abandonnée, une scène singulière où deux garçons attiraient des papillons afin de leur transpercer le thorax d'une épingle et de les ficher sur un flotteur de liège. Elle ne pouvait savoir que leur rêve était de capturer un jour le fameux sphinx tête de mort. Qu'ils y étaient presque arrivés... Elle ne pouvait deviner non plus que la bestiole avait promis de se venger.

La jeune fille ne parvenait pas à détacher le regard des malheureux qui venaient de subir le même sort. Par sa faute. De toute façon, ils venaient de payer leur inconscience au prix fort. Etaient-ils d'ailleurs vraiment responsables du naufrage du hors-bord des Donegan ? En partie peut-être, mais le véritable coupable, c'était l'ouragan. Ballottée dans un pareil déchaînement, n'importe quelle embarcation était vouée à la perdition.

Daphné. La mort rôdait autour d'elle. Betty,

Douglas Bridgeton, son père, sa mère, et maintenant ces deux gamins, plus bêtes que méchants. Qui serait le prochain ? Ambroise ou Janet ?

Bientôt, se dit-elle, ce sera mon tour.

Elle ne parvenait toujours pas à détacher son regard des deux corps en contrebas. Soudain il lui sembla les voir bouger. Le vent ou les vagues les léchaient afin de s'en repaître. Dominant sa répulsion, elle entreprit de descendre parmi les rochers glissants. Arrivée près d'eux, elle chancela, manqua de défaillir. Le piquet métallique était passé entre les deux combattants, ne transperçant que leurs vêtements. Apparemment, ils avaient seulement été assommés dans la chute. Un véritable miracle.

— Florimond ? Quentin ? Vous m'entendez ?

Le premier entrouvrit les yeux, ne prit pas tout de suite conscience de leur fâcheuse position. Quentin cligna des paupières à son tour. Il repoussa son adversaire. Ils se laissèrent glisser sur le surplomb en dessous d'eux, se retrouvèrent assis face à face. Daphné craignit un instant qu'ils ne reprennent leur lutte fratricide. Mais non, ils éclatèrent de rire, des rires d'adolescents insouciants.

— T'as rien de cassé ? s'inquiéta Quentin.

Florimond se trémoussa en agitant les bras.

— On dirait pas. Et toi ?

— Moi non plus.

Ils avisèrent la jeune fille en train de les observer. Elle hésitait à leur dire que tout s'était remis en place dans sa tête.

— Tu crois toujours que tu étais sur un bateau qui a coulé à cause de nous ? demanda Florimond.

— Il y a un truc que je t'ai pas dit, Florimond, intervint Quentin avant qu'elle puisse répondre.

— A propos de Betty ?

Daphné crut qu'il allait faire état de son exhibition.

— Le lendemain de la tempête, j'ai retrouvé la plaque d'un bateau qui avait fait naufrage, mais pas forcément cette nuit-là. Je l'ai montrée à Betty. C'est ça qui lui a donné cette idée.

Elle se taisait, déboutée de l'envie de se venger par une telle naïveté.

61

La vie reprit son cours. Pas un cours normal. Englué dans son secret, chacun s'appliquait à faire semblant. Janet paraissait de plus en plus proche de la rupture. Elle dévisageait sa fille avec des regards inquisiteurs. Ces moments de suspicion ne duraient pas bien longtemps. Dans son cerveau malade se livrait une lutte incessante, dès qu'elle doutait de l'identité de la demoiselle se réveillait la douleur d'avoir perdu son enfant. Dans la minute suivante elle se persuadait qu'il s'agissait bien de Betty. Un yo-yo permanent entre une agressivité déroutante et une tendresse excessive.

Daphné était ulcérée de cette versatilité, la situation devenait intenable. Elle décida de mettre Ambroise au courant de son état.

Un matin où il sortait, elle lui glissa en aparté de l'attendre dans le jardin. Bien que furtif, le bref échange n'échappa pas à Janet. Par la fenêtre de la cuisine, elle les aperçut en plein conciliabule.

Elle monta dans la chambre de Florimond, entrouvrit sans bruit la fenêtre qui donnait de ce côté-là. Tendit l'oreille. Daphné expliquait à voix basse au gardien de phare qu'elle avait recouvré la mémoire.

Elle lui déclina sa véritable identité, lui raconta en quelques mots ce qui s'était passé la nuit de la tempête. Au-dessus d'eux, Janet était pétrifiée.

— Qu'est-ce que tu comptes faire, maintenant ?

— Je ne sais pas. Mes parents sont morts, c'est miracle que moi je sois encore en vie. Je n'ai plus personne.

— Il faut que nous prenions tous les deux le temps de réfléchir. Ne serait-ce que par rapport à Janet...

A l'étage, Janet tremblait de tous ses membres. Ambroise s'éloigna, de crainte que sa malheureuse compagne ne les surprenne. La jeune fille revint dans le vestibule afin de se munir d'un vêtement et de lever le camp à son tour. Elle n'entendit pas Janet derrière son dos. Si elle avait pu voir son visage, elle aurait été épouvantée. En pleine crise de démence, la pauvre mère avait saisi au passage le chandelier sur la commode. Daphné ne sut pas ce qui lui arrivait. Elle ressentit une douleur atroce à l'arrière du crâne avant de sombrer dans les ténèbres de l'inconscience.

Daphné ne resta évanouie que quelques minutes. Elle entrouvrit les paupières. Face à elle grimaçait le visage de Janet. Elle reprit pied aussitôt dans la réalité. Elle était assise sur une chaise. Elle esquissa le geste de se lever, elle était ligotée, des bouts de corde prélevés dans les longueurs qu'Ambroise entreposait dans son garage. Les liens étaient grossiers, noués à la hâte, mais très serrés. De toute façon, Daphné était trop épouvantée pour tenter de se libérer.

— Qu'est-ce que vous avez fait de Betty, toi et Ambroise ?

— Rien, je ne sais pas.

Janet lui expédia à la volée une gifle magistrale qui fit vaciller la chaise.

— Je vous ai entendus, tous les deux, tout à l'heure. Je veux savoir ce que vous avez fait d'elle. Dis-moi où vous la retenez prisonnière, pour que j'aille la délivrer.

Elle attrapa le chandelier posé à côté d'elle, le leva, il ne faisait aucun doute qu'elle n'hésiterait pas à s'en servir une seconde fois si Daphné refusait de parler. Sa seule chance de s'en sortir, c'était que Janet croyait sa fille encore vivante.

— Elle est sur une petite île, près de celle de Séhérès.

— Qu'est-ce qu'elle fait là-bas ?

Daphné secoua la tête, ce qui lui arracha un gémissement de douleur.

— Tout ce que je sais, c'est qu'elle est là-bas.

— C'est Ambroise qui te l'a dit ?

Cette fois, la jeune fille se garda bien de répondre. Le menton de Janet tremblait comme si elle allait éclater en sanglots. Traversées d'éclairs, ses prunelles chaviraient de plus en plus. Soudain elle se désintéressa de sa captive.

— Ma pauvre Betty, il faut que j'aille te chercher, marmonna-t-elle en laissant choir le chandelier. Depuis le temps que tu es là-bas, tu dois être malheureuse.

Déjà elle se pressait, déjà elle partait. Restée seule, Daphné lâcha un soupir de soulagement. Pourvu qu'Ambroise revienne avant que la pauvre femme ne découvre la sépulture.

Daphné tenta de se libérer par tous les moyens. Les cordes lui rentraient dans les chairs, lui cisaillaient les poignets, le torse. A force de gigoter, la chaise bascula ; elle atterrit couchée sur le flanc à même le carrelage de la cuisine, mais toujours attachée, à moitié sonnée. Se refusant à dévoiler l'incongruité de la situation, elle hésitait à ameuter le voisinage.

Le vent s'était levé, amoncelant les nuages dans le ciel de Bréhat. Le décor se mouilla d'une épaisse brume qui se transforma bientôt en une pluie tenace. Ambroise préféra revenir au gîte. Ses pas crissèrent dans l'allée menant à l'entrée, Daphné craignit que ce ne soit Janet. Quand il la découvrit, il se précipita. Il la détacha, l'aida à se relever.

— Tu n'es pas blessée ?

— Non, ça va...

— C'est Janet ?

— Oui, elle nous a entendus, tout à l'heure. Elle m'a obligée à lui dire ce que nous avions fait de Betty.

— J'espère que tu ne lui as pas raconté au sujet de… Enfin, tu sais bien…

Daphné gardait le silence.

— Tu lui as tout dit ?

— Elle venait d'apprendre que je ne suis pas sa fille. Je sais bien que je n'aurais pas dû, mais elle m'a menacée : elle m'aurait tuée si je ne lui avais pas dit où se trouvait Betty. Par contre, elle est persuadée qu'elle est encore vivante.

— La malheureuse… Elle est partie là-bas ?

— Oui, tout de suite…

Ambroise était paniqué à son tour.

— Je vais la chercher. Avec un peu de chance, j'arriverai avant qu'elle ne retrouve le corps de sa fille.

— Je vous accompagne.

— J'aime autant pas. Si elle te voit, ça va être encore pire.

62

Avec la pluie qui se densifiait, le vent qui allait puiser son souffle dans les couloirs du Nord-Ouest, Janet Bridgeton ne croisa personne en chemin. Sinon, n'importe quel promeneur se serait alarmé de son état pitoyable. Elle n'avait pris le temps ni d'enfiler un vêtement chaud ni de se jeter un châle sur les épaules, par-dessus sa robe. Elle allait de la démarche incertaine des malheureux qui ont perdu la tête. Toujours hagarde, les cheveux en bataille. Le corps penché en avant, elle se tordait les chevilles dans les ornières du chemin, butant contre les racines insoumises qui nervuraient le sol. Elle se retrouva sur l'île nord sans en avoir vraiment eu conscience, titubant à une vitesse impressionnante.

L'île Séhérès, avait avoué l'autre salope, une usurpatrice qui avait essayé de se faire passer pour sa fille, mais Janet n'avait jamais été dupe. Elle dodelinait de la tête en réfléchissant. Elle avait fait semblant de croire que c'était Betty, c'était tout, mais elle était quand même sa mère. Une mère ne peut se tromper à ce point. Ambroise, c'était pareil. Un drôle de type... Depuis le début, elle savait bien qu'elle ne devait pas lui faire confiance.

Somnambulique, Janet arriva sur la côte. L'îlot à côté. Etait-ce l'instinct du sang, les fibres maternelles ? Son regard se posa tout de suite sur le bout de roche où était ensevelie Betty. Elle cherchait sa silhouette, s'apprêtant à attirer son attention. Comme cela allait être bon de la serrer entre ses bras ! Rien, pas le moindre signe de vie. Janet sentit l'angoisse l'envahir. La pauvre était peut-être blessée, ou retenue prisonnière dans quelque soubassement sous la roche. Janet avisa une petite barque, celle-là même utilisée par Daphné quelques jours auparavant. Elle godilla tant bien que mal en se cognant aux écueils.

Le vent s'égosillait à travers le rideau de pluie. Cent fois, la malheureuse faillit chavirer, mais un ange devait veiller sur elle, ou le démon qui se régalait par avance du spectacle atroce qu'il s'apprêtait à lui faire découvrir. Le fond de l'embarcation racla les galets, elle sauta à l'eau, se mit à courir en levant des gerbes d'eau. Elle héla sa fille. Seuls lui répondirent les goélands. Janet effectua le tour de l'îlot. Pas bien grand, minuscule, l'endroit lui faisait froid dans le dos, hostile. Ce n'était pas possible que sa pauvre enfant ait vécu là pendant tout ce temps. L'autre punaise lui avait raconté des salades, mais elle allait retourner là-bas, et cette fois elle parviendrait bien à lui faire cracher la vérité...

C'est à ce moment qu'elle remarqua la curieuse disposition d'un lit de galets à l'abri des rochers.

63

Rejoindre à pied la partie nord de Bréhat ou prendre son canot pour faire le tour ? Ambroise n'hésita que quelques secondes. Avec la pluie qui lui cinglait le visage il gagnerait du temps par la mer.

— Te voilà devenu fou, Corignan ! lui lança Brégent quand il le vit s'éloigner de la grève de l'Eglise.

Le gardien de phare ne répondit pas. Le moteur à fond, il ne prit pas la peine de contourner l'île Lavrec, faufila son embarcation entre les écueils truffant le flot en face de la pointe du Gardeno. Il passa cependant à tribord de Séhérès. Ralentit l'allure pour venir accoster sur le bout d'îlot où reposait Betty Bridgeton. Il tira son canot contre les rochers, l'amarra au même endroit que le matin de l'inhumation clandestine. A première vue, aucune trace de Janet. Ambroise se sentit soulagé : ou elle avait renoncé, ou elle n'avait pas eu le temps d'arriver jusque-là. Il sauta, manqua de se casser la figure sur les galets. Alors il découvrit l'excavation béante. Il s'en approcha en retenant son souffle. La tombe était vide.

L'horizon était bouché. S'il pleuvait un peu moins, le vent avait forci. Où était Janet ? Alors un choc sourd et un clapotis provinrent du flot voisin. A une vingtaine de mètres de l'îlot, au milieu de la couronne d'écueils, flottait une petite barque, deux silhouettes à bord, celle de Janet assise et tenant serrée entre ses bras la dépouille dénudée de Betty dont la tête défigurée pendait sur sa poitrine. Le spectacle macabre aurait épouvanté même les tempéraments les plus aguerris. Pétrifié, confronté au dénouement qu'il voulait à tout prix éviter, Ambroise lâcha un gémissement de douleur. Il s'approcha en levant la main.

Le visage de la mère se révulsa.

— Laisse-nous, tu nous as fait assez de mal comme ça.

— C'était un accident, je te jure que c'était un accident.

Ambroise s'avança encore. L'eau lui arrivait au-dessus des genoux, bientôt il n'aurait plus pied.

— Viens, je te dis.

— Tais-toi, fit Janet d'une voix méconnaissable. Tu vois pas qu'elle dort ? Va-t'en, laisse-nous tranquilles.

Poussée par le vent, la barque s'éloignait insensiblement. Ambroise était démuni. Prendre son canot lui demanderait trop de temps, de toute façon il lui serait impossible de s'aventurer entre les récifs serrés en cet endroit. Tournant le dos à la mer, Janet berçait le corps de sa fille. Tiré vers le large, l'esquif roulait et tanguait au gré des vagues. Soudain, sa proue s'égara contre un rocher. La barque chavira, expédiant à l'eau ses deux passagères.

Impuissant, Ambroise cria encore à Janet de revenir. Des deux femmes toujours enlacées, il n'apercevait plus que les têtes. Betty avait la sienne penchée sur le côté comme celle d'un pantin ; la mère étreignait toujours sa fille farouchement. Son visage était serein à présent, elle ne tentait en rien de résister aux forces sournoises acharnées à les submerger. Une vague plus puissante, elles disparurent quelques secondes. Les deux chevelures refirent surface, étalées dans l'écume comme des algues filiformes arrachées à la roche. L'onde se creusa encore davantage, puis referma ses tentacules verdâtres sur les proies qu'elle engloutit. C'en était fini de Janet Bridgeton et de sa fille Betty.

Ambroise Corignan laissait la houle s'enrouler autour de sa taille. Il attendit quelques minutes, sans réel espoir. Sa complice repue, le vent s'était calmé, la surface de l'eau se lissa.

Le gardien rebroussa chemin, son pantalon et le bas de sa vareuse dégoulinaient. Avant de regagner son canot, il jeta un dernier coup d'œil en arrière. Cette fois, la mer n'eut pas la cruauté de conserver les corps sans vie ; en une ondulation morbide, le ressac les rapprocha du bord sans les séparer.

Ambroise comprit qu'il lui appartenait de clore le chapitre. Il pataugea à nouveau dans l'eau, agrippa le vêtement de Janet. Désormais inséparables, la mère et la fille oscillèrent jusqu'à l'homme qui les avait acceptées sous son toit.

Epilogue

Le cimetière autour de l'église était loin d'être bondé. Hormis les vrais amis du gardien de phare, ils n'étaient pas nombreux, les Bréhatins à venir assister aux obsèques de l'Anglaise. Elle n'avait pas eu le temps de s'intégrer à la population locale, si tant est qu'elle en ait manifesté le souhait. Près du compagnon de la mère se tenait la fille. La miraculée, comme disaient les pratiques du bourg. En retrait, Louise Desbois, en compagnie de ses deux garçons.

Quand il s'était retrouvé sur l'îlot avec les corps de Janet et de Betty, Ambroise avait hésité sur la conduite à adopter. S'il les ramenait sur Bréhat, il devrait raconter les événements qui s'étaient déroulés. Deux Betty… Quelle explication valide pourrait-il fournir aux services de gendarmerie qui allaient mettre leur nez dans l'affaire ? Quant à Daphné Donegan, allait-elle retourner dans un pays où elle ne possédait plus aucune attache ? Vu la succession de dissimulations dont elle avait été complice, elle risquait elle aussi de sérieux ennuis. Pour l'instant, la seule solution était d'ensevelir Betty dans la sépulture qu'il lui avait initialement dévolue.

En remettant à leur place le sable et les galets, une autre idée était venue à Ambroise, assez sordide au demeurant. A part Florimond et Quentin, qui était au courant de la véritable identité de Daphné ? Personne. Si celle-ci prenait la décision de la dévoiler, hormis une cascade de complications, tant pour elle que pour son hôte, elle devrait de surcroît renoncer à la fortune des Forsyde. Alors que si elle acceptait d'être Betty…

Quand Ambroise fit part à Daphné de son raisonnement, son premier réflexe fut de s'en offusquer. Puis elle prit à son tour le temps de réfléchir. Malgré les turpitudes des événements passés, Daphné avait goûté au charme et à la tranquillité de l'archipel. Qui était-elle, au bout du compte, sinon une orpheline sans aucune famille ? Après leurs velléités de naufrageurs, elle possédait assez d'arguments pour s'assurer du silence de Florimond et de Quentin. Le gardien de phare était un brave homme, ballotté par la conjoncture. Etait-il amoral de laisser croire qu'elle était la fille des Bridgeton et de continuer à vivre en toute décence chez celui qui l'avait hébergée avec sa mère ?

En revanche, Ambroise avait ramené le corps de Janet. Il avait expliqué qu'elle avait perdu la tête, rien d'étonnant depuis le temps qu'elle était perturbée. Suicide ou accident ? Bien malin qui saurait le dire.

Guidé par les fossoyeurs, le cercueil de Janet glissa entre les flancs de la fosse. Dans le petit cimetière, à proximité de cette côte qu'elle avait tant aimée, elle reposerait en paix, non loin de la sépulture de sa vraie fille. Qu'elle ne s'inquiète pas, le gardien de phare venait de prononcer à voix basse le serment d'entretenir sa tombe et celle de Betty. Seule Daphné put entendre les mots sacrés, mais elle sut que ce n'était pas une promesse à la légère. Ambroise et elle se tenaient côte à côte ; à tâtons elle chercha sa main et la serra. A l'aube d'une nouvelle vie, ces deux-là étaient désormais enchaînés par un terrible secret.

Composition et mise en pages
Nord Compo à Villeneuve-d'Ascq

MIXTE
Papier
FSC FSC® C003309

Imprimé en France par EPAC Technologies
N° d'impression : 4550414313420
Dépôt légal : mars 2020